"大文学史"视域下的
贾平凹研究

杨辉 / 著

人民出版社

陕西省社会科学基金项目"贾平凹文论研究"（立项编号：2014I26）
成果

中国博士后科学基金项目（项目编号：2016M602175）成果

陕西师范大学优秀著作出版基金资助出版

目录

Contents

绪论 "大文学史观"与贾平凹的评价问题

自《废都》以降，论者在贾平凹作品评价上的分歧，内在地关联着自晚清开启，至"五四"强化的文化的"古今中西之争"。该问题因与彼时中国作为现代民族国家的兴起和存亡问题颇多勾连而呈现出极为复杂的面貌。在中国社会与文化的现代性进程中传统文化的"败北"与西方文化的"胜出"虽具有一定的"历史合理性"，但在延续百年的文学与文化的现代性进程已然面临"危机"的境况下[①]，重新将"古今中西之争"所敞开的问题"历史化"，以回到此问题得以产生的历史语境中，在多元复杂的社会与文化的关系与结构中，重新考量该问题的历史与现实意义，并进一步在全球化的语境下，重新梳理"五四"以来的知识谱系，以从根本性意义上应对西方文学与文化的"影响的焦虑"，敞开新的问题论域，仍属文学理论界一个"未思"的领域。因是之故，围绕沈从文、孙犁、汪曾祺、贾平凹，甚至"晚近"的黄永玉、

---

① 此处的"现代性"危机，是指在西方现代性观念感召之下，以"弃绝"民族文化"传统"的决绝姿态迅猛发展起来的"五四"以降的现代文化在解决当下社会精神问题时的"无力"。近百年中国文化的现代性进程一旦脱离自晚清至"五四"的"启蒙与救亡的双重变奏"，即不与国家民族的生死存亡相关联，其内在的"弊端"便逐渐显露。且不论"五四"诸公在引入"西学"时的"偏狭"（刘小枫、甘阳主编之《西学源流》以及《西方传统：经典与解释》两套书系百余种，目的之一即在于纠"五四""西学"之"偏"），单是以西方现代性理论话语"检测"中国古典文学之价值及有效性，即无法真正敞开中国古代文化之核心精神。是为当下有志于重返"古典传统"的学人需要认真反思的重要问题。如不对自我的"前理解"做"先验批判"，即便进入古典文本，亦无从窥透其内在价值。黑格尔对《论语》评价的"偏见"即是一例。在这一问题上，佛朗索瓦·于连从"中国思想"返归"希腊思想"的运思方式可作参照，利奥·施特劳斯的释经学方法亦可有效规避此一问题。

金宇澄、木心①作品的价值论争，往往因论者操持不同之理论话语互相辩难，虽针锋相对，但收效甚微。如不对论者的知识谱系与意识形态做深入的"先验批判"，则此种论争难免"无功而返"，亦无助于文学史的调适和完善。而如何有效规避现代性理论话语的局限，在更为宽泛的古今中西文化的语境下敞开新的评价视域，是文学理论界亟须应对的重要问题。近年来，围绕"西方文论"的局限和中国文论建构问题的探讨几成显学，但仍未深度触及与此问题密切关联之"古今中西之争"的思想论域②。为此，有必要引入现象学"悬置"的方法，暂时悬置"五四"以来以西方思想及文学观念为核心的文论的现代性话语的"优先"地位，并对其做价值的"先验批判"③。以此为基础，既能有效规避二十世纪中国文学在"评价视域"上的"偏狭"，亦是中国文学与文化"归根复命"④的先决条件，不惟可以拓展贾平凹研究的新境界，亦可丰富二十世纪中国文学的史性叙述。

---

① 关于木心作品文学史价值的讨论，最为典型地体现了论者知识谱系之内在分野，如何影响到作品的价值评判，亦表征着当代文学史观念的局限性和在价值评定上的偏狭。木心是否可以进入文学史姑且不论，但其文学价值品性上承"五四"（"民国"）以及中国文学"大传统"，不在1980 年代以来新时期文学传统之中，却是不争的事实，亦是需要论者认真辨析并深入反思的重要现象。详情可参见孙郁、张柠：《关于"木心"兼及当代文学评价的通信》，《文艺争鸣》2015 年第 1 期。亦可参见孙郁：《木心之旅》，《读书》2007 年第 7 期，李静：《"你是含苞欲放的哲学家"——木心散记》，《南方文坛》2006 年第 5 期。

② 近年来，由中国社会科学院教授张江"首开"的"西方文论"局限性的反思引发学界广泛关注，朱立元、周宪、南帆等人亦围绕此问题展开深入讨论。张江对"西方文论"的基本观点，集中体现在其长篇论文《当代西方文论若干问题辨识——兼及中国文论重建》一文中（《中国社会科学》2014 年第 5 期）。其以"强制阐释"及"场外征用"为核心，反思西方文论在文本阐释上的问题所在，并强调对文学文本做"本体诠释"，此一思路颇近于成中英教授的"本体诠释学"的基本观点（可参见成中英、杨庆中：《从中西会通到本体诠释——成中英教授访谈》，中国人民大学出版社 2013 年）。亦可参见周宪：《文学理论的创新问题》，《中国社会科学》2015 年第 4 期。南帆：《中国文学理论的重建：环境与资源》，《中国社会科学》2015 年第 4 期。"中国古代文论的现代转换"这一已被"历史化"的问题重新恢复其理论活力，已充分说明《周易》"复卦"返转回复观念的解释效力。

③ 对于"先验批判"及其运思方式，刘士林有极为精到的分析说明。可参见刘士林：《先验批判——20 世纪中国学术批评导论》，上海三联书店 2001 年。

④ 此为借用张志扬的说法，对该概念理论意义之详细辨析可参见张志扬：《归根复命——古典学的民族文化种姓》，《海南大学学报人文社会科学版》2013 年第 2 期。

第一节 超越"现代性"视域

敞开文学理论的新视域的先决条件，是超越文学理论的现代性视域。笔者与南帆先生围绕中国文论的重建问题的访谈已经触及到这一问题的核心论域：

问：诚如您在《文学理论：本土与开放》以及《现代性、民族与文学理论》等文章中指出的，以"道""气""神韵""风骨""滋味""以禅喻诗"等概念、术语、范畴和命题为基础的中国古代文论，在解释"五四"以降的中国文学时的阐释效力远不及以国民性、阶级、典型、主体、无意识、结构等术语为基础的现代文论（核心是西方文论）。是为"重启中国古代文论"的诸多难题之一种。进而言之，您指出，中国古代文论的现代转换至少包含两个步骤。"第一个步骤是解释中国古代文学理论一系列概念、范畴、命题，使现代人能够理解。这是一个比较简单的事情。""困难的是第二个步骤。解释之后，必须把它们放在整个现代性的话语平台之上，在现代性的语境之中加以考验，考察它们在这个语境之中解释问题的能力究竟有多大。""现代性理论话语"与中国传统文化的"矛盾性"由来已久（就中国而言，现代性理论话语原本就是在反叛传统的基础上兴起的），以现代性话语为"检测系统"，会不会无法洞悉属于"前现代"的中国古代文论的理论价值和解释效力？由此我想到近年来在国内学界影响颇大的政治哲学家施特劳斯的思想方式。因不满于马基雅维利以降的政治哲学的现代性思想路向，施特劳斯经由阿拉伯哲人重返希腊思想，以"返本开新"的学术姿态，重新梳理政治哲学的知识谱系。以此思路为参照，不知可否考虑这样一个思路："悬搁"现代性话语及其所持存的"先验认知图式"或"前理解"，以现象学"面向事物本身"的理论姿态，重新思考本土语境下的文学与文化问题与中国传统文化的关系？

南帆：这个问题与前一个问题密切相关①。如果暂时不考虑现象学"面向事物本身"这种命题对于主体、客体以及意向性结构等方面的特殊理解，那么，"面向事物本身"的姿态与上述关注"正在遭遇何种现实"是一致的。

但是，我想强调的是，所谓的"事物本身"或者"现实"绝非一个天造地设的自然之物。相反，我们所栖身的历史已经是一个文化构造物。无论是语言、风俗、社会制度还是建筑、交通工具、传播媒介，这些文化产品不仅构造了我们的现实，许多时候，它们就是"事物"或者"现实"本身。不管是企图观察这种现实、解读这种现实、延续这种现实或者摧毁这种现实，我们都要意识到，已有的各种文化传统以及它们之间的复杂博弈已经内在其中。

现今我们所遭遇的现实，很大程度上即是由现代性话语构造而成。而且，这种构造业已包含了现代性话语对于种种"前现代"话语体系的批判。现代性话语构造的现实出现了许多问题，众多思想家正在从各个角度给予反思。但是，如果反思的话语体系与现代性话语结构无法对话，甚至没有能力招架现代性话语的批判锋芒，那么，反思的效果相当可疑。这即是我将现代性话语作为"检测系统"的原因。"返本开新"可以成为一种学术姿态，但是，我们无法从传说之中的"桃花源"开始。所以，反思的话语与现代性话语之间的对话可能性是必要的前提。古人自信"半部论语治天下"，然而，我们真的还可以引用《论语》与互联网产生的各种问题相互对话吗？对于我提到的第一个步骤，准确地解释中国古代文论的内容成为首要的任务；可是，我们现在所要做的是，衡量这个话语体系的现今意义。

---

① 关于"前一问题"，可参见南帆、杨辉：《"关系与结构"中的文学和文化——南帆教授访谈》，《美文（上半月）》2014年第5期。

如南帆先生所言，之所以将现代性话语作为"检测系统"，是与现代性理论已经深度构造了我们置身其中的生活世界及种种观念密不可分，重新反思现代性理论的"局限"，首先必须完成与现代性理论的"对话"，非此则无从建构新的话语。但前文所述的问题仍然存在：如果以现代性文论话语为"先验认知图式"，如何理解并阐释中国古代文论话语"自身"的意义？如宇文所安在《过去的终结：民国初年对文学史的重写》中申论的："'五四'一代人对古典文学史进行重新诠释的程度，已经成为一个不再受到任何疑问的标准，它告诉我们说，'过去'真的已经结束了。几个传统型的学者还在，但是他们的著作远远不如那些追随'五四'传统的批评家们那样具有广大的权威性。近时的文章开始探索那些被'五四'文学史摒弃在外的领域，但是作这样的题目，作者们常常是用了道歉的语气，或者作为纯粹的学术研究来进行，并不宣称具有与'五四'批评家们的判断背道而驰的重要内在价值。而且在这些领域里，学术界对于研究新的、没有人碰过的东西的要求，往往压倒了一个学者想做重大研究的欲望。"① 一旦涉及学术"成规"的突破及研究范式的重大变革，论者往往要面对巨大的压力。极而言之，文学史话语成规的潜在制约，使得任何选择不同于该"成规"的学术理路的研究将面对重重困难。对宇文所安以上反思的延伸，便是文学史叙述的如下限制："如果我们在现实当中看看这一违背了'五四'传统的别种传统，我们会发现这些书一般来说都是小字印行，使用的是繁体字，要不然就是没有评注"，这对于那些依赖白话注解和翻译来理解典籍的读者而言，"先验"地被剥夺了接受新的知识的可能。这也"给了学术界一种权力来塑造中国的过去，也控制了大众对这个过去的

---

① ［美］宇文所安：《过去的终结：民国初年对文学史的重写·他山的石头——宇文所安自选集》，田晓菲译，江苏人民出版社 2006 年，第 279 页。

接触"①。此一现象无疑也是后现代历史叙事学历史反思的要义所在。作为一种叙事的历史，原本就潜存着叙述语法和价值偏好，若要敞开新的历史视域，则需要从叙述语法（历史叙事）的先验批判入手。舍此，则任何历史重述，都不可避免地会回到原有的解释框架之中。此亦为程光炜"重返八十年代"研究的基本学术理路。从海登·怀特《后现代历史叙事学》中，程光炜领悟到海登·怀特思想的深刻之处，在于"他的发现能够激活那些因为过于'成熟'而陷于'停滞'的专业学科的工作"。以"80 年代文学"为例，对历史叙事建构的基本语境及语法的反思，可以将"80 年代文学"重新"历史化"，在新的叙述语境的建构中完成对其文学史价值的重述②。

对此一问题，宇文所安提醒尚在"五四"以来的阐释框架之中解释中国传统文学与文化的学者注意如下事实：在十九世纪二三十年代文学史重写的语境中，"重新阐释过去是一个正在进行中的事件，它和当时还很强大的古典传统是相辅相成的。"如今，作为彼时古典传统"重新阐释过去"的基本语境的社会现实已发生极大变化，如果还在"五四"一代人对古典传统的阐释范式中理解过去，则被"五四"诸公"连根拔除"的"古典传统"很难再有重现的机会。行文至此，有必要重温宇文所安在该文末尾处的如下质问："'五四'知识分子们的价值观和他们的斗争性叙事如此紧密地联系在一起"，"我们不免想要知道：当最大的敌人死掉之后，还剩下什么？"③虽未及对此说做更为深入的理

---

① ［美］宇文所安：《过去的终结：民国初年对文学史的重写·他山的石头——宇文所安自选集》，田晓菲译，江苏人民出版社 2006 年，第 280 页。

② 程光炜：《发现历史的"故事类型"——读海登·怀特〈后现代历史叙事学〉》，《解放军艺术学院学报》2013 年第 2 期。此种研究理路的深度展开，可参见程光炜：《文学讲稿："八十年代"作为方法》，北京大学出版社 2009 年。亦可参见程光炜：《当代文学的"历史化"》，北京大学出版社 2011 年。

③ ［美］宇文所安：《过去的终结：民国初年对文学史的重写·他山的石头——宇文所安自选集》，田晓菲译，江苏人民出版社 2006 年，第 280 页。

论说明，宇文所安已经迫切地意识到要重新"召唤"过去，在"五四"一代人所形成的学术成规的叙事框架之中并无可能。孙郁在《新旧之间》一文中自谓，自己在二十世纪七十年代偶读《胡适文存》，方知"五四"那一代文化人，乃是深味国学的一族。其作品中有古诗文的奇气，并不与中国文学"大传统"（古典传统）彻底隔绝（反传统的人其实是站在传统的基点开始起航的，鲁迅、胡适、钱玄同，莫不如是）①。而到了他这一代，知识结构的先天局限，使得其与古典传统已隔绝甚深。"失去了与古人对话的通道"，已经读不懂古人，孙郁寄希望于年轻人对古典传统的"重新启动"②。这种重启的前提，是完成学术研究范式的根本性转换。

在《先验批判——20世纪中国学术批评导论》中，刘士林认为：从某种意义上说，"经验主义导致的是思想懒惰以及对观念创造的歧视，它们直接把某种带有现实功利性的'论'，当作了最高的自明的先验判断范畴。"③以此为基础，论者疏于考辨自身所依凭之学术传统的内在局限，且无从对自身知识谱系作自我反思，其结果便是受制于既定话语的先验规定性，无从察知认知世界的多样化的可能。因此，"只有先验批判才能真正在逻辑上阻断各种独断论的产生，才能帮助这个古老的民族完成艰难的新生。"④"只有从各个知识领域清除掉历史积淀的精神废料，才能使中国文化启蒙获得一种坚实的理性基础。"⑤"悬置""五四"以来的文化的现代性传统的用意，便是敞开一种新的可能。

思想界对此一问题的反思已有多年。在为《"中国人问题"与"犹太人问题"》所作的序言中，张志扬反复申论，将"中国人问题"与"犹

---

① 参见孙郁：《新旧之间·写作的叛徒》，海豚出版社 2012 年。
② 孙郁：《革命时代的士大夫：汪曾祺闲录》，生活·读书·新知三联书店 2014 年，第 308 页。
③ 刘士林：《先验批判——20世纪中国学术批评导论》，上海三联书店 2001 年，第 24 页。
④ 刘士林：《先验批判——20世纪中国学术批评导论》，上海三联书店 2001 年，第 162 页。
⑤ 刘士林：《先验批判——20世纪中国学术批评导论》，上海三联书店 2001 年，第 163 页。

太人问题"对举，意在强调中国人"文化身份"的定位问题。其基本语境，仍然是晚清以降的文化的"古今中西之争"。"在西方军事政治文化殖民的死亡胁迫之下，是否还有非西化的另类的走回自己民族文化的路？"张志扬的如是追问将"古今中西之争"再度"历史化""问题化"。自鸦片战争始，长达一百七十余年的"救亡—启蒙"过程中，中国人遭遇的核心问题必然是："救亡需要'科学'（社会革命·生产力），启蒙需要'民主'（国家革命·政治体制），因而归根结底'救亡—启蒙'就是把中国从传统中拔出来转向西方道路指示的'现代性'。"其根本问题在于，"不转向，中国亡；转向，中国同样亡，即同化追随于西方——名存实亡。"极而言之，在此一问题的背景下，"在西方的目光下"成为知识人运思的基本方式，"以至于中国人已长期陷入'不能思乃至无思'的无能境地。"① 基于对此一现象强烈的问题意识，张志扬《现代性理论的检测与防御》《一个偶在论者的觅踪：在绝对与虚无之间》等作品均在不同角度不同层次上应对这一问题。

如能超越"现代性"视域，并有效克服现代性理论话语及与之密切相关之文学史观念的偏狭，便不难发现，围绕贾平凹作品"落后""守旧"及"反现代性"的批评，顿时失去了批判与解释的效力而变成"伪

---

① 张志扬：《中国人问题与犹太人问题（代前言）·"中国人问题"与"犹太人问题"》，生活·读书·新知三联书店 2011 年，第 3—4 页。可进一步参阅张志扬：《一个偶在论者的觅踪：在绝对与虚无之间》，上海三联书店 2002 年；张志扬：《现代性理论的检测与防御》，社会科学文献出版社 2000 年。近年来，刘小枫、甘阳先后主编《西学源流》数十种，《西方传统：经典与解释》《中国传统：经典与解释》百余种，根本用意，既在于纠"五四"以来国人对西学引入及理解的"偏狭"，亦在于从新的思想方法入手，重新阐释"西学"及中国"古典传统"。此亦为利奥·施特劳斯古典研究及其释经学方法的要义所在。刘小枫等人之所以不遗余力地为国内学界引进施特劳斯及施特劳斯学派作品，根本用意，恐怕亦在此处。其基本思路，集合在近期出版的以下诸书中：其一为程志敏、张文涛：《从古典重新开始》，华东师范大学出版社 2015 年。收入基本认信刘小枫学术理路之文章数十篇；其二为孙周兴、贾冬阳：《存在哲学与中国当代思想：张志扬从教五十周年庆祝会文集》，商务印书馆 2015 年。亦可参见中国比较古典学学会：《施特劳斯与古典研究》，生活·读书·新知三联书店 2014 年。后者为施特劳斯古典学研究方式的"再解读"以及方法论探讨文章的合集。

问题"①。无论是 1990 年代初胡河清对贾平凹作品与中国古典传统关系的深度探讨，还是李敬泽敏锐地发现贾平凹的写作与《红楼梦》之间的"影响的焦虑"，以及孙郁指陈之贾平凹文学与沈从文、汪曾祺那一脉的内在关联及其与中国古典传统的承续关系，均说明有效开拓贾平凹研究之新境界，除需要超越现代性视域外，还必须融通中国文学的"大传统"与"小传统"，非此，则无以从根本上解决文学史视域及评价标准的偏狭问题。

第二节　融通"大传统"与"小传统"

对中国文化的"大传统"与"小传统"，人类学学者以"汉字书写系统的有无"为分界，将"前文字时代以来的神话思维视为'大传统'"，与之相应的，便是将"汉字编码的书面传统作为'小传统'"②。此一思路不惟可以重新梳理中国文化的知识谱系，亦潜藏着重绘中国文化及文学地图的解释学效力。如以此为基本参照，则近年来围绕贾平凹新作《老生》中《山海经》与《老生》四个基本故事的互文关系

---

① 对贾平凹写作的"反现代性"特征的指认和批评，集中于李建军的几篇文章中。其一评《废都》文章题为《私有形态的反文化写作——评〈废都〉》（《南方文坛》2003 年第 3 期），该文中所指称之"文化"，即为"现代文化"；二评文章题为《随意杜撰的反真实写作——再评〈废都〉》（《文艺理论与批评》2003 年第 3 期）之"真实"观，亦在现代文化的理论话语框架之内；三评文章题为《草率拟古的反现代性——三评〈废都〉》（《文艺争鸣》2003 年第 3 期），仅以题目看，用意已极为明显。仅仅六年后，李建军在《再论〈百合花〉——关于〈红楼梦〉对茹志鹃写作的影响》（《文学评论》2009 年第 4 期）中盛赞《百合花》是对《红楼梦》传统的一次遥远的回应。而将以上文章放在一起进行讨论，其理论视域内在的矛盾冲突不言自明。对此，王侃有极为精妙的分析。可参见王侃：《批评家的立法冲动：资本转账与学理包装——近十年文学批评辩谬之一》，《文艺争鸣》2012 年第 10 期。
② 参见叶舒宪：《探寻中国文化的大传统——四重证据法与人文创新》，《社会科学家》2011 年第 11 期。叶舒宪：《重新划分大、小传统的学术创意与学术伦理——叶舒宪教授访谈录》，《社会科学家》2012 年第 7 期。而对此学术范式在文学谱系梳理上的理论意义的详细说明，可参见李永平：《文学何为？——文化大传统对文学价值的重估》，《思想战线》2013 年第 5 期。

的根本意指及其价值有无的争议可以休矣！因无从理解《山海经》与《老生》核心故事中"一个世纪的叙述"之间的对话和张力所体现出的两种全然不同的世界观念的反讽结构，诸多批评者指斥《老生》中"加入"《山海经》的段落并无意义，且会造成文体上的冲突。对此类批评者所依据之知识谱系与意识形态稍加考辨，不难发现其立论的出发点，既在于"五四"以来的现代文化，亦在于西方文学传统的小说观念（其观念仍然是偏狭的，如果他们对西方文学传统有较为全面深入的理解，则不难知晓，仅就二十世纪而言，詹姆斯·乔伊斯的名作《尤利西斯》便使用了"神话结构"。发生在二十世纪初都柏林的故事与荷马史诗中尤利西斯的故事形成内在的互文关系，如不从此角度出发，则很难深入理解乔伊斯作品的核心命意。此外，以弗莱为代表的神话原型批评，即努力在发掘文学作品中的"神话原型"。这些文学与理论资源，均可以用来理解《老生》的意义，惜乎批评者对此置若罔闻）。缺乏中国文化及文学"大传统"的评价视域，此类批评者自然无从理解有心接续中国文学"大传统"的作品。

自"五四"以来，诸家文学史在废名、沈从文、孙犁、汪曾祺、贾平凹这一脉的作品评价上的两难，已经充分暴露出以现代性为基本评价视域，无法为承续古典文脉的作家作品做妥帖定位。以沈从文的文学评价为例，夏志清《中国现代小说史》虽有"发掘"之功，但受制于英美新批评视野的内在局限，夏志清对沈从文文学的评价仍然存在着力所不逮之处。司马长风《中国新文学史》视域稍有拓展，但限于篇幅，诸多观点未及展开。值得一提的是，近年来，张新颖从《边城》等作品中读解出沈从文不同于乡土叙事"启蒙"传统之处，因几乎"自外于"启蒙的思想谱系，沈从文得以从另一眼光观照湘西世界的人事。一种远较"启蒙"观念指认的乡土人物丰富复杂的乡土世界携带着天地的气息，呈现出迥异于"启蒙"意义上的乡土叙事的基本面向。因与乡土民俗及生活世界的诸般物象（有其传承已久的思想传统和"看"世界的目光）的内在关联，沈从文笔下人物即便出身末流，仍然要"大于"知识分子指认的乡土人物。他们背后有"天""地"（古典思想意义上的"天""地"），有对于人在宇宙中的基本生存境遇的承担。是为沈从文作品所敞开的世界要大于其他同类作品的重要缘由。如不能突破现代性视域的局限，张新颖恐怕难于"发现"沈从文作品的以上品质[①]。

同样评价上的"尴尬"亦存在于对黄永玉长河小说《无愁河的浪荡汉子》以及木心的作品上。《无愁河的浪荡汉子》以久已消逝的"故乡思维"从容营构具有极为鲜明之文体辨识度，以及极高的"能见度"的湘西世界。其写作思维上承沈从文的文学传统，不在"五四"以来作为文学"成规"的叙事流脉之中。黄永玉盛赞沈从文《长河》式的历史叙事，并认为后者是一部舒展开来的小说，是排除了精挑细选的人物的重要作品，它意味着沈从文文学的一个重要开端[②]。此书虽属未竟之作，但由其开启之写作路向，多年以后在黄永玉的笔下获得新生。围绕《无愁河的浪荡汉子》展开的争议亦从根本性意义上涉及文学评价的视域问题。与草率宣称该作叙事拖沓难以卒读形成鲜明对照的是，张新颖从该作品中体会到"养生"的意义："'养生'，很重的词。庶几近乎庄子讲的'养生'"[③]，身在万物中，与天地自然息息相通，并以之重建人与天地万物之间的圆融和合关系。而有效规避作为现代性观念核心的主客二分以及人与自然的对立关系的思想基础，是重返中国思想与文化的"大传统"。非此，则不能体会《无愁河的浪荡汉子》世

---

① 参见张新颖：《沈从文与二十世纪中国》，复旦大学出版社2014年。以及张新颖：《沈从文精读》，复旦大学出版社2005年；张新颖：《沈从文的后半生》，广西师范大学出版社2014年。亦可进一步参看张新颖关于王安忆《天香》，黄永玉《无愁河的浪荡汉子》以及贾平凹《秦腔》的评论文章。其之所以能别开生面，与其不在文学"小传统"中立论关联甚深。

② 参见黄永玉：《这些忧郁的碎屑·沈从文与我》，湖南美术出版社2015年。

③ 张新颖：《一说再说〈无愁河的浪荡汉子〉》，《东吴学术》2014年第2期。

界的元气淋漓及生命的充盈和丰富①。同样的道理，围绕木心作品之文学价值及文学史意义的争议亦充分体现出大、小文学传统价值分野问题之无远弗届。自木心作品在大陆陆续出版以来，虽有陈丹青不遗余力的推介，部分知名批评家的持续跟进，关于木心作品之价值的"争议"却始终不绝于耳。就中涉及木心评价之核心问题者，当属孙郁与张柠围绕木心评价问题的通信（《关于"木心"兼及当代文学评价的通信》）。在这一封信中，孙郁认为，木心在文章学层面上的价值，批评界至今估计不足。"比如修辞上的精心设喻、义理的巧妙布局、超越己身的纯粹的静观等，当代的作家似乎均难做到此点"②。再联系孙郁对木心作为文体家在文体上的自觉意识，以及其文章中"以民国文人的性灵与智慧对抗着我们文坛的粗鄙和无趣"③的赞赏，不难察觉其批评旨趣及价值依托，不在当代文学的叙述成规之中。针对孙郁的来信的观点，张柠开宗明义地指出："木心的文学语言有其美学意义，但不能任由大众媒体借助传播强势，给公众造成错觉，认为木心的创作就是新文学的标准。"张柠赞同孙郁对木心语言的美学意义及其韵致的肯定，却以为语言仅为文学之一端，"作品形式与时代精神之间的内在关联性、叙事结构、思想容量、精神穿透力"④等，都需要做通盘考虑。张柠文章虽点到即止，但其思路，约略可以测知。在此通信后，未见孙郁作进一步的回应。但批评家李劼近期出版之《木心论》，庶几可以

---

① 参见张新颖：《这些话里的意思——再谈黄永玉〈无愁河的浪荡汉子〉》，《长城》2014年第2期；张新颖：《与谁说这么多话——黄永玉〈无愁河的浪荡汉子〉》，《书城》2014年第2期。亦可参见芳菲：《身在万物中——黄永玉〈无愁河的浪荡汉子〉札记之三》，《上海文化》2013年第5期。芳菲文章的论述更为细致，运思方式亦有同工之妙。
② 张柠、孙郁：《关于"木心"兼及当代文学评价的通信》，《文艺争鸣》2015年第1期。
③ 孙郁：《文体家的小说与小说家的文体》，《文艺争鸣》2012年第11期。
④ 张柠、孙郁：《关于"木心"兼及当代文学评价的通信》，《文艺争鸣》2015年第1期。

视为是对该问题的"回应"之作。李劼将木心与南怀瑾、胡兰成[①]、潘雨廷对举,以为南怀瑾最俗,胡兰成最浮,潘雨廷最深,木心最清高。言下之意,"俗"与"浮"及"清高"和"深",四人皆具备,惟偏重不同。在细读木心《文学回忆录》及其小说诗歌作品之后,李劼认为,由逻辑主导之哲学,并非木心所长,木心之兴趣亦不在此处。归根结底,木心是一位诗人,其以诗人之眼光打量古今中外之文学,参之以个人生命的实感经验,所见自然不同于文学史。木心之直觉有极强之穿透力,但其逻辑却相当朦胧模糊,然仅以过人之参悟力,木心能读破老子思想之精华并深度体悟出"反者道之动"的精深微妙处,如此这般深入,千年以下,不过数人尔!"反者道之动"之要义,在"文化只有不断地返回,才能获得充沛的生命力。"通过文学上的溯本追源,方可以完成新时代的"文艺复兴"[②]。此与胡河清二十余年前强调中国全息现实主义的诞生,要在承续《周易》思维的说法如出一辙,亦从思想方式上暗合《周易》"复卦""返本开新"的精义。若参照西方思想申论之,可知此一思路,与雅斯贝尔斯指出"轴心时代"的理路足相交通。

依李劼之见,木心的散文,足以与《道德经》媲美,亦互补于李劼之"中国文化冷风景"。二者相通之处在于,同以"返回先秦的方式,呈示全新的人文景观。"从木心诗文中可以测知,"打倒孔家店式的五四文化标高,已经成为历史;五四白话文与生俱来的打倒、推翻暴力话语方式,就此走向终结。"[③]中国文化的"旧邦新命",要在"返本开新"。"中国式的文艺复兴,并非仅止于对孔孟之道的摒弃,而是

---

① 王德威论及"现代抒情传统",专设一章谈及胡兰成。胡氏行世之《中国礼乐风景》《禅是一枝花》《心经随喜》等作品,不难看出其人超出常人之文字功夫,其文学旨趣,亦在木心所属之文学传统之中。详见王德威:《现代"抒情传统"四论》(台北:台湾大学出版社 2011 年)第四章"抒情与背叛——胡兰成战争和战后的诗学政治"。

② 李劼:《木心论》,广西师范大学出版社 2015 年,第 26 页。

③ 李劼:《木心论》,广西师范大学出版社 2015 年,第 69 页。

对所有先秦诸子作出全面的重新评估。"① 如不能规避"五四"以来的文化观念，全面的重新评估如何可能？！从木心打通古今中西文学的宏大视域中，李劼察觉其所以不至于进退失据的原因所在，进而言之，正因为拥有更为宏阔的文学史视域，木心作品中才能保持中国文化最为精深微妙之处。如同在美国的陈世骧以西方文化为参照系，深入发掘出中国文学之"抒情传统"一般，李劼从木心的文字中，亦读到出自生命底蕴本身的审美气度，是为中国文化的奥义所在，亦是木心文学的意义所托。

早在 1980 年代末至 1990 年代初，胡河清即惊叹于汪曾祺、孙犁、贾平凹以及杨绛等人在其作品中对古典精神的现代可能独到铺陈。胡河清系列文章的写作时间，与作为 1980 年代"文化热"之核心的"文化：中国与世界"团契申论西化观念相去不远，其全然不同之运思理路及价值依托，彼时想必有知音难觅之叹。大约同时期，汪曾祺亦呼唤当代文学研究者应有古典文学的素养，并建议打通当代文学与古典文学②。惜乎彼时应者寥寥，即便今天，恐怕亦属空谷足音③。

因是之故，打通中国文学"大传统"与"小传统"，建构一种融合两者的"大文学史观"（亦包括西方文学传统），是完成中国文学"文艺复兴"之先决条件，亦是从根本上拓展贾平凹研究视域的基础。无论是胡河清对贾平凹作品从"人""地"之道到言"天"之境的深度发掘，还是李敬泽对于贾平凹《废都》以降之重要作品与《红楼梦》精

---

① 李劼：《木心论》，广西师范大学出版社 2015 年，第 123 页。

② 汪曾祺：《捡石子儿——〈汪曾祺选集〉代序》，《中国文化》1992 年第 1 期。

③ 甘阳在反思学术界的"学统"时，曾表示，中文系的现当代文学与古典文学老死不相往来，是当下学界的现实，却并非正常现象。进而言之，对中国古典传统恢复敬意与"五四"以反传统为标杆之间的紧张，是需要学界努力去协调的重要问题。该问题包含着极为复杂的面相，并不是简单地非此即彼的思维所能解决。甘阳、王钦：《用中国的方式研究中国，用西方的方式研究西方》，《现代中文学刊》2009 年第 2 期。作为 1980 年代"文化热"中"文化：中国与世界"编委会的灵魂人物，甘阳的此种转变耐人寻味，亦从另一侧面说明中华文化历经百年劫变之后"归根复命"的迫切性。

神之承续与"斗争"之关系的申论，还是孙郁从文体、笔法和古典的
韵致入手探讨贾平凹文学的文脉所系，无不说明从中国文学"大传统"，
或者说"大文学史"的眼光观照贾平凹作品并对其做价值评判，已属
一种中国当代文学研究传统。本文之核心命意，即在于将与此相关观
点汇集一处，使其互相发明并相互指涉，共同完成对贾平凹文学史意
义的"重述"，并从另一角度，丰富发展当代文学的研究视界。虽不能
至，心向往之，非曰能之，愿学焉。

第一章　文学史的"故事类型"与贾平凹评价的限度

　　对贾平凹作为中国当代文学重镇的文学史"地位",各家文学史并无异议,但对其文学价值的评价,却颇多"分歧"。"要研究中国当代文学,如果把贾平凹漏掉,那是不可想象的。"莫言的如上说法,想必会得到诸多文学史家的认同,但如何确定贾平凹及其作品的文学史价值,恐怕难于有统一的观点。德国汉学家顾彬在其《二十世纪中国文学史》第三章"1949 年后的中国文学:国家、个人和地域"中,将贾平凹归入"寻根"派,与张承志、马建并列,就有以偏概全之嫌。[①] 而在该书第五章"展望:20 世纪末中国文学的商业化"中,不再提及彼时贾平凹《废都》之后的几部重要作品,仅重点论及莫言、格非、余华、苏童等,这无疑表现出其饱受诟病的对于中国当代文学阅读和理解的"偏狭"。如果说汉学家的文学史观念因语言和文化的障碍而不可避免地存在着盲点的话,中国学者的当代文学史,理应避免以上问题。但仔细阅读目下学界流行的几部文学史后,不难发现,在对贾平凹作品的评价上,仍然存在着一定的"误区"和"盲区"。而如何在文学史整体观的基础上整合贾平凹四十余年的创作,几乎成为考校文学史视

---

　　① 贾平凹二十世纪八九十年代的"商州系列"作品,虽可归入广义的"寻根文学",但以"文学寻根"来确立贾氏作品的文学史价值,似为不妥,亦有管中窥豹之嫌。《浮躁》与改革文学的关系、《商州》与略萨的结构现实主义的内在关联以及自《废都》之后贾平凹对中国古典文脉的接续(尝试以传统美的表现方法表现现代国人的生活),无不说明其写作的丰富性和复杂性,任何单一的评价都难免有以偏概全之嫌。

域和文学评价标准的恰切性的重要尺度。

第一节　文学史"重写"的限度

作为 1980 年代"重写文学史"的重要参与人和推动者，陈思和将自己当年和王晓明主持并倡导"重写文学史"的目的总结为："消解 1949 年作为划分文学史的界限，"[①] 具体方法是"把前 30 年和后 30 年打通"，"要搞现代文学 60 年"。但由于研究方法本身的局限，这种打通前后 30 年的做法并未得到持续有力的支持。但时隔二十年后，再度回顾当年的主张，陈思和强调在重写文学史过程中两个标准的重要性：第一"就是良知和道义的问题。我们要有良知，我们要说出真话，文学史就是这样，不能指鹿为马，明明是不好的你说成是好的。"第二"就是要从史料出发，一切要从材料出发，从当时的一个实际情境出发。这两点后来我也一直坚持下来了。"[②] 这两个标准的形成及其价值的显现，奠基于后文革时期的特定文化知识氛围[③]。而编成于 1999 年，且被视为"重写文学史"的重要收获的《中国当代文学史教程》，无疑可以看作是陈思和在"重写文学史"的理论努力之后的一次重要的文学史

---

① 陈思和、杨庆祥：《知识分子精神与"重写文学史——陈思和访谈录"·这就是我们的文学生活——〈当代文坛〉三十年评论精选（上）》2012 年。

② 陈思和、杨庆祥：《知识分子精神与"重写文学史——陈思和访谈录"·这就是我们的文学生活——〈当代文坛〉三十年评论精选（上）》2012 年。

③ 这种说法背后的时代和政治意指，以及其带有"颠覆"意义的文学史建构的精神倾向，与近年来一些作家以"个人化"的历史叙述"消解"宏大的历史叙事的努力如出一辙。因是之故，李杨指出，在《中国当代文学史教程》中，有从一种"一元化视角"走向另一种"一元化视角"的问题，"潜在写作"与"显在写作"，"民间意识"与"主流意识形态"同样构成一种"二元对立"的模式，强调"民间""潜在写作"之于"主流意识形态"的独立地位，容易滑入另一个"极端"。李杨：《当代文学史写作：原则、方法与可能性——从陈思和主编的〈中国当代文学史教程〉谈起》，《文学评论》2000 年第 3 期。

写作的实践^①。

　　依语言学家索绪尔的意思，一种语言和它基本的词汇构成，先验地决定了其所能言说的"限度"。詹姆逊将其作品命名为《语言的牢笼》，深层次里，便有着对索绪尔的观点的"体认"与"突破"的用心。试图"重写文学史"，先决的条件，恐怕还是文学史写作与研究范式的转换，而完成这一转换的基础，便是言说"语汇"的变化。^② 以"潜在写作""民间"等术语建构起的陈思和的《中国当代文学史教程》，在前言部分，便有对"当代文学研究中的几个关键词"的重要说明。"我在决定主编这部以文学作品为主型的当代文学史时，就想把它编成一部既是通俗浅近的普及性文学史，又要能够体现我的个人研究成果和研究风格的学术性专著。"^③ 而个人研究风格的凸显，"是通过我为这部文学史所规定的叙述视角展开的，要进入这样一个叙述视角，必须引进几个理解文学史的关键词。"^④ 关键词计有"多层面""潜在写作""民间文化形态""民间隐形结构"以及"共名与无名"等等。这些关键词犹如文学的地理标识，标志着这部文学史的基本视域和思想的"疆界"。对贾平凹作品的评介和文学史"定位"，无不与这一阐释视域密切相关。

---

　　① 　在该书前言中，陈思和表示："重写文学史的提倡至今快要十年了，这十年中，研究者们对文学史的思考没有停止，而且一步步地取得了扎实的学术成果。现在我想通过这部以文学作品为主型的当代文学史的实践，来总结一些实质性的经验，是文学史研究取得更大的突破。"陈思和：《中国当代文学史教程》，复旦大学出版社1999年，第14页。

　　② 　关于此说，可参见丁帆、杨辉：《文学史的视界》：杨辉：在贾平凹《带灯》研讨会上，您明确表示，不赞同使用"农村题材"这样的提法。是否是在有意识地清理文学史中意识形态的"话语残留"（依索绪尔的意思，特定的语汇，先验地决定了我们评判的可能性方向），以便建立新的文学史叙述？丁帆：对！从80年代从事中国乡土小说研究以来，我一直就是把"乡土文学"和"农村题材"严格区分开来的，前者是文学史的学术话语判断词，后者是某一个历史时段中的特殊用语，不合文学史的学理评判，应该说是"十七年文学"的"话语残留"，如果不加清理，文学史就会被这一颗颗老鼠屎搅浑，失却了它作为判别这个领域文学的准确性。只有将这些"话语残留"清除掉，我们的文学史才能进入正常的学术判断轨道。（《美文》2014年第4期）

　　③ 　陈思和：《中国当代文学史教程》，复旦大学出版社1999年，第10页。

　　④ 　陈思和：《中国当代文学史教程》，复旦大学出版社1999年，第10页。

一、从"改革文学"到"寻根文学"

《中国当代文学史教程》首次提及贾平凹，是在第十三章"感应着时代的大变动"第一节"改革开放政策下的社会与文学的责任"。在以蒋子龙、高晓声等作家为中心论述改革文学的自我完善和发展过程的第一阶段之后，将贾平凹的《腊月·正月》归入改革文学的第二阶段。"这一阶段的创作剖示了改革进程的繁难与艰辛，透射出政治经济体制改革所带来的社会结构的整体性变化，特别是思想、道德和伦理观念的变化。"[①]这容易让人联想到贾平凹创作于1986年的长篇小说《浮躁》，该书以"浮躁"二字指称1980年代改革浪潮主导下的时代的精神氛围，无疑较为精准。这也是贾平凹"最后"一部以传统现实主义技法营构的作品，之后的《废都》，贾平凹在接续中国古典传统的道路上阔步前行，逐渐大不同于其时的"潮流化"写作而独行于当时的"主流"文坛。如这一节的结尾所言，1985年之后，"'改革文学'已无法涵盖许多新的现象，或者说，对社会改革的敏感和表现已经融入作家们的一般人生观念和艺术想象之中，作为一种文学思潮和创作现象的'改革'文学则已经结束。"[②]《浮躁》所具有的"改革"和"寻根"双重特点，不惟表征着贾平凹这一时期写作的"困惑"和"突围"的努力，也是1980年代末新时期文学逐渐走向多元和宽阔的重要症候。1985年之后，"先锋文学"（新潮文学）、新写实主义、新历史主义等等相继登场而后迅速"合流"且难分彼此，犹如百川归海。《浮躁》的"转折"意义，因此并不仅对于贾平凹个人的写作有意义，也是新时期文学混杂状态初步形成的标志。1988年的"美孚飞马文学奖"授予该作，并指出其"从时代的高度，以富有当代精神的文化批判眼光，和富有个性的审美追求，把握住了当代农村改革生活的某些脉络，并把这场在经济、政

---

① 陈思和：《中国当代文学史教程》，复旦大学出版社1999年，第233页。
② 陈思和：《中国当代文学史教程》，复旦大学出版社1999年，第233页。

治、文化、道德、心理等各方面激发的各种复杂曲折的斗争，斑斓多彩地呈现在我们面前。"①需要提及的是，作为评委之一的唐达成还注意到："作品所描写的虽然只是中国偏远山区的一角，却相当典型地反映了具有传统文化氛围又孕育着躁动变化的当今农村现实"②。"正是由于作者对当前现实状况的敏锐、独特的艺术把握，使《浮躁》成为新时期文学带有标志性的重要作品之一。"③由是观之，《浮躁》大致可以被读解为贾平凹融汇其以《小月前本》《鸡窝洼的人家》《腊月·正月》为代表的"改革文学"，以及以《商州初录》《商州又录》和《商州再录》为代表的"寻根文学"并在此基础上寻求突破的"总结性"同时也具有"过渡性质"的重要作品。1993年《废都》的出版充分说明了这一点④。

二、"寻根文学"的限制

因是之故，《中国当代文学史教程》在第十三章将《腊月·正月》一笔带过之后，在第十六章"文化寻根意识的实验"中专节论及《商州初录》，就并不令人意外。该章在详述文化寻根潮流兴起的社会历史背景和精神文化根源之后，首先论及阿城的《棋王》与韩少功的《爸爸爸》的"南北呼应"，而后以"来自民间的美好诗情：《商州初录》"为题，来读解彼时贾平凹的创作。作为并不依附于任何流派的文坛的"独行侠"，贾平凹很难在任何一个文学流派的"叙述框架"之中被恰如其分地解释，"寻根文学"自然也不例外。《中国当代文学史教程》作者欣

---

① 唐达成：《贺〈浮躁〉》，《瞭望周刊》1988年第50期。
② 唐达成：《贺〈浮躁〉》，《瞭望周刊》1988年第50期。
③ 唐达成：《贺〈浮躁〉》，《瞭望周刊》1988年第50期。
④ 《浮躁》序言中，对此亦有明确说明："但也就在写作的过程中，我由朦朦胧胧而渐渐清晰地悟到这一部作品将是我三十四岁之前的最大一部，也是最后一部作品了，我再也不可能还要以这种框架来构写我的作品了。换句话说，这种流行的似乎严格的写实方法对我来讲将有些不那么适宜，甚至大有了那么一种束缚。"见贾平凹：《浮躁》，作家出版社2005年。

赏贾平凹通过《商州初录》展现出来的"来自民间的美好人情",且以"一种清新、纯朴的笔调营造出了一个特别具有诗意美感的艺术世界。"①这一节选择《商州初录》重点论述,想必出于以上原因。这不免让人联想到沈从文对《边城》的读者的如下"抱怨":"你们能欣赏我故事的清新,照例那作品背后蕴藏的热情却忽略了;你们能欣赏我文字的朴实,照例那作品背后隐伏的悲痛也忽略了。"贾平凹笔下的美好"商州",也并非是单向度的。对此,《中国当代文学史教程》作者并非没有察觉:"贾平凹对于自己的'文化之根'怀有着特殊的亲近,这使得他在一种多情、诗化的描述中,自觉过滤掉了那些可能同时存在的愚昧、丑陋、恶的成分,更加突出了商州文化中的风情和人情之美。"②这些风情和人情之美,在《浮躁》中已逐渐开始面临"挑战",更为宽阔的"浮躁"世界表明了贾平凹在更为宽广的时代和精神氛围中把握笔下世界和人物命运走向的"雄心",就思想和艺术双重意义上而言,均意味着贾平凹写作的重要转变。但《中国当代文学史教程》弃《浮躁》而论《商州初录》,就中原因,或许在于作者的如下判断:"长期浸淫于秦汉古老文化之中,贾平凹深深地体验到它的厚重、朴实、浑放的风格,他将其视作一种对自我和全体社会都大有意义的民族精神。又由于这一文化传统早已散佚民间,这就使得他的'寻根'过程,实际上也就是进入民间世界、感受民间气息的过程,而后者更加呈现出蓬蓬勃勃的生命力,而古老文化不会老去,便在于与民间的贯通凝合,两者已成一个整体。"③此论点出"民间"二字,并强调贾平凹深入民间的重要意义,某种程度上,是在"寻根"与"民间"的理论视域中,对贾平凹丰富且复杂的写作的"过滤"和"简化"。贾平凹写作的意义,不在于

---

① 陈思和:《中国当代文学史教程》,复旦大学出版社 1999 年,第 285 页。
② 陈思和:《中国当代文学史教程》,复旦大学出版社 1999 年,第 286 页。
③ 陈思和:《中国当代文学史教程》,复旦大学出版社 1999 年,第 287 页。

其与整体性（所谓的整体性，与“世界文学”这一术语一样，是典型的话语的乌托邦）的文学史的内在关系，而在于其与韩少功、阿城等“寻根派”作家的不同。这倒从另一侧面，说明了索绪尔所谓的语言的任意性的意义的无处不在。

进而言之，把贾平凹归入“寻根派”，也并无不可。但仅就具有文学寻根意义的《商州初录》来确定贾平凹的文学史地位，却存在着诸多问题。相较于韩少功、阿城、李杭育，贾平凹并非“寻根派”的中坚力量，也不曾如韩少功等人那样，在“寻根派”的草创时期，即有专文促成该派之形成。其后史家论述“寻根派”，也未必人人都会想到远在陕西的贾平凹。贾平凹对文化与文学之根的探掘，与其时他对商州世界认识的逐渐深入，以及经由沈从文“湘西”而发现自己的文学世界，并进一步寻找到与自己的人格统一的“文风”关联甚深。这种发掘很快便在《浮躁》中凝聚为作品的整体气韵，而后在《废都》中得到了更为深入准确的表达。早在1980年代初期便自觉“以传统美的表现方法，来真实地表现现代人的生活”的贾平凹的写作境界逐渐扩大，在《白夜》《土门》之后，《高老庄》再度回到“商州”。传统与现代纠葛四起，古老的文化已难于抵挡汹涌而来的商品大潮，期间世情的转移，人心的变化，无不说明以“文化寻根”的目光（《商州初录》）指认下的商州世界的分崩离析，旧的价值观念已难以维系，新的价值秩序尚未形成，一切都在未定的状态下摇曳着。贾平凹由此完成了对《商州初录》中的“商州”世界的“解构”和“重组”。“文化寻根”的面目几乎无从辨识，以浸淫于中国古典思想世界的明清世情小说为参照，贾平凹在接通古典文脉的基础上，完成了古典与现代的精神对接。

三、可以被“重写”的文学史

即便意识到贾平凹的写作为“后文革文学”“开启了新的文学向

度",且他在《商州初录》中尝试了一种新的笔墨,有浓烈的古典艺术气韵,表现为"对传统文化的有意回归"。是为作者"在西方经典小说叙述形式之外",以"中国文人笔记小说这一传统形式",表达出其"对古典美学意境的追求。"[①]《中国当代文学史教程》作者却并不打算就此做深入论述。奠基于如下思想的《中国当代文学史教程》,不可避免地面临着如何整合汪曾祺、贾平凹这样的有意接续古风的作家作品:"中国 20 世纪文学史在本世纪所产生的历史意义不是孤立的,它是在中国由古典向现代转型的宏大历史背景下发生的,它与其他现代人文学科一起承担了知识分子人文传统重铸的责任和使命。中国士大夫的传统随着 20 世纪新的世界格局的形成而自崩,原来单一价值体系的士大夫庙堂政治文化向多元价值体系的现代知识分子的民间文化转移,知识分子在民间建立起各自的专业岗位,以确立新的价值立场和精神传统。"[②] 不独如此,与士大夫庙堂文化紧密相连的古典文人的精神传统、审美品格和情感所寄也可能随着时代大主题的变革而逐渐"不合时流"。沈从文 1949 年后转向杂文研究,汪曾祺 1980 年代重新提笔,都可能让受制于一时代的知识谱系与意识形态话语边界的文学史家颇为犯难,他们与古典传统的精神联系,如何在现代性的话语中获得恰切的评价,很有可能是成长于 1980 年代"文化热"的知识氛围中的一代学人普遍的精神困惑。这也从另一侧面说明了洪子诚对文学史家治史方式的如下告诫的合理性:"我们每个人都生活在特定的语境中,并形成相异的认知模式和情感结构。"[③] 基于此,"在历史研究中,提倡一种'靠近历史情境'的书写,其前提不是让个人的盲目的情感和残破的经验膨胀,而是具有对自身限度的自觉。"[④] 这种自觉某种意义上是一种自我的精神

---

① 陈思和:《中国当代文学史教程》,复旦大学出版社 1999 年,第 288 页。
② 陈思和:《中国当代文学史教程》,复旦大学出版社 1999 年,第 3 页。
③ 李杨、洪子诚:《当代文学史写作及相关问题的通信》,《文学评论》2002 年第 3 期。
④ 李杨、洪子诚:《当代文学史写作及相关问题的通信》,《文学评论》2002 年第 3 期。

省察，"通过比较他人的观察世界的视点和框架"，我们可能避免因深陷自我意识的牢笼而不自知。惟其如此，个体、代际、国族之间具有差异性的历史记忆可以获致对话甚至冲撞的可能，由此敞开我们的历史视域，"使我们不仅'看见'原先看见的东西"，也能"看见原来'看不见'（或'不被看见'）的东西。"① 这种对福柯知识（话语）/权力以及由之产生的视域的偏狭的自我省察，有可能部分避免"个人"的文学史的内在局限。但要从根本意义上超越个在经验及知识谱系的基本认知框架，有效完成对自我"先验的认知图式"的局限的规避，不过是一个无法实现的话语乌托邦。极而言之，"重写文学史"注定无法逃脱被文学史"重写"的命运。

第二节　"宏大叙事"与"被遮蔽的意义"

仅比陈思和《教程》早出月余的洪子诚的《中国当代文学史》② 同样将贾平凹放置到"寻根"文学中加以讨论："贾平凹的一系列散文、小说，有对于长期处于封闭状态的陕南山区自然和人文景观的描述。"③ 就这一点而言，他和韩少功、陈建功、郑义、郑万隆、李杭育等同属"强烈关心创作中的地域文化因素的倾向"的作家。这充分说明"寻根"文学这一术语在指称 1980 年代中国作家的写作倾向时的重要地位。由"伤痕"至于"反思"，再到"寻根"，在中西文学与文化的交互影响下，1980 年代的文学史叙述的"成规"几成定律。其中同属"寻根"一派的作家之间的个体差异自然无从顾及。但在对于"寻根"派兴起的中西文化背景的深入探析之余，洪子诚也注意到："汪曾祺、阿城、贾平

---

① 李杨、洪子诚：《当代文学史写作及相关问题的通信》，《文学评论》2002 年第 3 期。
② 陈思和《中国当代文学史教程》后记所记时间为 1999 年 7 月 1 日，洪子诚《中国当代文学史》后记时间为 1999 年 5 月。但北大版洪子诚《文学史》初版于是年 8 月，陈思和《教程》则为 9 月。
③ 洪子诚：《中国当代文学史》，北京大学出版社 2007 年，第 282 页。

凹等在这个时期的创作，都属于师法朴素节制，清淡自然的一脉。"① 汪曾祺对中国古代小说的"两个传统"的区分与取舍，无意间为洪子诚指陈贾平凹作品的审美品格，提供了重要参照。②

一、文学史言说的难度

或许意识到"寻根"说在释读已然"成熟"的贾平凹的创作上的局限，洪子诚并未在"寻根"文学的视域下对贾平凹的创作做深入讨论。在第二十一章中，"80 年代中后期的小说（一）"的最后一部分"几位小说家的创作"，"难于归类"的汪曾祺以其"独立姿态"，"虽曾被批评家当做'寻根'作家谈论，但那只是为宣言和理论寻找能在意绪上呼应的作品。"③ 汪曾祺有其文学理想，有他根植于乃师沈从文的文学品格，这种品格经由他对同类作家作品精神原料的广泛吸纳，在 1980 年代始得发挥。其作品中的"中国传统'文人'的情调和视角，也因民间具有生命活力的因素而受到'拯救'，某些陈旧气息受到抑制。"④ 汪曾祺作品对中国古典文人士大夫精神传统与审美品格的主动承续，一方面出自个人的心性，另一方面，也与其在革命时代的特殊经历密切相关。他欣赏其时尚还年轻的贾平凹，不独是因为奖掖后进精神使然，更为重要的是，他从贾平凹身上，看到了与自己精神血脉相连的文学品质，所谓的"吾道不孤"，恰是汪曾祺彼时的真实内心感受⑤。正因为

---

① 洪子诚：《中国当代文学史》，北京大学出版社 2007 年，第 283 页。
② 汪曾祺认为中国古代小说有着两个传统：一为唐人传奇；一为宋人笔记。前者多是投之当道的"行卷"，因为要使当道者觉得有趣，故情节曲折、引人入胜；又因为要使当道者赏识其才华，故文辞美丽。是有意为文。宋人笔记无此功利目的，多是写给朋友们看的，聊资谈助，有的甚至是写给自己看的。《捡石子儿——〈汪曾祺选集〉代序》，《中国文化》1992 年第 1 期。汪曾祺此文同时论及自己作品"空灵和平实"之风，以及"民族传统和外来影响"诸问题。此文作于 1991 年 12 月，似可算作汪先生自我总结，其中亦论及作品的评价问题，用心颇深。
③ 此说可与《教程》中论及贾平凹部分相参看。
④ 洪子诚：《中国当代文学史》，北京大学出版社 2007 年，第 288 页。
⑤ 参见孙郁：《革命时代的士大夫：汪曾祺闲录》，生活·读书·新知三联书店 2014 年。

如此,汪曾祺 1991 年对于民族传统和外来影响的阐述,及其强调应充分考虑古典文学对当代创作的影响的建议,就不仅对他个人的写作有用。而一部文学史对汪曾祺的"归类"的困难,也会同样体现在对贾平凹的评价上。

如孙郁所言,以其小说中的散文笔法,自觉延续的旧式文人的精神气脉,贾平凹引起了汪曾祺的注意。但相较于汪曾祺的"安于小","不动声色的时候居多"[①],贾平凹的"气概要大得多",他"写乡村与都市的合奏,史诗的感觉出来了,由小而渐大。"[②] 作于 1990 年代的《废都》和《白夜》,"有大场面,线索颇多",更兼有"为天地立心的野心",气魄与境界,已非旧式文人传统所能框定。一股清流流到中年,已难免浑浊。《废都》是贾平凹的自我调适之作。进入四十岁后,他"检讨起来,往日艳羡的什么辞章灿烂,情趣盎然,风格独特,其实正是阻碍着天才的发展。""鬼魅狰狞,上帝无言。奇才是冬雪夏雷,大才是四季转换"[③],其时他反复强调的"求缺","道被重新确立之后,德将被重新定位",没有了对经典作品华丽言辞的喜好,四十岁屡屡感受到的"惊恐"是生命自组织必要的阵痛。《废都》所能安妥的,也只能是一个逐渐破碎的灵魂。

贾平凹的复旧笔法并不仅用来复活一种久已失传的文人传统,其属秦头楚尾的"血地"兼具楚文化与秦汉文化的双重可能,当年切近主流"改革文学"的写作元素亦可能激发他对更为广阔的生活世界的持续关注。时代的文化和精神氛围激发他走向与汪曾祺不同的写作道路。"而且在审美方式上异于汪曾祺的地方多多。比如他越来越喜欢打量那些丑的存在,对人性丑陋的地方作直观的展示。他不惜以自然主

---

① 孙郁:《革命时代的士大夫:汪曾祺闲录》,生活·读书·新知三联书店 2014 年,第 211 页。
② 孙郁:《革命时代的士大夫:汪曾祺闲录》,生活·读书·新知三联书店 2014 年,第 211 页。
③ 贾平凹:《〈废都〉后记·关于小说(贾平凹文论集卷一)》,杨辉、马佳娜编,生活·读书·新知三联书店 2015 年,第 54 页。

义的方式来描绘人欲，灰色的世纪末情绪颇为浓厚。"①作品中流露的气质，与《商州初录》时期的清新已决然不同。有学者认为《秦腔》的写作，某种意义上可被视为是抒发沈从文《长河》的"未尽之意"②。其实《废都》以及《白夜》《土门》的写作，贾平凹的自我反思与自我突破，早已越过与"湘西世界"颇多相似的"商州世界"，而走向了更为复杂的道路。

二、规避"宏大叙事"

1990 年代贾平凹写作的变化，体现为他"对真切人生体验的开放"③，以及对"宏大单一主题的诱惑"④的抵拒。《废都》以庄之蝶等人物为中心，展开了更为复杂的生活世相。世纪末的情绪流贯其间，埙乐的苍茫悲凉足以成为时代精神的真实写照。"社会转折、精神脱节时代的愤懑、失落、无奈的心境"⑤因之得到释放，知识分子从庄之蝶等人身上体会到物伤其类的痛感，他们中的大多数人以笔做投枪，对贾平凹及《废都》展开了旷日持久的口诛笔伐。新兴的大众媒介与知识分子"合谋"重塑了贾平凹的作家形象，"1980 年代的'优秀作家'"一变而成为"没有灵魂"且"趣味低级的通俗作家"。围绕作品中的"颓废意绪和性的描写"而展开的褒贬悬殊的争论已成为 1990 年代的重要文化事件。多年以后，李敬泽指出，《废都》当年对"堕落"的知识分子的描述，大多数已无可避免地成为事实。如当年以"浮躁"二字概括 1980 年代的精神氛围一般，以"世纪末情绪"来指称甫一展开的 1990 年代的精神底色，体现出贾平凹对外部世界的敏感和把握的精准。

---

① 孙郁：《革命时代的士大夫：汪曾祺闲录》，生活·读书·新知三联书店 2014 年，第 211 页。
② 参见张新颖：《中国当代文学中沈从文传统的回响——〈活着〉〈秦腔〉〈天香〉和这个传统的不同部分的对话》，《南方文坛》2011 年第 6 期。
③ 洪子诚：《中国当代文学史》，北京大学出版社 2007 年，第 290 页。
④ 洪子诚：《中国当代文学史》，北京大学出版社 2007 年，第 290 页。
⑤ 洪子诚：《中国当代文学史》，北京大学出版社 2007 年，第 290 页。

走出清新、美好的"商州世界",气魄逐渐宏大的贾平凹改写了自己的形象。而以这种眼光反身观照 1980 年代他的写作,某种一贯的东西渐次清晰。

《小月前本》《腊月·正月》《鸡窝洼的人家》《天狗》等中篇以及长篇《商州》《浮躁》,是贾平凹 1980 年代的代表性作品。这些作品在双重意义上,丰富了 1980 年代的写作面貌:"对陕南山区自然和人文景观的用心描写,有意识地为人物的活动和心理特征,提供地域文化(民居、器具、仪式、谣谚等)的依据和背景"[①];"80 年代中国农村进行的经济改革,农村发生制度、心理、人际关系等的变动,改变了传统社会秩序,导致在价值观和人生方式上的选择和'较量'。"[②]自然及人文景观与中华民族文化心理积淀的复杂关系,其中人事的变换亦无不与民族及地域文化传统密切相关,"佛""道"精神与东方神秘主义传统为贾平凹走出其时现代主义写作模式提供了可能性,而在根植中华文化思想及美学精神的基础上吸纳西方现代主义,融汇而创造出既传统又现代,既有古典精神亦不乏现代意识的表达方式,几乎是贾平凹 1980 年代思考与探索的重要问题。而这些思考的展开,却是极大地切近 1980 年代中国的社会现实。相对封闭的商州地面,一条无比浮躁的州河,靠河生活的男女,内心亦为州河的满河满沿、不可一世、浮躁不安所感染,围绕新与旧、改革与守成,展开了一段可歌可泣荡气回肠的人生故事。若是孔夫子亲临,大约亦会发出"逝者如斯夫,不分昼夜"的感慨。《浮躁》中"改革"与"寻根"的两难,约略是贾平凹"漂浮在肉的幻想之中,具有非常强烈的感性化特征"[③]的一面,与"竭

---

①　洪子诚:《中国当代文学史》,北京大学出版社 2007 年,第 290 页。
②　洪子诚:《中国当代文学史》,北京大学出版社 2007 年,第 290 页。
③　胡河清:《贾平凹论·胡河清文集》,王晓明、王海渭、张寅彭编,安徽教育出版社 2014 年,第 42 页。

力要挣脱生命本真的炽火图景，进入高华深邃的东方灵境"①的一面的复杂纠葛的写照。在"现象界"与"本体论"的或斗争，或融汇的关系中，贾平凹的写作进入了另一种与同时代作家完全不同的人生景观和审美境地，非有会通中西文学思想及诗学的批评视域而不能做恰如其分的价值评判。

三、未曾"去蔽"的"意义"

在社会转折的宏大背景下，个人对于既有的生活准则和美好的价值观念的坚守已无可避免地显现出"悲剧"的特征。逝去的终将逝去，作者的同情亦不能"挽狂澜于既倒"，《商州初录》中指认的"商州"面目逐渐模糊，那些与美好的商州世界相关联的人物已退出历史舞台，活跃在舞台中央的，已是别一类人物。贾平凹这一时期的书写，如乔伊斯为抒情诗所下的定义一般，是"艺术家以与自我直接关涉的方式呈示意象"，《废都》中对灵魂安妥的渴望，《秦腔》里缓慢流淌的乡愁的哀婉，《老生》中以"闲笔"写出的"桃源"意象，均体现出陈世骧"抒情传统"说的味道。这从更深层次上印证了贾平凹多年前对自己的文学追求的如是说明："古老的中国味道如何写出，中国人的感受怎样表达出来，恐怕不仅是看作纯粹的形式的既定，"②川端康成与马尔克斯的成功"直指大境界，追逐全世界的先进的趋向而浪花飞扬，河床却坚实地建凿在本民族的土地上。"这当然不能仅被看作是对传统美学精神的主动承续，若无对中国古典思想世界的长期浸淫和慧心妙悟，如何写得出形神兼备，深得《红楼梦》及《金瓶梅》神韵的"妙品"《废都》，深得中国古典思想三昧，且文章已入化境的《老生》，恐怕也不

---

① 胡河清：《贾平凹论·胡河清文集》，王晓明、王海渭、张寅彭编，安徽教育出版社2014年，第42页。

② 贾平凹：《四十岁说·关于散文（贾平凹文论集卷二）》，杨辉、马佳娜编，生活·读书·新知三联书店2015年，第112—113页。

会有如今的面貌。

"社会变迁所引起的人生体味，是贾平凹长期关注的问题。"① 自1980 年代至今，莫不如是。《废都》成为 1990 年代前期"人文精神大讨论"的重要部分，知识分子"天下"意识的受挫引发的种种不满，均可以在对该作的批判中得以宣泄。这部让贾平凹毁誉参半，却为他赢得巨大声名的作品，某种意义上也改变了贾平凹的写作路向。新世纪的第一个十年中，也就在洪子诚《文学史》修订版出版的前一年，《秦腔》的问世意味着贾平凹写作的又一个"高峰"的出现。如从这部作品反观 1980 年代以来贾平凹的写作，某些判断可能会随之发生变化。《文学史》虽出修订版，但无论总体框架还是评述方式，与初版并无太大区别。"缺少了时间的距离，许多文学现象内在的矛盾的各个侧面都没有充分的显露，匆忙地就已经显露的侧面去作历史的叙述与判断，就有可能遮蔽暂时还没有突显的、甚至可能是更为深刻、内在的方面。"② 就这一点而言，文学史并不能被简单视作具备圆满自足且逻辑自洽的"体系"，它应该具有思想与评价未定的开放性，既向始终变动不居的文学现场敞开，也向作家创作以及文学批评敞开，又随时准备着迎接新的"叙述模式"的挑战。毕竟，"面对永恒和没有永恒的局面"的文学史写作，并不是我们这个时代的专利。

第三节　现代性与文化性情的感性迷醉

"现代性"是各家评论陈晓明《中国当代文学主潮》的关键词之

---

① 洪子诚：《中国当代文学史》，北京大学出版社 2007 年，第 290 页。
② 钱理群：《读洪子诚〈当代文学史〉后》，《文学评论》2000 年第 1 期。

一①，这无疑和陈晓明对于当代文学史构建原则的自我阐述密切相关："如果把 20 世纪中国文学看成是一个现代性发展的整体过程，现当代文学的内质与外在表现就可以获得更为丰富和完整的解释，""现代性"（现代化）②的确是指称并梳理二十世纪中国历史、社会、文化问题的重要关键词之一。其所具有的解释效力，在二十世纪文学阐释史中，几乎无出其右。发端于晚清，至"五四"得到强化的文化的"古今中西之争"因与社会历史问题的多重关联而呈现出极为复杂的面貌。被拖入世界范围内的现代化潮流的中国与现代性的遭遇是以"被编入'世界史'过程而开始的。""各国家民族以各自个性化历史生命为生存根基，同时，秉承各自不同的世界史使命而结合为一个普世的世界……这必然是由此次世界大战所要求的世界新秩序的原理。"③在国家民族值贞元之会，当绝续之交，内忧不断，外患不绝的社会历史情境下，"追寻现代性"，在一种激烈的反传统精神的指引下目光朝向西方，寻求社会文化的自救之道成为一时之潮流。而"'现代性'这一概念有能力把中国当代文学带入世界历史的行程中，中国文学艺术所表达出来的巨大的历史愿望，也将在这样的阐释中重新出现。"基于此，陈晓明认为在现代性的社会文化语境中建构中国当代文学史，或许可以"揭示出文学史更丰富深厚的内涵。"但精研后现代理论有年，且对结构主义

---

① 张立群《"当代文学史"的理论建构与实践——评陈晓明〈中国当代文学主潮〉》一文的第一部分题为"现代性与'历史化'的图谱"，指出：陈晓明的《主潮》实际上是以现代性的理论视野作为阐释的主线、绘制图谱，并由此期待"揭示出文学史更丰富深厚的内涵"。李德南《中国当代文学史写作的经验积累与可能性——以陈晓明的〈中国当代文学主潮〉为例》第二节题为"经由后现代理论反思的现代性文学史观"："在我看来，《中国当代文学主潮》最大的突破，在于它形成了一种经由后现代理论反思的现代性文学史观。"而刘芳坤，罗文军的文章干脆以"现代性预案"为题（《现代性预案：一种当代文学史的阐释空间——评陈晓明〈中国当代文学主潮〉》）。

② 对中国"现代性"与"现代化"关系的探讨，在不同时期有着不同的面向。就总体而言，现代性更为偏重文化心理层面，而现代化则是社会政治制度层面的问题关切。但这两个词在指称二十世纪中国历史、社会、文化问题时，常常具有同样的解释效力，也常被混用使用。进一步的概念考辨，可参考尤西林：《心体与时间——二十世纪中国美学与现代性》，人民出版社 2009 年。

③ 转引自［日］子安宣邦：《东亚论：日本现代思想批判》，赵京华译，吉林人民出版社 2010 年，第 3 页。

理论代表德里达的思想颇多心得的陈晓明尚且葆有着对现代性理论的自我省察。"本书所追求的文学史的观念与方法，可能就是在现代性与后现代性综合的基础上建构起来的当代文学史叙事——既给予中国当代文学史以一个完整的、有秩序的、合乎逻辑的大潮趋势，又试图去揭示这个历史过程中被人为话语缝合起来的文学现象的关联谱系。"以完整的文学史叙事图景，使众多文学现象，作家作品能够被纳入既定的叙述框架，同时却深切地警觉这一框架"所包含的虚构性和理论强迫性"可能对文学造成另一种"侵害"。历史叙事的本质，就在于"这种叙事不可能一次完成，它总是要经历尝试、修正、确认、变更、再确认等这样一系列过程。"以此为基础，陈晓明极有可能承认文学史的"过渡"性质，它不过是我们这个时代意图使丰富驳杂的文学事实拥有一个暂时合理自洽的"叙事"逻辑而已。无必要，也不可能将文学史彻底绝对化和权威化。陈晓明对该文学史理论框架的说明至少还暗示着这样一个事实：存在着不同的结构文学史的理论可能。

一、"现代性"理论的局限

以"现代性"为理论框架建构起来的文学史必然要面对这样一个问题的考验：在当代文学史的现代性框架中，如何评价贾平凹这样的有意接续中国古典传统的作家。如前两节所言，陈思和、洪子诚的文学史在评价汪曾祺、贾平凹时，多少有些"力不从心"，对于这两位经由沈从文、废名而与中国古典传统血脉相连，且努力在"非传统"的时代恢复传统的精魂和审美趣味的重要作家，文学史很难将他们纳入既定的叙事框架。他们的文学品质的丰富和复杂使得任何单一的思潮与流派的归纳总显得捉襟见肘。对他们做管中窥豹式的评价因此是诸家文学史无奈的选择。"现代性"（现代化）与"传统"的分裂，是世界范围内后发国家的基本情境。亦是"传统"与"现代"矛盾纠葛的思想根源。"现代化的实现过程也是各国家、各地区、各民族的传统文化受到冲击和考验的过程，于是每个不同的文化都会作出自己的反应。"① 中国自晚清至"五四"开启的"古今中西之争"，便是"现代"与"传统"复杂纠葛的重要症候。而在这一过程中，由于极为复杂的历史原因，"今胜于古""西优于中"的模式最后胜出，成为几乎贯穿二十世纪中国社会历史文化的"元语言"，舍此将无从言说二十世纪中国的历史文化变迁。时至今日，在全球化的宏大背景下，如何确立中国文学与文化的"主体性"和文化的"身份认同"成为突出问题。"古今中西之争"的精神困局因此也成为限制文学史家的文学史视域的重要障碍。

　　拥有对现代性的局限的自我省察的陈晓明同样发现从"寻根"入手读解贾平凹的重要性，与陈思和、洪子诚的同类叙述不同的是，陈晓明捻出"性情"二字，来释读具有文化寻根意味的《商州初录》《天狗》《逛山》《五魁》等作品②，"贾平凹并不把文化当做一种概念或标识，而是要把它融合到人的性情中去，在性情中流露出民俗风气，在风土人情中展现人性。"③ 他"借助地理风情，下功夫去发掘那种文化状态中的人们的心灵美德，高尚情操，同时细致刻画那些偏离道德规范的野情私念。"④ 这使他的写作"在性情中游刃有余，文化变成了活生生的对人性的探究。"内在心性近于晚明文人，对性灵文学亦颇多精神交通的贾平凹对笔下人物的观察与书写，并不局限于外在的文化纠葛，而是进入人物内在的文化人格和精神深处，通过细致入微的情感书写，虚

---

　　① ［美］艾恺：《世界范围内的反现代化思潮——论文化守成主义》，贵州人民出版社1991年，第1页。

　　② 如将陈思和、洪子诚、陈晓明三家文学史在"寻根"文学的视域下对贾平凹创作的叙事选择做一简单比较，不难发现，同为"寻根"，三家选择之"寻根"文本亦存在"差异"。陈晓明提及的《天狗》《逛山》《五魁》等篇什，并不在前两家叙述之列。而在陈晓明文学史中，《腊月·正月》《浮躁》等"改革文学"的重要文本却处于"无声"状态。这也从另一侧面，说明了文学史"叙事"的"敞开"与"遮蔽"。

　　③ 陈晓明：《中国当代文学主潮》，北京大学出版社2013年，第334页。

　　④ 陈晓明：《中国当代文学主潮》，北京大学出版社2013年，第334页。

拟人物的内心世界活跃于纸上，且颇多风神韵致，与古代绘画重整体、气韵的审美品格一脉相承。"用看'国画'的眼光去打量贾平凹小说的笔法，效果更清晰一些。他擅用'破笔散锋'，大面积的团块渲染，看似塞满，其实有层次脉络的联系，且其中真气淋漓而温暖，又苍茫浑厚。"[1]"他的小说人物不夸张，朴素沉着，有人郁勃黝黯，有人孤寂无奈，人物的宿命里有世情的苦涩和悲惨。"[2]文化的双重性在他的笔下暴露无遗，一方面，借着文化精神的支撑，"人性伸展的极限"得以显现；但文化本身的多重性却隐藏着内在的对于人性人情"规训"式的压抑力量，以儒家思想为基础的道德背景往往构成对"佛""道"式的反叛的美学锋芒的整合与惩罚。"性的话语"因有"道德话语"的参与而变得复杂而丰富，天狗面对师娘的欲望与自我克制恰正说明了人物文化心理结构的复杂多元，而《五魁》中趋向"怪异"的"文化的独异韵味"以"性"的克制和放纵为结局。美好与邪恶在这里并无截然区分，"古旧而动人的爱情故事中"容纳了贾平凹对于人性、美的独特理解。因着这些原因，"对于贾平凹的文化寻根或探究，很难在肯定或批判的意义上来把握，他的文化全部融合于性情中，似乎更趋向于玩味和迷醉，那里面是不可思议的隐忍，也是怪异；是莫名其妙的压抑，也是细腻的品味。这样的文化当然有一定的地域特征，并且浸透了贾平凹的独特趣味。"生长于"楚尾"，在"秦地"开始工作和写作的贾平凹，文化心理中自然有"文化交叉地带"或可称为相反相成的思想可能。秦地源远流长且根深蒂固的儒家传统对世相与人生"常"的一面的持守，不免与楚地沿江沿河瞬息万变的"变"的一面抵牾。在人生世相的"常"与"变"之间，沈从文曾发挥出一种应世的策略。而在贾平凹这里，"常"与"变"也并非是简单的思想抵牾，作为融合"寻根"与"改革"

---

① 穆涛：《先前的风气（修订版）》，陕西师范大学出版社 2014 年，第 164 页。
② 穆涛：《先前的风气（修订版）》，陕西师范大学出版社 2014 年，第 164 页。

的双重面向的重要作品《浮躁》，渐已成熟的文化地理意义上的"商州"世界早已超越单纯行政意义上的"商州"而成为贾平凹借以观照"中国"的"窗口"，作品中那条全中国最浮躁不安的州河也足以成为"中国"的隐喻，表明贾平凹拥有超越地域文化的内在限制，而走向更为宽广的"中国思维"的精神努力。如同"沈从文的立场，粗略看起来好像是地方性的、乡土性的，但他不仅是在整个民族国家的广阔视野里看待和思考地方性、乡土性的问题，而且他对现代民族国家建构的想象，并不与对地方性、乡土性问题的倾心关注相对立，相反，他企望能够在矛盾纠结中清理出内在的一致性。"① 贾平凹作品中，州河上下或浮躁不安，或沉溺于旧文化的性灵，或渴望从旧思想中开出一条新路的人物，无不与1980年代中国的社会文化背景紧密相连。如同多年后以《古炉》明喻"中国"（China）一般，发现传统文化中出于文化性情的感性迷醉而呈现出的生活的独异甚或怪异的风景的贾平凹，以深度开掘文化的隐秘一面的姿态，尝试发掘文化心理中更为根深蒂固的精神痼疾，从而努力开出文人的精神向上一路。1990年代初《废都》的写作，便是这一写作路向的自然延续，也是其成熟形态。

二、《废都》与1990年代的知识分子问题

作为1993年"陕军东征"的重要文本，《废都》的出现极大地激发了后文革时期知识人社会"参与意识"受挫，无奈之下被迫边缘化却心有不甘的复杂心理"症候"的集中爆发。所谓的具有现代意义的"知识分子"对贾平凹笔下这个"除坠入女人的温柔之乡"外"别无去处"的"传统文人"的不满甚或愤怒，某种意义上夹杂着物伤其类的被冒犯感和"介入"的无能的挫败感，以及面对主题已然位移的时代

---

① 张新颖：《沈从文精读》，复旦大学出版社2005年，第120页。

氛围把握的无力感。《废都》无疑是贾平凹有意识地接续明清世情小说笔法,力图从性灵或精神层面表达时代的精神氛围的用心之作。在《商州初录》《逛山》《五魁》等作品中尚处于"萌芽"状态的"传统性灵"在《废都》中人格化并成长为具有传统文化精神喻象的特殊能指。庄之蝶身上集合了文人的才华横溢和行为上的放荡不羁,秉性正直仁义,却时常情迷意乱,得意时不忘感时忧国,失意时却难免颓废消沉。"中年人无法诉说的精神上的寂寞、茫然和颓败""一心要适应社会到底未能适应,一心要有所作为到底不能作为,"万般无奈之下,只能"归宿于女人,希望他成就女人或女人成就他,"最终却"谁也成就不了谁,他同女人一同毁掉了。"在精神的茫然和重重危机中,沉溺于感官的迷醉未必就牵引着一条自我拯救之路。

既不同于被现代性严格定义的知识分子形象,亦不同于被意识形态规训的知识分子形象,庄之蝶是"典型的传统中国士大夫"形象,他的"感时忧国、以天下为己任的忧患意识"不同于现代知识分子以"历史责任、革命理念、精神自觉定义"的自我形象。后者是五四以来与民族国家的建构紧密关联的现代知识分子形象的延续或变形。"满怀理想主义激情""昂扬走向新的时代"的知情一代作家笔下的知识分子曾经是"时代的英雄形象",他们曾在较为广泛的意义上参与着时代的文化精神建构并由之确定自我的主体地位。即便在"现代主义作家笔下,知识分子也是标榜个人主义或怀疑主义的时代先知。"如庄之蝶这般颓败、无能和无力,显然是在诸种"进取"型知识分子形象谱系之外别开一路。十余年后,格非在其"江南三部曲"的最后一部中塑造了一个"失败"的知识分子谭端午,他写过诗,曾经在 1980 和 1990 年代有过短暂的辉煌人生,但时代终究不曾为他们这些人安排一个永居中心的位置,不可避免地被边缘化被遗忘让他的现实人生困难重重且无由化解,精神的无能连同现实的无力与他频频翻阅的"五代"文人境遇有着复杂微妙的对照。即便如此，谭端午仍然是承传启蒙精神的知识分子，同为书写知识分子的精神"颓败（失败感）"，庄之蝶个人精神的兴衰际遇，他与几个女人情感的悲欢离合，显然有更为复杂的精神隐喻。

与 1980 年代"文化热"的知识谱系与意识形态虽复杂多元却重点突出不同[①]，1990 年代进一步解放了 1980 年代中被遮蔽和压抑的"传统"的声音，一种怀旧和复古的潮流让众多植根于传统文化的精神"沉渣泛起"并蔚为大观。在这一意义上，《废都》可以被视为是"复古的共同记忆"，庄之蝶是在"主流知识分子文化之外，始终存在的民间或非主流文人的形象概括。"他们在这个时代精神的崩塌，是"废弃的灵都"逼近"虚无"的自我证明，他们不可能"是表征着历史进步意义的形象，"而只能是一个替代品，"是知识分子形象缺失的替补之物。"他的行为与传统文化符码千丝万缕的联系不过说明了传统文化"无力建构一个缺失时期的精神价值，"而"只能建构失败主义者的美学趣味。"就此，陈晓明总结道，《废都》的主题，是"只有传统精神文化价值、传统美学才可拯救当代文化的颓败。"然而这个代表着传统精神和美学品格的文人庄之蝶的"颓加荡"，他精神反讽的乏力，他永在的失败感，无不说明作者最终走向了他预设的"主题"的"反面"。这部曾引发一场旷日持久的关于知识人的社会角色的大讨论的作品因此并不是"揭示这个时代精神价值的危机"的"更有效的方式"，贾平凹太过拘泥于"只要与古典时代的美文息息相通就可"的"美学信念"，只"放手去写他所追寻的美学意味"，至于其他则弃置不顾。文字叙述虽颇见功夫，"语言老道而韵味十足"，但却不能掩盖其表征和缓解时代精神危机时的贫乏无力。仅仅沉迷于古典意趣的审美偏好的贾平凹，似乎并未开

---

① 可参见贺桂梅:《"新启蒙"知识档案:80 年代中国文化研究》，北京大学出版社 2010 年。

出一条新路。综上所述，就叙述的底色而言，陈晓明并未改变其多年前对《废都》的"否定"姿态，如今更为开放包容的心态与其价值立场，其实存在着内在的抵牾。

　　详细论述《废都》的一章题为"乡土叙事的转型与汉语文学的可能性"，《废都》《白鹿原》《古船》等均被列入"传统复活与审美的重建"一节中着重讨论。在该章总论中，陈晓明提醒我们，对乡土文学的理解，应该与现代性理论的兴起相参看："乡土的概念可以视为现代性反思的概念，是以情感的及形象的方式表达对现代性的一种批判或反动。""但它也是现代性的一个有机组成部分，只有在现代性的思潮中，人们才会把乡土强调到重要地步，才会试图关怀乡土的价值，并且以乡土来与城市或现代对抗。"把乡土写作视为"反现代的现代性"，注意到其与现代性理论的相反相成，较之单纯以乡土对抗城市，以传统性对抗现代性要更为妥帖，且可以深层次地避免传统\现代，乡土\城市这种二元对立思维模式的鄙陋，以及在释读作家作品时的单向度。何况"真正的传统是已经积淀在人们的行为模式、思想方法、情感态度中的文化心理结构，"是"活的现实存在"，而非"某种表层的思想衣裳"，只有"从传统中去发现自己、认识自己从而改变自己"。文化心理结构的深层积淀如何影响甚或左右着人物的行为选择，是陈忠实《蓝袍先生》及《白鹿原》着重面对的重要问题，中华民族生生不息的精神血脉，在朱先生、白嘉轩这些人物身上，体现为对古老的思想传统及其开启与持存的价值观念的坚守。这里并无所谓的价值高下之分，若不以现代性观念对传统价值观大加砍伐并强行规训，不难体会到陈忠实写作是书的独特用心。陈晓明将《白鹿原》与《废都》放置于同一问题域中前后讨论，即是意识到它们精神上的共同品质——返本开新的思想路向。陈忠实"不加保留地肯定传统文化"，并"从中寻求涵盖近现代中国历史的价值观念。"在他的"叙事构想中，革命以其暴力机制对历史的改变都是表面的，只有文化才是民族的立根之本"。现代性知识分子解读中国近现代史的固有框架（革命＼叙述）在陈忠实的笔下被置换为拥有千年历史兴废，几乎被人格化的"白鹿原"的历史承担。"白鹿精魂"如同来自远古的精神召唤，它拨云见日扫除历史的重重烟瘴，让我们洞见到"历史"的"真相"——折腾到几时方休？！历经千年兴废的白鹿原人眼见他起高楼，眼见他楼塌了，世运转换，兴衰相替，白鹿原人依旧是繁衍生息，日出而作，日入而息。这种不能被现代性线性历史观念有效阐释的"历史观"，被简单地判定为"复古"和"守成"，亦是现代性观念的题中应有之义。

与《白鹿原》同为"传统复活和审美重建"，《废都》中"文人"与古典传统中性灵文化的内在关联，他们被日渐压抑的"天下意识"和责任伦理逼向另一个极端：沉溺于日常琐事，诗酒女人之中寻求精神慰藉。《金瓶梅》与《红楼梦》的日常欢宴在《废都》中隔绝于"宏大历史"的浅斟轻唱中获得更好的发挥。庄之蝶苦心营构的一切呼啦啦如大厦将倾之后，自我的反思体现为对"空无"的精神意会，但却不至于走向终极的绝望："就因为对一切都怀疑，中国文学里弥漫着大的悲哀。只有在物质的细节上，它得到欢悦——因此《金瓶梅》《红楼梦》仔仔细细开出整桌的菜单，毫无倦意，不为什么，就因为喜欢——细节往往是和美畅快，引人入胜的，而主题永远悲观。一切对于人生的笼统观察都指向虚无。世界各国的人都有类似的感觉，中国人与众不同的地方是：这'虚无的空虚，一切都是虚空'的感觉总像个新发现，并且就停留在这阶段。一个一个中国人看见花落水流，于是临风洒泪，对月长吁，感到生命之暂，但是他们就到这里为止，不往前想了。灭亡是不可避免的，然而他们并不因此就灰心，绝望，放浪，贪婪，荒淫——对于欧洲人，那似乎是合逻辑的反应。像文艺复兴时代的欧洲人，一旦不相信死后的永生了，便大大地作乐而且作恶，闹得天翻地覆。"①人到中年，且饱受声名及俗世之累的贾平凹，写下这部带给自己"无法向人说清的苦难"，"又唯一能安妥"自己"破碎了的灵魂"的《废都》，恐怕不是"书写他所追求的美学意味"这样简单。如果说在他看来"只有美学、更具体地说是美文可以充当时代空场的补充"的话，那美学和美文背后，必定还有古典思想及其开出的人生观念的价值支撑。它和《西厢记》《红楼梦》，甚至《金瓶梅》构成同一个意义序列，解构也重构了知识分子的历史形象，"一种历史的审美指向偕同语言的深度空间一起被鲜明地确立起来，如同一片由黑暗所放出的光芒，在地平线上重新划出了天空和大地"②。作为历史文化及知识分子精神镜像的庄之蝶，也以其丰富复杂的身份信息，成为烛照现代知识人前世今生的"风月宝鉴"。

三、"乡土中国"与"现代中国"的抵牾

《废都》之后，"乡土中国"与"现代中国"的疏离和复杂纠缠，以及由此引发的个体精神选择的两难境地，在贾平凹的笔下屡屡出现。但由于《废都》的阴影久久不散，这些作品并未引起足够的重视。贾平凹需要一部"直接与《废都》对话"，且能"对《废都》进行超越和了结"的作品。预示着"乡土叙事的终结"，且以"阉割"的极端方式"去历史化"的《秦腔》，承担了这一"叙事"功能。自我阉割的青年引生"看到了生活的散乱无序"，"那些毫无历史感"，也"缺乏深度的生活碎片"，成为现实的真实面相。如缓慢的流水一般的《秦腔》世界藏污纳垢，泥沙俱下，曾经响彻在《腊月·正月》中的"秦腔"已经逐渐为似"吊死鬼寻绳"的流行歌曲所取代。当年的改革派如今已沦

---

① 张爱玲:《中国人的宗教·张爱玲典藏全集散文卷二:1939—1947年作品》，哈尔滨出版社2003年，第65—66页。
② 李劼:《红楼十五章》，新星出版社2010年，第399页。

为落后分子，清风街人已逐渐远离土地，在滚滚而来势不可挡的商业大潮中重谋发展。"破碎""颓败""如同废墟一样的乡土生活"已经容纳不下在城市中屡屡受挫的知识分子浓重的"原乡"渴望。"乡土中国"或许将不可避免地走向"终结"，如不会终结，将往何处而去？几乎贯穿作品的若隐若现的"秦腔"的难以为继的命运，会不会成为清风街人命运的隐喻。贾平凹如同两千年前于河畔发出"逝者如斯夫"的感慨的孔夫子，对乡土世界的未来满怀疑惑且无由缓解。

由引生的自我阉割和整一的乡土世界的"颓败"，陈晓明发现《秦腔》至少在双重意义上表征着贾平凹"回应"《废都》及早年作品的独特用心。"阉割美学"是他用来指称《秦腔》与《废都》对应性的重要概念。偶或不举却时常英武的男性生殖器在《废都》中充任另一主角，这一为贾平凹带来几乎贯穿整个九十年代的麻烦的"性意象"在《秦腔》中干脆被弃而不用。被阉割同时还包含着精神的喻指，一种知识人历史化冲动的自我放弃，历史叙事已经无法整合现实的碎片，"那种宏大的乡土叙事再也没有聚集的逻各斯中心，再也没有自我生成的合理性。"面对日渐破碎的乡土现实，"改革文学"与现代性话语指认下的世界分崩离析，贾平凹所能吟唱的，只能是一曲乡土世界的挽歌。那些世世代代依附于土地的农村人在"现代性"的感召下纷纷逃离故土，在城市的边缘艰难谋生。城市并没有做好接纳他们的准备，而他们也很难完全融入城市。1980年代选择逃离农村而奔向城市的高加林、孙少平们如果偶然回望故土，尚能发现笼罩在地理意义上的故乡之上的精神价值。而对《秦腔》，尤其是之后的《高兴》中的主人公而言，乡土世界一切坚固的东西都烟消云散了，他们被迫生活在一切有价值的事物行将消逝的时代。高兴们既前行无路，也后退无门。借此，贾平凹表达了我们时代的群体性焦虑。

在陈晓明的叙述逻辑中，"文化寻根"与"改革文学"是指认贾平凹写作的核心概念，前者指向传统文化，逐渐延伸出《逛山》《五魁》的"性情"书写，至《废都》蔚为大观；后者指向当下书写，以《秦腔》为最。在这一叙事框架中，从《商州初录》《五魁》，经过《废都》再到《秦腔》，一个完整的叙事链条基本形成。作家的师承，他的知识和生活累积几乎已经用尽。就此而言，《古炉》的出现多少有点"异数"的味道，否则的话，陈晓明无需追问《废都》《秦腔》之后"《古炉》存在的理由何在？"对1980年代贾平凹写作的评述中，规避《浮躁》而专论《逛山》《五魁》中的"性情"；1990年代以《废都》遮蔽《白夜》《土门》《高老庄》；新世纪的第一个十年专述《秦腔》而无暇论及《高兴》。叙事的选择性亦标明陈晓明的逻辑自觉：以现代性理论为基本框架，贾平凹以"性情""传统"和"终结乡土叙事"等关键词（概念）有效区别于同时期的其他作家。这与陈思和文学史专论《商州初录》如出一辙。意图将《古炉》整合进其"故事类型"的陈晓明或许已然意识到从其固有的逻辑出发，难于对该作合理定位。《古炉》的叙事视点，其"有别于过往那种反思性的'文革'叙事"，着重刻画"农民如何以自身的内心欲望进入'文革'"，从而"演绎出不可抗拒的悲剧"，连同流水般的叙事艺术让陈晓明惊异于贾平凹在叙事上的老道之余，便不知如何论说。在北京大学图书馆举行的"中国历史的文化记忆——贾平凹长篇新作《老生》读者见面会暨名家论坛"上，李敬泽并不同意陈晓明从"文学与历史"的关系入手解读《老生》的思路，他指出贾平凹的写作与《红楼梦》的内在精神关联，以及"大荒"意象在《红楼梦》及《老生》中的重要寓意，其实已经温和地触及了陈晓明知识谱系的"局限"所在。

依陈晓明的自我陈述，其文学史叙事类型的知识依托，是现代性理论及其中国形态。"我把中国当代文学放在世界现代性的历史进程中来理解，它是中国的激进现代性的一个组成部分。它无疑意味着一种新的不同于西方资产阶级现代性的文化的开创，它开启了另一种现代性，那是中国本土的激进革命的现代性。文学由此要充当现代性前进道路的引导者，为激进现代性文化创建提供感性形象和认知的世界观基础。因此，中国当代文学史叙述的理论线索就是从激进革命的现代性叙事，到这种激进性的消退，再到现代性的转型。"①无法挣脱现代性理论的叙事视域的陈晓明，即便意识到贾平凹接续中国传统文脉的独特努力，也无法对后者的写作路向做恰如其分的说明。在 1980 年代"文化热"中成长起来的知识人，或迟或早，都得面对来自传统文化传统美学的新的挑战，就如同中国传统文化在二十世纪初面临的境况一般。这也从另一侧面印证了李劼如下判断的耐人寻味之处："文明总是以直线上升的方式发展的，文化的生长却是以回归的方式展开的。一个民族是否能够保持健康，在于能否经常回到原初的神话形象里。"②以及与贾平凹同属"传统"一脉的汪曾祺 1990 年代初的如下告诫："另一种打通是当代文学与古典文学（民族传统）之间的打通，毋庸讳言，中国当代文学和古典文学之间是相当隔阂的。这有两方面的原因：一方面，当代作家对古典文学重视得不够；另一方面，研究、教授古典文学的先生又极少考虑古典文学对当代创作的作用——推动当代创作，应该是研究、教学古典文学的最终目的。"在这个叙述中，似乎还应该补充一条：研究、教授当代文学的，也应该充分考虑古典文学对当代创作的影响，把当代文学（二十世纪中国文学）视为中国文学发展的一个阶段，而不是古典文学"断裂"之后别开一路。③正是后者构成了当代文学史叙事的根本限制。

---

① 　陈晓明、张晓琴：《从先锋批判到从容对话——北京大学中文系陈晓明教授访谈录》，《甘肃社会科学》2014 年第 4 期。
② 　李劼：《中国文化冷风景》，台湾允晨文化实业股份有限公司 2013 年，第 159 页。
③ 　白先勇曾明确表达过这样一个意思：在西方文学影响下形成的五四以来中国文学的"小传统"，有可能只是中国文学"大传统"的岔路，最终还得回归到"大传统"之中。

第四节　文化困厄的审美救赎

在诸家文学史中，由丁帆主编，南京大学三位同仁参编的《中国新文学史》最为晚出。该文学史在治史观念及文学史秩序的整体构建上，均不同于以"中国现当代文学""二十世纪中国文学"等设想为核心的文学史想象，而拥有更为宏阔的历史、文化视域。在时间与空间的双重维度上，都体现出突破已有的文学史观念局限的学术志趣。坚持以人性和审美为坐标，注重文学的文学性，从而对中国新文学做新的历史考量，是该文学史编者的独立的学术选择。该书的入史标准是："人性的，审美的，历史的。这就是说，考量每一部作品经典品质的时候，都看其是否关注了深切独特的人性状貌，是否有语言形式、趣味、风格的独到之处，是否从富有意味的角度以个性化的方式表达了一种历史、现实和未来相交织的中国经验。"[1]与新中国成立后历代史家难脱文学与历史权力话语复杂纠缠的视域局限，以及后文革时期对权力话语叙事成规的过度规避不同，"人性的""审美的""历史的"无疑是在更为宽广的意义上，对诸种文学观念的"视域融合"和深度"穿越"[2]。反映在贾平凹及其作品的评价上，该书一反大多数文学史的叙事成规，以 1993 年出版的《废都》为界，将贾平凹的创作分为两个时期。"前期多写社会变迁所引起的乡村变更，"自《废都》始，则"考虑现代文化带给乡土社会的惶惑与焦虑。"以《鸡窝洼的人家》《腊月·正月》《浮躁》等为标志的贾平凹的前期写作，既敏感于乡土中国农民精神和观念在时代新潮中的裂变，又不同于同时期以描写社会变革见长的蒋子龙、张洁等作家，贾平凹"从附着于乡土人事的各种情感体验和伦理法则入手，把最先融入农村的乡土经济萌芽作为动因，"与彼时"改革

---

[1]　丁帆：《中国新文学史·绪论（上册）》，高等教育出版社 2013 年，第 3 页。
[2]　此为借自学者吴炫的术语。

文学""图解社会变革的写作类型有所区别",在乡村既有的价值观念与新的精神萌芽的冲突中,几近封闭的商州世界以其与文化精神传统长期积淀而成的生活方式血脉相连,而极大地区别于蒋子龙等作家的世界。同以"改革文学"为背景,贾平凹笔下的人物有更为繁重的文化"负累",他们的精神阵痛,因此也不似乔厂长等人物经历的新旧交替时的观念冲突那般简单。

一、"乡土中国"的现代性隐忧

既无意在固定的价值判断中"驯顺"笔下的人物,贾平凹的关注点,便在"社会变迁在人的灵魂深处所留下的烙印和痕迹。"《天狗》中人物的精神挣扎,《逛山》等作品中为陈晓明发现的"性情"书写,均以"改革文学"为遥远的背景,在1980年代上半期轰轰烈烈、无远弗届的社会变革中,开掘出根植于乡土中国的文化和精神传统及其所形塑之文化人格的现代遭遇的别样风景。与彼时寻根文学的内在联系,也并非是贾平凹对该思潮的主动呼应,而是从个人心性出发,敏感于时代和文化的内在纠葛的写作精神的自然延续。"在真善美等乡土价值观念的贯穿下",贾平凹笔下的故事虽"多有悲欢离合",但读来亲切平和,并无改革文学新旧冲突模式中常有的暴戾之气。因为没有从乡村人事变化中"生成文化惶惑或关乎命运的悲剧意识",外在的诸般冲突最终总会以"重返乡村的宁静和幸福"为结局。"单纯出世"期的贾平凹,尚不能体会到逐渐展开的社会变迁将在何样一种深度上以新的价值观念"置换"已有的价值依托。新旧观念的冲突在这一时期的写作中,犹如湖面偶尔泛起的浪花,最终将"回归到"其固有的"平静"之中。美好的乡俗及其中秉有乡村单纯信念的人物,仍然是他作品中无可替代的主角。菩萨般的女性和纯朴善良也勤劳的男子,在如画的商州地面隔绝于时代的大潮,以其独异的品质构成1980年代文学足以与沈从文笔下的湘西世界媲美的文学风景。《腊月·正月》中韩玄子与王才的"斗法""显示了乡村威望在变革观念影响下，逐渐向新派人物移交的过程"。尚未"触及传统乡土观念所面临的深层危机"的贾平凹对以王才为代表的新派人物生存姿态的"欣赏"已远甚于对韩玄子这种老派人物注定将被迫退出"历史舞台"的悲悯。韩玄子的个人遭遇所寓意的时代精神变革多年之后在《秦腔》中有了更为深入的书写，卸任的村支书夏天义与新任书记君亭等在清风街未来走向上的观念冲突更为复杂地隐喻着"乡土中国"的现代变局，也更能引发作者的"悲悯"，贾平凹在后记中以"故乡啊，从此失去记忆"作结，已然把无限的伤感投给了笔下的人物。夏天义的退出预示着"乡土中国"的终结，却也开启了"乡土中国"将往何处去的巨大的疑问。

作为贾平凹前期写作的"总结性"作品，《浮躁》对乡土世界的变革问题已有了更深的体悟与思考。"一个被真善美引导、控制的乡土传奇不复存在，商州文化开始在贾平凹的叙述中呈现为一种客观物，而不再是能够给他灵魂抚慰的文化母体"。纯美的乡土世界及其价值观念开始面临更大的挑战，那些秉持着乡土观念的人物在新时代开始步履维艰，在现实生存和精神观念上，均无力应对"主题"位移的时代现实。但贾平凹并没有简单地写下新人物的崛起和旧人物的退场，而是表达了更为复杂的现实："城市作为一个新的社会空间被引入作品"。由"乡村"奔向"城市"，拥有双重经验的金狗却并未迎来一帆风顺的美好人生。商州地面的浮躁人事既有"脱离了乡村古老价值观的另一种人生苦痛"，亦不乏城市文化本身所蕴含的鄙陋之处。以"乡土中国"为参照，"现代中国"的现代性隐忧渐次显现。那逐渐逼近的经济大潮及其所携带着的新的价值伦理，正以无可抗拒的威力碾压着为传统价值所化且愿意固守那一点生活原则和价值秩序的人们。从《浮躁》中，便不禁体会得出《商州初录》中的美好的诗的意味，也如《长河》中"可听到时代的锣鼓，鉴察人性的洞府，生存的喜悦，毁灭的哀愁，从而显现历史的命运"①。就中有沉默的大多数"无言的哀戚"。《秦腔》成书后，这无言的哀戚，便以更为猛烈而集中的方式，爆发在古老的商州世界。

从《商州初录》时期对作为文化地理意义上的"商州世界"的诗意追索，到《浮躁》时期走出"乡土田园式的书写情调"，"成为一个痛失家园且处于文化焦虑中的思索者"，贾平凹由"单纯入世"而至于"复杂处世"，富于诗意的乡土世界已经无法整合社会现代发展过程中的种种"弊端"。"商州"也不再是可以随时抚慰远乡游子的精神之痛的"文化母体"，它自身在巨大的时代浪潮下已困难重重，难以为继。乡村变革的负面影响致使传统的价值观念被逐渐摧毁，"一场利欲熏心的社会变革"之后，留下的是"文化的废墟"。至此，贾平凹已从发乎内在性情的文化书写一变而成为"乡土中国"在现代化过程中种种遭遇的思索者和"批判"者，这种批判已非田园牧歌式的排他性的情绪化拒斥，而带有极为沉重的文化精神内涵。作为乡土中国的隐喻的诗意的"商州"世界的"兴起"与"衰落"，某种意义上也可以被视为是置身于西方现代化世界中的"中国"的"命运"。自晚清开启，为五四新文化运动激化的古今中西之争在文化—政治层面的体现，无疑是追问这一问题的核心视域。在"长达一百七十年的'救亡—启蒙'过程中，中国人尤其是有发言权的中国知识分子，遭遇的问题必然是：救亡需要'科学'（社会革命·生产力），启蒙需要'民主'（国家革命·政治体制），因而归根结底'救亡—启蒙'就是把中国从传统中拔出来转向西方道路指示的'现代性'。"② 对被强行拖入"世界历史"的中国，在

---

① 司马长风：《中国新文学史（下卷）》，香港：昭明出版社有限公司1980年，第79页。
② 张志扬：《中国人问题与犹太人问题（代前言）·"中国人问题"与"犹太人问题"》，萌萌学术工作室编，生活·读书·新知三联书店2011年，第3—4页。

这一宏大历史背景下，"不转向，中国亡；转向，中国同样亡，即同化尾随于西方——名存实亡。"①全球化所激发的关于民族文化身份的焦虑的探讨，实为此一问题的症候之一，亦是后殖民理论的思想旨趣所在：即破除后"殖民"时代以"文化"普遍化为借口，向后发国家推行的所谓的"世界性"的价值观念的意识形态的新"神话"。艾恺所指出的"全球范围内的反现代化"思潮也并非仅仅体现在对"世界现代化"的简单拒斥，而是始终保持对现代化及其问题性的文化警觉，不在放弃对现代观念的"先验批判"的基础上发展中国的现代化②。

　　不在传统\现代，落后\进步简单的二元对立思维模式中思考商州与中国、中国与世界的关系的贾平凹体会到"穿过云层就是阳光"的道理，并以之理解中西文化的关系，且避免了或一味固守传统，或唯西方观念马首是瞻的极端方式。把眼光投向已逝的传统，并渴望从中开出应对时代个体精神问题的可能。《浮躁》因之被定位为一个"过渡性的文本"，当下商州和历史商州的复杂对应和矛盾纠葛，它的命运和可能出路，连接着更大的世界的问题。

二、"人文精神大讨论"与"《废都》现象"

　　《废都》是《浮躁》之后贾平凹自我否定的"调适"之作，其所引发的广泛争议因与 1993 年的"人文精神大讨论"颇多勾连而长时间成为文学史中被遮蔽的存在。文学史对《废都》的"失语"或集体沉默当然有极为复杂的原因。考索"人文精神大讨论"的知识谱系，也不难发觉参与者对五四新文化运动中全盘性反传统的流弊的集体反省。经过八十年代"文化热"中"文化：中国与世界"一脉的强化，现代性观

---

　　①　张志扬：《中国人问题与犹太人问题（代前言）·"中国人问题"与"犹太人问题"》，萌萌学术工作室编，生活·读书·新知三联书店 2011 年，第 4 页。

　　②　可进一步参看艾伯特·马蒂内利：《全球现代化——重思现代性事业》，商务印书馆 2010 年。安德鲁·芬伯格：《可选择的现代性》，中国社会科学出版社 2003 年。

念更为深入人心并深层次地形塑着其时代的文化人格。理想主义的衰微与经济的迅猛增长恰成反照，"躲避崇高"还是举起理想主义的大旗从而唤起"清洁的精神"成为时代的两难选择。就在贾平凹构思《废都》的同时，知识分子逐渐分化，成为商品经济大潮中的弄潮儿赚的盆满钵满几成潮流，而坚守精神阵地惨淡经营已不被看好。"人文精神大讨论"在这一语境中的出现，其实切中二十世纪中国始终悬而未决的一个重要问题："在 19 世纪二三十年代，重新阐释过去是一个正在进行中的事件。它和当时还很强大的古典传统是相辅相成的。"① 也就是说，五四那一代人，自己与传统并未断裂，在国家民族值贞元之会，当绝续之交，知识人被迫在古今中西之间做简单选择，实为"救亡压倒启蒙"的时代问题所致，而非认信西优于中。"现在，对手已经死了，'五四'一代人对过去的重新阐释已经把传统连根拔除了。"② 嗣后的以西学为尊的中国现代文化已经塑造出了一大批"现代"文化人，他们坚信鲁迅"不读中国书"的"教诲"，不假思索地认定西方文化的"普世价值"，不再有文化身份认同的焦虑。"但是，因为'五四'知识分子们的价值观和他们的斗争叙事如此紧密地联系在一起"③。早已摆脱"启蒙"与"救亡"的双重变奏的知识人有必要反思宇文所安的如下质问："当最大的敌人死掉了之后，还剩下什么？"④（孙郁对胡适的评说可作参照）

即便意识到重复五四那种激烈的批判和全盘西化的主张并不能解决中国的问题，五四文化与文学的"小传统"仍然是我们思考中西文化问题的基本语境。在继承、发扬，抑或"走出"的精神选择中，对五四新文化运动的态度成为考量知识人文化态度的重要标尺。"我们今天的确要继承五四，但不能重复五四或停留在五四的水平上。对传统

---

① ［美］宇文所安:《他山的石头记——宇文所安自选集》，江苏人民出版社2006年，第280页。
② ［美］宇文所安:《他山的石头记——宇文所安自选集》，江苏人民出版社2006年，第280页。
③ ［美］宇文所安:《他山的石头记——宇文所安自选集》，江苏人民出版社2006年，第280页。
④ ［美］宇文所安:《他山的石头记——宇文所安自选集》，江苏人民出版社2006年，第280页。

的态度也如此。不是像五四那样，扔弃传统，而是要使传统作某种转换性的创造。"①1980 年代文学史对废名、沈从文、汪曾祺等作家的"发现"，以夏志清为代表的海外学者功不可没，但对激进现代性的文化反思的兴起，无疑亦是重要原因之一。传统价值的有无，已非争论的焦点，如何完成"千年文脉的接续与转化"成为重中之重。"承认经由晚清'文学改良'与五四'文学革命'的努力，现代文学与古典文学之间存在巨大缝隙，同时，关注那深层的历史联系。也就是说，谈论'传统'与'现代'，兼及表层的断裂与深层的继承，在'断裂性'与'连续性'之间，主要着力于后者，努力辨析'千年文脉的接续与转化'"②。"这是一条古河，却又是新的。"追问"这条'河'为何埋入地下，怎样重获新生；如此既古又新，日后生机何在，该如何向前流淌"③，是彼时知识分子重要研究命意。"沉寂"多年，"文革"中经历颇为特殊的汪曾祺在 1980 年代"重返"文坛，乃师沈从文的作品被相继出版，均成为中国文学"大传统""回归"的重要症候。作为革命时代的士大夫，汪曾祺的文章里有庄子和孔子的传统，"只是诗文里的韵致是现代的，受过西洋文明的沐浴。这个交错的现象，在'五四'前后存在过。"④而故土的经验，却成为他"无法切割与士大夫传统联系的根由。"⑤汪曾祺和他的写作不独是标明"在荒芜的岁月里恢复了某个文化的传统与趣味"，他和他的作品本身，即构成了 1980 年代的一道十分重要的文学风景：中国传统文化和为其所化的文化人格，还存在于"红色年代的士大夫"（孙郁语）的血脉中，并随时可以开出迥异时流的文学世界。"在西方人眼里，汪曾祺先生一定是一个'文化守成主义者'。他对于现代机械文明造成的文化

---

① 李泽厚：《中国现代思想史论》，生活·读书·新知三联书店 2008 年，第 39—40 页。
② 陈平原：《千年文脉的接续与转化》，复旦大学出版社 2010 年，第 2 页。
③ 陈平原：《千年文脉的接续与转化》，复旦大学出版社 2010 年，第 2 页。
④ 孙郁：《革命时代的士大夫：汪曾祺闲录》，生活·读书·新知三联书店 2014 年，第 7—8 页。
⑤ 孙郁：《革命时代的士大夫：汪曾祺闲录》，生活·读书·新知三联书店 2014 年，第 8 页。

沙漠感到格格不入，渴望保持中世纪贵族文化的人文弹性和雅致情趣"①。历经十年"文革"临深履薄的艰难生活，八十年代尚能做出"四十三年前的一个梦"，足见中世纪贵族文化在其内心中不曾须臾消退，"汪曾祺总体来说应该是个儒者，马克思主义懂得不多，要说懂，也是皮毛，不足深论。而儒家的不偏不倚、君子忧道不忧贫、敬鬼神而远之等理念，在他的骨髓深处存在着，使其在最革命的年代，依然未能忘情其间，真真是处乱世而不改其颜的中行之人。"②而早年经历过"历史情感的觉醒"的杨绛，"此后的人生态度中始终没有失去中国人已化为血缘形式的道德情操——气节、风骨、方正等"，在极端年代被批斗之时可以"元神"出窍，那种"把自我对象化的感觉，只有在佛家'此身非我有'的哲学真谛的基础上才能产生。"③"为处境增添一种内心的话语"，以内心或文字的力量化解来自现实的强大压力，是儒家"穷则独善其身"的内守精神的精髓所在。（不知能否十分审慎地作出如下猜测：这一类并非现代意义上的知识分子的存在和他们所持存的文化精魂的当代遭遇，是贾平凹借由庄之蝶这一形象深度考量传统文化的现代命运的基础。）

从韩玄子、林青云、韩文举这样的深具智叟灵光，且几乎能把世事看得清透的乡村知识分子，到有"庄周梦蝶"之喻的西京城著名作家庄之蝶，"已不满足于对客观文化困厄的有限表述"④的贾平凹，"实现了更为强大的对于文化危机的表述功能。"⑤如果说韩玄子们在应对世事巨变，新旧交替之际的无奈和无力还极深地连接着个人的精神修为问题，颇负盛名的作家庄之蝶便可能越过个体经验而与文化人格本身

① 胡河清：《汪曾祺论·胡河清文集（上卷）》，王晓明、王海渭、张寅彭编，安徽教育出版社2014年，第59页。
② 孙郁：《革命时代的士大夫：汪曾祺闲录》，生活·读书·新知三联书店2014年，第8页。
③ 胡河清：《杨绛论·胡河清文集（上卷）》，王晓明、王海渭、张寅彭编，安徽教育出版社2014年，第263页。
④ 丁帆：《中国新文学史·绪论（下册）》，高等教育出版社2013年，第173页。
⑤ 丁帆：《中国新文学史·绪论（下册）》，高等教育出版社2013年，第173页。

的现代遭遇密切相关。如汪曾祺这般深得儒门修行法要的"儒者",退而"内圣",出而"外王","天下有道则仕,无道则卷而怀之。"儒家修身的痛苦,集中体现在君子的自我期许上。"君子则不然,具有塑造个性的内在力量,其学为己,自身并不是孤立的个人,而是人类社会最高追求的亲证。君子的生活目的在于成为'卫道士',以仁为己任,'死而后已'。君子作为卫道士,致力于以全面眼光重塑世界。他的为己之学不仅是思考,同时也是行动。"[1]庄之蝶虽有儒家建立事功的精神底色,但他还不能被简单地视为"君子"。面对激进改革之后的"文化废墟",原本可以安妥灵魂的"文化根基""在糜烂的西京城已经失去了强大的精神治疗功能。"庄之蝶四顾彷徨,恍恍然不知身在何处,那些能够与古代典籍构成互涉关系的"动作"不过进一步强化了他的"空虚寂寞","一心要适应社会到底未能适应,一心要有作为到底不能作为,最后归宿于女人,希望他成就女人或女人成就他,却谁也成就不了谁,他同女人一块毁掉了。"[2]庄之蝶的精神困厄无疑有着时代精神的隐喻意义,其"人生困顿和自我沉沦"往往被与1990年代初知识分子的人文困境同时讨论。"尽管所有关于《废都》的评论都在80年代和90年代的分际上下手,在《废都》内部,庄之蝶其实从未流露对这个问题的兴趣,他并无80年代的乡愁;有太多的论者在他身上搜寻90年代知识分子身份和精神变化的征兆,并在一种集体建构的历史论述中以时代的变迁解释他的生活和命运,但庄之蝶本人对此似乎毫无领会。他通常是在另一个层面上领会自身:一种浩大难逃的宿命。"[3]作为一部中年人的作品,依贾平凹在四十岁的觉悟,"如果文章是千古的事——文章并不是谁要怎么写就可以怎么写的——它是一段故事,属天地早就有了的,

---

① 杜维明:《道学政:论儒家知识分子》,钱文忠译,上海人民出版社2000年,第53页。

② 贾平凹:《十年一日说〈废都〉》,转引自张新颖:《重读〈废都〉·贾平凹研究资料》,郜元宝编,天津人民出版社2006年。

③ 李敬泽:《庄之蝶论》,《当代作家评论》2009年第5期。

只是有没有凤命可得到。"① "我越来越在作品里使人物处于绝境,他们不免有些变态了,我认作不是一种灰色与消极,是对生存尴尬的反动、突破和超脱。走出激愤,多给沉闷的人生透一口气来,幽默由此而生。爱情的故事里,写男人的自卑,对女人的神驭,乃至感应世界的繁杂的意象,这合于我的心境。"②《废都》一方面将根基扎向"庸俗"的日常生活,在"世俗化"的日常欢宴中铺排知识人的形而下之境,"食"和"色"的原始功能在作品中得到了淋漓尽致的发挥,它们既是个人无从穿越的基本境况,也在一定意义上决定着为物质所困的人的精神走向。女人们"都变成某种文化的浮标,成为文人趣味的避所和焦虑释缓的工具。"③这在一定程度上也符合精神分析对性的心理解放性质的文化说明。从极度压抑到沉溺与迷醉,原本就是中国文化的"两极"。儒家高头讲章中的伦理与道德之境,被反讽与瓦解在世俗化的身体的狂欢中,作为道德的镜鉴的中国叙述性图画与儒家意识形态的深度关联,谢赫《画论》中强调的"名劝诫,著升沉",张彦远《历代名画记》重申的"成教化,助人伦",均偏重绘画的道德精神④。但在儒家进取精神所不及和局限处,"佛""道"起而完成焦虑的释缓和精神的调适功能,"空无"思想或"安常处顺"的告诫,游宴自如、忘其肝胆的大自在精神,在审美和现实的双重意义上,指出了精神的向上一路。但对"食""色"的感性迷醉,仍然构成了古典文学中被遮蔽的重要存在,"旺盛的食欲总是与淫乱的能力互为表里"⑤,《废都》中对那些古人的"动作"的指

① 贾平凹:《〈废都〉后记·关于小说(贾平凹文论集卷一)》,杨辉、马佳娜编,生活·读书·新知三联书店 2015 年,第 54 页。

② 贾平凹:《四十岁说·关于散文(贾平凹文论集卷二)》,杨辉、马佳娜编,生活·读书·新知三联书店 2015 年,第 112 页。

③ 丁帆:《中国新文学史·绪论(下册)》,高等教育出版社 2013 年,第 173 页。

④ [美]孟久丽(Julia K.Murray):《道德镜鉴——中国叙述性图画与儒家意识形态》,何前译,生活·读书·新知三联书店 2015 年,第 27 页。

⑤ 格非:《雪隐鹭鸶:〈金瓶梅〉的声色与虚无》,译林出版社 2014 年,第 163 页。

涉，沈复的《浮生六记》，冒辟疆写他与董小宛的《翠潇庵记》，以及李渔的《闲情偶寄》无不有"关于女人的片段"，它们既是庄之蝶的女人们自我陶醉自我想象之源，也是《废都》发掘与儒家文化并行不悖的潜在一脉的重要症候。那些标志着文化的禁忌的□□□□□□构成了《废都》的潜文本，并由之指向中国古典文学与文化精神的另一意趣：人生总体意义上的虚无既可以在精神的超越之境中得以升华和形而上的"克服"，如《红楼梦》中的"色""空"；亦可以在食色之性的沉溺中得到形而下的纾解，如《金瓶梅》中的性爱铺排。"明代中后期政治衰驰，社会与道德混乱，士大夫和文人大多深感绝望。由于找不到出路，他们可以做的似乎只有两件事：一是纵情于男女声色；一是构建亭台楼阁，在封闭的园林中'洁身自好'，逃避政治，并培养醉生梦死的所谓'个人趣味'。"[1] 而作者写作是书，也是别有怀抱：

《金瓶梅》何为而有此书也哉？曰：此仁人志士、孝子悌弟，不得于时，上不能问诸天，下不能告诸人，悲愤呜唈，而作秽言以泄其愤也。虽然，上既不可问诸天，下亦不能告诸人，虽作秽言以丑其仇，而吾所谓悲愤呜唈者，未尝便慊然于心，解颐而自快也。夫终不能一畅吾志，是其言愈毒，而心愈悲，所谓含酸抱阮以此，固知玉楼一人，作者之自喻也[2]。

被贾平凹视为不惑之年"生命之轮运转时出现的破缺和破缺在运转中生命得以修复的过程"的《废都》，"不仅仅是生命体验，几近于是生命的另一种形式"[3]，极而言之，"过去的我似乎已经死亡了，或者说，

---

① 格非：《雪隐鹭鸶：〈金瓶梅〉的声色与虚无》，译林出版社 2014 年，第 158 页。
② 黄霖：《金瓶梅研究资料汇编》，中华书局 1987 年，第 56 页。
③ 贾平凹：《〈废都〉就是〈废都〉·关于小说（贾平凹文论集卷一）》，杨辉、马佳娜编，生活·读书·新知三联书店 2015 年，第 64 页。

生命之链在四十岁时的那一节是断脱了。"不惑之年却仍然困惑，"这些年里，灾难接踵而来，先是我患乙肝不愈，度过了变相牢狱的一年多医院生活，注射的针眼集中起来，又可以说是经受了万剑穿身；吃过大包小包的中草药，这些草足能喂大一头牛的。再是母亲染病动手术；再是父亲得癌症又亡故；再是妹夫死去，可怜的妹妹拖着幼儿又住回娘家；再是一场官司没完没了地纠缠我……"① 饱尝生命的形而下的牵绊的贾平凹进入到其"复杂处世"阶段，《废都》中各色人等数种观念的多元混杂，已非《商州初录》时期的"清纯"可比。商州人事因与传统精神的复杂关联而体现出的乡土田园风貌一变而成为"废都"的颓废和衰败气息。传统文化流风尚存的"商州世界"已经不能抵御外部世界强大力量的步步进逼，为传统文化所化之文化人格亦面临重重危机。"在不断追求终极自我超越的生活，以及麻木不仁、似乎无痛楚可言的调适欲望世界的生活之间作出存在的选择"。对这一典型的儒家式的问题，程颐《颜子所好何学论》曰：

天地储精，得五行之秀者为人。其本也，真而静。其未发也，五性具焉，曰仁义礼智信。形既生矣，外物触其形而动于中矣。其中动而七情出焉，曰喜怒哀乐爱恶欲。情既炽而益荡，其性凿矣。是故觉者约其情，使合于中，正其心，养其性，故曰性其情。愚者则不知制之，纵其情而至于邪僻，梏其性而亡之，故曰情其性②。

庄之蝶之"情其性"，正是作者关注现实和关注生命，"注重笔下的人物参差而不是人物的对比，注重其悲，悲中尤重其凉，注重其美，

---

① 贾平凹：《〈废都〉后记·关于小说（贾平凹文论集卷一）》，杨辉、马佳娜编，生活·读书·新知三联书店 2015 年，第 55 页。

② 转引自杜维明：《道学政——儒家公共知识分子的三个面向》，钱文忠译，生活·读书·新知三联书店 2013 年，第 52—53 页。

美中尤重其凄"①的真实表现。围绕作家庄之蝶展开的西京城各色人等的集体沉沦，那些爱他也被他爱的女人们无不以凄凉作结，成就着庄之蝶的人生慨叹。个人的无奈和无力最终也成为末法时代深具传统精神的文人命运的真实写照。

三、文化困厄的审美救赎

《废都》中"基于文化忧思的欲望书写"，却"没有将审美的境界引领到灵魂言说的层次，在无道则隐的传统士大夫情怀的释放中"，贾平凹"依然带有一种实在的社会承担"，但除此之外，"只剩下一种士大夫趣味的深度沉迷。"此一段总评，仍然有现代观念的精神底色，与陈晓明对《废都》评价的知识谱系并无不同。怀揣启蒙理想的邓晓芒多年前亦有同样说法："对'废都'的怀念绝不是一种进取的思想，更不是什么启蒙思想（尽管它以西方最激进的文化批判为参照），而是放弃主动思想，听凭自己未经反思的情感欲望和本能来引领自己的思想（跟着感觉走）。从这种意义上说，所谓'安妥破碎的灵魂'云云只不过是对一切思想的解构，使自己的灵魂融化于那充塞天地间、如怨如诉的世纪末氛围之中，以自造的幻影充当自欺欺人的逃路而已。"②此说拿来评价《金瓶梅》，似乎也无不可。有意接续古典传统的美学精神和写作笔法，"强调一种东方人的、中国人的感觉和味道的传达"③，"以模糊的、整体的感应，以少论多，言近旨远，举重若轻，从容自在，在白纸上写黑字，更多地在黑纸上写白字"④，"正言若反"的方式写就的作品，

---

① 贾平凹：《〈废都〉就是〈废都〉·关于小说（贾平凹文论集卷一）》，杨辉、马佳娜编，生活·读书·新知三联书店 2015 年，第 66—67 页。
② 邓晓芒：《文学与文化三论》，湖北人民出版社 2005 年，第 452 页。
③ 贾平凹：《〈废都〉就是〈废都〉·关于小说（贾平凹文论集卷一）》，杨辉、马佳娜编，生活·读书·新知三联书店 2015 年，第 66 页。
④ 贾平凹：《〈废都〉就是〈废都〉·关于小说（贾平凹文论集卷一）》，杨辉、马佳娜编，生活·读书·新知三联书店 2015 年，第 64 页。

其内在品性，与现代性"进取思想"及"启蒙思想"当然存在先验的差异。"反者道之动"①，《周易》"复"卦亦有"返转回复"之意。贾平凹在琐碎庸常的生活世界的诸般困境之中建构自己的意象世界，以"废都"之喻反思"西京"之于"中国"，"中国"之于"世界"的文化形象②，"这里的人自然有过去的辉煌和辉煌带来的文化重负，自然有如今'废'字下的失落、尴尬、不服气又无可奈何的可怜。这样的废都可以窒息生命，又可以在血污中闯出一条路子。"③遗憾的是，论者过分关注"废都"窒息生命的一面，却并不曾深入体会"血污中闯出一条路子"的文化忧思警世功能。

贾平凹在后记中对"美文"的看重，指向中国古典的审美品格和精神境界，与基督教观念中的"灵魂言说"自有不同，后者亦不是前者的终极指向。晚清以降，王国维以"境界"阐释审美，俞颂华认为在社会完成进化过程中，"情绪的'能力'最大"，"故一般的情绪一致的趋于理想的标准即所谓'理想的情绪'是共同争存于世界的最高原则。今后文明的'能力'不基于理性而基于情绪。""今虽不贸然主张宗教的必要，却敢断言陶冶感情的制度与机关是不可缺的。若说美术可以代宗教，则宗教必须有了美术方可废掉。"④置身现代性大势，梁漱溟标举孔子"刚"为回应现代性的最佳态度：

---

① 余培林：《新译老子读本》，台北：三民书局股份有限公司 2014 年，第 87 页。

② 对"废都意识"的含义，贾平凹如是解释："我欣赏'废都'二字，一个'废'字，有多少世事沧桑！作为一个都，而如今废了，这其中能体现这都中人的一种别样的感觉，我不能具体说出，但我知道那味儿。西安可以说是一个典型的废都，而中国又可以说是地球格局中的一个废都，而地球又是宇宙格局中的一个废都吧。"贾平凹：《与田珍颖的通信（一）·关于小说（贾平凹文论集卷一）》，杨辉、马佳娜编，生活·读书·新知三联书店 2015 年，第 68 页。

③ 贾平凹：《与田珍颖的通信（一）·关于小说（贾平凹文论集卷一）》，杨辉、马佳娜编，生活·读书·新知三联书店 2015 年，第 68 页。

④ 转引自尤西林：《心体与时间——二十世纪中国美学与现代性》，人民出版社 2009 年，第 48 页。

我今所要求的,不过是要大家往前动作,而此动作最好要发于直接的情感,而非出自欲望的计虑。……刚的动只是真实的感发而已。……含融了向前的态度,随感而发,方才有所谓情感的动作,……只有这样向前的动作才算有力量,才继续有活气,不会沮丧,不生厌苦,并且从他自己的活动上得了他的乐趣。只有这样向前的动作可以弥补了中国人,解救了中国人现在的痛苦,又避免了西洋的弊害,应付了世界的需要。

诚如尤西林所言,梁漱溟此说比"美育代宗教"更为激进,他"实质视审美为现代社会最优人生观。所谓'向前'的'情感动作',既是顺应现代性面向未来的入世行动,又拥有自我肯定的情感'乐趣'"。其涵容现代性的线性时间观的进步心态,与当下瞬间的现代感受性的结合,体现为开放包容的文化心态。但其精神旨归,却不在西方文学思想的宗教一路,而是"纯粹的审美心体论","以宇宙人生的具体为对象,赏玩它的色相、秩序、节奏、和谐,借以窥见自我的最深心灵的反应,化实景而为虚境,创形象以为象征,使人类最高的心灵具体化、肉身化"[1],此即为"艺术境界",主于"美"。以美育代宗教之回应现代性的独特思虑,在规避宗教观念之抽象性的同时,以"美学观念"之"具体性","使吾人意识中,有所谓宁静之人生观。"[2]中国古典思想传统的"人生静观"成为舒缓现代性的内在焦虑的重要资源。"中国人于有限中见到无限,又于无限中回归有限。他的意趣不是一往不返,而是回旋往复的。""对于这世界是'体尽无穷而游无朕'(庄子语)。'体尽无穷'是已经证入生命的无穷节奏。"由此而"神游太虚,超鸿蒙,以观万物之浩川流行"。此说颇近于老子"虚静说"之意趣(致虚极,守

---

[1] 宗白华:《美学散步》,安徽教育出版社2006年,第59页。

[2] 蔡元培:《蔡元培全集(第二卷)》,中华书局1984年,第381页。

静笃。万物并作，吾以观其复）。而其"唯美的人生态度"，既体现在"把玩'现在'"，于"刹那的现量的生活里求极量的丰富和充实，不为着将来或过去而放弃现在价值的体味和创造"[1]（李贽，未至不迎，既去不恋）；亦表现为"（美的价值）寄于过程本身，不在外在的目的，所谓'无所为而为'的态度。""美感"并不以任何"思想"为旨归，其本身即心境之最高状态，是中国古典思想之"精神秩序"区别于西方思想观念的要义所在。蔡元培强调"美学观念"与"宗教观念"之不同，用意即在于申论"美感"之独立或最高之价值。中国式"审美"与西方意义上的"宗教"观念在各自文化精神传统中的不同价值和意义序列的不同定位，是"美育代宗教"核心。至此，有必要重申刘小枫多年前思考"作为价值现象学"的中西"精神冲突"的如下提醒："'五四'新文化运动以来，汉语思想界日渐忽视或轻视西方精神结构中的犹太—基督教精神传统，是一个严重失误。深渊与拯救乃西方精神中涉及个体和社会的生存意义的恒常主题，一如出仕与归隐是中国精神中价值抉择的恒常主题。"[2]邦有道则仕，无道则卷而怀之的儒家人生选择经由佛、道精神对"归隐"一脉的强化而成为中国传统文人寄情托身的恒常选择，佛、道的规避心态亦成为儒家入世精神面临危机时的调适的精神可能。写过"刑天舞干戚，猛志固常在（《读山海经》）"的陶渊明转而歌颂归园田居的隐逸生活；意气风发的李白以请命心态作《与韩荆州书》，后遇挫折亦能书写潇洒飘逸的游仙之作，便是儒道佛互补精神结构的自然表现。刘小枫对"中国的道德—审美精神足以替代基督教精神"的观点表达了审慎的怀疑态度，因其并不存在如下前提：中国的道德—审美精神已经解决中国人自己的精神命运问题。刘小枫征引海德格尔的《只还有一个上帝能救我们》：

---

① 宗白华：《美学散步》，安徽教育出版社 2006 年，第 187—188 页。
② 刘小枫：《拯救与逍遥》，华夏出版社 2012 年，第 6 页。

我深信，现代技术世界在世界上什么地方出现，转变也只能从这个地方准备出来。我深信，这个转变不能通过接受禅宗佛教或其他东方世界观来发生。思想的转变需要求助于欧洲传统及其革新。

海德格尔言之凿凿的"思想的转变"必得求助于欧洲传统及其革新的说法，与黑格尔对中国思想因所知甚少而无从恰当判定的状况如出一辙。这种基于潜在的西方中心主义的文化心态已在新的中西会通的思维模式中遭到"颠覆"，法国思想家佛朗索瓦·于连从"中国"反观"西方"，以迂回与进入的姿态尝试发掘与西方传统全然不同的运思方式和思想资源，"经由中国，并且对照思考有利于重构差异（不要失去一种思想特异性提供的这种机会），但这是在原则上共同的一种理解因素的内部。"中国与西方"相互打量对视，突出各自的逻辑关系。为使各种文化之间产生对话，像人们鼓吹的那样，必须同时既有 dia- 即差异，立场或概念不同的差异，也有逻辑的'逻各斯'（Logos）。否则，就有风险看到，在重言式氛围下，再现因为封闭造成的愚蠢的一致性。"① 进而言之，即便中国道德—审美精神无从一劳永逸地解决中国人的精神命运问题，在西方现代性观念输入中国百年之久且危机重重弊端丛生的 1990 年代初，重新尝试开启其精神空间，以应对现代性危机，至少不应该面临"合法化"的质疑。晚清的现代性回应及其问题境遇，在研究王韬与晚清改革的美国学者柯文的观念中，"把西方影响中国之制度和文人世界观的程度作为衡量晚清改革的决定性尺度"②，已是其《在传统与现代性之间》一书"最大的阙失"。而需要更正的最为

---

① ［法］佛朗索瓦·于连、狄艾里·马尔塞斯：《〈经由中国〉从外部反思欧洲——远西对话》，张放译，大象出版社 2005 年，第 372 页。
② ［美］柯文：《在传统与现代性之间——王韬与晚清革命》，雷颐译，江苏人民出版社 2006 年，第 2 页。

基本的研究模式是"中国所推行的受西方启示的变革（开始是在技术领域，但最终也在许多其他方面），常被论证为一种防范战略，以阻挠部分或完全源于本土的更为根本——因此也更具威胁性——的变革。"[①] 实际的情况则是"与西方有关的变化在特定环境下亦能与中国社会中本质上较为保守的力量联合。所以，并非仅因其受西方启发，就能保证它必然具备更为'激进''根本'或'威胁体制'品格"[②]。同样的道理，不从极端的角度理解传统与现代，中与西的关系问题，便不至于重蹈全盘西化和固守传统的覆辙。

文化寻根思潮在 1980 年代的兴起，无疑极大地关联着二十世纪中国的现代性问题，那些身处边缘却仍然蕴含着中国文化思想的人事元素成为知识人重新发掘传统精神的现代可能的重要征象，内在地联系着对现代性文化症候的良性反拨。时至今日，由全球化所激发的对民族文化身份认同问题的反思，再次将中西文化问题推向自晚清开启，至五四强化的文化的"古今中西之争"。"'五四'思想之实质，实在地说，是与他们未能从传统一元论的思维模式（monisic mode of thinking）中解放出来有很大关系。而这种思维模式是导引形式主义式的全盘否定传统论的重要因素。我们今天要破除这种形式主义式的思想，进行多元的、分析的、根据具体事实的实质思维。"[③]"'五四'整体性的反传统思想者对于中国传统全盘否定的'意缔牢结'（ideological）式的献身"[④] 本身即存在着难以自洽，有待深入反思的诸多问题。此种一元论的思维模式至今仍然构成知识人知识谱系的局限所在，以此思路为基础，"灵

---

① ［美］柯文：《在传统与现代性之间——王韬与晚清革命》，雷颐译，江苏人民出版社2006年，第3页。

② ［美］柯文：《在传统与现代性之间——王韬与晚清革命》，雷颐译，江苏人民出版社2006年，第3页。

③ 林毓生：《中国传统的创造性转化（增订版）》，生活·读书·新知三联书店 2011 年，第171—172 页。

④ 林毓生：《中国传统的创造性转化（增订版）》，生活·读书·新知三联书店2011年，第173页。

魂言说"之高于"审美境界"，并潜在地成为史家文学史判断的重要依凭，也就不难理解。丁帆在回答笔者这一疑问时，曾对贾平凹《废都》的评价有过这样的补充："1992 年乃是中国社会转型的历史重要关口，也是作者个人生活转折的年代，在这个历史的节点上，贾平凹以一个作家敏锐的艺术感觉，嗅到了人性的巨变与畸变，作为一个历史生活的亲历者与忠实'记录员'，他为文学史打造的是从动荡历史时光隧道中各色人等，尤其是知识分子灵魂中抽绎出来的一块'心灵活化石'。今天，我们能否从中发现哪些新的文化与文学的思想价值和艺术元素呢？"[1] 这一说法尚有诸多未尽之意，1992 年再向前推究，或可发现贾平凹塑造沉沦、颓废的庄之蝶形象的另一现实所指。1992 年尚在酝酿，翌年迅速爆发的"人文精神大讨论"，张炜、张承志举起的道德理想主义的大旗，围绕王蒙《躲避崇高》展开的激烈讨论，无不与彼时中国社会与文化的问题紧密关联。然而，如不能回归"古今中西之争"的问题论域，并以之为起点，做更为深入的反思的。传统与现代，中国与世界选择的两难，仍然无法从根源上得到解决。

　　庄之蝶未能达到老庄精神的任性逍遥，也不能在中国传统精神的审美境界中获致逍遥与拯救。他只能是一个失败的角色。他的失败有着至今仍未得到很好地理解的文化的隐喻意义。庄之蝶之后，"乡土世界的文化困厄"在梅梅（《土门》）、子路及其妻西夏（《高老庄》）身上持续发挥着其影响。这再度提醒我们前文述及的古今中西之争问题的迫切性。"文化和环境的双重恶变"的根源均深度指向高歌猛进的现代性，在现代性观念的支配下，即便"重新回归商州非物质的客观文化存在"，重启《腊月·正月》的叙事和问题模式，也无法"发掘一个新的精神和文化家园"，《秦腔》因此只能是比《腊月·正月》更为伤

---

[1]　丁帆、杨辉：《文学史的视界——丁帆教授访谈》，《美文（上半月）》2014 年第 3 期。

感的乡土世界的挽歌。如陈晓明注意到的,《古炉》与《废都》在美学风格上相去甚远,前者的语言更为自由,"仿佛不是作者控制住的,而是丢出去的,往外随意丢到地上,就像落地的麦子一般。""如此稠密滞重,但又有一种流动之感,如同流水落在地上。"① 其叙述"无始无终,无头无尾,却又能左右逢源,自成一格。如长风出谷,来去无踪;如泉源流水,不择地皆可出。随时择地,落地而成形。"② 由"水之性"而发掘创造出的叙述方式是贾平凹小说诗学成熟的重要标志,也是贾平凹对古今中外文学品性独特理解的自觉实践,其文学史价值,有待在中西诗学的视域中深入研究和合理定位。而指出贾平凹"经过三十多年坚持不懈的文学探寻","几乎穷尽了只有传统趣味而没有信仰的当代作家所能达到的最高美学限度",仍然回到了前文反复申论的古今中西问题的叙事框架之中,足见重申中华美学精神的重要性和紧迫性。

四、文学史的"故事类型"

以"历史化"的姿态"重返八十年代"以敞开文学史的多重可能性,解放被固有文学史话语遮蔽和压抑的"无名的能量"的程光炜将当代文学史视为是:"对前几十年文学创作和活动的筛选,是理性的过滤,是千百次斟酌、挑选最后得出的结论。"③ 即便如此,他仍然进一步表达了对文学史的"过渡"性质或者说作为"历史中间物"的特质的反思:"谁能想再过几十年、一百年后,这些所谓的'文学史结论'不被后来者推翻?"④ 被奉为文学史"经典"的夏志清的《中国现代小说史》,虽有超越同辈文学史家的文学史识见,有深度发掘沈从文、张爱玲、钱钟书等作家的文学史价值之功,但仍然难掩其"扭曲得厉害和

---

① 陈晓明:《中国当代文学主潮》,北京大学出版社 2013 年,第 586 页。
② 陈晓明:《中国当代文学主潮》,北京大学出版社 2013 年,第 586 页。
③ 程光炜:《作家与批评家——作家六题之二》,《小说评论》2015 年第 2 期。
④ 程光炜:《作家与批评家——作家六题之二》,《小说评论》2015 年第 2 期。

离奇"的历史观,而"过分简单粗暴"的历史评价"根本经不起分析。"连篇累牍的文学史著述的不断出现,虽未必都能有新的拓展,却是文学史多元和丰富性的证明,但也在一定程度上存在着削弱文学史的权威性的问题。

"故事类型"也即是结构类型或者说是文学史的"先验认知图式",基于此,杂乱无章的文学现象和作家作品可以变得井然有序。它们逐渐成为文学史叙述的"共识""预设"和"成规",在给文学史家言说方便的同时,也意味着一种选择性的"遮蔽"。如福柯所言,任何一种"知识型",只会向它既定的方向敞开。这也是海登·怀特的"后现代历史叙事学"之于文学史研究的重要启示价值:"历史话语可以分成两个意义层面。事实与其形式解释或阐释是话语的显在或字面意义,而用于描写这些事实的比喻语言则指向一种深层结构的意义。历史话语的这个隐在意义包含着一种故事类型。"[①]"历史的逻辑"的形成依赖于历史学家对历史现象的"假说","一旦他们形成了回答这些(历史)问题的假说,对这些假说进行验证就成了十分重要的问题。"[②]当代文学史在分期、叙述结构等问题上,与历史学家的工作方式并无不同,依赖史家既定的"故事类型",不同的文学史叙事得以形成。但这些叙事并不具有终极性和绝对性,作为文学史叙事之一种,在特定的语境下自有其无可取代的独立价值,然以长远的目光观之,任何叙事类型均存在着"再叙事"的可能,随着文学现象的逐渐丰富,作家们也在不断改变着自我的文学史形象。一个既有其立论基础,又保持向未定的未来

---

① 可参见程光炜:《在成堆的历史问题面前,不再心烦——读海登·怀特的〈后现代历史叙事学〉》,《中华读书报》2009 年 2 月 25 日,第 1 版。程光炜:《发现历史的"故事类型"——读海登·怀特的〈后现代历史叙事学〉》,《解放军艺术学院学报》,2013 年第 2 期。郭洪雷:《文学史中的"文学"——海登·怀特的历史叙事学理论对文学史研究与写作的启示》,《河北师范大学学报》2006 年第 1 期。

② [美]麦卡拉(McCullagh,C.B):《历史的逻辑——把后现代主义引入视域》,北京师范大学出版社 2008 年,第 1 页。

的开放性的文学史，或许应是文学史的真正形态。

对于文学史的书写与权力，吴亮曾有如下抱怨："其实没有文学史，有的只是对文学史的想象，""至于重写文学史，就是重写人们不断需要的新的文学史"。张英进梳理海外汉学自夏志清、李欧梵，到王德威的研究范式，明确论及后辈学人在研究方法上的创新，其实暗含着重构学术秩序，进而掌握学术话语权的用心。与时代的文化精神氛围甚至意识形态颇多纠葛的"文学史"，似乎很难出现一种"理想秩序"，一时代有一时代之文学，一时代也同样会有一时代的"文学史"。明乎此，关于"文学史"写作的权力与意义的探讨，方不至于逸出时代的内在局限，妄图对文学现象及作家作品作一劳永逸的价值判断，也就避免了在不同的话语逻辑之中，做意义不大的口水之争。

王德威不久前在陕西师范大学以"史诗时代的抒情声音"为题，较为系统地梳理了自先秦至新世纪第二个十年中国文学的"抒情传统"。其立论的基础，虽为陈世骧"发现"之中国文学的"抒情传统"，背后有"古今中西之争"的痕迹，是在与西方文化与文学传统的交融与碰撞中，对中国文学与文化品性的独特确证，可以被视为重构中国文学史秩序的可能之一。以屈原开篇，以贾平凹作结，包含着贯通中国文学"大传统"与"小传统"的学术志趣，由此出发，中国文学史的另一面渐次清晰。贾平凹的写作与中国古典传统之关系，于斯可见一斑。遗憾的是，几乎"局限"于"五四"古今中西之争的精神"困局"的当前的文学史，虽变动不居，但始终未能对贾平凹与中国文学史"大传统"的关系做深入阐释和恰切定位。这种定位的阙如，也构成了文学史的召唤结构。它呼唤着更多的文学史家投入其中，在突破"古今中西之争"的基础上，以"大文学史"的眼光，重构中国文学地图，并在更深也更为宽泛的意义上，完成二十世纪始终悬而未决的中国文学的民族化建构。

第二章　从中国文学"大传统"出发的思与言

第一节　从"人""地"之道到言"天"之境

　　有的朋友建议我就当代文学与中国文化的关系，写一系列文章。原来我早已心如古井，矢志于中国古典学术文化的研治的。但面对一九八五年、一九八六年中国当代文学蓬勃兴起的大好局面，我的心里不免漾起了一阵涟漪。我想，如果调动自己的古典文化积累，从一个特殊的角度切入中国当代文学，兴许会对中国文学的重建作出某些独到的贡献。

——胡河清《灵地的缅想》自序

　　梳理贾平凹和他的批评史，胡河清是无法绕开的重要话题。这不单是因为从 1985 年到 1994 年，胡河清相继写下了数十篇为他赢得广泛赞誉的作家论，以其独特的入思和运思方式，迥异于"时文"的批评文体，融通中西而得的兼容并蓄的气度和取精用弘的识力，发掘并表达了该时段中国作家与中国古典文化的内在关联，以及这种关联在何种意义上，能够开出中国文学的新境界。这一被称为是中国文学的全息现实主义的境界在他的同事、同为批评家的李劼笔下衍生出对《红楼梦》全息品质的悉心解读。这种解读无疑是对根源于中国古典思想重要一脉的文学可能的独特发现和确证。胡河清的离世因此意味着一种罕见的精神传统的"断裂"，这种传统因李劼的去国而成为中国当代文坛的空谷足音。李劼1993年写下了"一本罕见的"，"有思想创造力、真知灼见并且充满激情的著作"（于坚语）《红楼十五章》（是书原名为《论红楼梦：历史文化的全息图像》），重点申论中国全息现实主义作为中国文化气脉的重要价值。此一思路与胡河清读解以贾平凹、马原、格非、史铁生、余华、孙甘露，以及钱钟书、杨绛、孙犁、汪曾祺等为代表的当代作家作品与中国古典传统精神的承续关系的用心如出一辙。而同在1993年，与胡河清有过交相问难的学者张文江亦尝试以"象数"读解鲁迅"晚期"之作《故事新编》，"如果从象数文化结构角度观之，8篇小说的互相耦合，似有八卦之象，而《补天》上出之，犹乾象焉。"①《故事新编》的象数文化结构，既在次序上显现为时代的上溯（《补天》《奔月》所涉开天辟地神话为上古；《理水》为夏；《采薇》为商周，《出关》为春秋；《起死》为战国），亦在人物上体现为儒、道、墨、侠的多元共在（《铸剑》的侠；《非攻》的墨；《出关》的道、儒），"构成了鲁迅对中国历史文化的整体认识"，较之《狂人日记》时期否定古典传统的简单草率，前者无疑更为丰厚，"可视为'五四'以后中国高层次文学对传统文化的体认之一"②。张文江的读解，无疑洞察到深通中国传统文化的鲁迅对传统文化的态度的复杂性。

张文江、李劼、胡河清均有十分深厚的中国传统文化功底，却不局限于传统与现代二元分裂的鄙陋思维，因此能开文学批评的融通古今中西的风气。惜乎此一风气在目下文坛几成绝响。胡河清当年预言在二十一世纪，中国文学将迎来"一场伟大的整合"，这种整合既能有效

---

① 张文江：《论〈故事新编〉的象数文化结构及其在鲁迅创作中的意义》，《社会科学》1993年第10期。

② 张文江：《论〈故事新编〉的象数文化结构及其在鲁迅创作中的意义》，《社会科学》1993年第10期。

承续中国古典传统,亦能吸纳西方文学与文化的有益经验,从而完成继转化西来佛教而为中国禅宗之后的中国文化史上的又一次东西方文化的真正交融,彼时,"将形成一个真正超越《红楼梦》的新巨制时代。"①而二十余年前即从贾平凹的作品中读出贾平凹有从书写"人""地"之道到言"天"之境的可能的胡河清,表达的既是对有心接续中国传统文化传统审美趣味的贾平凹创作的"预言",也是对中国文化在二十一世纪的重启的可能的期许。时至今日,在全球化语境下反思中国人文化身份的定位问题,中国传统文化的创造性转化问题已成显学,这些问题无可避免地与中国文脉的现代承续关联甚深,而如何在中国话语的基础上完成对中国文化精神的深度发掘和现代转换,胡河清研读中国当代文学的理路和话语方式值得反思。

一、《周易》智慧与道家的历史阐释学

对早在 1980 年代初即矢志于"以中国传统的美的表现方法,真实地表达现代中国人的生活和情绪"②,且自由游心于以儒、释、道为核心的中国古典思想的精神世界的贾平凹而言,批评家胡河清想必是为数不多的"解人"。后者极为深厚的古典文化积累,废寝忘食甚至出生入死地沉潜往复、从容含玩于中国古代典籍,于《周易》等潜藏中国文化之世界观念的独特符码的"天书"体察尤为精深,兼又写得一手有灵气的好文章,几乎独行于彼时的中国文坛。虽历经 1980 年代"文化热",其时尚沉浸于中国古典文学的胡河清似乎并未与"文化:中国与世界"诸学者"激进"的文化观交相呼应。早年独特的人生经历使胡河清"加深了对于宇宙人生的内心体验"③。老庄哲学并不排斥生命感性成

---

① 胡河清:《中国全息现实主义的诞生·灵地的缅想》,学林出版社 1994 年,第 206 页。

② 贾平凹:《"卧虎"说——文外谈文之二·关于散文(贾平凹文论集卷二)》,杨辉、马佳娜编,生活·读书·新知三联书店 2015 年,第 15 页。

③ 胡河清:《自序·灵地的缅想》,学林出版社 1994 年,第 6 页。

分的特点曾教他深深迷醉，但真正使他"天目洞开"的是《黄帝内经》，从这部奇书中，胡河清感到自己"似乎被一只灵异的手指打开了天眼"，从而有幸得窥"隐含在人类精神隧道中的某种秘景"[①]。此后，为了从纠缠自己的梦魇中解脱出来，胡河清开始阅读佛经，"释迦牟尼智慧的声音"，使他"一颗被残酷人生揉碎了的心得到无限慰藉。"而李鼎祚的《周易集解》则让他领悟到《易》之精神运行于人类生活的天地宇宙之间，而六十四卦亦可演绎出伟大与细微的艺术境界。这也成为胡河清尝试以易卦释读当代作品的基础。胡河清并不排斥《周易》的功利性（以《周易》的全息思维演绎世界转换本身即此一特征的体现），但更为看重其中深蕴的"宏大的审美境界"。以《周易》的全息思维为基础，胡河清发掘出中国文学的"全息"现实主义传统，并以之梳理自《红楼梦》以降的中国文学。全息现实主义亦成为以中国思维为基础的文学的最高审美境界[②]。

出于个人心性的价值偏好，胡河清并不赞同重启儒家文化的意图，以为儒家文化"'君臣父子''忠孝节义'等根本伦理观念，""只会加深以血缘家族关系为基础的封建准则的剩余影响"。而道家文化则"深藏着智慧"，且"将不断赋予新人以聪明、灵性、正气和生命的力量。"[③]这与司马迁"论大道则先黄老而后六经"的思路殊途同归。司马谈《论六家之要指》曰："道家使人精神专一，动合无形，赡足万物。其为术

---

① 胡河清：《自序·灵地的缅想》，学林出版社 1994 年，第 7 页。

② 早在 1988 年，陈思和即专书提醒彼时潜心研究"中西小说比较"的郜元宝注意中西小说差异背后的文化思维因素，"我以为中西小说之间理当还存在着更加深刻的差异，这种差异表现在不同文化所构成的人类思维的基本形态方面。"唯有以此为出发点，方能从"根子上有所突破"。遗憾的是，不独郜元宝未从此一思路延伸开去重审中国小说传统，陈思和也未见有后续性的深入研究。郜元宝近期发表的专论《古船》（《当代作家评论》2015 年第 2 期）中道教文化因素的长文亦未能触及中国文化思维的根本问题。详情可参见陈思和：《关于长篇小说结构模式的通信》，《当代作家评论》1988 年第 3 期。

③ 胡河清：《论阿城、马原、张炜：道家文化智慧的沿革·灵地的缅想》，学林出版社 1994 年，第 172 页。

也，因阴阳之大顺，采儒墨之善，撮名法之要，与时推移，应物变化，立俗施事，无所不宜，指约而易操，事少而功多。"看重的即是道家的资治功能①。而胡河清欣赏试图融人生、自然、历史为"具有内在一致性的宇宙模型构想"②的《周易》，以及蕴含极为丰富之辩证观察及政治智慧的老庄诸书，强调道家思想对中国古代文化之独特体系构成之贡献，在儒家及其他各派学说之上。一如鲁迅所言"中国根柢全在道教，此说近颇广行。以此读史，有多种问题可以迎刃而解。"③道教有上品、中品、下品之分，既包含极为繁复的形而上智，亦与世俗民间信仰颇多关联。而贾平凹家乡陕西丹凤，与张天师创立五斗米教之汉中相去不远且文化同源，其作品中蕴含着道教的智慧，也就不难理解了。在1980年代的文化语境中，无论是贾平凹直接关注的乡村经济革新及其所引发的世道人心的变化，还是以虚境写出的丰富驳杂的乡村信仰世界，都很容易被纳入彼时的批评话语中进行阐释。

以"改革文学"或"寻根文学"及与之相应的批评话语阐发贾平凹作品的意义，是1980年代文学批评的基本理路④。前者可以从贾平凹作品中读解出改革过程中社会人心的多重面向，后者则可以深度发掘中国传统文化的民间形态。即以《古堡》为例，以"张老大"为代表的普通农民在寻求致富过程中的种种艰难，及其与"保守"思想做斗争的过程，均可被视为贾平凹对作为时代潮流的"改革"的体认与思

---

① 汪涌豪：《司马迁"先黄老而后六经"析论——兼论司马谈对其思想的影响》，《殷都学刊》1997年第2期。

② 胡河清：《论阿城、马原、张炜：道家文化智慧的沿革·灵地的缅想》，学林出版社1994年，第153页。

③ 鲁迅：《致许寿裳·鲁迅全集（第十一卷）》，人民文学出版社2005年，第353页。

④ 黄平在其专著《贾平凹小说论稿》中，对此有极为细致的梳理。"'改革文学'指认的商州"与"'寻根文学'指认的商州"既是贾平凹自身观照笔下世界的基本理路，亦是同时期大多数批评家评述贾平凹作品的基本方法。但无论是"改革文学"的批评话语还是"寻根文学"的思想资源，其知识谱系，均在"文化现代性"的视域之内，与胡河清的思想资源及运思方式并不相同。黄平：《贾平凹小说论稿》，云南人民出版社2013年。

考。与彼时"潮流化"的"改革文学"叙述模式不同的是，贾平凹既有对社会生活的"全景观"，亦能将时代的现实事件与更为深广的历史原因相结合，作品因此有较强的历史纵深感①。而对中国古典小说技法（此时主要是笔记小说）的主动承续，也使得他的作品在现实世界的人事纠葛的"实境"之外，拥有独特的"意境"，较之局限于现实事件的文学书写，多了一层"韵外之致"。这种写法，在"五四"以降的文学"小传统"中并非没有先例。废名的《桥》及《桃园》等作品对中国古典诗词的"化用"，以充满灵性的语言，营构类如诗词的"意境"，已开现代小说接续古典传统美学的先河。嗣后沈从文以《边城》《长河》的写作，进一步使古典文学的审美趣味与现代生活风格的结合达到一种近乎成熟的状态。"《边城》是散文诗的画卷，《长河》具有这些，但还可以听到时代的锣鼓，鉴察人性的洞府，生存的喜悦，毁灭的哀愁，从而显现历史的命运。"②司马长风的这一段评述，几乎可以直接拿来作为对贾平凹 1980 年代具有"寻根"意味的作品的评判。而从"寻根"以及与之密切相关的中国传统文化入手，不难发现《古堡》的历史纵深感和厚重感，源于贾平凹对"特定人群社会的历史沉积和文化背景的全面开掘。"③"古堡"以其融古老、威严、神秘于一体的象征意味，统摄着乡民的精神世界，成为作品中的现实人事与历史文化发生关联的纽带。而对"商州"地域文化和历史渊源的细致铺陈，使"古堡"成为传统文化现代境遇的重要征象，且与如火如荼的"改革"的盛大展开形成鲜明对照。

"艺术家最高的目标在于表现他对人间宇宙的感应，发掘最动人的情趣，在存在之上建构他的意象世界。"贾平凹的如是自述道出了其艺

① 郭踪：《〈古堡〉：改革文学的新风姿——兼论形成中的贾平凹风格》，《当代文坛》1986 年第 6 期。
② 司马长风：《中国新文学史（下卷）》，香港：昭明出版社有限公司 1980 年，第 79 页。
③ 费秉勋：《论〈古堡〉》，《小说评论》1987 年第 2 期。

术追求迥异于在西方现代小说影响下的写作传统，而与汪曾祺、孙犁等同时期作家志趣相投。1980 年代对汪曾祺的老师沈从文的发现使得贾平凹早于韩少功、李杭育等人的"寻根"书写有着不同于后者的"影响源"。即便间接受到马尔克斯等人的魔幻现实主义的影响，贾平凹对文学地理意义上的"商州"世界的发现也更近于沈从文的"湘西"，而非马尔克斯的"马孔多"和福克纳的"约克纳帕塔法"。进而言之，1980 年代的"潮流化"写作，贾平凹既关注时代大潮下商州世界的诸种变迁以及人物命运的起废沉浮，亦关注与这种变迁密切相关的民族历史文化的现代命运，其作品中既有形而下的人事书写，亦有存在之上的意象世界的精心营构。这无疑与沈从文的影响密不可分①。与中国传统文学的复杂关联也使得从老庄哲学与禅宗教义入手解读这一时期的作品十分近便。"贾平凹是从当代文化的困惑中有选择地向传统文化去寻找参照物的。这不是对传统的简单回归，而是从更新我们民族文化的时代需要出发，引入一套传统的价值观念以参与现实，并在这种参与里赋传统以新的内质。"②捻出道、禅及其他有传统文化意味的独特意象，来印证贾平凹与老庄禅宗思想的关联，并把分析止步于现象的罗列，不能从根本上说明老庄思想及禅宗之于贾平凹作品的内在意义，以及通过承续中国传统文化，贾平凹究竟在何种意义上拓展了当代小说的境界。也就是在这一批评语境下，胡河清的贾平凹研究显现出其超迈时流的个人特点。

同为读解《古堡》，胡河清则从那位"眼若星辰，气态高古"的老道入手，以为其有道家内丹修为。修道即修智，能"知往而鉴来，极深而言几"，为智慧之最高境界。历来高道，并不排斥用世，因能鉴往知

① 黄平：《贾平凹小说论稿》，云南人民出版社 2013 年，第 31—45 页。
② 王仲生：《东方文化和贾平凹的意象世界——评贾平凹的小说近作》，《当代文坛》1993 年第2 期。

来，常为皇家倚重，考诸道史，不乏其人①。而向来与政治、军事及人事纠葛关联甚深的道家在有汉一代曾被读解为"君人南面之术"。而"文王八卦图中藏着中国社会的全部游戏规则。"②道家高人多为伟大的先知者，能看出历史发展的趋势。这种鉴往知来的能力不仅与道家对历史的熟识有关，亦与高道对《周易》精神的深刻体悟密不可分。"《周易》文化体系的确是一种包孕着无限潜在发展可能性的'混沌'现象。"③而道家的天人之学"是在大量的社会、政治、文化信息基础上形成的。"④那位固守古堡的老道并无云游天下、得窥天下大势与"道"之现实运行的机会，也就不能从根本上体会到"生生之谓易"的道家精髓。小说的结尾处，一场天火酿成巨劫奇变，古堡几成废墟，也意味着"火"对"水"的胜利。但"三天后，天下起了一场大雨，烛台峰和天峰瘦了许多，一片焦炭似的。那古堡除了坍倒了一个角外，却依然存在"⑤。此一现象可以以《周易》系统的运行规则作解，"《周易》以'未济'卦压轴，表明它不是一个画地为牢的封闭系统。"⑥不会将宇宙万物及人事置于绝境。"既济"之后为"未济"，旧的终结的同时也意味着新的循环的开始。"古堡"若被解作凝固僵化，潜存着封建意识的华夏文化的象征，惨烈的天火便是促其"浴火后的重生"，惟其如此，"古老的华夏文化才能实现旧邦新命，转入生生不息之谓易的开放系统。"⑦

与《古堡》中的老道叨念不合时宜的"秦政"，因肯定"连坐法"与"保甲法"而显得乡愿透顶，全无道家高人洞悉世事兴亡变化之道的仙家气象不同，《人极》中的林青云多少有陕西历史上之著名易学大

---

① 可参看杨辉：《终南有仙真》，陕西师范大学出版社 2011 年。

② 胡河清：《贾平凹论·灵地的缅想》，学林出版社 1994 年，第 46 页。

③ 胡河清：《贾平凹论·灵地的缅想》，学林出版社 1994 年，第 46 页。

④ 胡河清：《贾平凹论·灵地的缅想》，学林出版社 1994 年，第 47 页。

⑤ 贾平凹：《古堡·贾平凹文集（第六卷：中篇小说）》，陕西人民出版社 1998 年，第 566 页。

⑥ 胡河清：《贾平凹论·灵地的缅想》，学林出版社 1994 年，第 48 页。

⑦ 胡河清：《贾平凹论·灵地的缅想》，学林出版社 1994 年，第 48 页。

师邵康节的影子。"邵子"追随陈抟老祖观星占卜，后以数字演绎宇宙天地运行变化之道，其所著《皇极经世书》，后人若能参透，便可对"大至国运小至个人休咎福祸'知几若神'。"[①]林青云虽偶得失传已久的《邵子神数》，也算天缘殊胜，但在胡河清看来，因小农经济所形成的狭窄视域，使得从未走出本村的林青云无从窥透"天机"。"宇宙全息网络的运行规律，呈示一种互相联系和互相转化的世界图景。"[②]非有宏阔之历史眼光和世界观念而无从得窥。林青云充其量不过是乡间智叟，与邵子的境界自然相去甚远。他的慧根和机缘，尚不及《浮躁》中的韩文举。后者从和尚处习得《六十四卦金钱课》，能用六枚铜钱推演善恶吉凶与流年运势。"但韩文举毕竟是精透了的人，他要彻底静观了一切形势方可决定下一步的言行。"这种谨慎使他并不会过分拘泥于卦象，还会把心思花在对世俗生活的冷眼静观上，不会在"浮躁"的时代轻做浮躁之举，也就避免了招致祸端。于斯可见，"道家文化就是穿着神秘学外套的历史学。只要把'人和'推到极限，就进入了无道的境界。"[③]"人事"的重重累积，便是"历史"的形成。而洞悉历史变化的内在规则，则可以鉴以往而知来者，古来世事洞明人情练达的高人，莫不于此间作暗功夫。但所谓的"历史规律"，不过"或多或少类似于哲学的先入之见或推测"，只"拥有一种相对的或临时的价值。"[④]因是之故，"在历史预测学上，《浮躁》对过去的小农意识确实有所克服。"是为贾平凹在《古堡》之后开出的新境界。《周易》系统的运行规则，不惟可以用来解释文本内部诸种意象的复杂展开及其内在意蕴，亦可以阐释人物性格形成的自然根源。

①　胡河清：《贾平凹论·灵地的缅想》，学林出版社 1994 年，第 48 页。
②　胡河清：《贾平凹论·灵地的缅想》，学林出版社 1994 年，第 49 页。
③　胡河清：《贾平凹论·灵地的缅想》，学林出版社 1994 年，第 51 页。
④　［德］西美尔：《历史哲学问题——认识论随笔》，上海译文出版社 2006 年，第 140 页。

二、崇阴尚柔与人物性格的复杂展开

与胡河清《贾平凹论》几乎同时刊出的《东方文化和贾平凹的意象世界》一文，亦注意到从老庄及禅家思想入手读解贾平凹笔下人物性格的适切性。而老庄禅宗的偏于静观和阴柔一路，可以解释何以贾平凹早期作品中女性刻画极为成功。"老庄、道、禅被认为是一种柔静形态呈现的哲学，阴柔的外壳裹着的是活泼的生命力的内核。因此，在传统文化的某些方面，并非如过去习惯地认为那样歧视妇女，恰恰相反，倒是相当尊重女性的。在老庄、道家那里，女性曾经一直被认为是美的化身、生命的象征。""从女性与生命的天然联系中"，老庄、道、禅的美学自然"偏重于阴柔和谐之美"。① 这一现象被论者进一步解释为文化心态中所积淀之母系氏族社会的文化的"集体无意识"。"老子的思想同母系氏族社会的原始宗教观念有着密切的渊源关系，崇尚阴柔就体现了老子对上古文化中女性崇拜的继承和哲学提升。……由于老子思想同上古女性崇拜的密切关系，一些学者甚至认为老子哲学就是一种女性哲学。"② 进而言之，"老子对远古女性崇拜的继承，从宏观上看，表现为崇尚阴柔的哲学基调。老子哲学的重阴、尚柔、守雌、好静、崇俭、尚慈、谦下等基本特征，都是对女性特有的道德品格的哲学抽象，都是对女性处世态度和经验的概括和提升，表现了女性特有的温柔含蓄和独特智慧。"而从民俗文化角度观之，《道德经》中的"道"的神话原型是月亮，"渊源于原始宗教文化中的月神崇拜"。③ 以"月亮"及"女性"为基础，推演抽象出天地及人伦之道，从性别角度考虑，则是"女性"优于"男性"④。"谷神不死，是谓玄牝。玄牝之门，是谓天地根。

---

① 王仲生：《东方文化和贾平凹的意象世界——评贾平凹的小说近作》，《当代文坛》1993年第2期。

② 陈鼓应、白奚：《老子评传》，南京大学出版社2001年。

③ 陈鼓应、白奚：《老子评传》，南京大学出版社2001年。

④ 吕思勉先生著《辩梁任公〈阴阳五行说之来历〉》指出："（《老子》）全书之义，女性皆优于男性，与后世贵男贱女者迥别。"吕思勉：《古史辨（第五册）》，上海古籍出版社1982年。

绵延若存，用之不勤。""天下之至柔，驰骋天下之至坚。"均为此一思想的自然推演。

　　以此为基础，从"性之道"来解释宇宙生成与万物变化，成为《道德经》的重要特点。冯友兰《中国哲学史新编》解释《道德经》第六章时，认为："《老子》在这里所说的'牝'，就是女性生殖器。……女性生殖器是中空的，所以称为谷，玄牝又是不死的，所以又称为'神'。"① 进而言之，"老子的哲学经验往往取自于古代的房中术"。"古代的阴阳家本来就把男女交合谓之'采战'的，且明清之际的通俗话本，更是直接称之为'交战'"②。德国学者汉斯—格奥尔格·梅勒在其专著《〈道德经〉的哲学》中专设一章，重点申论《道德经》中"性之道"，"《老子》论及道，但未多谈。因为道作为'道'（Way），是生死之道。道也是生育之道。如此一来，在其中就有一个性的维度，《老子》中许多诗意的意象都或直接或间接地与性有关。母亲和生育的意象——例如第六章：'谷神不死，是谓玄牝'——是直接与性和生殖有关的。"而"生殖是性交的结果，二者必须不同才能够相结合。阳性与阴性的性别之分通过相反相成（different but complementary）的特征体现出来。第六十一章说：'牝常以静胜牡，以静为下。'显然，这些句子是关于性的。在性交中——至少从道家的观点来看——静和动是聚集到一起的……居下位的持有力量。"③ 由此而延伸出的男女"交战"之术及天地运行万物生长与人伦之道，其思想要旨，在"阴""阳"和合变化之道。"一阴一阳，乃成道也。""故物极必反，太盛则灭。冬至阴极则复衰，而一阳渐生，故为阳遁。夏至阳极则复衰，而一阴渐生，故为阴遁。天地旋复，暑往寒来，以定冬夏二至，盖本于此。"④ 杭辛斋先

---

① 冯友兰：《中国哲学史新编（修订本）》，人民出版社 1983 年。
② 鲍鹏山：《鲍鹏山新读诸子百家》，复旦大学出版社 2009 年。
③ ［德］汉斯—格奥尔格·梅勒：《〈道德经〉中的哲学》，人民出版社 2010 年。
④ 郭璞：《郭氏阴阳元经·阴阳五要奇书》，九州出版社 2013 年，第 3 页。

生《周易智慧》亦言:"《易》之道,天地男女而已。孔子《杂卦》,以人事为主,故乾坤不曰'阴阳',而曰'刚柔',此其大眼目也。"[1] 是说充分说明"乾坤""阴阳""刚柔"在《周易》系统中大致可以互换,因其所指之"物象"(天地、万物、人事)不同,故有不同"能指"。

男性属"乾",属"阳",属"刚",主"动";女性属"坤",属"阴",属"柔",主"静"。故能逸出自身属性的"相貌",在命相学中,为难得之异相。依学者钱钢的观察,胡河清的神情颇近"女相"。对"柔中带刚"(胡河清谓之"阴刚")的美自然颇多感受。早年读《庄子》时,胡河清曾把庄子想象为"一位稍有些女性意味的美男子"。因学者潘雨廷相貌酷似佛画中"罗汉相",有人戏称他为"罗汉出世",但胡河清却注意到"潘先生的眼神中却没有阿罗汉们那种卖弄神通的诡秘,而流出一股淡淡的柔慈之光",并据此认定潘雨廷的潜力在罗汉之上。因是之故,钱钢认为"胡河清大概天生是那种能够吸纳中国阴柔文化的精粹并为之传薪的少数奇人之一。""他反感于儒家文化对人性虚伪可能有的影响,而心仪道家精神,似乎也受到了自己性格上无意识的驱动。"[2] 因着这个原因,胡河清认为适合贾平凹的生存哲学是道家。并从"平""凹"二字中读解出"阴阳"的意思:"平"为阳光所及之地,故为"阳";"凹"仅就形象而言,与前文述及《道德经》中"性之道"中"牝"颇为相似,自然属"阴"。而贾平凹在《妊娠》序言中对《周易》"睽卦"的赞赏[3],被胡河清读解为是"对男女性别感(阴阳)"最具中

---

① 杭辛斋:《周易智慧》,安徽人民出版社2012年,第124页。

② 钱钢:《胡河清其人其文·胡河清文集(下卷)》,王晓明、王海渭、张寅彭编,安徽教育出版社2014年,第769—770页。

③ "夜里阅读《周易》,至睽第三十八,属下兑上离,其《象》曰:'火动而上,泽动而下。二女同居,其志不同行。'又曰:'天地睽而其事同也。男女睽而其志通也。万物睽而其事类也。睽之时用,大矣哉!我特别赞叹'睽之时用,大矣哉'这句,'拍案叫绝,长夜不眠。'"贾平凹:《〈妊娠〉序·关于小说(贾平凹文论集卷一)》,杨辉、马佳娜编,生活·读书·新知三联书店2015年,第39页。

国传统文化色彩的体认。"睽"之义为"乖违、相异",为道家阴阳理论之基础。《周易程氏传》对此作如是解:"天高地下,其体睽也,然阳降阴生,相合而化育之事则同也;男女异质,睽也,而相求之志则通也;生物万殊,睽也,而得天地之和,禀阴阳之气,则相类也。""物虽异而理本同,天下之大,群生之众,睽散万殊,而圣人为能同之。处睽之时,合睽之用,其事至大,故云:'大矣哉'。"① 睽卦"乖违"之义,为《周易》思维辩证之处,《道德经》"万物负阴抱阳,冲气以为和"即是此理。"'睽'既讲阴阳之间的区别,又是两者作为对立统一体存在的条件。"是为贾平凹创作中"先验"之主题。考之于贾平凹作品中之男女两性形象,可知此说不谬。

　　《浮躁》中之金狗,秉天地阳刚之气,为纯粹男性意志之象征,故能以一介布衣,起于宗法关系超稳定的商州世界,虽历经挫折,却总能化险为夷转危为安,呈现出始终"上出"的态势。而小水则是与其对应的女性形象,"按照五行相生相克的法则,金正好生水,所以金狗和小水体现'负阴而抱阳,冲气以为和'的相生关系。"② 是为贾氏作品中金星与水星神秘感应之典型例证。如对胡河清此说稍作推演,不难察觉贾平凹新作《老生》亦包含着"阴""阳"合和之关系,为《周易》辩证思维的具体体现。《老生》以四个故事指称二十世纪中国的历史变化,每一故事均为一个小循环,以一人名中有一"老"③字,一人名中有一"生"字为征象。从"老"至"生",由"生"即"老",即为阴阳转换。四个小循环构成二十世纪的大循环,后者与《山海经》的互文关系,为《老生》思想的核心要义④。由是观之,胡河清虽未读到贾平凹《废都》之后的作品,但其对贾平凹思维方式的观察无疑十分精

---

① 转引自黄寿祺、张善文:《周易译注》,上海古籍出版社2004年,第289页。
② 胡河清:《贾平凹论·灵地的缅想》,学林出版社1994年,第42页。
③ 在陕西乡间,有人去世,不说"死",而说"老了"。
④ 可参见杨辉:《〈老生〉的境界》,《中国艺术报》2015年4月10日。

准。《周易》辩证思维为中华文化理解并把握世界之核心思想，从源头上讲，就克服了西方理性主义与神秘主义的分裂状态，Logos 与 Mythos 在西方思想中的精神分野在中华文化中则呈现为相同精神品性的合和状态。从此一思路自然延伸出胡河清中国全息现实主义的设想，当然，此为后话。

充塞天地之间的阳刚之气孕育出如金狗这般深具男性特征，脑后有"反骨"，为摩罗诗力的凝聚的人物形象。而依照中国古典相学的说法，"有女气的美男子往往具备着领袖人物的异秉"①，一如前文所述，能超越自身的性别特征的人物，其心理及禀赋，往往较常人复杂。中篇小说《白朗》中的主角"白朗"即为鲜明例证。形象俊逸的白朗颇有些女相，是为"'睽'卦划出的生命界限的模糊制造了一个最有性感韵味的生理区域。"②男性性别极限化后"会导致女性意味的渗透"。而近于女相的男性因兼具阴阳双重特征而具有单纯男性所无法具备的禀赋。这便可以解释何以胡河清对"平凹"二字的"阴""阳"双重特征颇为在意，而通过细致观察贾平凹的"面相"，胡河清认定贾平凹"对男色的敏感流露出他身上有一种女性化的温柔。"③如白朗这般长相俊逸，且性感甚于女性的男子，不惟唤起押解他的士兵潜在的同性恋欲望，亦表明贾平凹自身极为个人化的"幽暗激情"。"平凹"二字的阴阳互补及其所呈现出的复杂面向，是理解贾平凹创作心理的不二法门。"睽"卦"乖违"的特征不仅体现在贾平凹笔下人物性格的复杂上，亦表现在贾平凹对地域文化的多元特征的调和吸纳上。迟至《带灯》的写作，贾平凹反复申明故乡商州丹凤棣花的文化地理特征何以影响到其写作的气质禀赋："我是陕西南部人，生我养我的地方属秦头楚尾，我的品

① 胡河清:《贾平凹、李锐、刘恒: 土包子旋风·灵地的缅想》，学林出版社 1994 年，第 190 页。
② 胡河清:《贾平凹论·灵地的缅想》，学林出版社 1994 年，第 43 页。
③ 胡河清:《贾平凹论·灵地的缅想》，学林出版社 1994 年，第 44 页。

种里有柔的成分，有秀的基因，而我长期以来爱好着明清的文字，不免有些轻的佻的油的滑的一种玩的迹象出来，这令我真的警觉。"①而多年来身居西安的经验使得他对大汉雄风和盛唐气象亦不乏体认。三十余年前对霍去病墓侧之重整体、重情感、重气韵，具体而单一，抽象也丰富的"卧虎"的欣赏，以及此种精神及审美境界对他的写作品格的长期影响，使他有深厚的基础"学习两汉品格"，并有意识地向"海风山骨靠近"。而表现在小说语言上，"几十年来，我喜欢着明清以至三十年代的文学语言，它清新、灵动、疏淡、幽默、有韵致。我模仿着，借鉴着，后来似乎也像模像样了。而到了这般年纪，心性变了，却兴趣了中国两汉时期那种史的文章的风格，它没有那么多的灵动和蕴藉、委婉和华丽，但它沉而不糜，厚而简约，用意直白，下笔肯定，以真准震撼，以尖锐敲击。"②就"两汉史家笔法"与"明清世情小说"特质大致而论，前者以雄浑、刚健为主，后者细腻、柔婉为宗。此种"睽"卦之"乖违"特征，其实已多次出现在贾平凹的对两种风格的可能的自我陈述中③：

---

① 贾平凹：《〈带灯〉后记·说贾平凹》，林建法、李桂玲主编，辽宁人民出版社 2014 年，第 15 页。

② 贾平凹：《〈带灯〉后记·说贾平凹》，林建法、李桂玲主编，辽宁人民出版社 2014 年，第 15 页。

③ 谢有顺亦注意到贾平凹写作的"乖违"特征："最令我惊讶的是，贾平凹居然在自己的写作中将一些别人很难统一的悖论统一起来：他是被人公认的当代最具传统文人意识的作家之一，可他作品内部的精神指向不但不传统，而且还深具现代意识；他的作品都有很写实的面貌，都有很丰富的事实、经验和细节，但同时，他又没有停留在事实与经验的层面上，而是由此构筑起一个广阔的意蕴空间，来伸张自己的写作理想。"（谢有顺：《背负精神的重负——谈贾平凹的文学整体观·中国当代作家面面观——汉语写作与世界文学》，春风文艺出版社 2006 年，第 684 页）孙郁亦认为："说他（贾平凹）旧，又有点新奇的气象，说其新，可在内心却是旧书堆中人。就这样不古不今，亦今亦古，我们看他，不是一两句话可以说清的。"（孙郁：《贾平凹的道行》，《当代作家评论》2006 年第 3 期）而郜元宝反复申论贾平凹作品中"雅"与"俗"，亦是"乖违"之一种（郜元宝：《序言·贾平凹研究资料》天津人民出版社 2005 年）。其他如黄平从"实"与"虚"，或"诗人"与"现实主义"的"分裂"理解贾平凹的写作，亦是一理（黄平：《贾平凹小说论稿》，云南人民出版社 2013 年）。

对于整体的、浑然的、元气淋漓而又鲜活的追求，使我越来越失却了往昔的优美、清新和形式上的华丽。我是陕西的商州人，商州现属西北地，历史上却归之于楚界，我的天资里有粗犷的成分，也有性灵派的东西，我警惕了顺着性灵派的路子走去而渐巧渐小，我也明白我如何地发展我的粗犷苍茫，粗犷苍茫里的灵动那是必然的。①

于斯可见，融汇两汉与明清世情小说的精神传统，兼具写作笔法的粗犷与灵动，是贾平凹多年来念兹在兹的重要问题。这犹如白朗集合男女两性的双重特征一般，在各个方面，极大地丰富了贾平凹的写作可能。通过对 1980 年代当代作家写作及其思想资源的总体观察，胡河清认定"现代主义的精神实质还是局限在西方文化传统的总体格局之内，没有与东方神秘主义的宇宙本质论接通。"② 单纯受容西方文学经验的写作因此存在着致命的局限，"现代主义所描绘的精神文化景观，还远远不能达到《周易》文化系统那种精微知几的实验现量效果。"③ 而贾平凹的当代文化意义，恰正体现在其既传统又现代，既能以中国传统文化及其审美趣味为核心书写当下生活，亦能吸纳西方文学与文化经验，且以"穿过云层直至阳光处"的博大文化心态，完成对文化的"古今中西之争"的根本突破。是为在全球化语境下，重建民族文化自信的必由之路。而贾平凹对当代文学境界的开拓，要在以天、地、人三种层次观照人在宇宙中的位置。从 1980 年代的《古堡》到新世纪第二个十年的《老生》，莫不如是。

---

① 贾平凹：《〈高老庄〉后记·关于小说（贾平凹文论集卷一）》，杨辉、马佳娜编，生活·读书·新知三联书店 2015 年，第 109 页。
② 胡河清：《贾平凹论·灵地的缅想》，学林出版社 1994 年，第 52 页。
③ 胡河清：《贾平凹论·灵地的缅想》，学林出版社 1994 年，第 52 页。

三、从"人""地"之道到言"天"之境

置身 1980 年代文化的"古今中西之争"的基本情境之中，在"实"与"虚"，"传统"与"现代"外，贾平凹还面对着"现象界"与"本体论"的分裂，"半个贾平凹漂浮在肉的幻想之中，具有非常强烈的感性化特征。"而"另外半个贾平凹却竭力要挣脱生命本真的炽火图景，进入高华深邃的东方灵境。"①这几乎是浮士德难题的现代重现。而之前胡河清在与一位既深通中国传统文化，对当代文学亦不乏洞见的贤者的晤谈中，得知后者对当代作家的如是期许："真正的作家越老灵气越足。在自我消解的过程中，他们的'天目'洞开了。看见的就不再是一些少年时代的梦中幻影，而是超越现象界的民族文化的'龙虎真景'。"②遗憾的是，胡河清未及读到贾平凹发表于1993年的转型之作《废都》便与世长辞。而此时贾平凹刚刚进入不惑之年，他"以中国传统美的表现方法，真实地表达现代中国人的生活和情绪"的探索尚未及全面展开。而在《浮躁》序言二中贾平凹明言"再也不可能还要以这种框架来构写我的作品了。换句话说，这种流行的似乎严格的写实方法对我来讲将有些不那么合时宜，甚至大有了那么一种束缚。"③努力从束缚之中解放出来的贾平凹再度尝试"以实写虚""体无证有"，在存在之上建构自己的意象世界。从《废都》到《秦腔》《古炉》，再到《带灯》《老生》，均可以在这一意义上得到解释。

启用王国维申论之"境界"一词，来阐释贾平凹"以实写虚"根本用意，应该是较为恰当的选择。《人间词话》开篇即强调："词以境界为最上。有境界，则自成高格，自有名句。五代、北宋之词所以独绝者在此。""有造境，有写境，此理想与写实二派之所由分。然二者颇

---

① 胡河清：《贾平凹论·灵地的缅想》，学林出版社 1994 年，第 44 页。
② 胡河清：《中国当代文学与文化传统》，《当代作家评论》1992 年第 5 期。
③ 贾平凹：《〈浮躁〉序言二·关于小说（贾平凹文论集卷一）》，杨辉、马佳娜编，生活·读书·新知三联书店 2015 年，第 32 页。

难分别。因大诗人所造之境，必合乎自然，所写之境，亦必邻于理想故也。"叶嘉莹先生《人间词话七讲》中反复说明"境界"之"可意会而不可言传"的特征："真正好的词它里面就有一个'境界'，一个让你很难说清楚的东西，因此王国维他才说'词以境界为最上'。"① 而台湾学者柯庆明则尝试将"境界"诠释为："存在于人们的认识之中，为某种洞察感悟所统一了的完整自足的生活世界；这种洞察感悟则是因为有了某阶段某方面生活的体验而发生。而作品的能否隽永感人，是否具有价值，则在于曾否完整地表现了这样的一个生活世界出来。"② 如将此一说法稍作延伸，与冯友兰先生之人生四境界说相参看，可知叶嘉莹无法道出而柯庆明未及言明之"境界"的要义所托，乃在中国古典文化所开之思想及人生之境。如萧驰所言："佛禅使中国诗学部分地摆脱了魏晋以来确立已久的'感物'传统。由此打开了在玄学中早已吐丝化蛹、却因玄学思想的矛盾而无法在诗学中破茧成蝶的'境'的观念，即心、物之辩确立之前，人与世界在瞬间相互交融生发的现象。而玄、佛之交接，使诗人将生生之流句读为、横断为一个个片刻，以演呈人在无常天时中任化而往，际遇那乍然进现的'朝徹'之美。"③ 亦如柯庆明所论："时常经历过沉浸、甚至是沉醉于其中的某方面某阶段的生活，我们某方面的经验渐渐累积，见识心境也因之冥冥中逐步转变，直到突然某一刹那，某些宇宙人生之真相意义的新洞察新感知，突然发生于我们，过去的一些事件不再是一个一个散漫的单一事件，在那些其他不相干的事件沉淀之余，某种秩序浮升，某种意义呈现，我们的智慧因此突增，我们的心境随之改易，于是一个阶段终于过去，怀

---

① 叶嘉莹：《人间词话七讲》，北京大学出版社 2014 年，第 28 页。
② 柯庆明：《论王国维人间词话中的境界，有我之境，无我之境及其他·境界的再生》，台北：台北幼狮文化事业公司 1977 年，第 62—63 页。
③ 萧驰：《中国思想与抒情传统第二卷：佛法与诗境》，台北：台北联经出版事业股份有限公司 2012 年，第 12—13 页。

着这些新得的洞察，新获的感知，我们开始了另一阶段的生活，直到
又有新的感知，发生新的洞察为止。"①个人对于天人宇宙的感应所发生
的"物我合一"（天人合一）的内心交感，为境界创生之基本状态，而
物我交融的变动不居，则是"境界"之"再生"的基础。不同文化所
开出之人与宇宙交感之状态及其抵达之境界，亦有不同。仅以关注人
之"在世之在"的存在主义为参照，"存在主义"一改带有先验色彩的
"本质主义"所规划之人的"在世结构"，而强调"存在先于本质"及
人之自由选择，其核心在于从"自在的存在"到"自为的存在"②。此种
境界仅有中国思想"天""地""人"的后两个层次。冯友兰先生从中国
古典思想之精神空间中开出人生四境，此四境依次为：一本天然的"自
然境界"，讲求实际利害的"功利境界"，"正其义，不谋其利"的"道
德境界"，超越世俗、自同于大全的"天地境界"③。依照中国哲学的传
统，修习哲学就是为了帮助人达到后两种境界。生活于道德境界是为
贤者，而生活于天地境界是为圣者。而判定人之境界高下，不在出世
入世，只在"觉解"，有觉解则自成高格、自有境界。而"觉解"的至

---

① 柯庆明：《论王国维人间词话中的境界，有我之境，无我之境及其他·境界的再生》，台北：
台北幼狮文化事业公司 1977 年，第 57—58 页。

② ［法］保罗·富尔基埃：《存在主义》，上海译文出版社 1988 年。

③ 张世英《境界与文化——成人之道》中，释人生四境曰：一为欲求的境界，此一境界中人
与世界之关系属于"原始的不分主客体"的"在世结构"，大致与存在主义所说的"自在的存在"
相类；二为求实的境界，此种境界中人进入了"主—客关系"的"在世结构"，已有自我意识，
且努力要求理解外在之客观事物（客体）之秩序（规律），约略相当于存在主义所谓之"自为的
存在"；三为道德的境界，此一境界中人，以对万物一体相通的领悟作为自己精神追求的最高目标，
作为自己所"应该"做之事而为之奋斗不已。然"道德境界"以现实与理想之间存在着距离为前
提，以主客尚未达到最终的融合为一为前提，尚属于"主—客关系"之"在世结构"；四为审美
的境界，此一境界中人，已达"高级的主客融合"之"在世结构"，在此一境界中，人不再只是
出于道德义务的强制而做某事，不再只是为了"应该"而做某事，而是完全处于一种人与世界融
合为一的自然而然的境界之中（《境界与文化——成人之道》，人民出版社 2007 年版，第 279—
280 页）。张世英虽明确意识到宗教情感乃是人之最高情感，但却无意于在审美境界上，开出宗教
境界。仅就此而言，其知识谱系与意识形态，即在现代性的文化观念之内，较之冯友兰基于中国
古典思想而开出的"天地境界"，要低一个层次。不在"天""地""人"的层次中观照人的在世
之在，是"五四"以降中国思想的基本特点，亦是其局限所在。走出文化的现代性视域，重新打
通中国古典传统与现代传统的分裂状态，重建中国思维的精神空间至为重要。

高处，在贯通天地，能乘物以游心。冯友兰"觉解"二字，与柯庆明所言之"感知"与"洞察"，萧驰所说的人与偶然一现的"朝徹"之美的瞬间际遇意思大致相通。刘再复与刘剑梅以王国维"宇宙境界"及冯友兰"天地境界"说读解《红楼梦》，认为《红楼梦》带有"第三类宗教"的创教意味，抵达的是"宇宙境界"或"天地境界"。以贾宝玉的个人"觉解"与古圣先贤，尤其是儒家诸圣为参照，刘再复申明：

佛心就是真心，无分别心。能够看到"身为下贱"的生命个体可以拥有"心比天高"的水平，能容纳（并非同流合污）有严重缺陷的生命存在，这正是基督与释迦的眼睛和胸怀，这不是道德家能做到的。孔子有君子与小人之辩，孟子有人禽之辩，佛教则没有。如果有此分别、辨别，就会落入"人相"。贾宝玉不把贾环视为"小人"，不计较贾环用蜡灯油对自己袭击与伤害，完全超越君子小人之辩和人禽之辩。只有超越道德家的神性存在，才能做到。也就说，贾宝玉能抵达的境界，不是孔子、孟子、荀子、朱子等圣人能够企及的。正是从高于道德境界这一意义上，我们必须确认，《红楼梦》有一宗教性的天地境界和宇宙境界。①

《红楼梦》真正呈现中国人人生之最高境界，"把中国文化探讨自由天地的思想精华全部凝聚在文字之中。"②之所以能抵达此境，与曹雪芹不在一般意义上的艺术与自然观的"境界"之中把握世界，而"是上至天地宇宙，下达万物万象的通观，包罗形上形下各层面。这是真正属于中国又带有普世意义的大审美观。"③1980年代面对"现象界"与

---

① 刘再复、刘剑梅：《"天地境界"与神意深渊——关于〈红楼梦〉第三类宗教的讨论》，《书屋》2008年第4期。

② 刘再复、刘剑梅：《"天地境界"与神意深渊——关于〈红楼梦〉第三类宗教的讨论》，《书屋》2008年第4期。

③ 刘再复、刘剑梅：《"天地境界"与神意深渊——关于〈红楼梦〉第三类宗教的讨论》，《书屋》2008年第4期。

"本体论"的分裂，后来又力图弥合"实"与"虚""诗人"与"现实主义"的分裂的贾平凹，想必已然意识到中国文化之思想核心及审美志趣，在《红楼梦》中得到了几乎完美的呈现。而任何力图以中国思想、中国传统美的表现方法表现当下现实的作家，都必须面对《红楼梦》的"影响的焦虑"。贾平凹多年间反复提及《红楼梦》及明清世情小说传统，用意当在此处。

与刘再复以"宇宙"及"天地"境界指称《红楼梦》的经典特征不同，胡河清和他当年的同事李劼以"全息现实主义"来强调《红楼梦》的核心特点，并把其与《周易》的全息思维联系在一起作深入读解。"《红楼梦》不是人类历史文化的纯粹构建，而是以对过去历史的解构为前提的预言和启示。这部小说将故事叙述到哪里，也就将历史解构到哪里。所谓由色而空正对应着这种无有还无。然而也正是在这样解构性的还无过程中，一种历史的审美指向偕同语言的深度空间一起被鲜明地确立起来，如同一片由黑暗所放出的光芒，在地平线上重新划出了天空和大地。所谓补天，正是这种天、地、人三维空间的确立。又正是这样的确立，使《红楼梦》成了人类历史文化的全息图像。这部小说如同《周易》一样，是不可穷尽的。"[①] 此种分析理路，与刘再复从西方宗教观念出发"发现"《红楼梦》的东方特质并不相同，思想资源与运思方式既已不同，最终结论自然也异，有必要另文做详细辨析。中国古代文论之现代转换之所以近二十年来收效甚微，根本原因即在此处。如不对论者之思想资源及运思方式做知识考掘式的"先验批判"，所谓的"现代转换"仍然会无功而返。

以《红楼梦》所开启的中国文学的全息现实主义为参照，胡河清发现 1980 年代贾平凹的系列作品中虽有中国文化的底蕴，但根基尚浅，

---

① 李劼：《红楼十五章》，新星出版社 2010 年，第 399 页。

因未获得对于中国文化传统的全息主义感受，"贾平凹无力像张炜那样编制一套关于中国历史未来走势的文化学密码"①，那些足以成为"具有独立隐喻意义又相互关联构成玄秘话语系统的文化符号"②（张炜《古船》中的"古船""洼狸镇""地底的芦青河"等等）在《浮躁》中是找不出来的。因是之故，彼时贾平凹尚未达到全息主义的境界，他需要对中国传统文化有更为深入的体味。但从《古堡》中"中国道家的千年神树"的独特隐喻，以及作品结尾"天火"突降，封闭的古堡以及思维僵化的众道人可能"被迫"云游天下，见识世事兴亡变化且了悟道家历史诠释学的核心要指，胡河清察觉贾平凹有"天目"逐渐洞开之象。遗憾的是，胡河清对贾平凹的阅读，仅止于《浮躁》之前，如下的评说，是他对于1980年代贾平凹写作的洞见，但将其视为是对贾平凹创作的"预言"，亦未为不可：

贾平凹早期的小说，主要描述关陕地区的地域文化和人文文化。按照中国传统文化的精义，构成民族总体文化必须有天、地、人三层次，其中"天"是最高级的本体论层次，体现了东方宇宙本体文化模式的终极关怀。早期贾平凹恰恰停留在地利、人和的层次上，为感性化的现象界所迷惑，还没有达到言"天"的境界。③

从《废都》到《老生》，贾平凹已经逐渐从"人""地"之道走向言"天"之境。胡河清之所以能在带有预言性质的文章《中国全息现实主义的诞生》中"大胆放言"："二十世纪不过是中国文学对于西方文化带来的大冲击的初步回应阶段；而进入二十一世纪以后，中国文

---

① 胡河清：《中国全息现实主义的诞生·灵地的缅想》，学林出版社1994年，第204页。
② 胡河清：《中国全息现实主义的诞生·灵地的缅想》，学林出版社1994年，第204页。
③ 胡河清：《贾平凹论·灵地的缅想》，学林出版社1994年，第45页。

学将在弘通西方文化的精要的基础上复归本宗，开创真正具有独创性的文学流派。"[1]"在二十一世纪中国全息现实主义的文学神殿里，东西方文化的交融将形成一个真正超越《红楼梦》的新巨制时代。"[2]对以贾平凹为代表的中国作家写作基础及其前景的乐观，想必是重要原因之一。如今距胡河清作出以上预言已有二十余年，而进入二十一世纪已十有七年，中国文学的整体状况究竟与胡河清的期许相差多少，明眼人不难辨明，此不赘述。但仅就贾平凹个人的写作而言，却似乎有意无意地沿着胡河清的"预言"稳步前行。进入耳顺之年的贾平凹以中国文化的始源性文献《山海经》为参照，书写一个世纪的"中国"的历史与现实，其思想魄力与美学追求有待在新的思想与美学语境下做深入辨析。而沿着胡河清所开辟的道路梳理贾平凹《废都》以降的写作，无疑有重要意义，将有可能真正拓展贾平凹研究甚至中国当代文学研究的全新境界——那将是一部大著作的篇幅。

第二节　《红楼梦》"影响的焦虑"和境界的再生

考察李敬泽的贾平凹研究及其意义，2014 年 10 月 27 日于北京大学图书馆举行的"中国历史的文学记忆——贾平凹长篇新作《老生》读者见面会暨名家论坛"无疑是一个十分近便的出发点。其时，李敬泽与陈晓明关于《老生》与"历史"（文学与历史）的关系的评价的"交锋"——当然不是表面意义上的赞成抑或反对——蕴含着极为丰富复杂的"思想"信息。陈晓明将《老生》视为是对"20 世纪中国历史的一次还愿式的书写"，其中四个故事构成贾平凹式的"短 20 世纪"，是贾

---

①　胡河清：《中国全息现实主义的诞生·灵地的缅想》，学林出版社 1994 年，第 201—202 页。
②　胡河清：《中国全息现实主义的诞生·灵地的缅想》，学林出版社 1994 年，第 206 页。

平凹"为了历史不再重演"①而写作的重要文本，其与20世纪中国历史的对应关系，是理解和解读该作的基础。而李敬泽显然有着另一种解释的思路："我想只有当历史不再是历史的时候，只有当记忆不再完全是个人的记忆，而变成了经验、直觉和梦幻的时候才有文学"②。《山海经》的段落在《老生》一书中，绝非简单的结构性因素，其中可能暗含着这样一种信息：贾平凹在和曹雪芹做斗争。既向《红楼梦》致敬，又和《红楼梦》竞争。从"大荒"意象入手，李敬泽再次将《山海经》在《老生》中的用意指向《红楼梦》中的"大荒"。且以《庄子·天下篇》"以谬悠之说，荒唐之言，无端崖之辞，时恣纵而不傥，不以觭见之也。"为参照，说明所谓"荒唐"者，"广大也。"亦可解作"广漠无涯，叹也。"参考王邦雄对于此句之解释，可进一步理解李敬泽此一思路更为广阔的精神背景："成玄英疏云：'谬，虚也。'是不实之意，悠则悠远，此言天地悠远而超乎人世经验之外；'荒唐之言'，宣颖以'放旷'解，王先谦云：'荒，大也；唐，空也。'亦放大空旷之意，此言超离人间礼制之外，即《大宗师》所说的'方之外'；'无端崖之辞'，陈寿昌云：'端，起处；崖，止处。'王先谦云：'无端可寻，无涯可见。'此言无边无涯的想象空间。"③既"超乎人世经验"，亦超离"人间礼制"，

---

① 对任何尝试进入贾平凹《老生》的批评家而言，《老生》中四个故事与《山海经》中段落的关系，是无法绕开的重要话题。同样从《老生》与二十世纪中国历史的关系入手解读该作的批评家南帆就曾明确表示："至少在目前，我无法破译《山海经》的片断隐藏了何种确凿而具体的寓意，我所能察觉的是另一种远为广阔的时间和空间尺度，另一种远为不同的文本风格。现代故事嵌入远古的山水传说，现在进行时的急迫性突然缓和下来，某种'人生代代无穷已'的苍茫之感如同挥之不去的背景音乐；若干古代神话和亦真亦幻的传言、杂说作为异质的声音形成了文本的复调和多种风格的张力。"（南帆：《"水"与〈老生〉的叙事学》，《当代作家评论》2015年第1期）虽未深究二者之间的更为复杂的关联以及贾平凹如是处理的真正用意，南帆的感觉无疑十分精准。同样，陈晓明也并非没有意识到这一点："贾平凹要把20世纪'变'的历史纳入《山海经》的史前史去思考，这就是天道和人道的对话。"（陈晓明：《贾平凹长篇小说〈老生〉：告别20世纪的悲怆之歌》，《文艺报》，2014年12月19日）但这显然并非陈晓明论述的核心。

② 李敬泽：《〈老生〉传达的绝不仅仅是历史和记忆》，未刊稿。

③ 王邦雄：《庄子内七篇·外秋水杂天下的现代解读》，台北：远流出版社业股份有限公司2013年，第519页。

还"不以一端之见自现于人间"①。其精神之超迈，颇近于冯友兰所谓之"天地境界"，亦与王国维《〈红楼梦〉评论》中所指陈之"超越了家国、民族、阶级甚至历史的界线，属于无始无终无边无际的大宇宙"，且"又超越功利、道德和人造的种种理念"②的"宇宙境界"相伯仲。不在家国、历史、民族、阶级等浅层面上观照人间世及众生之命运遭际，是其大致共享之"境界"。此一"荒"字，为"中国传统小说的精髓所在"，是置身天地之间的人之根本存在境遇的思想指认，属中国古典思想之人世观察的紧要处。以此视域观照《老生》及贾平凹的小说创作，并融汇入个人之在世体验，且以充满灵性之笔法娓娓道出，是李敬泽的批评文字迥异于时流处，亦是他能开贾平凹研究之新境界的原因所在③。从《红楼梦》

① 王邦雄：《庄子内七篇·外秋水杂天下的现代解读》，台北：远流出版社业股份有限公司2013年，第519页。

② 刘再复、刘剑梅：《"天地境界"与神意深渊——关于〈红楼梦〉第三类宗教的讨论》，《书屋》2008年第4期。

③ 李敬泽与陈晓明的"分歧"，暗含着不同批评家知识谱系与意识形态的"根本"差异。向以西方思想与文学理论见长的陈晓明，多年来以西方理论观照中国当代文学，是受容西方文艺与文化经验的"先锋"小说最为重要的阐释者，其研讨解构主义理论家德里达之成果，亦影响颇大。属1980年代成长起来的重要理论家和批评家，但受制于西学理论视域的"局限"，在释读有心接续中国古典文脉的贾平凹的作品时，仅能从后者作品"实"（历史的、社会的、人事的，即天、地、人中"地""人"的角度）的层面作出相应评判，而对其作品中"虚"（天地的、宇宙的，即"天地"的层面）的一面则缺乏感知。此亦为西方思想与中国思想的根本分野，思想之"境界"不同，故其所见也异。在文化之"古今中西之争"的限制性视角中，颇难注意到此种分歧的重要性及其根本缘由。1990年代"中国古代文论的现代转换"之所以几乎无功而返，原因亦在于此。如不对批评家之知识谱系与意识形态做"先验批判"式的系统清理，则中国文艺理论体系的建构将无法根本完成。较之陈晓明的批评视域，李敬泽的视域显然要更为宽广，他对中国古典文脉有较为系统的观察与体会，因不受西学理论视域的局限，便能意会出如《红楼梦》这种代表中国人的审美趣味及世界观念的作品的内在精神品质，以此眼光观察贾平凹及其创作，所见自然不同。同样的情况也发生在关于《白鹿原》文化观念的评价问题上，2013年王春林发表题为《文化的自觉——重读陈忠实长篇小说〈白鹿原〉》（《新文学评论》2013年第1期）的文章，在"现代性"反思的立场上，重新梳理陈忠实《白鹿原》中的文化观念及其意义。其南帆《文化的尴尬——重读〈白鹿原〉》（《文艺理论研究》2005年第2期）一文中对陈忠实文化观念的价值评判的不同意见，背后亦为知识谱系与意识形态的"分歧"。如对其作深入辨析，不难察觉两种文学观念之后隐在的问题论域与晚清以来中国文学与文化的现代性进程的内在关联及其问题。遗憾的是，此一分歧并未引起批评界的注意。当然，王春林虽意识到这一问题的重要，但其知识储备的局限，使得这种"反思"仅仅流于表面，未能深入到问题的根本。其在《伟大的中国小说（下）》结尾处近乎表态式的"全称"判断，已经暴露出其对中国文学的思想境界及文化依托理解的浮法："大凡那些以佛道思想做底子的小说，基本上都应该被看作是优秀的汉语小说。只要有了佛道思想的底子，只要能够把佛道思想巧妙地渗透表现在自己的小说作品之中，那么，这汉语小说，自然也就会具有不俗的思想艺术品味。"（《伟大的中国小说（下）》，《小说评论》2011年第4期）

到《废都》再到《老生》，种种出于中国古典传统思想的人世观察以及与之相应之审美品质一脉相承。《红楼梦》影响的焦虑及克服，因之可能是贾平凹写作的"问题的核心"。

一、目光的"政治"和小说的伦理学

时隔多年后重新去看《废都》并重评其文学史意义，批评界的思想理路大致有二：其一是在清理 1990 年代初社会文化语境中与文学颇多勾连之"非文学"因素的基础上，把《废都》及其引发的广泛争议再度"历史化"，以放宽了的历史视界详细考察作为"当代文学史一桩未了的公案"（程光炜语）的这部命运多舛的文本的文学意义；其二为以近乎文化研究的方式，考察《废都》中的民俗及地域文化等属文学的"周边"的内容的历史与文化意义，并以之重新激活未被意识到的"问题"，从而丰富关于《废都》的文学史叙述[①]。当然，就中亦不乏延续九十年代知识分子的"批判的锋芒"，继续对《废都》的文化立场、写作方式等等展开批评的文字。如《私有形态的反文化写作——评〈废都〉》《随意杜撰的反真实性写作——再评〈废都〉》《草率拟古的反现代性写作——三评〈废都〉》。仅从文章标题看，作者的批评的意指可谓十分鲜明。细读之下，不难察觉以"重读"名目出现的以上文字，其批评的视域与核心观点，实不出 1990 年代初那场围绕《废都》展开

---

① 这两种"重评"的理路，程光炜及其弟子均有较为丰硕的成果。前者以程光炜，黄平等《"重看"〈废都〉如何"重看"》（载《励耘学刊（文学卷）》2008 年第 1 期），《"人"与"鬼"的纠葛——〈废都〉与八十年代的"人的文学"》（黄平：载《当代作家评论》2008 年第 2 期）为代表；后者以魏华莹相继发表之《〈废都〉与西安》（《小说评论》2015 年第 3 期），《〈废都〉的故事周边》（《文艺研究》2015 年第 2 期）最为突出。魏华莹亦在《文变染乎世情——"废都批判"整理研究》（《文艺研究》2013 年第 2 期）中系统梳理《废都》和它的批评史。

的可谓旷日持久的争论的基本"范围"①。姑且悬置当年那些情绪化的口号式的表态文字，对其时的争论文字稍作考辨，便不难察觉，以几乎相同的知识谱系和思想资源展开批判，其所见自然难于"判然有别"。因是之故，对《废都》的批评者的知识谱系与意识形态做一细致的"先验批判"，或许能够更为深入地理解 1980 年代与 1990 年代知识人的价值分野，以及与之紧密相关之社会转型期的历史与文化问题。进而言之，关于《废都》的巨大争议早已超出了一部"小说"所能容纳的范围，若非深度触及一时代的精神敏感处，焉能洛阳纸贵若是？！且"到处逢人说《废都》"？也正因如此，《废都》成为一桩难了的公案②，围绕它形成的话语废墟，多年来始终遮蔽着其作为一部小说的意义。贾平凹自谓，《废都》的阴影一直笼罩着自己 1990 年代的写作。这一段时间的几部作品在思想与艺术性上虽未必输于《废都》，但几乎个个了无生气，全无前《废都》时期那般鲜活，人进不惑之年却"大感困惑"属原因之一，《废都》的"消极"影响，恐怕也不能忽视。

无论对《废都》一书，还是对作者贾平凹，"《废都》事件"之后，已是烟云笼罩真相莫可辨识。也就是在近二十年几乎是陈陈相因的《废都》评价的话语场，李敬泽写下了他的《庄之蝶论》。而大约一年后，

---

① 对李建军的批评的"病象"，王侃在《批评家的立法冲动：资本转账与学理包装——近十年文学批评辩谬之一》一文中，有较为深刻的说明，尤其对"草率拟古的反现代性"一说的辨析，可谓"切中命脉"，王侃追问道：既为"拟古"，奈何以"现代性"苛之？是否"拟古"就是"反现代性"？是否反了"现代性"，文学就庸俗了、拙劣了、肤浅了、病态了？什么时候起，"现代性"成了文学审美判断的唯一尺度？以上问题，已经触及李建军知识谱系的"局限"所在。此文发表已有三年，但并未见向来好辩的李建军撰文回应。他们的内在的"分歧"，与王春林与南帆的分歧一样，均触及到一代批评家知识谱系的局限所在。有待识者做深入辨析。（王侃此文刊于《文艺争鸣》2012 年第 10 期）

② 当年激烈批评过《废都》的陈晓明在多年后反思《废都》事件时，明确表示：因为《废都》，批评界欠了贾平凹。而批评家王尧认为，若非批评界极为猛烈的《废都》批评，贾平凹继续沿着《废都》所开辟的道路继续前行，其作品境界，当非今日可比。不过，以上均为后话。置身 1993 年的文化语境中，尤其是二张举起道德理想主义大旗，沪上如火如荼地展开"人文精神大讨论"之际，无论褒贬，批评者均难于超越自身语境的先在局限，而作出更为妥帖的评判。是为"《废都》事件"的复杂处，亦是系统梳理该事件的困难处。

《〈红楼梦〉影响纵横谈》发表。而参照后者的思想理路，可以更为清楚地理解李敬泽《废都》评论的"深层语法"。在该文中，李敬泽开宗明义地指出："《红楼梦》是小说，是虚构。它既不是曹家的家史，也不是大清朝的宫廷史或社会史。"[①]"我们有一部伟大的小说，但是我们一定要把它读成流言蜚语。"[②]这便是何以《庄之蝶论》开篇，在指出1990年代《废都》的批评者，大多将该作视为知识分子自身形象的镜鉴，并藉《废都》批判以重新确立知识人的社会角色之后，在《废都》中的"□□□"问题上明确表明态度的原因。这一"精心为之的败笔"，在击破"我们对文本的'真实'的幻觉"的同时，还暗含着两种文本的"冲突"："简体的、被删节的艳情小说和原版的明清艳情小说"之间的意义和价值的张力。一如由"□□□"所形成的"废文本"对"古代"与"现代"两种文化与社会语境的"彰显"。如果通过《废都》中不时出现的"□□□"，彰显了言说的"禁忌"，且把我们的目光引向被删减的明清艳情小说与原本的明清艳情小说。两种语境的遭遇因而可能延伸出更为复杂的精神意涵：庄之蝶如是旧书堆中人，从笔记小说或明清艳情小说世界中走来，莫名其妙地闯入本不属于"他"的世界——这里面是否包含着一种深入的文化隐喻的意图？毕竟，从意识到要以中国传统美的表现方法表现现代人的生活和情绪，且广泛吸纳民间残留的中国传统文化精神因素而构建自己的意象世界，表达自己对于天人宇宙的感应，还在笔记小说传统及明清世情小说传统，以及孙郁指出的晚明文人的意趣中发掘与自己的内在心性合拍之文体与性灵传统的贾平凹，截至《废都》的出版，已有近二十年的"潮流化"写作经验，他是否在以"模仿式"的写作表达对中国文化传统式微的隐喻？这种文化"语境"的严重错位，是其刻意为之？其中有其沉痛的大寄托？！

---

① 李敬泽：《〈红楼梦〉影响纵横谈》，《红楼梦学刊》2010年第4期。
② 李敬泽：《〈红楼梦〉影响纵横谈》，《红楼梦学刊》2010年第4期。

他在后记中对"失败""悲哀""虚名""苦楚""疾病""灾难"的言说，与其生活世界之流言蜚语，没完没了的官司的形而下的纠缠互为表里。而"为了摆脱现实生活中人事的困扰，我只有面对了庄之蝶和庄之蝶的女人，也就常常处于一种现实与幻想混在一起无法分清的境界里。"极而言之，"这本书的写作，实在是上帝给我太大的安慰和太大的惩罚，明明是一朵光亮美艳的火焰，给了我这只黑暗中的飞蛾兴奋和追求，但诱我近去了却把我烧毁。"[①]一次摆脱现实主义的限制，且直抒性灵，还能安妥破碎的灵魂的写作，如何有着如此巨大的冒犯性，以至于彼时的知识人几乎众口一词，必欲除之而后快？！《废都》当年的批评者陈晓明在多年之后，对此做过反思："庄之蝶在九十年代出现，全然是一个文化上的另类。人们看清了他来自那些古籍，但却并不打算了解和认真对待贾平凹的意图。"[②]彼时的知识分子，正在以狂飙突进的姿态，大踏步地迈向文学与文化的"现代性"。而以"启蒙""进步""发展"为核心的现代性语汇与以性灵、气韵为核心的"传统"存在着天然的"敌意"（在文化的"古今中西之争"的内在困局之中，二元对立式的狭隘的文化进步观念的自然表现）。1980年代末知识人群体性的精神挫折一变而成为巨大的否定性的力量，并随时寻找着"攻击"的对象。先是痞性十足且胆敢宣称"躲避崇高"的王朔，再就是面对世界的无力的、"颓废"的庄之蝶及其创造者贾平凹："他（贾平凹）有历史的敏锐性，九十年代初的要害问题之一就是知识分子问题，这是八十年代终结的后遗症。九十年代的知识分子不仅茫然无措，也处于失语的困扰中。王朔的调侃替代了知识分子话语真空，但却替代不了知识分子的位置，"是故，知识分子"对王朔进行了集体的围攻。"后

　　① 　贾平凹:《废都·后记》，作家出版社2009年，第466页。
　　② 　陈晓明:《穿过本土，越过"废都"——贾平凹创作的历史语义学》，作家出版社2009年，第16页。

文革时期巨大的社会参与热情受挫之后，知识人并未随之转向"独善其身"式生活选择。不甘于被边缘化的"历史命运"，他们发起"人文精神大讨论"，再次集结知识人话语宣泄的热情，对彼时的文学与文化"问题"展开口诛笔伐，无暇（或许也无力）做出自我反省。从对王朔的批判中，"知识分子的话语以毫无历史方向感的形式第一次获得了表达，那就是对现实强烈不满的表达，王朔不幸成为杂语喧哗的对象。"①社会参与性的极端受挫与介入的无力，使得知识分子的批判性高度"姿态化"，似乎不如此便不足以表达知识人原本应有的价值操守，从庄之蝶这个沉溺于肉欲且无法自拔的颓废的"文人"身上，他们获得了几乎众口一词的宣泄性话语和约略相同的"批判"的精神快感。

但如果这个人物"或许竟是个明清文人"，"一个被删节、简体横排的明清文人"，他在中国 1990 年代的宏大语境中的不知所措和落落寡合，不过是中国传统文化在当代语境下的处境的过于直白的文学说明，这些已足以引起标榜现代的知识分子的被冒犯感。被现代性话语塑造的知识分子，或者说作为现代性话语的（意识形态）主体的知识分子早已将二十世纪指认为现代性一路凯歌的世纪，这个庄之蝶竟然"不符合我们的自我期许和自我描述"，竟然可以无视自晚清开启，至"五四"强化的中国文化的现代性方向，他的旧文人的气质和做派，与他的"颓废""空虚""堕落"一般，让知识分子在大感疑惑甚或还有评价的"失语"的同时顿生怒火并愤而大加攻伐。这个庄之蝶苦苦挣扎在不属于他的时代，并从中国古代典籍中找到些许精神慰藉，那些指陈古典精神世界的"词的落后性质（《废都》中的人名、形容词、物的名词及心态语词都弥散着一种陈旧的趣味）"，"在这儿并非是作为对抗现代文明的乌托邦语汇出现的。相反，它们是封闭文化环境中的自

---

① 陈晓明：《穿过本土，越过"废都"——贾平凹创作的历史语义学》，作家出版社 2009 年，第 16 页。

我哲学所决定的。问题不在于这种自我哲学有没有自主权（这是毋庸置疑的），而在于这种自我哲学的落后性质与我们的文化情境有着相当的距离。"①在二十世纪末世界范围内弥漫着的世纪末情绪之中，贾平凹以"孕璜寺""贵妃墓""僧人""占卜""测字""字画""市井文人"等等语汇构建起的世界带有极为明显的"前现代"特征。那些批评"西京城"较少大都市的气象，至多是"城镇"的加强版的说法也算不得离谱，在他们的心目中，构成大都市的想必是"摩天大楼""立体交叉桥""迪厅"等等语汇，西京城显然并不具备这样的"现代"特征。当批评者们纠结于"西京城"与大都市，庄之蝶与知识分子的似与不似之际，照例其中暗含着的作者的意图被轻易忽略。一如浦安迪所发现的："16世纪'四大奇书'的读者，常常被故事表面引人入胜的英雄事迹、野心、贪婪、欲望以及宗教热情弄得眼花缭乱，并未充分注意到小说潜藏在故事集锦这一形式背后对意识世界的探究。"比如，当读者津津乐道于《西游记》师徒四人取经途中的种种历险时，可能较少注意这部作品的内核思想，乃"关乎追求自我的挣扎的内在统合。"②当《废都》的读者和批评者在 1993 年将目光投注于"□□□"，并从中读解出《金瓶梅》或明清艳情小说的"狎妓"滋味以及肉体纵欲式的狂欢时，大约不会劳神费心思考从牛月清到唐婉儿再到阿灿各色女子之于那个颓废的庄之蝶的真正的意义。他们会忽略庄之蝶全然没有类如西门庆的大本钱（这是明清艳情小说最乐于铺陈的细节），他至多是那个稍稍年轻一些的张大户，意图纵欲但时常有心无力，在唐婉儿被抓回潼关备受凌辱的消息传到他处时，除了暗自流泪他几乎无事可做。这个无能也无力的文人，既无法担负起内圣外王的文人士大夫神圣的历史使命，也未见得

---

① 吴亮：《城镇、文人和旧小说——关于贾平凹的〈废都〉》，《文艺争鸣》1993 年第 6 期。
② 浦安迪：《前现代中国的小说·浦安迪自选集》，刘倩等译，生活·读书·新知三联书店2011年，第 108 页。

在文化创造上有多少过人之处。作为西京城的著名作家，他巨大声望的象征资本只能来自逝去的 1980 年代，但除了一部带有志怪意味的小说集外，再未见他有新的创造。他或许不过是"末法时代"文人制造的声音，一个文化的影子或者幻象，根本无力承载知识分子强加给他的诸多使命。如李敬泽所言，他是个被招来的"昔日游魂"，是个"不在"的"在者"，他是其所非亦非其所是。格非在《春尽江南》中教前诗人谭端午不时展读《新五代史》，两个时代隐秘的联系瞬间生成于文本释读的语境之中。庄之蝶写下的那部志怪小说，他自身的庄周梦蝶之喻，他读也推荐给他的女人去读的笔记小说，也容易教人联想到晚明文人，在一个动荡且斑驳陆离的过渡时代，"乱世之音"充塞于世，或沉溺于色域，或痴迷于造园，被隔绝于政事的文人士大夫济世情怀严重受挫，彷徨于无地之时，总归得有个逃路，因是之故，对他们的生活选择过于苛责，实在大可不必。《废都》不过是一部小说，当以小说之法读之。读小说之法，亦可参照读"野史"之法，野史之于正史，似乎也可以大致对应于小说之于现实。"野史发展出自身的叙事伦理：那是一个伦理上为真的想象域，在这个区域里，事实并非依据证据，而是直接依据讲述行为自身：面对给定事实的颠覆性讲述中就包含着事实。"[1] 或者也可以套用米兰·昆德拉的话，小说是发现事物的模糊性，发现那些只能为小说所发现的"真理"。小说在中国稗官野史的出身，似乎也先在地决定了其异于史籍的虚构的品性。那些渴望从《红楼梦》中发掘封建大家庭从兴盛走向衰落的过程的历史史实，或者曹雪芹家史的历史细节的读者和研究者，可能一开始就选错了方向。梦觉主人《红楼梦序》已经说得很清楚，他首先将《红楼梦》区别于三坟五典八索九丘及《春秋》《尚书》等等，之后说道："今夫《红楼梦》之书，立意以贾氏为主，

---

① 李敬泽：《〈红楼梦〉影响纵横谈》，《红楼梦学刊》2010 年第 4 期。

甄姓为宾，明矣真少而假多也。假多即幻，幻即是梦。书之奚究其真假，惟取乎事之近理，词无荒诞，说梦岂无荒诞，乃幻中有情，情中有幻是也。"[1] 这一个庄之蝶，当他从知识分子的目光之中逃出之后，重返其小说世界的伦理之中，他所属的那个源远流长的精神传统和人物谱系，在成就他的同时也成就着他所寄身的世界。

二、"无限的实"，抑或"无限的虚"

因"不满于"红学研究的"索隐""传记"两派，余英时以"两个世界"说代之："曹雪芹在《红楼梦》里创造了两个鲜明而对比的世界。这两个世界，我想分别叫它们作'乌托邦的世界'和'现实的世界'。这两个世界，落实到《红楼梦》这本书中，便是大观园的世界和大观园以外的世界。"[2] 在援引脂砚斋评说"大观园系玉兄与十二钗之太虚玄（幻）境"后，余英时又及："大观园便是太虚幻境的人间投影。"而在《红楼梦》中，"太虚幻境"一说，文后亦称"天仙宝镜""玉皇宝殿""蓬莱仙境"等等。除道家"小国寡民"的理想世界，儒家的"大同世界"外，这"蓬莱仙境"，大约亦是古人世界想象的重要表征，集合着先贤对其生活世界的"反向阐释"的独特信息，亦从另一角度说明此一"太虚幻境"，自非人间所有。是故，在余英时所说的作为"乌托邦的世界"的"大观园"和作为"现实世界"的"大观园以外的世界"之外，似乎还存在这两个世界："太虚幻境"的世界和《红楼梦》的世界。而对当代读者而言，便是《红楼梦》（及其所包含的文化精神信息）的世界与我们的生活世界。从他们的对照中，为"索隐派"及"传记派"极力拆解的"曹雪芹苦心营构的理想世界"得以完整呈现，而在两个世界的接榫处，如凤姐这般现实世界的"反面角色"可以解作"理想

---

[1] 梦觉主人：《红楼梦序·明清小说资料选编》，朱一玄编，南开大学出版社2012年，第586页。
[2] 转引自舒汛：《〈红楼梦〉的两个世界简介》，《红楼梦学刊》1981年第2期。

世界的中坚分子"和"大护法",其他如"黛玉葬花""真假宝玉"等等,也便有着别样的意义。①

同样的道理似乎亦可用来读解《废都》和那个庄之蝶。若论出身,"庄周梦蝶"是既"实"又"幻"的。众所周知,此说出自《庄子·齐物论》,依张文江从乃师处得来的解释:"全篇尤要者,在'今者吾丧我',为整部庄书之关键。"②而该篇(《齐物论》)在以"庄周梦蝶"作结之前,已论及"梦"与"觉"曰:"方其梦也,不知其梦也。梦之中又占其梦焉,觉而后知其梦也。且有大觉而后知此其大梦也,而愚者自以为觉,窃窃然知之。"③"梦"与"觉"对应,"梦中之觉"与"觉中之梦"殊难分别,"则常识所谓觉,其实仍在梦中,亦即人生如梦。愚者自以为觉的人生乃大梦,而大觉乃成真实的人生。"④而"庄周梦蝶",不知"周之梦为蝴蝶与,胡蝶之梦为周与","此破觉梦之说,故未可执也。"⑤而将此说解作道门修养功夫之三境界,也无不可⑥。庄之蝶如是"贾生梦中之蝶",与其有关的这一段故事,依贾生(平凹)四十岁的觉悟:"如果文章是千古的事——文章并不是谁要怎么写就可以怎么写的——它是一段故事,属天地早已有了的……"。"中国的《西厢记》《红楼梦》,读它的时候,哪里会觉得它是作家的杜撰呢?恍惚如所经历,

---

① 《〈红楼梦〉的两个世界》,《中华读书报》,2003年10月8日。
② 张文江:《〈齐物论〉析义·〈庄子〉内七篇析义》,上海人民出版社2012年,第19页。
③ 张文江:《〈齐物论〉析义·〈庄子〉内七篇析义》,上海人民出版社2012年,第67页。
④ 张文江:《〈齐物论〉析义·〈庄子〉内七篇析义》,上海人民出版社2012年,第67页。
⑤ 张文江:《〈齐物论〉析义·〈庄子〉内七篇析义》,上海人民出版社2012年,第71—72页。
⑥ 王邦雄申论"庄周梦蝶"之喻曰:"此段寓言展现了修养功夫的三部曲:一是周是周,蝶是蝶,这是'觉'的存在处境;二是周不是周,蝶不是蝶,同时周可以是蝶,蝶可以是周,这是'梦'的修养功夫;三是周更是周,蝶更是蝶,通过生命的交会与融入,而与万物冥合,此开显的是'大觉'的生命理境。此从'觉'的'迹''梦'的'冥',再体现'大觉'的'迹而冥',正与青原惟信禅师所证成的修行三关,千古呼应。'老僧三十年前未参禅时,见山是山,见水是水,这是第一关;及至后来亲见知识,有个入处,见山不是山,见水不是水,这是第二关;而今得个休歇处,依前见山只是山,见水只是水,这是第三关。'此'只是'又何止'只是',根本就是最高理境的开显。"(王邦雄:《庄子内七篇·外秋水杂天下的现代解读》,台北:远流出版社业股份有限公司2013年,第146页。)此与儒家"极高明而道中庸"亦颇可交通。

如在梦境。"① 这一个庄之蝶,他在上世纪末的"西京城"与几位女子的情感纠葛和他在生活世界的苦苦挣扎,如何连接着"天地早已有了的故事"?即便"西京城"不过是大一点的乡村,即便这个乡村中生活着的各色男女恍如另一世界中人,我们(包括那些因感到被冒犯而拒绝承认《废都》价值的批评者)想必也得承认,贾平凹笔下的这个"西京城",自有其来历,也在极为丰富复杂的意义上,能够表征 1990 年代的"中国"(至少也是中国故事之一种),若非如是,一部小说如何能引发如此旷日持久的争论。而《废都》在切近彼时知识人的精神困厄时,必然也与更为久远的精神传统存在着隐秘的联系。"庄之蝶是既实又虚的,他既是此身此世,也有一种恍兮惚兮,浮生若梦。"这样的调子,也只有《红楼梦》中有。如贾宝玉似是而非的"来历",在亦不在的恍兮惚兮如觉如梦:

这个人似是而非,在亦不在——关于"这一个"如何同时又是广大的无数个,曹雪芹有一种远不同于欧洲十九世纪现实主义的思路,《红楼梦》的天才和魅力就在这虚实相生之间,不能洞晓此际者皆非《红楼》解人;贾平凹是《红楼》解人,他在《废都》中的艺术雄心就是达到那种《红楼梦》式的境界:无限地实,也无限地虚,越实越虚,愈虚愈实②。

这就是了。至少早在《怀念狼·后记》中,贾平凹自谓从画家贾科

---

① 贾平凹:《〈废都〉后记·关于小说(贾平凹文论集卷一)》,杨辉、马佳娜编,生活·读书·新知三联书店 2015 年,第 54 页。
② 李敬泽:《庄之蝶论》,《当代作家评论》2009 年第 5 期。

梅蒂的一个故事中①，觉悟到"老子关于容器和窗的解释，物象作为客观事物而存在着，存在的本质意义是以他们的有用性显现的，而它们的有用性正是由它们的空无的空间来决定的，存在成为无的形象，无成为存在的根据。"于是"越写得实，越生活化，越是虚，越具有意象。"总而言之"以实写虚，体无证有。"②而在《古炉·后记》中，此一想法更为明确："以实写虚，以最真实朴素的句子去建造作品浑然多义而完整的意境。"③

如是，则《废都》与《红楼梦》一般，存在着"实境"与"虚境"。《红楼梦》的实境，经学家所见之"易"，道学家所见之"淫"，才子所见之"缠绵"，革命家所见之"排满"，流言家所见之"宫闱秘事"，凡此种种，均为"实境"之一面。此为曹雪芹世事洞明及人情练达处，"人行于世上，最大的学问不外乎世事人情，洞明与练达皆是'格物'，格物之目的，在致知，也在立身、显名"。也就是说，这一个盛大人间，苦苦奔忙者，不过为"名利"二字。于是，《红楼梦》便可以成为中国人的人事教科书，"举凡婚姻家庭、私事公务，直至军国大政，都可能在《红楼梦》里对了景儿，借得一招半式"④。王蒙说，《红楼梦》的经验能丰富你的经验。《红楼梦》是经验的结晶（人生、艺术、政治、感情等等人生于世经验之种种几乎无所不备）⑤。读了《红楼梦》，等于活

---

① 对此，贾平凹详述道："画家贾科梅蒂讲过他的一个故事，当他在1925年终于放弃了只是关注实体之成'有'的传统写实主义绘画后，他尝试了所有的方法，直至'早上当我醒过来，房子里有一张椅子搭着一条毛巾，但我却吓出了一身冷汗。因为椅子和毛巾完全失去了重量，毛巾并不是压在椅子上，椅子也没有压在地板上'，如隔着透明的水看着了水中的世界。"贾平凹从《废都》始的写作探索，早在《浮躁·序言二》中已有说明，如何"放弃"之前的现实主义手法，去做新的努力。贾科梅蒂的故事可作参照。（贾平凹：《〈怀念狼〉后记·关于小说（贾平凹文论集卷一）》，杨辉、马佳娜编，生活·读书·新知三联书店2015年，第114—115页。）

② 贾平凹：《〈怀念狼〉后记·关于小说（贾平凹文论集卷一）》，杨辉、马佳娜编，生活·读书·新知三联书店2015年，第115页。

③ 贾平凹：《〈古炉〉后记·关于小说（贾平凹文论集卷一）》，杨辉、马佳娜编，生活·读书·新知三联书店2015年，第217页。

④ 李敬泽：《〈红楼梦〉影响纵横谈》，《红楼梦学刊》2010年第4期。

⑤ 王蒙：《〈红楼梦评点〉序》，《红楼梦学刊》1995年第4期。

了一次，至少是活了二十年。《红楼梦》中有一红尘俗世，你的爱恨情仇喜怒哀乐兴衰际遇均可找到对应处和解脱处。就此而言，胡适之考证，也并非全无道理。而"一部《废都》是一张关系之网"，它的一个隐蔽的成就，是"让广义的、日常生活层面的社会结构进入了中国当代小说，这个结构不是狭义的政治性的，但却是一种广义的政治，一种日常生活的政治经济学。"①围绕以庄之蝶为核心的西京城四大名人展开的俗世生活的浮世绘或清明上河图，包含着生活世界的方方面面，各色人等粉墨登场，端的是你方唱罢我登场。连接他们的，亦不外"名利"二字，其中或许还应有一个"情"字，但这情亦牵连着名利，所谓的缘聚缘散，大多时候也不过是"名利"的聚散而已。《废都》中的人事纠葛，个人情感的生灭，贾平凹漫笔写去如流水之逝，行止自如，姿态横生。这当然源于他极强的写实才能。这种"写实"不同于十九世纪现实主义以降的"写实"，它显现为对巨大的生活世界的敞开，多少类似于陈思和从《秦腔》中读解出的出自中国古典思想及审美趣味的"法自然"的写法。为了以中国人的思维方式最大限度地摹写一个人间世，贾平凹从现代美术理论中得到如下感悟："怎样大面积地团块渲染，看似塞满，其实有层次脉络，渲染中既有西方的色彩，又隐着中国的线条，既存淋淋真气使得温暖，又显一派苍茫沉厚。""看似写实，其实写意，看似没秩序，没工整，胡摊乱堆，整体上却清明透彻。"②此一技法，得自中国古典绘画笔意处颇多。如何铺排山水人物，于实境之中升腾出别样境界，为绘画第一要务。张彦远《历代名画记》论画六法以"气韵生动"为首，用意亦在此处。惟其如此，贾平凹才能在《红楼梦》之影响日渐式微的二十世纪，且上下文与曹雪芹并无重合之时，

---

① 李敬泽：《庄之蝶论》，《当代作家评论》2009 年第 5 期。

② 贾平凹：《〈古炉〉后记·关于小说（贾平凹文论集卷一）》，杨辉、马佳娜编，生活·读书·新知三联书店 2015 年，第 217 页。

做出一件惊人之事，他"创造一种语境，与曹雪芹仍有不同，但在这种语境中《红楼梦》式的眼光竟有了着落。"① 贾平凹欣赏张爱玲，并从她的文字中读出曹雪芹的才情。但张爱玲作品中"现今人的思考"，让她和曹雪芹有了距离。张爱玲亦无曹雪芹的气势②。天才如张爱玲，也不过仅得《红楼梦》"实的一面"，发展铺排开去，拥有"精致的俗骨"的饮食男女的爱憎，亦足以自成一格。"而贾平凹的虚，也只是在庄之蝶这里令人信服，这个人同时具有此岸和彼岸。"③ 这"此岸""彼岸"并非就基督教意义上而言，亦与1985年后先锋写作的现代主义传统以及持守十九世纪现实主义以来的写作传统不在同一传统的流脉之中。

如前文所引，为了说明曹雪芹虚实相生写法的艺术魅力，李敬泽将其和十九世纪现实主义作家做比。潜在的意思或许是：十九世纪现实主义传统所开启之文本世界，已无如《神曲》《浮士德》般更为阔大的精神空间。当但丁精心营构之地狱、炼狱、天堂的文本的世界图景时，其置身其中的现实生活世界瞬间变得狭小和逼仄。那些奸淫掳掠、买卖圣职，表面高贵而内里一副俗骨的佛罗伦萨各色人等在他的世界秩序中被判定为非法，内心丑恶行为肮脏的人注定无法感知上帝的福音，当然也无可能进入天堂。但丁的设计可谓体大精深。但他提供的并非是一个虚幻的世界，如雾如电般地存在于我们头顶不可知的天空。从处于人生中途的但丁迷失在神秘的森林开始，《神曲》的写作就一直紧贴着地面，从一草一木开始，逐渐深入升腾至"虚构"的世界。而在现代性的祛魅之后，拥有全然不同的世界构想的十九世纪现实主义小说家们自然并不认同但丁文本中所开显之世界。他们的眼光紧贴着地面，兴趣于人在社会中的狗苟蝇营和成功或失败。黑格尔将现代小

① 李敬泽：《庄之蝶论》，《当代作家评论》2009年第5期。
② 贾平凹：《读张爱玲·关于散文（贾平凹文论集卷二）》，杨辉、马佳娜编，生活·读书·新知三联书店2015年，第128页。
③ 李敬泽：《庄之蝶论》，《当代作家评论》2009年第5期。

说命名为"无神世界的史诗"，这世界中的人物处于自我与世界的冲突之中，面临着"心灵的诗歌和现实的非诗"的"否定性的创伤"和"未完成的痛苦"。他们的头顶依然是天空，但天空一无所有，也不能给人安慰。受容十九世纪现实主义写作方式及与之相应的观照世界的眼光的作家，已难于体会出"人世"之外的"世界"的存在的意义。

此亦为《红楼梦》和它所指陈的世界的现代境遇："《红楼梦》所展示的那个恒常俗世，面对二十世纪的强大历史，它是如此地弱又是如此地强，它不具话语合法性的，不能被说出，不能被写出，但它依然在运行，《红楼梦》作为百年来屹立不摇的经典，它始终活着，不是因为它按照评家的意图被阅读，而是因为它始终参与着我们的生活。"①这便是"中国之心"，其实一直都在，偶或被遮蔽被压抑，但一俟时机成熟，仍然会以强大的文化的集体无意识的方式左右着我们的文化价值判断。"五四"之后，那些忧心中国古典传统文脉不存的学人，或许过分高估了西方现代性的文化规训的力量，作为民族文化根性的精神血脉，并不是那么容易"断裂"。即便在革命时代，汪曾祺、孙犁、杨绛和他们的作品中，古典的回响依然存在，只是那时候一些人听不懂，或者故作充耳不闻。因是之故，贾平凹重构一种语境，并召回古典的精魂，在1990年代中国社会的转型期，恰正说明了中国文脉不绝若线：

当我说贾平凹有志于《红楼》，并且为此重建语境时，当我说贾平凹的"恒常"是一个文化和意义空间时，我所指的正是此等处：他复活了中国传统中一系列基本的人生情景、基本的情感模式，复活了传统中人感受世界与人生的眼光和修辞，它们不再仅仅属于古人，我们忽然意识到，这些其实一直在我们心里，我们的基因里就睡着古人，

----

① 李敬泽：《〈红楼梦〉影响纵横谈》，《红楼梦学刊》2010年第4期。

我们无名的酸楚与喜乐与牢骚在《废都》中有名了，却原来古今同慨，先秦明月照着今人。①

那让庄之蝶连接着古人的情境、古人的悲喜、古人看待世界的眼光和修辞的，当然不仅仅是他所寄身的红尘俗世。那一个盛大人间，其实不过纠集着一场没完没了的官司，几个追名逐利之徒，几对痴男怨女的爱恨情仇之死靡它，全无宏大的史诗般的历史场景，无时代重大事件引发的矛盾纠葛，那个在知识分子的描述中拥有着非凡的历史意义且无远弗届的"转型期的历史境遇"似乎并未影响到西京城。围绕在庄之蝶周围的各色人等，均为着自己的一点爱憎活着折腾着，他们的眼光不出潼关，看不到纷纷扰扰的天下大势。就这一点而言，有论者批评《废都》不过写些狗苟蝇营之徒无聊琐碎的庸常生活而已，实在算不得妄论。对热爱"史诗"，痴迷宏大叙事的批评者而言，这当然不是他们希望看到的世界。但《废都》的价值，它恢复中国人的世界感，就体现在它展示的并非是一个高度概括并内含着作家的先入之见的世界。这个世界就是日常俗世，生活在其中的不过是些饮食男女。"贾平凹寻求的不是以历史解释人，而是以人的恒常的命运和故事应对变化的历史。"②贾平凹并无意于将这些人物纳入知识分子建构的历史的叙述序列之中，而是让他们回归自己的生活世界，恢复对日常事物普通情感的感受力和理解力。在这里，有一日三餐，柴米油盐，也有生老病死，喜怒哀乐。这一个庸常的世界，背后牵连着生死寂灭的"宏大"的人之在世命运。"在这一点上，他与八十年代末的'新写实'一起，开启了当代文学的重大转向。"③同为"躲避崇高"且"坠入庸常"，《废都》的

① 李敬泽：《庄之蝶论》，《当代作家评论》2009 年第 5 期。
② 李敬泽：《庄之蝶论》，《当代作家评论》2009 年第 5 期。
③ 李敬泽：《庄之蝶论》，《当代作家评论》2009 年第 5 期。

世界仍然在根本的意义上不同于新写实诸作家所开启的世界。贾平凹笔下的"恒常"并不仅是"生活被勘探的底子和被发现的'真相',更是一个文化和意义的空间。"一地鸡毛式的庸常世界仅以"非崇高"的方式显现着人之生活的基本境况,人之于现实的无奈和无力,被取消形而上的意义的生活仅止于活着,活着之外无他。而庄之蝶的在世体验显然要更为丰富,他置身于俗世的热闹处,尽享西京城上至达官贵人下至引车卖浆者之流的崇敬。他的巨大声名所及,那些女子甫一听说他的大名便意欲投怀送抱,而乐意逢迎他的人更是以百千数计。如果以海德格尔的思想论,这便是巨大的"存有的世界",是无数人梦寐以求也能给他们以快感以满足的世界。但喜欢听"哀乐"的庄之蝶显然并不满足于"此在"的世界,他要在"死亡的终极视野中考验和追究生命"①,这一个巨大的存有的世界在他看来不过是烈火烹油,不过是如雾如电的梦幻泡影。存有的世界愈热闹,愈容易教他感受到"无"的存在。在这一点上,他实在可以称得上是贾宝玉的难兄难弟,他们尽享人世繁华,却对繁华之外的"无"忧心忡忡。而当他们从热闹的尘世转过身去,看到的便是"无限的虚",可以淹没人和世界的无限的虚。

无论对于《红楼梦》还是《废都》,这个"无限的虚"并不是作品的"先在结构",而是"无限的实"在世界演变过程中的自然发生。曹雪芹从"花团锦簇"中看到了"白茫茫一片大地真干净",罗贯中则直接将"是非成败转头空,青山依旧在,几度夕阳红"置于卷首。这是"于人世的大热闹之中看出了千秋万岁的大静。"②看出了"陋室空堂,当年笏满床;衰草枯杨,曾为歌舞场。"无论你穷达,不过是"乱哄哄你方唱罢我登场,反认他乡是故乡。甚荒唐,到头来都是为他人做嫁衣裳"③。

① 李敬泽:《为小说申辩——一次演讲》,《天涯》2007年第1期。
② 李敬泽:《为小说申辩——一次演讲》,《天涯》2007年第1期。
③ 曹雪芹、高鹗著,王希廉、姚燮、张新之评:《红楼梦:三家评本》,上海古籍出版社1988年,第15页。

这一切凝结为中国人之根本性的在世体验，亦是曹雪芹贾平凹"虚实相生"的写作方式之价值和紧要处。从"无限的实"到"无限的虚"，其意义并不仅止于写作技法，乃是一种生命意识，一种世界观念，一种活着的"意义"和"根据"。

三、生命悲感与时间之喻

可以为小说辩护的第一个理由，是人终有一死。"小说是知死所以生，小说相信个人的生命是一个有意义的整体，它反对将人简化为零散的碎片。"小说可以看到"有"，看到"我们的欲望、看到围困我们的物质。"小说也看到"无"，"看到在欲望的尽头和物质的尽头横亘着的死亡，看到人的精神力量，在'有'和'无'之间，我们的生活成为探索'存在'的英勇斗争。"[1]古希腊人深通此道，他们明白属人的生命的必死性，而与之相对的便是神的不朽性，在战场上获得不朽的声名因此成为注定"必死"的生命向"不朽"的一次搏击。因此有了阿喀琉斯命运选择的双重喻指：颐养天年寿终正寝却声名不显；参与征战名垂青史但必得以年轻的生命为代价。阿喀琉斯选择了后者，于是有了赫克托耳被迫别妻离子之后惨死于特洛伊城下。当然，对于"死亡"，洛扎诺夫说得更为透彻，那意味着我们死后这世界将和我们没有任何关系。这是人之在世的根本性限制，"人类生命的悲剧性大体上在于时间的有限性，也就是说，在于人的必死性。我们的生命是一种向死而生。"[2]这种意识无疑会把人引向对"生"之意义的思考，我们必不能忍受这样的观点："我们在不可估量的时间中生存下去完全是无意义的。"因此上，对人类有限性的思考必然转化为对超越有限性的可能的

---

① 李敬泽：《为小说申辩——一次演讲》，《天涯》2007 年第 1 期。
② ［荷］约斯·德·穆尔：《有限性的悲剧：狄尔泰的生命释义学》，吕和应译，上海三联书店 2013 年，第 400—401 页。

欲求①。依狄尔泰的认识,"因为人无法承受其生存的极端矛盾性、偶然性和有限性",生命因此是"悲剧性的",而为了压制"悲剧性",人们不得不求助于理解。释义学因此内含着生命超越的意义②。

这便是我们需要小说的理由,小说的叙事虚构特征使得它可以为我们提供一个他者的世界。而我们可以通过他人的世界来理解自身。《红楼梦》以"顽石出身大荒/空,乃'因空见色/幻','由色生情',再'传情入色',最后又'自色悟空',回归大荒。"简而言之,即为"贾宝玉几经人世浮沉,遍尝酸甜苦辣,总算大梦醒来,彻悟生命倏忽,一切虚若浮云。"③读者亦借此悟悉某种生命真谛。直言之,《红楼梦》不过"假语村言","但无鲁鱼亥豕以及悖谬矛盾之处,乐得与二三同志,酒足饭饱,雨夕灯窗之下,同消寂寞,又不必大人先生品题传世。似你(空空道人)这样寻根究底,便是刻舟求剑,胶柱鼓瑟了。"④读者读过之后,大可以得意妄言,不必太过认真。"佛教认为现世空幻缥缈,因此《红楼梦》里的虚构世界必然也是一座'荒唐无稽'的'大荒山',并无'朝代年纪'可考。"⑤在此一世界浮沉的人物,如贾宝玉、林黛玉、贾政等等,均不过是文字游戏的产物。然而,如余国藩所思考的,从《红楼梦》中悟得人世空幻,并不出佛家思想之基本范围。《红楼梦》当然不能被简单地认作佛家思想的形象化阐释,那么,其"小说"的价值该落于何处?可以参照理解的,仍然是内含着生命超越的独特思想意味的狄尔

---

① 〔荷〕约斯·德·穆尔:《有限性的悲剧:狄尔泰的生命释义学》,吕和应译,上海三联书店2013年,第401页。

② 〔荷〕约斯·德·穆尔:《有限性的悲剧:狄尔泰的生命释义学》,吕和应译,上海三联书店2013年,第401页。

③ 余国藩:《〈红楼梦〉〈西游记〉与其他:余国藩论学文选》,李奭学编译,生活·读书·新知三联书店2006年,第120页。

④ 余国藩:《〈红楼梦〉〈西游记〉与其他:余国藩论学文选》,李奭学编译,生活·读书·新知三联书店2006年,第121页。

⑤ 余国藩:《〈红楼梦〉〈西游记〉与其他:余国藩论学文选》,李奭学编译,生活·读书·新知三联书店2006年,第121页。

泰的释义学，"理解就这样被解释成对人的有限性、矛盾性和偶然性的回应；理解不是我们可以随意支配的工具，而是我们这些矛盾的、偶然的和有限的存在者不可避免的生存方式。理解并不剥夺我们的这些属性，而是允许我们与之共存。释义学理解将生命中悲剧性的东西改编成一部悲剧。正如一部悲剧一样，悲剧性的命运并没有被克服，而是被改造为与我们共存的一些表象。这就意味着理解并没有剥夺生命的悲剧性维度，而是允许具有必死性的我们与之共存，同时又不至于陷入绝望。"①也就是说，"小说"世界的存在仍然无力从根本上克服人之存在的悲剧性，它将悲剧性转化为与生命共在的"表象"，人们在承担悲剧性命运和直面人之有限性的同时，完成着生命的自然过程。

意识到人之存在的根本性限制，却并不因此沉入绝望或者发展出意图超越有限性的精神诉求，且以对天地自然的基本节律的认识来理解人之在世命运。生命因此被设想为一个过程，一个由"生"到"死"的自然过程，"人一年年地活下去，并不走到哪里去；人类一代一代下去，也并不走到哪里去。"②无论生之意义的有无，总归要活下去。这便是何以在中国实用理性分外发达的根本原因。若以思想史的起源论，"先秦各家为寻求当时社会大变动的前景出路而授徒立说，使得从商周巫史文化中解放出来的理性，没有走向闲暇从容的抽象思辨之路（如希腊），也没有沉入厌弃人世的追求解脱之途（如印度），而是执着人间世道的实用探求。"③因是之故，无论儒、墨、老、庄、禅宗"都极端重视感性心理和自然生命，"且"各以不同方式呈现了对生命、生活、人生、感性、世界的肯定和执着"，"在现实的世俗生活中取得精神的

---

① ［荷］约斯·德·穆尔：《有限性的悲剧：狄尔泰的生命释义学》，吕和应译，上海三联书店2013年，第403页。

② 张爱玲：《中国人的宗教·张爱玲典藏全集散文卷二：1939—1947年作品》，哈尔滨出版社2003年，第66页。

③ 李泽厚：《中国古代思想史论》，生活·读书·新知三联书店2008年，第320—321页。

平宁和幸福亦即'中庸',就成为基本要点。"①是为"乐感文化"的要义所在。"天地有大德曰生","生生不息之谓易",《周易》六十四卦"返转回复"的基本特征,亦是为人世开出精神"上出"一路。此一路向为"俗世"之"轮回",而非泅渡至"彼岸"。是为中国实用理性及乐感文化特征的又一说明。直言之,如不把目光局限于生命存在的理性层面,则实用理性以及与之相应的乐感文化,或许还存在着另一种解释:此种"乐感"实为生命的悲剧意识的反向阐释②。一如《红楼梦》所昭示的:"死亡在此不是作为生命的向度,而是作为生命本身呈现出来,致使所有的历史悲剧都丧失了崇高意味,带有程度不一的喜剧色彩。尽管太阳照常升起,但时间已经不再与生命同步。历史由于时间的失落显得滞重沉闷,仿佛陷入一片沼泽,徒然地呼号,无望地挣扎。"③不独历史,个体之生命也因"时间"的存在而必须面对人之存在的根本性限制。赖声川《暗恋桃花源》以《暗恋》与《桃花源》之参差交错思考"时间"之于人世的巨大力量,以及有效规避"时间"的限制(隔绝于历史)之后的生命状态。"桃花源的想象是反时间的,标志着人类逃出时间及历史的囚禁。"④桃花源的此种构想无疑有道家小国寡民思想的印记,可谓其来有自,却也恰从另一角度说明人之于时间的根本性无奈和无力。贾宝玉寄身的大观园的世界,四季转换,阴阳交替,女子嫁人,少年长大,生老病死,"一切都在凋零,乌托邦解散,飞鸟各投林,白茫茫大地真干净,这就是命中注定之事"。良辰美景奈何天,

---

① 李泽厚:《中国古代思想史论》,生活·读书·新知三联书店 2008 年,第 327 页。

② 如乌纳穆诺所言,"凡是属于生命的事物都是反理性的,而不只是非理性的;同样,凡是理性的事物都是反生命的。这就是生命的悲剧意识的基础。"(参见《关于〈生命中的悲剧意识〉》,《生命中的悲剧意识》,段继承译,花城出版社 2007 年,第 23—24 页。)一如在书斋中通过阅读中世纪四大学科以探求生命之价值与意义的浮士德,研习经年,除却两鬓白发行将老去之外一无所获。于是方有在靡费斯特的带领下体验生命感性经验之种种。此一思路,与贾宝玉去经历一番人世空幻何其相似乃尔!

③ 李劼:《红楼十五章》,新星出版社 2010 年,第 21 页。

④ 李敬泽:《〈红楼梦〉影响纵横谈》,《红楼梦学刊》2010 年第 4 期。

赏心悦事谁家院。蛛丝儿结满雕梁，绿纱今又在蓬窗上。"桃花、流水、土地、良辰、美景，一套复杂的隐喻和征引，构成一个凋零着、坚守着、在文本的此时既在又被追怀哀悼着的乌托邦。"①一如勒维纳斯所言，"正是由于有死亡，才有时间，才有此在"②，而在海德格尔那里，"原始时间，在人类身上完成了的此在时间描绘了此在的终结性。"尤为重要的是，"它完成在忧虑之中，仿佛散布在日常生活中。"③时间之"在"，恰正说明了"人之在"（此在）的有限性。而"人"不过是"在时间之中流逝的东西"。可以为我们所知，且"得到衡量的时间、钟表的时间并不是本真的时间"④。"本真的时间"是"无限"，它如老子所说的"恍兮惚兮"，一说便错的"道"，存在于"人面不知何处去，桃花依旧笑春风"之中，被我们以"念天地之悠悠，独怆然而涕下"的方式感知。

由此便生出一种"浩大难逃的宿命"感。贾宝玉因此知晓"天下没有不散的筵席"，而自己注定不可能得所有女子之眼泪，大观园终将散去，各色人等，无论美丑善恶爱与不爱，均将如雾如电，化烟化灰，惟四季转换，草木荣枯依旧。而那个在生命中的深渊里苦苦挣扎的作家庄之蝶，"一心要适应社会到底未能适应，一心要有作为而到底不能作为，最后归宿于女人，希望他成就女人或女人成就他，却谁也成就不了谁，他同女人一块都毁掉了。"⑤这个自知生活中存在着深渊，甚至还满怀恐惧满怀悲哀地走向那深渊的作家庄之蝶，这时候有点像卡夫卡《审判》中的那个约瑟夫·K，一当心中罪感丛生，便无限地渴望"惩罚"，渴望一切有个了断。但事情了而未了，也无法以不了了之。即便

---

① 李敬泽：《〈红楼梦〉影响纵横谈》，《红楼梦学刊》2010 年第 4 期。

② ［法］勒维纳斯：《上帝·死亡和时间》，余中先译，生活·读书·新知三联书店 1997 年，第 56 页。

③ ［法］勒维纳斯：《上帝·死亡和时间》，余中先译，生活·读书·新知三联书店 1997 年，第 58 页。

④ ［法］勒维纳斯：《上帝·死亡和时间》，余中先译，生活·读书·新知三联书店1997年，第1页。

⑤ 张新颖：《重读〈废都〉》，《当代作家评论》2004 年第 5 期。

庄之蝶在古都火车站因心脏病或脑溢血发作二十二年后，也未必真就有了了局。

这是生命中的大哀，这份哀是传统的，也是现代的。在《红楼梦》和《金瓶梅》中，世界的朽坏与人的命运之朽坏互为表里。笼罩于人物之上的是盛极而衰的天地节律，凋零的秋天和白茫茫的冬天终会到来，万丈高楼会塌，不散的筵席终须散，这是红火的俗世生活自然的和命定的边界，这就是人生之哀，我们知道限度何在，知道好的必了。①

人生一世，草木一秋。以草木喻生命，可见这种对于生命的"悲感"，源于对自然运行法则之切己体察，亦是"格物致知"题中应有之义。天地万物之荣枯兴衰，回环往复，亦成为想象历史之基本方法。此一方法在《周易》系统中稳定下来之后，便成为后人历史诠释学的基本规则。《三国演义》"天下久分必合合久必分"的历史哲学，《西游记》小结构的反复大结构的回环，莫不如是。但如李敬泽所言，《金瓶梅》和《红楼梦》的世界朽坏与西门庆、贾宝玉等核心人物命运之朽坏互为表里。人和世界一同红火，也和世界一同萧条甚至归于寂灭，因此才有白茫茫大地一片真干净。但西京城或《废都》的世界可以没有庄之蝶，没有了庄之蝶仍然可以红火热闹，仍然可以演绎情天恨海痴男怨女的悲喜剧。于曾苦苦挣扎曾执着曾敢于面对"破缺"也曾爱过恨过伤心过失望甚至绝望过的庄之蝶而言，或许真应了宝玉如下了悟："无我原非你，从他不解伊。肆行无碍凭来去。茫茫着甚悲愁喜？纷纷说甚亲疏密！从前碌碌却因何？到如今回头试想真无趣。"②但宝玉

---

① 李敬泽：《庄之蝶论》，《当代作家评论》2009 年第 5 期。
② 曹雪芹、高鹗著，王希廉、姚燮、张新之评：《红楼梦：三家评本》，上海古籍出版社1988年，第 339 页。

亦未曾彻悟,而庄之蝶如彻悟,似乎也就不必出门远行了。退一步讲,即便彻悟了,又当如何?"历史与虚构化约而得的生命教训,读者汇合而成自己的认知:世间的荣耀原来转眼都倏忽。"①目睹此一虚构世界由红火热闹转向萧杀朽坏,而其中人物命运亦由盛及衰由喜转悲之后,空空道人"非但未作出尘之思,反因'自色悟空'而'易名情僧,改《石头记》为《情僧录》'。易言之,他陷溺于情节所挑起的幻设,乃至于移情于其中而忘却本来了。"②此与宝玉之命中注定以遁入空门作结大异其趣。倒是合于张文江对《庄子·齐物论》"方其梦也"一节的读解:"则常识所谓觉,其实仍在梦中,亦即人生如梦。愚者自以为觉的人生乃大梦,而大觉乃成真实的人生。"③此之谓"极高明而道中庸"。

而勇猛精进的现代性矢量时间已将我们抛向未来,以此观念作小说,"所信的只有历史和一往无前的时间。"④如曹雪芹这般意图以乌托邦之境的书写从历史和时间中争夺生命的意义的写作几成空谷足音。人生的"悲感"被遮蔽被遗忘,有的只是话语的狂欢和无来由的欲望的悲喜剧。几近娱乐至死的时代,疯狂奔向未来的现代性心灵几乎难于察知自身所面临的(现代性)心体危机。因隔绝于中国古典传统的思想方式和美学趣味的现代性主体,已无法领会《红楼梦》《三国演义》《废都》中循环的时间观中所蕴含的"浩大难逃的宿命"的根本性意谓,又如何解得出《老生》以中华民族精神的始源性文献《山海经》为参照反观二十世纪中国历史变化的真实用心?一如李敬泽所言,读《老生》到最后,看到的绝不仅仅是记忆和历史。那里面有中国人对于历史和回忆的根本的精髓的态度,内在地联系着《山海经》《周易》的

---

① 余国藩:《〈红楼梦〉〈西游记〉与其他:余国藩论学文选》,李奭学编译,生活·读书·新知三联书店 2006 年,第 52 页。

② 余国藩:《〈红楼梦〉〈西游记〉与其他:余国藩论学文选》,李奭学编译,生活·读书·新知三联书店 2006 年,第 122 页。

③ 张文江:《〈齐物论〉析义·〈庄子〉内七篇析义》,上海人民出版社 2012 年,第 67 页。

④ 李敬泽:《〈红楼梦〉影响纵横谈》,《红楼梦学刊》2010 年第 4 期。

时间观与历史观。人在天地之间的根本性处境，于此展现无余。从《金瓶梅》《红楼梦》到《废都》再到《老生》，一种境界的往复内含着《周易》精神的返转回复之意，也是历经晚清以降的文化的现代性规训之后，中国古典文脉不绝若线的重要证明。

四、境界的再生

存在于《红楼梦》中的"浩大的虚无之悲"，因其中人物"生命悲感"的自觉意识而区别于《三国演义》《水浒传》以及《金瓶梅》中之"悲感"。后者的虚无感与悲感属于作者，作者是那可以调度一切的支配者，他让笔下的世界与人物一同朽坏一同归于沉寂。"但在《红楼梦》中，这份悲却在人物的内在意识中牢牢地扎下根去——成为自我倾诉和倾听，成为弥漫性的世界观"①，成为一种带有根本性的生命意识。不独《红楼梦》，以悲感为核心的生命意识诚可谓是"悲凉之雾，遍被华林"，浮生若梦，为欢几何？树犹如此，人何以堪！一切有为法，如梦幻泡影，如雾亦如电，当作如是观。因是之故，曹雪芹可谓是"呼应着一个伟大的传统"，一个被无数诗人、无数心灵纤细的中国人反复吟咏反复体会的境界。《红楼梦》"好了歌"中"好便是了，了便是好"的生命态度；《老生》中"人生在世有什么好，说一声死了就死了，亲戚朋友们不知道"所内含着的"悲感"与"通达"，教人想到陶渊明"亲戚或余悲，他人亦已歌，死去何所道，托体同山阿"之意。凡此种种，均指向同一境界。于此间，人物无不于一切有情，他们贪恋这人间俗世男男女女爱恨纠葛，但却从根本性的意义上领会到"凡所有相，皆为虚妄"，明白一切终将逝去且无可挽回。《红楼梦》如是，《废都》《老生》亦复如是。

---

①　李敬泽：《〈红楼梦〉影响纵横谈》，《红楼梦学刊》2010 年第 4 期。

　　此种人物因"对宇宙人生之真实或意义有某种领悟或觉察"①，且于"人生之某一阶段，具有某种秩序而自成宇宙的这么一个可以孤离独立的生活世界"②，可谓之有"境界"。而对"境"或"境界"一词做词源学的知识考掘，可知其与佛教禅宗基本思想关联甚深。"主要涵盖唐宋诗学的'意境'理论，其概念渊源，应出自佛学。这一理论在与方外之人多有往来的王昌龄、司空图和本身即为僧侣的皎然手中成熟，绝非偶然。'境者，识中所现之境界也'。'境'是佛学的'知识'。对佛学而言，心念旋起旋灭，'境'因而是不连续的、静止的。王昌龄《诗格》遂以'视境于心，莹然掌中'表述之。"③而在系统梳理王国维"境界说"之渊源及各家解释之时，叶嘉莹亦注意到从佛家"境界（境）"说释读王国维"境界说"之义界，最为普遍，亦最具启发性。④严羽《沧浪诗话》以禅喻诗，亦是此理。在成为中国诗学传统重要范畴的过程中，"诗境"或"境界说"与佛教禅宗的渊源关系，亦说明诗之境界，与人生之境界互为表里不可二分。因是之故，从冯友兰人生"四境界说"入手读解《红楼梦》，且证之以王国维宇宙境界说，刘再复、刘剑梅时有新见，且能将陈蜕近百年前所申论之《红楼梦》的"创教"意义作理论发挥，意识到宗教（或原创之思想）之于《红楼梦》的独特意义，是其立论之基础。也就是说，人之由在世体验所生成之精神境界为"诗境"之先在结构。舍此，则所谓"诗境"或文章境界，不过空言而已。

　　如李敬泽所言，贾平凹《废都》的重要意义之一，即在于重建了

----

①　柯庆明：《境界的再生》，台北：台北幼狮文化事业公司 1977 年，第 59 页。

②　柯庆明：《境界的再生》，台北：台北幼狮文化事业公司 1977 年，第 58—59 页。

③　萧驰：《中国思想与抒情传统第二卷：佛法与诗境》，台北：台北联经出版事业股份有限公司 2012 年第 2 页。

④　如叶文援引萧遥天《语文小论》曰："尔焰，又云境界，由能知之智照开所知之境，是则名为过尔焰海。"（此语出自《翻译名义集》）引《俱舍论颂疏》"六识""六境"说曰："若于彼法，此有功能，即说彼为此法'境界'"，进而言之，"彼法者，色等六境也。此有功能者，此六根、六识，于彼色等有见闻等功能也。""功能所托，名为'境界'，如眼能见色，识能了色，唤色为'境界'。"（见叶嘉莹：《王国维及其文学批评》，北京大学出版社 2014 年，第 179—180 页。）

《红楼梦》的语境，且在其中恢复了"中国人的人生感"。那些沉入虚无世界且生出"对于迁流的生命过程之厌恶"，以及"对于时间象征的生命冲动本身之怀疑"的人物，生活之智慧来临于彻底的怀疑之后。[①]他们一方面沉溺于生命的感性世界，在其中尽享生之欢愉；另一方面却深知此种欢愉及其寄身之世界之虚无性质，是谓"无限的实"和"无限的虚"。故而"颓然自废和空寂虚无是本体性的、审美的人生境界"。在中国传统文化语境之中，出自佛、道思想的颓然自废和空寂虚无是在积极进取之儒家思想之不及处，为世人开出生命之另一境界的可能。这便是为何儒家思想自汉武帝罢黜百家独尊儒术之后，一直是政治制度及文教思想之核心，但佛道二教却并非因此式微。作为儒家进取思想的调适，佛道二教亦取得了长足发展。"人生几许伤心事，不向空门何处销"，"功名如幻何足计，学道有涯真可喜"，一当王维、苏轼意识到生命中不能承受之重时，或佛或道，人的内心终究还有个安排处。试想古代文人士大夫，其中达观者，哪一个不是自由出入于儒道释三教思想?！因是之故，在古典语境中，三家思想之圆融和合，为文化精神发展之恰适状态。亦可为当下语境中克服"现代性危机"并有效完成中华民族文化根脉、文化种姓归根复命的重要参照[②]。贾平凹以《废都》的写作重建《红楼梦》的语境的重要文化后果之一，便是将由儒道释三家思想开出之古典的文化精神空间引入当下。这种已被高歌猛进的现代性思想归入另册的精神空间一俟开启，其之于中国人精神的独特意义便会瞬间开显。这也印证了李敬泽的如下判断："比如乐与哀、闹与境、入世与超脱、红火与冷清、浮名与浮名之累，比如我们根深蒂固的趣味偏好如何带着我们溺于'小沈阳'式的俚俗与段子式

---

① 参见唐君毅：《人生之体验》，广西师范大学出版社 2005 年，第 157—158 页。
② 可参见张志扬：《归根复命——古典学的民族文化种姓》，《海南大学学报（人文社会科学版）》2013 年第 1 期。以及张志扬为萌萌学术工作室主编之《启示与理性》第五辑《"中国人问题"与"犹太人问题"》所作序言，生活·读书·新知三联书店 2011 年。

的狭邪,这一切是构成传统中国生活世界的精神框架,这即是中国之心,其实一直都在,但现代以来被历史和生活抑制着,被现代性的文化过程排抑于'人'的文学之外。"[①]在现代性语境中,庄之蝶式的颓然自废是不可容忍的,他的无所作为(作为作家未见他始终属意于写作)和沉溺于女色,他时常从心底生出的内在的"悲感"(价值虚无感,这一点倒暗合作为现代性危机表现之一的"虚无主义"),他与中国古典文人士大夫生活情趣的诸多相合之处,无不成为现代性知识分子口诛笔伐的对象[②]。连篇累牍的《废都》批判,矛头大多指向此处,就此而言,重新反思《废都》现象及其文学史意义,如不能"悬置"现代性话语,则仍然会"同义反复"且无功而返。

退一步讲,即便贾平凹有心接续古典文脉,且重建《红楼梦》的语境,庄之蝶也不能被视作贾宝玉的现代显灵。这种语境重建的根本性意义,或许在于借此"刻意"的"模仿",贾平凹告诉我们那个虚构的贾宝玉虽已远逝,但他的精魂依然存在于我们的文化的集体无意识之中,但我们显然没有古人的"幸运"。贾宝玉历尽人间繁华之后,尚可遁入空门。庄之蝶即便生出与贾宝玉同样的"悲感",也只能在火车站举目四望不知何往,终至发病倒地莫知所终。早已被现代性"祛魅"的以宗教思想为核心的古典精神空间已不能拯救庄之蝶和如庄之蝶一

---

① 李敬泽:《庄之蝶论》,《当代作家评论》2009 年第 5 期。
② 吊诡的是,时至今日,在世界范围内的现代性反思中,作为"被强行拖入"现代性浪潮且在文化意义上深受现代性负面影响的后发现代性国家,现代性反思的思想锋芒却悄然被"多元现代性"取代并消弭。"多元现代性"在"有意"规避现代性思想规划的意识形态性质之时,也把中国古典思想的"归根复命"问题悄然置换成"现代性的未完成",罔顾西方思想界以施特劳斯为代表的克服现代性危机的思想理路。国内学界对施特劳斯思想的兴趣也大多集中于政治哲学范畴,尚未意识到施特劳斯释读西方古典思想以及克服现代性危机的思想路径亦可作为中国古典思想"归根复命"的重要参照。艾恺二十余年前在国内出版的《世界范围内的反现代化思潮——论文化守成主义》并未引起学界注意,足见现代性思想对知识人规训之深。易言之,在世界范围内"现代性危机"的反思浪潮中,中国现代性知识分子如何自外于这一潮流,且有效规避"现代性危机"?!是思想的懒惰,还是现代性尚未耗尽其理论能量?凡此种种,是中国思想界需要在开启张志扬所谓的"现代性的检测与防御"机制的基础上认真反思的重要问题。走出现代性思想"话语的牢笼",从根本性意义上完成中国文化精神的"重启",可谓任重而道远。

般深陷精神困境的人们。他们的头顶已非诸神充满的灵性世界，而是巨大而空虚的天空。庄之蝶深陷迷途，苦无所寄，但无人迷途指津。就这样，贾平凹把这种"存在之难局严峻地交给了我们"。他以"中国之心"质疑和批判"我们的生活和我们的灵魂"[1]，已经敏锐地指出了"古典"与"现代"的分裂及其文化症候。庄之蝶是一个病人。而我们迟早都会感到同质的痛苦。而在人鬼杂处、魔道并存的《老生》的世界中，"人事"与"天道"的对照因"一个世纪的叙述（《老生》中的四个故事）"和《山海经》的互文而得以彰明。因"所载祠神之物多用糈（精米），与巫术合"，鲁迅将《山海经》认作"古之巫书"[2]。亦有学者从中华文化及民族集体无意识角度申论《山海经》之意义曰："要研究中华民族的本真形象，不能不阅读《山海经》"，"《山海经》是揭开中华民族集体无意识的一个关键文本。""《山海经》好比一个民族之梦，蕴藏着这个民族的秘密，蕴藏着这个民族的灵魂。"[3] 其与同样具有文化始源性意义的《易经》一道，表征着中华文化的根性和品质。仅就《老生·后记》中自述《山海经》的文史价值的显白意义而言，贾平凹似乎并未在此一层次上征用《山海经》的价值意涵。而仅将其视作（依贾平凹的意思，此一理解有"还原"之意。但详读《老生》中对所征引段落的解释，可知其中自相矛盾之处颇多，不过是贾平凹的无师自通的隐微术而已[4]）上古之地理书，并欲以其讲述"地理"之法，来讲述商州一个世纪的故事。但贾平凹显然并未打算如其所是地讲述

---

① 李敬泽：《庄之蝶论》，《当代作家评论》2009 年第 5 期。

② 鲁迅：《中国小说史略·鲁迅全集（第九卷）》，人民文学出版社 2005 年，第 20—21 页。

③ 李劼：《中国文化冷风景》，台北：允晨文化实业股份有限公司 2013 年，第 158—159 页。

④ 政治哲人施特劳斯在释读古代经典时发现，哲人与城邦之间存在着不可弥合的矛盾冲突，哲人所掌握的真理先验地与城邦赖以建立其上的思想之间总是处于剑拔弩张不可调和之势。出于对城邦政制思想的尊重以及真理对大多数人有害的考虑，哲人只能采取隐微写作的方式，在其文本的表层表达他对政治观念的尊重，而在字里行间，则十分审慎地隐藏起自己的真实想法，以等待那些有思想的潜在的哲人将其开启。前者即为文本的"显白"层次，后者为"隐微层次"。可参见施特劳斯：《迫害与写作技艺》，刘峰译，华夏出版社 2012 年。

他的故事①，作品中似乎不作价值判断的平直叙述实际隐藏着巨大的讽喻。《山海经》作为巫觋之书的基本特点与《老生》中叙述人的职业特征（贯通阴阳两界的唱师）和叙述角度，决定了这部作品的境界及根本性的思想指向：即不在"人事"层面考索百多十年起伏不定的世事的历史意义，而是引入类如冯友兰所说的天地境界或王国维所指出的宇宙境界，在更为宽广的文化语境中彰明一百多年人事的荒唐处（《庄子》意义上的"荒唐"）。而又向荒唐演大荒，较之《红楼梦》中家史的演绎，《老生》中的四个故事因直接牵连着更为广阔复杂的历史和人事而呈现出令人触目惊心的面貌。贾平凹在写作的时候，差不多也是一个巫觋，他看到了"历史之重"和"记忆之重"，"在整个艺术过程中要让它变成轻，这个'轻'和'重'不是一个价值判断，不是轻的就好、重的就不好，而是说，只是有重才会碰到地上，有轻才能碰到天上。"②也就是"无限的实"（重）处与"无限的虚"（轻）。如卡尔维诺所言，"当我觉得人类的王国不可避免地要变得沉重时，我总想我是否应该像柏尔修斯那样飞向另一个世界。我不是说要逃避到幻想与非理性的世界中去，而是说我应该改变方法，从另一个角度去观察这个

---

① 贾平凹如是描述自己写作《老生》的初衷："在灰腾腾的烟雾里，记忆我所知道的百多十年，时代风云激荡，社会几经转型，战争，动乱，灾荒，革命，运动，改革，在了为了活得温饱，活得安生，活出人样，我的爷爷做了什么，我的父亲做了什么，故乡人都做了什么，我和我的儿孙又做了什么，哪些是荣光体面，哪些是龌龊罪过？太多的变数啊，沧海桑田，沉浮无定，有许许多多的事一闭眼就想起，有许许多多的事总不愿去想，有许许多多的事常在讲，有许许多多的事总不愿去讲。能想的能讲的已差不多都写在了我以往的书里，而不愿想不愿讲的，到我年龄花甲了，却怎能不想不讲啊？！"陈思和或许据此认定，贾平凹是在尝试"民间写史"，即不在现有的历史叙述的框架之内叙述历史。而个人的历史记忆与宏大的历史叙述之间的裂隙，自然形成了一种历史叙述的张力。这种张力亦能从《山海经》的世界与商州世界（它们在很多时候应为同一世界在不同时空背景下的形态）的差异性中体会出。这或许是贾平凹征引《山海经》中段落并尝试加以解释的根本用意。（参见《老生·后记》，《东吴学术》，2014年第6期。亦可参见拙文《〈老生〉的境界》，《中国艺术报》2015年4月10日。）

② 李敬泽：《〈老生〉传达的绝不仅仅是记忆和历史》，未刊稿。

世界，以另外一种逻辑、另外一种认识与检测的方法去看待世界。"① 这便是"轻逸"的文学价值，借此我们才能完成对现实的沉重的有效规避。因为如狄尔泰所洞察到的，即便是奠基于生命意识的释义学（某种意义上亦可包括文学的艺术作品的创制），也不可能剥夺生命的悲剧性维度，而是允许具有必死性的我们与之共存且不感到绝望。当贾平凹以《山海经》中中华民族的本真形象来与一个世纪的人事做对照时，历经千年历史变迁所致之人性之变化历历在目无须赘述。是为另一种意义上之境界的再生：

> 文学作品，基本上是一种寻求生命的深化与自由表现之心灵的反映。当这种追求达致某种阶段性的圆融自足，呈现为具某种程度的生命之深化与自由表现的心灵状态，"境界"于是发生。"境界"因此永远是阶梯，永远是可以更上一层层的楼；并且也因攀登上升而只在攀登上升之际方始存在。当刘勰说："心生而言立，言立而文明"时，他指的虽然是文学的创作，但文学的阅读与认识需要的仍然是相同的历程。文学的认识必须有赖于"心生"，否则，三千年的文学史，其间的无数大小作品，即使不至散亡磨灭，"无异草木荣华之飘风，鸟兽好音之过耳"而继续保持"言在"，事实上仍未"言立"，更谈不上"文明"了。一切古往今来的作品，只有透过不断的成为激起生命创造的触媒，成为导向生命之深化与自由表现的阶梯，并且在真实的攀登上升过程中，"境界"的不断再生、新生，这个作品方始真实存在而流传。②

如将以上引文所述换作后辈作家对前辈作家"影响的焦虑"的"克

---

① 卡尔维诺：《寒冬夜行人等·卡尔维诺文集》，吕同六、张洁主编，译林出版社 2001 年，第 322 页。
② 柯庆明：《境界的再生》，台北：台北幼狮文化事业公司 1977 年，第 2 页。

服"（其中当然包含着继承与创新的双重关系），境界的再生亦是《废都》《老生》（或许还应加上《秦腔》和《古炉》）与《红楼梦》的根本相通处。贾平凹力图向曹雪芹致敬，也和曹雪芹竞争。这种竞争当然不是写出一部当代的《红楼梦》。而是根源于其所置身的二十世纪中国的历史与文化现实，并以中华文化精神境界之最高层次（以及与之相应的审美表达方式）观照之，从而写出既有强烈的现代感，亦内含着传统文化精魂的当代作品。是为中华文化返本开新、归根复命的要义所在。亦与雅思贝尔斯指陈"轴心时代"（在这个时代产生了我们今天依然要借助于此来思考问题的基本范畴）的用意相通①。因为"文明总是以直线上升的方式发展的，文化的生长却是以回归的方式展开的。一个民族是否能够保持健康，在于能否经常回到原初的神话形象里。"②而历经晚清以降文化的现代性路向之后，"中国需要一场真正的文艺复兴，承接从禅宗到《红楼梦》的伟大启示，回到河图洛书，回到《山海经》人物所呈示的文化心理原型；重新审视先秦诸子，重新书写中国历史。这完全符合相对论时间倒流的高维时空原理，也是老子生命需要复返婴儿的真谛所在。"③此说与胡河清当年期望之根源于《周易》全息思维以及《红楼梦》的文化全息图景开出二十一世纪中国文学全息现实主义新境界的说法颇多暗含。怀特海不也曾表达过，全部西方哲学不过是柏拉图的注脚而已。至此，我们必得重新反思宇文所安在《过去的终结：民国初年对文学史的重写》一文末尾的发问：当"五四"知识分子们出于"斗争性叙事"（与"救亡"关联甚深）的目的重新阐释"过去"，且把传统连根拔除。而当"最大的敌人死掉了之后，还剩

---

① 参见李雪涛：《论雅思贝尔斯"轴心时代"观念的中国思想来源》，《现代哲学》2008年第6期。
② 李劼：《中国文化冷风景》，台北：允晨文化实业股份有限公司2013年，第159页。
③ 李劼：《中国文化冷风景》，台北：允晨文化实业股份有限公司2013年，第16页。

下什么?"①因是之故,如何在有效清理晚清以降文化的现代性观念的"话语残留"的基础上完成中华文化的归根复命,是有心接续古典传统的知识人必须面对的重要问题。非此则不能从根本上突破文化的"古今中西之争"的精神藩篱。政治哲人施特劳斯的释经学方法及以古典传统(以古希腊为核心)克服现代性危机的精神路线可作参照。但对这一问题的详细申论,已远远超出本文的范围,需专文论述之。

第三节　文体、笔法与古典的遗韵

动念编选一册《贾平凹研究资料》,收集识见、文风均有别于时流的评论文字,孙郁是首先想到的名字。深通文章技法却能做到"羚羊挂角,无迹可求"的自由之境的胡河清,当年颇以评论文字有些小说的笔法与韵致为傲。而孙郁的批评文字,大多可以当做散文来读。看他的几部散文随笔集子中,收入不少评论文字,一气读来却并不觉突兀,用笔洒脱,文气沛然,有内在的节律和韵味,非一般散文随笔所可比拟,遑论文学评论。写散文和评论文字,共用同一幅笔墨,当今文坛,怕也只有孙郁做得来,"文章的好坏,非词汇的华贵,而是气韵的贯通,""人的境界的外化",②若无几十年凝神内修苦心经营文字所得的过人的"暗功夫",恐怕也不易做出。孙郁欣赏木心,认为他的作品"形成了一套有别于各华人群落的独立的文风"③,文字中有先秦的气脉与六朝之风,与时下文坛文风的粗鄙,恰成鲜明对照。这话可以视为孙郁的夫子自道,但他的文章气脉,究竟是得自多年潜心研习的鲁迅、周作人,还是被他反复提及的晚明文人的流风遗韵,不是一两句话可

---

①　[美]宇文所安:《他山的石头记——宇文所安自选集》,江苏人民出版社2006年,第280页。
②　孙郁:《文体家的小说·聆听者》花城出版社2015年,第197页。
③　孙郁:《文体家的小说·聆听者》花城出版社2015年,第190页。

以说清的 ①。

孙郁仅写过数篇贾平凹的专论文字，但谈论的问题及角度，都有极为鲜明的个人特点。说孙郁是批评家中的文体家，想必不属过誉。如孙郁谈小说家的文体时所反复申论的，文体的问题，并不仅与文字的经营有关，它还更为深刻地关联着小说家的学养、气象和内在的修为。"文体其实是思想体的一种外化"，"木心的文章好，实在是修养的水到渠成" ②，对批评家而言，亦是如此，能否写出一手好的评论文章，考校的是批评家的综合素质，有没有背后潜心修习的"暗功夫"，是一望便知的。诟病当代文学批评的人，往往以李健吾及李长之的批评为参照，呼吁一种散文化或美文式的批评文字。殊不知彼时的批评家，文字与运思中尚有中国古典文学的余韵，如今的批评，距此已十分遥远，强要做此类文字，笔力恐有不逮处。孙郁是批评界意识到此一问题的为数不多的学者之一，他的批评文体，显然有些来历。过人的思想力和文字的使用能力，是孙郁能在其他评论家目力及笔力不及之处，开出贾平凹研究的新境界的内在原因。

一、作为文体家的小说家

在二十世纪中国文学史中，可以称得上是文体家的小说家，数量不会太多。依孙郁的眼光，当代作家中，汪曾祺、孙犁、贾平凹是，

① 杨庆祥论孙郁的文章中，认为孙郁的文章和思考，"其实高度内在化了一群人"，在其背后，其实有一个源远流长的文脉。"他身上折射着现代的许多侧面，鲁迅、周作人、胡适、废名、沈从文、汪曾祺，都在他身上留下了或多或少的痕迹，成全并丰富着他的'个我'"。孙郁并无专论中国古典文学与文化的文字，但从其他文章的只言片语中，不难察觉他对中国古典文学与文化的精通。作为 1950 年代生人，又多年做着鲁迅研究，能把目光越过"五四"，而看到中国文脉的承续问题。在他那一代学者中，可以说是绝无仅有。汪曾祺先生当年渴望的能从中国古典文学出发读解当代作品的学者出现，孙郁当属其中之一。他对文字的敏感，对世情的洞察，使得他从新（其时也是旧途径）的角度，进入中国当代文学。若非如此，是不会意识到贾平凹作品中的文体、笔法等问题的。（杨庆祥：《活在历史之中——读孙郁〈革命时代的士大夫：汪曾祺闲录〉》，《文艺研究》2014 年第 8 期。）

② 孙郁：《文体家的小说·聆听者》，花城出版社 2015 年，第 199 页。

现代的沈从文是，鲁迅也是。木心《鲁迅祭》中说："文学家，不一定是文体家，而读鲁迅文，未竟两行，即可认定'此鲁老夫子之作也'"，"鲁迅的这种强烈的风格特征，即得力于他控制文体为用。文体，不是一己个性的天然形成，而是辛勤磨砺，十年为期的道行功德，一旦圆熟，片言只语亦彪炳独树，无可取代，试看'五四'迄今，谁有像鲁迅那样的一只雷电之笔。"鲁迅得日语、德语妙处，兼能融汇"六朝与明清的气韵"，遂能写出有强烈个人特点的文字。沈从文文字的形成，却有别的缘故："他的文字表现一种特有的风格，少助词而显得生硬，有人认为是新文言，不是生动活泼的口语化作品，甚至认为是作者教育程度的关系。其实，这些正是边远地区，文化水准较低的人们的语言特色，作者在文字的驱使上能恰到好处，正是作品的成功处。"① "在他成熟的时期，他对几种不同文体的运用，可以说已到随心所欲的境界。"其最拿手的当属"牧歌式的文体"，"里面的山水人物，呼之欲出"，此类文体，以《边城》为最②。此外尚有受佛家故事影响之叙述体，笔调简洁生动，颇有韵味。他也模仿过西方句法，但其真正的创造力，在吸纳中国古典文学的流风余韵、熔铸个人实在的语言体验，而形成独特的个我的风格。孙郁反复申明，"中国文字的魅力，在小品、散文之中"，长篇小说可观者甚少。"文体的隐秘，是生长在母语的世界里"③。当代作家大多与中国古典文脉关联甚少，单纯从翻译文体中获取营养，要写出有韵味的文字，困难颇多。如王小波那般仅从王道乾、查良铮的译笔中，体味出现代汉语的妙处，是少之又少的。他认为中国最好的文字，在诗人的译笔中，因为中国最好的诗人在做翻译。王道乾、查良铮均从"五四"走来，文字中有"五四"的遗风，当然也有彼时尚

① 周锦:《中国新文学史》，台北：长歌出版社 1977 年，第 443 页。
② 夏志清:《中国现代小说史》，刘绍铭等译，香港：香港中文大学出版社 2001 年，第 176 页。
③ 孙郁:《文体的隐秘》，《当代作家评论》2001 年第 5 期。

未隔绝的中国古典文学的余绪，如果穷究其文字的渊源，王小波或许会有新的发现也未可知。

在论及汪曾祺的"文道"时，孙郁注意到，汪曾祺早期的文字，风格不脱 1940 年代现代青年唯美的影子，背后有毛姆、纪德甚至吴尔芙影响。译文体对青年人文章风格的"驯顺"，汪曾祺也逃不过。从他们的文字中，汪曾祺习得"把色彩、韵律变得神秘而无序"①。现代主义的格调和笔法，汪曾祺也是有一些的。但彼时真正对他文字产生深远影响的，还是废名和沈从文。这几个人，文章中左翼的痕迹极少，大约和个人心性密切相关。独特的审美趣味和价值偏好，使他们的文字即便吸收些现代主义的技法，被迫受些时代主流文风的影响，其格调与韵致，仍然会走在自己的道路上。"乡下人"生命体验中的乡野趣味，与广阔天地宇宙万物接触之后所得之丰富复杂的生命感性经验，较之单纯知识人的文人气，要更为丰富驳杂。废名笔下游走于五祖寺旁的各色人等，沈从文"湘西世界"中为一点爱憎奔走的农人与士兵，无不牵连着写作者的情感，并从中体味到众生在人间世的生之无奈处。凡此对人世的体察，也极容易在老庄思想及禅宗意趣中觅得知音。此类文章，若论世界之宽广，生命体验之丰富，要在彼时其他作家之上。"'辰河'流域的男男女女，和中国各地乡下人一样，欲望那么低、那么合理、山河那么美、四季那么准确运行、风俗故常那么合适，他们一无所求，只求过太平日子；事实上他们却一直在战乱中挣扎……"②他们生命中的"常"与"变"，不独在新生活步步进逼时如此，大约从有人类开始，他们就这样活过来。从废名、沈从文的文字中，可以体味出若在更为宽广的空间，更为悠远的传统中观照当下世相，所得之感悟，"浮生若梦"的体会怕是要多一些。沈从文是第一个赏识汪曾祺

---

① 孙郁：《革命时代的士大夫：汪曾祺闲录》，生活·读书·新知三联书店 2014 年，第 69 页。
② 司马长风：《中国新文学史（下卷）》，香港：昭明出版社有限公司 1980 年，第 79 页。

的人，或许便是从后者尚还稚嫩的文字中，察觉与己相同的审美趣味与思想底色。孙郁因之认为，沈从文后来终止的写作，是被汪曾祺完成的。进而言之："二十世纪八十年代的文坛如果没有汪曾祺的存在，将大为逊色。我在他那里读出了废名、沈从文以来的文学传统。汉语的个体感觉在他那里精妙地呈现着。"①孙郁对语言承传的看重，与九叶诗人郑敏的想法不谋而合："一个民族文化的灵魂就是语言，它并非没有感觉的工具，它需要我们的最大的审美敏感来爱护它，它的衰危、枯竭，意味着一个民族生命力的衰退，它们被粗暴对待，扭曲变形是对一个民族心灵的直接挫伤。"②

汪曾祺从乃师沈从文处承续的"文脉"，后来在贾平凹作品中得到了延续。孙犁欣赏贾平凹，因其有过人的灵气，与汪曾祺看重贾平凹的原因大致相同。从彼时尚还年轻的贾平凹身上，汪曾祺看到了多年前沈从文从他身上看到的潜能。"贾平凹早期的作品很朴素，在泛意识形态话语四溅的时候，他的笔下却出现了古朴清淡的语序，和时代风格略有区别。"尤为重要的是，"他的文风似乎是从古人那里来的，家乡土语和文言的句式夹杂着一丝士大夫的情调。"③这些品质都足以让汪曾祺发出吾道不孤的感慨。汪曾祺早期作品与时代风气的疏离，那种即便在大潮流几乎以强力欲将一切携裹而去时，仍然能执着于书写一己之情感体验的品质，在贾平凹的写作中也约略可见。从开始写作至

---

① 孙郁：《革命时代的士大夫：汪曾祺闲录》，生活·读书·新知三联书店2014年，第4页。

② 郑敏：《语言观念必须革新——重新认识汉语的审美与诗意价值》，《文学评论》1996年第4期。而早在1993年，郑敏即撰文反思"五四"新文化运动以降，中国新文学与古典文学精神气脉的"断裂"，如何影响到新诗的创作。"语言主要是武断的、继承的、不容选择的符号系统，其改革也必须在继承的基础上。对此缺乏知识的后果是延迟了白话文从原来仅只是古代口头语向全功能的现代语言的成长。只强调口语的易懂，加上对西方语法的偏爱，杜绝白话文对古典文学语言的丰富内涵，其中所沉积的中华几千年文化的精髓的学习和吸收的机会，为此白话文创作迟迟得不到成熟是必然的事。"（郑敏：《世纪末的回眸——汉语语言变革与中国新诗创作》，《文学评论》1993年第3期。）

③ 孙郁：《革命时代的士大夫：汪曾祺闲录》，生活·读书·新知三联书店2014年，第210页。

今，贾平凹始终有极为浓重的现实关切，并不过分强化其似乎天性具有的文人士大夫气，即便在精神遭受重创时，晚明文人借以遁世的方式，在他的作品中也淡到了极处。新时期以降，贾平凹属为数不多的贯穿性作家，几乎每一时期的思潮与流派，都在他的作品中能找到印记。《商州初录》与"寻根文学"之关系，是几家文学史评价这一时期贾平凹的写作意义的基本思路，殊不知贾平凹之写作此类作品，与韩少功、李杭育等人的魔幻现实主义的"影响源"大异其趣。一当"寻根"成为潮流，贾平凹很快转向带有"改革"意味的写作。此后有结构现实主义实验倾向的长篇《商州》，有极为浓厚的"改革文学"底色的《浮躁》，均与彼时文坛的"潮流"并不完全合拍。但敏感于时代的变化，并书写变化中的人事，常常在更为悠远的历史与文化的空间中观照当下生活世界，却是其一贯的特点。有了这种眼光，即便在书写诗意的乡土世界时，也时时难免流露出哀婉的情绪，说贾平凹的写作，总有世情的苦涩做底子，看得到人在天地之间最为根本的处境，应该是比较准确的。汪曾祺之所以看重贾平凹，这一点恐怕也是原因之一。贾平凹作品中时时流出的悲凉之音，一如秦地之秦腔，那种柔肠百转又荡气回肠的韵味，也只有二胡才奏得出。师法自然也承续废名、沈从文以来的文脉而练就的独特文体，无疑是贾平凹作品气象万千、韵味十足的重要原因。

郜元宝在《文体学的小说批评方法》一文中，释"文体"为"专指小说语言形式的概念。文体不是小说语言的所指构成的小说内容以及这个内容的形式，而是指小说语言的能指本身的特殊组合方式，亦即小说家个性的语言运用方式。"[①]如果对这句话稍作延伸，可以认为，文体学意义上的语言，对作品而言，并非仅具"工具性"，而应该是"本

---

① 郜元宝：《文体学的小说批评方法·汉语别史》，山东教育出版社 2010 年，第 266 页。

体"意义上的。也就是说，一种文体（语言），先验地规定了作品世界的开显。有什么样的文体，便有什么样的世界。这与传统意义上内容决定形式的观念存在极大差别。语言学在索绪尔手中的诸多革命性的发展，已然证明以上观念的正确性。为了更为清楚地说明"文体"的所指，郜元宝以阿城的《棋王》为例，强调独特文体与作品世界的精神品质的内在关联："《棋王》开始用一种漠然超然的平静语气描写本来应该以热情洋溢的语调叙说的知青下乡的送别场面，透露出作者在全篇努力表达的那种旷达苍凉的人生体态。"[①]这无疑应和着作品中贯穿始终的道家的人生态度和审美意绪。王一生的痴迷棋艺，对日常事务无所用心，在与多人以盲棋对弈的过程中将道家之生命智慧发挥得淋漓尽致。此种淡漠超然的语调一如贾平凹《古堡》中说古的老道，游离于俗世，絮絮叨叨地讲说早已化为尘烟的历史。

以"能准确地表达出人物的情绪"[②]作为好的语言的标准，贾平凹强调语言的质感的重要。而质感的有无，要在词语的搭配："世上任何事情都包含了阴阳，月有阴晴圆缺，四季有春夏秋冬，人有喜怒哀乐。我们看每一个汉字，它的笔画都有呼应，知道笔画呼应的人书法就写得好，能写出趣味。"[③]贾平凹的语言扎根鲜活的民间语言，又吸收古典传统的意趣，基本不受翻译句式的影响，故而有极为浓重的中国味道。他的文体"是古风的流转，泥土里升腾着巫气，有着古中国禅音的余响。"[④]他对文体的看重，内在于对世道人心众生万象在天地之间的根本宿命的精微体察。孙郁能欣赏自沈从文至于汪曾祺、孙犁及贾平凹，体味得出他们作品中宿命的苦涩，且能以同样的语言道出，恐怕是根

①　郜元宝：《文体学的小说批评方法·汉语别史》，山东教育出版社 2010 年，第 271 页。

②　贾平凹：《好的文学语言·关于散文（贾平凹文论集卷二）》，杨辉、马佳娜编，生活·读书·新知三联书店 2015 年，第 147 页。

③　贾平凹：《好的文学语言·关于散文（贾平凹文论集卷二）》，杨辉、马佳娜编，生活·读书·新知三联书店 2015 年，第 149 页。

④　孙郁：《文体家的小说·聆听者》，花城出版社 2015 年，第 197 页。

本原因。且看他评说汪曾祺、孙犁与贾平凹不同文体选择之内在原因的文字：

> 贾平凹近士大夫却有别于士大夫，多少有点乡野的气息。打一个比方，如果说汪曾祺是仙道的孑遗，那么贾平凹就是巫祝的余音。前者有点飘逸之味，在世间却又超然于世间；后者则贴近着泥土，却把自己卷入泥塘，仿佛是浊水里的莲花。如果贾平凹按照孙犁和汪曾祺的路走，大概是没有出息的，他穿过旧式文人的路径，踏上鬼火与谶纬之途，与神秘之物为伍，真的渺乎如云，鬼乎似雾，青烟缭绕，何似人间。[①]

大约只有写得出这般文字的人，才能体会出沈从文、汪曾祺、贾平凹隐匿于文字之下的一颗诗心的千回百转，也深味他们苦心经营的随意中的真实用心。孙郁痛感时下文风的粗鄙，许多作家已意会不到汉语的精深微妙和美处。贾平凹当然是个例外。虽与沈从文、汪曾祺同属一脉，贾平凹仍然在走自己的路。他不曾刻意修剪自己笔下的世界，故而性、暴力、污秽的场面比比皆是，无论是有意识地"法自然"

---

① 孙郁：《革命时代的士大夫：汪曾祺闲录》，生活·读书·新知三联书店2014年，第211页。

的写作①，还是道教传统的内在影响②，都可能是贾平凹的世界比沈从文、汪曾祺的世界丰富驳杂的原因。

汪曾祺故乡高邮的地域文化，多半和水有关。沈从文在《从文自传》中写道："我幼小时较美丽的生活，大部分都与水不能分离。我的学校可以说是在水边的。我认识美，学会思索，水对我有极大的关系。"③而贾平凹在反思自己的小说诗学时，以"水""火"之性来喻为文之道，或许无意识地道出了其作品诗学品性的隐在脉络④。具水之性的作家，常常也是文体家，漫笔写去如流水之逝，常行于所当行，止于不可不止，

---

① "法自然"是陈思和评说《秦腔》的关键词。所谓的"法自然"，是指描写自然状态的人世社会，即不在先验的认知框架中观照现实，而是向日常的生活世界全面敞开。其所开启之世界，远较一般的现实主义作品复杂。此种写法，庶几近乎左拉的自然主义，因在中国古典思想天、地、人的视域中观照人在宇宙中的位置，故远比左拉的世界广阔。"自然状态的民间日常生活就是那么一天天地过去了、琐琐碎碎地过去了，而历史的脚步照旧暗藏其中，无形无迹，却是那么地存在了。这是真正的现实主义艺术的魅力。就如曹雪芹创作伟大的《红楼梦》一样，家族史毋须用来印证具体历史的真实事件，反过来是用现实主义的力量揉碎了现实生活中无数细节，再创造出一个更加完整更加和谐的艺术世界。这样的现实主义，是天地的、自然的现实主义，也是最有力量的现实主义。"（陈思和：《论〈秦腔〉的现实主义艺术》，《中国现代文学论丛》，2006年第1期）此说无疑极为精准，贾平凹努力开启之世界，与"五四"以来叙事文学的现代传统并不相同，而是承续《红楼梦》以来的"全息现实主义传统"。陈思和不用"全息现实主义"来指称《秦腔》的艺术特点，或许说明他的知识谱系，尚在"五四"以来的文学的现代性传统中，虽能敏锐地察觉贾平凹对现实主义的境界开拓，但却无以汇通古今的眼光，对此一现象做更为妥帖之评判。近年黄永玉以"古老的故乡思维"结构的鸿篇巨制《无愁河的浪荡汉子》亦属此类。从此一角度出发，可以更为深入地理解从沈从文到贾平凹的文体意义。贾平凹近些年也开始以"法自然"解释自己的文章作法，或许是不知"全息现实主义"之故。

② 郜元宝今年连续撰文重读《古船》及《白鹿原》，从中发掘其与道教之关系。在论及张炜、陈忠实何以对性、暴力、污秽兴趣颇浓，以至于作品中动辄屎尿横流时，郜元宝援引《魏书·释老志》记寇谦之说法"是以秽物治病成仙，乃道教悠久传统"之说，认定此一写法与道教传统渊源甚深。此说似有过度诠释之嫌，经不起认真推敲。（郜元宝：《为鲁迅的话下一注脚——〈白鹿原〉重读》，《文学评论》2015年第2期）

③ 沈从文：《从文自传·沈从文全集卷十三》，北岳文艺出版社2009年，第252页。

④ "火与水的两种形态的文学，构成了整个中国文学史，它们分别都产生过伟大作品。从研究和阅读的角度看，当社会处于革命期，火一类的作品易于接受和欢迎，而社会革命期后，水一类的作品却得以长远流传。中华民族是阴柔的民族，它的文化使中国人思维形象化，讲究虚白空间化，使中国人的性格趋于含蓄、内敛、忍耐，所以说，水一类的作品更适宜体现中国特色，仅从水一类文学作家总是文体家这一点就可以证明，而历来也公认这一类作品的文学性要高一些。"（贾平凹：《穿过云朵直至阳光处——在第三次汉学家文学翻译国际研讨会上的发言》，《美文》2014年第10期。）

文理自然，姿态横生。贾平凹的这个说法，若是孙郁读到，必定大赞深获我心。因为由水之性而悟得的文章之道，实在可以说明孙郁文章的做法的。

二、"闲笔"的意味

前文述及陈思和以"法自然的现实主义"指称贾平凹《秦腔》的叙述特点，既表达了其对贾平凹笔下世界较之传统现实主义作品更为丰富驳杂的特征的指认，亦暗含了对一种独特的写作笔法的肯定。《秦腔》以极为细腻的笔触，提供了一部具有极高"分辨率"的独特文本。大到四季转换，小到人心的细微变化，均有极为细致的描述。似这般"仿日子"的结构，与《金瓶梅》《红楼梦》的写作传统，以及这种传统所依凭之世界观念颇多关联。张爱玲对此观察得十分通透："就因为对一切都怀疑，中国文学里弥漫着大的悲哀。只有在物质的细节上，它得到欢悦——因此《金瓶梅》《红楼梦》仔仔细细开出整桌的菜单，毫无倦意，不为什么，就因为喜欢——细节往往是和美畅快，引人入胜的，而主题永远悲观。一切对于人生的笼统观察都指向虚无。"[1]细节的铺陈无限地实，作品的境界却无限地虚。人在天地之间的生老病死，吃喝拉撒，犹如镜花水月，终将逝去且不留痕迹。有人认为《秦腔》的世界，颇近于普鲁斯特的《追忆似水年华》。普鲁斯特试图以文学的方式"追寻逝去的时间"，留下已逝的美好时光。贾平凹以"密实的流年式的叙写"，意图为中国乡土世界保留一个"肉身"（谢有顺语）。若仅就形式论，此说不无道理。黄永玉依凭"永不枯竭的、古老的故乡思维"所作之长河式的长篇《无愁河的浪荡汉子》，亦有同样的特点。黄永玉自谓，此书之写作，有发挥沈从文当年未尽之意的用心，如沈从文读到

---

[1]　张爱玲:《中国人的宗教·张爱玲典藏全集散文卷二:1939—1947 年作品》，哈尔滨出版社 2003 年，第 65—66 页。

此作，必定大为喜欢。这或许也暗示了以"水之性"所延伸出的为文之道的作家写作的秘密所在。

密实流年式的书写，自然不会将笔下的世界裁剪得太过整洁，没有了生活原本具有的丰富驳杂，也算不得"法自然"的写作。因此，在贾平凹的作品中，"闲笔"的使用，就颇为普遍。"贾平凹向来喜欢在细密的文字中插入闲笔，在平静的日常里加些摇曳。他的小说，人物往往会在匆忙之际、散漫之中，骂骂哑巴，瞪瞪瞎子，打鸡撵狗，把紧致的故事进程偶尔打破一下，以收幽默之效"①。也正是"闲笔"的插入，"正笔"故事的紧张或得以舒缓，或多了些意外的情趣。脂砚斋盛赞曹雪芹能忙中写闲，为大手眼、大章法。而铺叙闲文，要在疏密相间。刘鹗以为历来文章家，叙写一大事，必夹叙数小事，热闹处间有冷淡事，以歇目力，以纾文气。当然，对此论述的最为精到的，当属金圣叹：

文章家有过枝接叶处，每每不得与前后大篇一样出色，然其叙事洁净，用笔明雅，亦殊未可忽也。譬诸游山者，游过一山又问一山，当斯之时，不无借径于小桥、曲岸、浅水、平沙，然而前山未远，魂魄方收，后山又来，耳目又费，则虽中间少有不称，然正不致遂败人意，又况其一桥一岸一水一沙，乃殊非七十回后一望荒屯绝徼之比，想复晚凉新浴，荳花棚下，摇蕉扇，说曲折，兴复不浅也。②

文章家的"过枝接叶处"，有点像贾平凹所说的"闲话"。把要描述的人事交代清楚之后，还要再说的一两句话，是为"闲话"。说"闲话"要有想象力，"水盛满了杯子，还往出溢，溢的就是那些闲话"。③ 有些

① 黄德海：《〈带灯〉的幻境·若将飞而未翔》，北岳文艺出版社 2015 年，第 54 页。
② 罗书华：《中国小说学主流》，上海书店出版社 2007 年，第 183 页。
③ 贾平凹：《好的文学语言·关于散文（贾平凹文论集卷二）》，杨辉、马佳娜编，生活·读书·新知三联书店 2015 年，第 151 页。

作家会说闲话，也在闲话里展现才情，闲话也能促成他的风格。贾平凹也把善于运用"闲话"，作为好的语言的要义之一。凡是文体家，都善用闲话，"比如沈从文，他的作品中到处都是如此"①。"张爱玲的作品往往是交代完人与事后要说许多闲话，这些闲话从另一个角度来补充前边的话，像是在湖面上打水漂，一个水漂一个水漂闪现过去。"② 这里所说的"闲话"，换作"闲笔"，也无不可。在主体故事之外，交代些似乎无关的细节，写些逸出主流的人事，作品的空间为之扩大，意蕴亦会随之丰富。张爱玲的《倾城之恋》中反复出现的胡琴之声；贾平凹的《老生》中白土和玉镯隐迹于首阳山，去过远离尘嚣的桃花源般的生活，均可作如是解。

《带灯》中的昆虫世界，被黄德海视为贾平凹"精心设置的闲笔"，用意介于《诗经》"比""兴"之间，可收草蛇灰线、伏脉千里之效，"逗引着整个故事，却并不与现实社会一一对应，妙在似与不似之间。"③"带灯"原名为"萤"，因读到"腐草生萤"之说，心中颇为不快，于是改名为"带灯"，所指虽同，用意却相去甚远。在美丽与富饶不可兼得的樱镇世界，带灯主持着维稳的工作，但社会如陈年的蜘蛛网，动哪儿都落灰尘。带灯怀揣着改变世界的渴望四处奔忙，到头来自己却成了上访者。人世的吊诡，乡村政治涌动的暗流，一点小小的"萤"（带灯）火，当然抵挡不了这无边的黑暗。作品以一场十分残酷的械斗为高潮，象征着带灯辛苦维护的秩序的土崩瓦解。人本性的残酷也于此暴露无遗。在樱镇世界的种种事件渐次展开的同时，贾平凹也教带灯得空看看天空，读读闲书，当然，也给远在省城的元天亮写些短信。昆虫世

---

① 贾平凹：《好的文学语言·关于散文（贾平凹文论集卷二）》，杨辉、马佳娜编，生活·读书·新知三联书店 2015 年，第 150 页。

② 贾平凹：《好的文学语言·关于散文（贾平凹文论集卷二）》，杨辉、马佳娜编，生活·读书·新知三联书店 2015 年，第 151 页。

③ 黄德海：《〈带灯〉的幻境·若将飞而未翔》，北岳文艺出版社 2015 年，第 54 页。

界就是在忙中偷闲时，出现在带灯的生活中。无论是瓢虫和多足虫的一番恶斗，还是萤火虫觅食蜗牛时的巧妙和恶毒，昆虫世界的行为原则似乎并无人世所谓的良善。带灯希望在维稳的过程中尽量播撒自己所坚持的友爱与同情，也的确借用职务之便为几位弱者提供了力所能及的帮助。但王后生的被"虐待"，薛、元两家械斗时的使强用恨，似乎都在说明人世不过是动物世界中之一种，未见得就文明多少。哈姆雷特当年所谓的有"高贵的理性"，"在行为上多么像一个天使"的人之定义，在四百余年后的樱镇世界，仍然面临着被改写的命运。

　　昆虫世界与人世两相对照之下，贾平凹对社会观察的冷峻一面不难查知，但在无限地实在的世界中，仍然氤氲升腾着别样的意趣。"乡下的生态恶化着，可是内在的旋律则有空灵的一面，仿佛宋词一般美丽。贾平凹的作品没有刚烈的、雄浑的气势，不像莫言那样酣畅淋漓、浩如江河之态，但他在委婉、梦幻般的章法里，再现了人间的古朴与荒诞。以绵软的、抒情的调子，颠覆了日常文化的无趣与无智。将自己的期盼以灵动而神秘的方式揉入人物的命运里"①。闲暇时的带灯，无论是步入山林看鸟飞过云游过风吹树叶落，还是在日记本中随手记下点滴感悟和摘抄他人文章的某个段落，或者是数十封写给元天亮的信。无不构成日常生活的精神"点缀"，让平凡的世界多了些诗意，使贴地的内心有了飞翔的可能。这些构成带灯世界的空灵一面，一如《红楼梦》中的"太虚幻境"。以此一幻境为参照，人世的喜怒哀乐、悲欢离合，诸般人生命中注定无法承受之重，似乎便不那么苦涩，不那么教人于极端无助之中精神归于空寂和绝望。无可奈何之时，总归还有个解脱处。如同孙郁所言，在带灯这个人物身上"有贾平凹的寄托，人

①　孙郁：《〈带灯〉的闲笔·说贾平凹》，林建法、李桂玲主编，辽宁人民出版社 2014 年，第389 页。

性最动人的东西含在其间,善良、文雅、理想驻足在神灵般的世界"①。因是之故,带灯内心的高蹈,她的以友爱和同情之心兼善天下的努力,就不会以"幽灵化"作结。根源于《周易》思维的结构安排,使《带灯》的世界即便恶相丛生却也并未万劫不复。

如浦安迪所论,曹雪芹"以'悲喜''离合''盛衰'等传统两极场景的无休无止轮替来结撰作品,更重要的是,他还细心营造出这些鲜明对照的人生经验侧面之间的逻辑关联,或其相互贯通之处。即便从悲欢离合、荣枯盛衰这些俗见的轴线去看,小说在许多陡转之处,在否泰沉浮的场景之中,情势的此消彼长得以传达动心的,正是这种暗含阴阳哲理的结构范例。"②原名为"萤"的带灯在作品的结尾处心智"失常",患上了夜游症。彼时薛、元两家的械斗已过,樱镇世界归于"安宁",那河里便出现了"萤火虫阵"。竹子带带灯去看,那时成千上万只萤火虫纷纷飞落到带灯的头上、肩上、衣服上,带灯全身都放了晕光,如佛一样。书记也把萤火虫阵的出现视为樱镇将"否极泰来"的征兆:"樱镇可从来没听过有萤火虫阵的,这征兆好啊,预示着咱樱镇还吉祥么,不会因为一场灾难而绝望么!"仅就意象本身而论,"萤火虫阵"不就是成千上万只"萤"(带灯)的聚集么?也或者真如陈晓明所言,带灯是"社会主义新人"的"幽灵化"。贾平凹意图在中国激进现代性的美学谱系中书写这个有"江山社稷的脊梁"及"民族精英品格"的人物时,面临着几乎难以克服的困难,这个最终被"幽灵化"的人物因之只能是一个"半成品",一个无法以完整和"成功"的姿态进入社会主义新人谱系的"幽灵",只能在个人的美学想象中获致虚幻

---

① 孙郁:《〈带灯〉的闲笔·说贾平凹》,林建法、李桂玲主编,辽宁人民出版社 2014 年,第 391 页。

② 浦安迪:《浦安迪自选集》,刘倩等译,生活·读书·新知三联书店 2011 年,第 210 页。

的自我拯救①。作品如《红楼梦》般"回环往复"的结构，暗含着贾平凹对时代精神"上出"的吁请。

从带灯抄录的文字中，孙郁体味出带灯"所追寻的乃天地之间的真精神，日月之光与草木之色，才是纯粹精神的寄身之所，而这些也只能在书本里得之。作者写这些地方的时候，不自觉地流露出惬意，他从带灯的内心渴望中，看到了乡村中国的一抹暖色。"②若无这些"闲笔"，真不知怀抱理想的带灯将如何度日。《带灯》的"闲笔"，庶几近乎沈从文所说的"有情"，与"事功"相对，显现着人之在世的境界与尊严。"闲笔"中有贾平凹的大寄托。不能以实笔写者，以闲笔写之。带灯于笔记本上所记之明清笔记的片段故事，亦是中国文学中之有趣味者，可作大闲笔读之。既能作《史记》之"实笔"，亦能作《世说新语》之"闲笔"。贾平凹"以两者笔法，融风云于平淡之中，汇灵思于寻常之上。这已与民国文人的智慧，不差上下，当代文人的转型，由其无意中完成。说他的作品可与沈从文、张爱玲的文字争辉，不是夸大之词。"③

三、古典传统的心性与韵致

直言之，无论文体还是笔法，均不过是个人心性及审美偏好的外化，构成其核心的，仍然是作家的文化观念。从废名、沈从文到汪曾祺、孙犁，再到贾平凹，内在的联结并不仅至于文体、笔法甚或性情的趋同，而在于他们的写作共同根源于中国古典传统的重要一脉。古典传统在他们的笔下衍生出其现代形态，无论是沈从文的"有情"传统，还是

---

① 陈晓明：《穿过"废都"，带灯夜行·说贾平凹》，林建法、李桂玲主编，辽宁人民出版社2014年。

② 孙郁：《〈带灯〉的闲笔·说贾平凹》，林建法、李桂玲主编，辽宁人民出版社2014年，第392页。

③ 孙郁：《〈带灯〉的闲笔·说贾平凹》，林建法、李桂玲主编，辽宁人民出版社2014年，第394页。

汪曾祺的"仙道的孑遗",甚或是贾平凹"巫祝的余音",古典文脉在不同作家身上幻化出不同的"世界"。是为中国古典美学精神多样化的现代变奏。历经由晚清开显,至"五四"强化的文化的"古今中西之争"的基本认知图式的压制和规训之后,古典文脉内在延续的困难不言而喻。作为1980年代"文化热"中"文化:中国与世界"编委会的核心成员,甘阳时隔多年后一反当年的文化"激进"姿态,提倡"带着敬畏反思我们的学统",努力将"五四"以来的"西学传统"历史化和问题化。以全新的"目光"重新梳理"西学源流",矫正"五四"一代人受容西学时的"偏狭",此一研究先后已有刘小枫、甘阳共同主编的"西方传统:经典与解释"书系百余种,"西学源流"丛书数十种。以超越"五四"学人的基本视域的眼光重建西方思想的精神图景,必然引发二十世纪中国思想史的革命性转变。与之相应的是,刘小枫、甘阳等人同样认识到梳理中国学统的重要性和紧迫性,亦编辑有"中国传统:经典与解释"书系数十种。这种梳理并非是西学与中学传统的不同面向非此即彼的选择——那将再度陷入"西体中用"或"中体西用"的观念陷阱,而是在有效清理"五四"知识人知识谱系与意识形态的"话语残留"的基础上重建传统的"秩序"。不独文学界,艺术界已有人开始以同样的方法清理"学统",赵辰对于梁思成建筑观念所依凭之知识谱系的话语考掘,已开出重新建构中国建筑史的可能;潘公凯以"文人画传统"作为中国美术史中"中国精神、中国特性"的代表,以取代既往的美术史观,均取代了较大突破。其实,对这一问题,孙郁早有极为清醒的认识,甚至他的表达可能还更为透彻:

在我看来,几千年来的中国,有一个士的传统,这个传统被各类革命基本荡涤后,优劣俱损,连闪光的一面也难见了。倘还能有六朝的清峻、唐人的放达与宋明的幽婉,也是好的吧?我幼时受到的教育是历史虚无主义居多，那是一种偏执。现在已经没有前人那样俊美的神采了，因为已经读不懂古人，对历史也知之甚少。①

　　我们已经失去了老北大的氛围，失去了西南联大的语境，失去了与古人对话的通道。这些也许只有靠年轻人的重新启动才能解决。②

　　孙郁思考的可贵处，在于他有充分的问题意识，多年来也在努力以"大传统"的眼光，克服文化现代性的观念偏狭，做古典传统的现代承续的工作。但他并不自外于他念兹在兹的"问题域"，他发现了我们文化观念的"症候"，并把自己也视为"症候"的一部分，努力做铁屋中的呐喊，尝试着种种"自救"之道。从问题的中心出发，孙郁融个人的生命体验于其中，他的个人心性的内在品质、实在也在古典传统的流风余韵之中。他欲以《革命时代的士大夫：汪曾祺闲录》一书的写作，来深入推究一代人的文化坚守及其历史命运，焉知不是"嘤其鸣矣，求其友声"的心态促使，"这本书，是对自己年轻时期的记忆的一次回溯，自然也有内心的寄托在。"③通过汪曾祺，去写沈从文、闻一多、朱自清、李健吾、黄永玉、林斤澜、贾平凹等等虽有挫折的生命体验，却还保留着士大夫的遗韵的一群人。这些人和他们的遭际，背后牵连着晚清以降中国文化的历史命运。

　　在《过去的终结：民国初年对文学史的重写》一文中，宇文所安以对"五四"一代人的古典文学诠释的知识谱系历史"合法性"的当代反思作结，其实是从另一个重要层面，丰富着孙郁的思考："'五四'一代人对古典文学史进行重新诠释的程度，已经成为一个不再受到任

①　孙郁：《革命时代的士大夫：汪曾祺闲录》，生活·读书·新知三联书店2014年，第308页。
②　孙郁：《革命时代的士大夫：汪曾祺闲录》，生活·读书·新知三联书店2014年，第308页。
③　孙郁：《革命时代的士大夫：汪曾祺闲录》，生活·读书·新知三联书店2014年，第307页。

何疑问的标准，它告诉我们说，'过去'真的已经结束了。几个传统型的学者还在，但是他们的著作远远不如那些追随'五四'传统的批评家们那样具有广大的权威性。"①以"五四"学人的"新标准"融汇中国古典传统的学术理路，与马一浮等传统型的学者以中国古典传统为核心"融汇"西学的学术思想在"五四"的激进大潮中有着不同的命运。前者很快跃升为"显学"且追随者众，后者被划归为"新文化"的反动而被一再遮蔽。当其时也，关于"文学革命"的历史叙述被牢牢控制在"发源于胡适个人同时以书写语言变革为核心的运动。"②套用弗洛姆的话说，就是"文学革命"以及与之相关的叙述成为彼时社会精神文化的"过滤器"，任何渴望获致"合法性"的观念都必须或多或少依附于此一大叙事，或者自甘为"大叙事"的"小叙事"，否则将会被言说为"非我"或"他者"而遭强有力的反对。"社会过滤器"对"他者"的规训力量之大，几乎足以压制甚或全然遮蔽他种话语言说的可能。"文学革命"形成以胡适为核心的权威性论述之后，周作人《中国新文学源流》所提出的另一种历史叙述就很难得到广泛的认同，钱基博的《现代中国文学史》则被以异类视之。这种非此即彼的二元对立思维模式往往以简单粗暴的方式对待原本复杂的问题。

"激进"与"复古"，是用来指称"五四"知识人文化观念的重要术语。将鲁迅、李大钊、陈独秀划归为主张"全盘性的反传统"的文化激进主义阵营，而将吴宓、汤用彤等人归入文化保守主义阵营，罔顾其中原本存在的复杂性，去叙述二者之间的矛盾纠葛且以前者的"胜出"为结局的二十世纪初的中国文化与思想史，几乎已成为叙述的"成规"。而孙郁从对程光炜《文学讲稿："八十年代"作为方法》的阅读

---

① ［美］宇文所安：《他山的石头记——宇文所安自选集》，江苏人民出版社2006年，第279页。
② 王风：《文学革命的胡适叙事与周氏兄弟路线·世运推移与文章兴替：中国近代文学论集》，北京大学出版社2015年，第8页。

中意识到无论"激进",还是"复古",均不似初看起来那么简单。他感慨于日本学者木山英雄讨论晚清文化现象时对"存在的多义性"的领悟之深,并进而强调,"在文学思潮的更迭里,激进与复古,一直相互交替,并非进化论者们想象的那么简单。坦率说,以复古为名的文学革命,有时候起着更重要的作用。"[①] 十余年前,在广泛阅读以吴宓为代表的"文化保守主义"与以鲁迅为代表的文化激进派的论争文献时,我便意识到,"五四"时期的文化变革,断然不是"激进"与"保守"所能简单概括。其历史意义,也非社会达尔文主义者所描述的那样壁垒分明。可能的情况是,文化激进主义、文化保守主义与文化自由主义三种思路的"合力",推进了新文化运动的历史变革。

"晚清"至"五四"救亡压倒启蒙的三千年未有之大变局,使得知识人无暇考辨知识立场的适切性,简单化地处理了一些原本需要细加考辨的重要问题。其中最为核心的,即文化的"古今中西之争"。孙郁的思考将我们重新带入这一被"历史化"的问题论域,意图在当代文学研究中重新激活已经被高度"历史化"且"悬搁"已久的中国文化的"大传统"。他从程光炜等人的"重返八十年代"的研究范式中看到了新的方法论的可能。但不管以何种面目出现的"重返八十年代"的研究,可以重新激活已经被固定化的"十七年文学"及"文革文学",不再从"断裂"的意义上叙述八十年代与十七年及文革之关系,而强调其中的连续性。"中国新文学"的历史叙述也可以从"五四"上溯至晚清。但要从晚清以降的"新文学"上溯至中国古典文学,几乎是这一代学人的根本性的局限。文化根脉的被迫"中断","以致文化复兴成为百年未解的难题"[②]。因是之故,从沈从文、汪曾祺、贾平凹身上,孙郁发觉中国文化的流脉余绪之后,迫切地希望张扬这一文脉,以最

---

① 孙郁:《"激进"与"复古"》,《东吴学术》2010 年第 2 期。
② 张志扬:《归根复命——古典学的民族文化种性》,《海南大学学报》2013 年第 1 期。

大限度地促进中国文化"归根复命"。

沈从文、汪曾祺、贾平凹们之所以对中国传统文化有内在的亲近感，除民族文化的"集体无意识"的影响外，与他们的个人心性以及审美偏好亦关联甚深。贾平凹 1970 年代即步入文坛，其早期作品有着强烈的时代印记，至 1980 年代个人风格方始显现，但仍难脱"潮流化"写作的历史与时代局限。孙郁敏锐地发现，出版于 1993 年的《废都》是贾平凹写作的一个重要的分水岭。贾平凹的"精神"一脱此前的"牵绊"，也已偏离了孙犁那一代人的传统，滑向晚明文人的路径。这无疑是其心性使然，贾平凹在《浮躁》序言中对此已有明确说明。让一个源远流长的传统在自己的写作中重新焕发生机，依靠的当然不是简单的"文化寻根"的思想姿态，而是个人心性与古典精魂的内在交感。中国文化传统"归根复命"的最大障碍，或许并不在于文化的现代性立场何等根深蒂固，而在于为现代性传统所化之人，已难于有足以与古典精神相交通的"心性"。如牟宗三《心体与性体》序言中所言，"理性之了解亦非只客观了解而已，要能融纳于生命方为真实，且必须有相应之生命为基点。否则未有能通解古人之语意而得其原委者也。"①这也是何以听任剑涛一句"中国目前最大的问题，是心体的问题"之后，王德威邀请他赴哈佛燕京学社做访问学者的原因。

从"古炉村"与"未庄"内在的连续性中，孙郁意识到："近百年间，中国最缺失的是心性之学的训练，那些自塑己心的道德操守统统丧失了。马一浮当年就深感心性失落的恐怖，强调内省的温情的训练。但流行的思潮后来与游民的破坏汇为潮流，中国的乡村便不复有田园与牧歌了"②。如蚕婆、善人、狗尿苔这般还保留着乡村古风的人物，在大时代风潮席卷而来时，已敌不过丁霸槽之流的"寇盗式的破坏"。人

---

① 牟宗三：《心体与性体》，上海古籍出版社 1999 年，第 514 页。
② 孙郁：《从"未庄"到"古炉村"·写作的叛徒》，海豚出版社 2012 年，第 150—151 页。

心的丧乱，比社会的改组更触目惊心。《白鹿原》中流露出的对逝去的乡土精神世界的叹惋，《古炉》中以蚕婆、善人等几个"边缘"人物作为颓败世界的一抹亮色，且把"救世"的希望，寄托在几乎并无任何话语权的狗尿苔身上……凡此种种，无不表现出作家超越于历史叙事的限度之后，对世道人心亘古未移的根性的洞察。这或许还得回到前文述及的张爱玲对中国人的心理的总结，总体性的观察难脱悲观与虚无的底色。但《金瓶梅》《红楼梦》中尚有细节的欢悦和和美，在《古炉》中，连这一点也难于寻觅，几乎一颓到底了。西方文学中，也不乏"颓废"的作品，但似乎不如中国作品中来得深刻，来得悲凉。从生命本体意义上洞见到人在天地之间的根本处境的"空"或"虚无"，并以此为基础营构文学的艺术世界，将"颓废"发挥到极处，是为李欧梵欣赏《红楼梦》的重要原因之一。王德威尝试以陈世骧之"抒情传统论"重写中国文学史，在"史诗"之外别开一路。其"抒情的现代性"足以重述周作人、沈从文、张爱玲、胡兰成、台静农等作家，而往前追溯，《红楼梦》《金瓶梅》的作者自然会位列其中。以"个人主体性的发现和解放的欲望"[1]为核心的"抒情"，往深远里推究，必然会与个人对于天人宇宙的感应相遇。而晚明文人的"声色"与"虚无"，笔记小说中的"逸趣"，明清世情小说的笔法与韵致，均与彼时写作者根本性的人世观察密不可分。贾平凹多年前即思考"古老的中国味道如何写出，中国人的感受怎样表达出来，恐怕不能看作纯粹的形式的既定。"如孙郁的观察，对个人心性的发现以及与中国古典文学"抒情"一脉的精神交感，使得贾平凹寻找到一种中国式的表达方式的"味道"与"韵致"，而得自笔记小说及明清世情小说的语言感应，为他开启了一个可归于抒情传统一脉的独特世界。几乎可以判定，以"水"之道重思文章流

---

[1]　对此说的详细辨析，可参考李杨：《"抒情"如何"现代"，"现代"怎样"中国"——"中国抒情现代性"命题谈片》，《天津社会科学》2013年第1期。

脉的贾平凹，以极强的个人感应，发现了可以重构中国诗学的理论可能。他对"水"与"火"的诗学品质的指认，亦会极大地丰富中国文学的表现力。这有待于研究者在中西文化与诗学的宏大背景下，做更为深入的理论说明。

第四节　超越"启蒙"意义上的"乡土叙事"

自《秦腔》（2005）至《老生》（2014），近十年间，围绕贾平凹及其创作的重要争议之一，是小说的"作法"问题。其中尤以《秦腔》最为突出。该书以一种密实流年式的叙写，漫笔而去如流水之逝，且不依赖故事仅以细节推动的做法，在极大地"挑战"读者的阅读耐心的同时，也让部分批评者大为"光火"①。他们迫不及待地在作法上表达否定态度，充分说明其所感到的"冒犯"，已经超过了所能容忍的"限

---

①　从"宏大叙事"解体之后小说叙事的可能为出发点，邵燕君如是反思贾平凹《秦腔》的写作："在抽掉了'宏大叙事'常规的写作要素后，贾平凹采取的那种'生活流'的写作方式，'用细节与场面对日子进行结构性的模仿'真的是成功的吗？难道茫然的世界只能用茫然的态度来叙述？鸡零狗碎的日子只能用鸡零狗碎的方式结构？由此造成的阅读上的疲惫泼烦感、沉闷拖沓感是否只能由读者抱着对现代小说阅读挑战的敬畏感以加强耐心来克服。"（《"宏大叙事"解体之后如何进行"宏大的叙事"？——近年长篇创作的"史诗化"追求及其困境》，《南方文坛》2006 年第6 期）出于对总体性的整一的"历史意识"的认可，王光东并不赞同以"碎片化的现实"来表现现实的"碎片"："历史意识的分裂所呈现出的碎片化的现实，是当下文学进入乡村历史、现实的一条有效途径吗？作家历史意识的分裂是社会转型导致现实碎片化而引起的后果，但是在艺术创作过程中，作家的历史意识是不能与现实一起碎片化的。"也就是说"作家应有一种超越'碎片化现实'的历史意识、一种人类终极的价值关怀，才能获得对现实的美学表现。"（《"乡土世界"文学表达的新因素》，《文学评论》2007 年第 4 期）无论以"宏大叙事"还是总体性的"历史意识"为核心反思《秦腔》的叙述，论者都忽略了一个重要的文学史事实：以乔伊斯《尤利西斯》及普鲁斯特《追忆似水年华》为代表的意识流小说家努力"重现"弗洛伊德意义上的"潜意识"的心理过程的叙述方式，与贾平凹密实流年式的"仿日子"结构有异曲同工之妙，而前者以意识流的方式发现一个独特的心理空间的文学史意义，亦可用来理解贾平凹《秦腔》的价值。要言之，如果不在封闭的、僵化的文学观念中理解并诠释《秦腔》，便不难意会到该作作为一部独特文本的创造性意义。

度"①。贾平凹并非对此毫无预料:"我的故乡是棣花街,我的故事是清风街,棣花街是月,清风街是水中月,棣花街是花,清风街是镜里花。但水中的月镜里的花依然是那些生老病离死,吃喝拉撒睡,这种密实的流年式的叙写,农村人或者在农村生活过的人能进入,城里人能进入吗?陕西人能进入,外省人能进入吗?"这种担忧与彼时的小说成规当然不无关系,"我不是不懂得也不是没写过戏剧性的情节,也不是陌生和拒绝那一种'有意味的形式',只是因我写的是一堆鸡零狗碎的泼烦日子,它只能是这一种写法。"②即便如此,《秦腔》的世界对训练有素的读者(批评家)而言,仍然有着极大的"阻距性":"进入《秦腔》,立即被细节的洪流淹没了。贾平凹在《后记》中申明,他写的是'一堆鸡零狗碎的泼烦日子'。无数重重叠叠的细节密不透风,人们简直无法浮出来喘一口气。泼烦的日子走马灯似地旋转,找不到一个出口。"③

作为一部可写性文本,对可读性的"拒斥",使得《秦腔》具有与

① 在《带灯》研讨会上,吴义勤对这种"专业读者"的"非专业态度"有过批评:"讨论《带灯》、讨论《古炉》这些作品的,其实都是非常专业的文学人士,是所谓的专业读者和精英读者,但是我发现很奇怪的一个悖论,我们这些专业人士在讨论作品的时候,却往往从一个非专业的普通读者或大众读者的角度来谈作品。比如说读不下去啊,或者节奏沉闷啊,等等,这些显然不应是一个专业读者的眼光。""作家创作的作品一定是为那些能读懂其作品的专业读者、精英读者准备的,如果我们精英读者研究一个作品的时候,反而站到老百姓的角度上去发表意见,这就会出现强烈的反差,就会带来某种荒诞感。"要言之,"精英读者就应该有相应的专业精神,搞文学批评,专业精神我觉得是最重要的,你有着从事文学专业的训练和基础,你就应该站在文学史的高度上来研究和评判一部作品。而只要你真正站在专业的角度上,我觉得,没有一部作品我们是不愿意读或者读不下去的,这与说作品好或者坏没关系。专业读者读不下去或者不愿读,从你的专业性的要求来看,至少不够敬业。"丁帆、陈思和、陆建德等:《贾平凹长篇小说〈带灯〉学术研讨会纪要》,《当代作家评论》2013年第6期。
② 贾平凹:《〈秦腔〉后记·关于小说(贾平凹文论集卷一)》,杨辉、马佳娜编,生活·读书·新知三联书店2015年,第156—157页。
③ 南帆:《找不到历史——〈秦腔〉阅读札记》,《当代作家评论》2006年第4期。

现代小说的基本做法并不相同的品质①，其实大有可研究的空间。但深受传统\现代、进步\落后二元对立思维模式影响的批评者，往往以传统或守旧将贾平凹的写作努力归入另册，从而忽略其作品所表现的中国传统小说作法之现代可能的价值与意义。围绕这一问题的话语纠葛在深层次上显现的仍然是批评者的知识谱系与意识形态问题。由此形成的批评的成规，亦内在地限制着批评界对主动承续中国文学"大传统"的作品的接受程度。也就是在这一语境下，吴义勤的贾平凹研究显示出迥异于时流的独特品质：他对《秦腔》超越现代"启蒙"意义上的"乡土叙事"的指认；经由李敬泽"中国之心"的说法对贾平凹作品叙述话语的价值的重评，以及对《古炉》《带灯》叙事的"贴地"与"飞翔"特征的发现，无不在深层次上拓展着贾平凹研究的评价视域。

一、超越"启蒙"意义上的"乡土叙事"

中国乡土小说肇始于"五四"，几乎从一开始就与"启蒙"与"救亡"的双重变奏密切相关。为了说明一个老旧的"中国"如何需要新思想的"启蒙"，知识分子们营造了一个封闭、颓败、衰弱的旧"中国形象"。而为了进一步说明思想"启蒙"的必要性，知识分子（作家）们塑造了麻木、落后且需要被启蒙的对象世界，其中尤以"乡土叙事"为最。作为"五四"新文化的先驱及现代乡土小说的开创者，鲁迅"在

---

① 此处所谓的"现代小说"，是指自"五四"以来，中国文学"小传统"中受容西方小说观念（以现实主义为主）所形成的小说成规，不包括普鲁斯特《追忆似水年华》以及乔伊斯《尤利西斯》以降的西方现代小说传统。从批评家对《秦腔》作法的批评中，已不难察觉意识流小说传统，似乎并未成为其批评的"前理解"或"先验认知图式"，也就是说，意识流小说家的写作探索对批评者小说观念的影响几近于无，否则的话，以乔伊斯或普鲁斯特为参照，想必不会对《秦腔》作法意见颇大。这也从另一侧面说明兴起于1980年代初中期的中国先锋文学实验的"终结"及其影响力的"衰微"。（在1980年代，如《秦腔》这般"难读"的小说并不在少数，但几乎都得到了广泛的赞誉）已有批评家敏锐地发现《秦腔》的写法，与《尤利西斯》有共通之处，而其密实流年式的叙写，则略近于普鲁斯特《追忆似水年华》。这是极有见地的看法，但仍未洞见到《秦腔》作法的真正渊源。

对稳态的中国乡土社会结构进行哲学批判的基础之上，开创了拯救国人灵魂的主题疆域。他所提出的'乡愁'，其意义，不仅仅是对乡土社会的悲哀和惆怅，也不仅仅是包含着同情和怜悯的人道主义精神，而更多的是以一种超越悲剧、超越哀愁的现代理性精神去烛照传统乡土社会结构和'乡土人'的国民劣根性。这一点是任何理论家都不能曲解的乡土前提"①。嗣后，在鲁迅影响下成长起来的王鲁彦、蹇先艾、许钦文等乡土小说家，承续鲁迅的思想理路，"既以人道主义的同情关注着农民的不幸，又以现代知识者的眼光审视着种种丑陋的乡俗，在文化冲突的抉择中，常常陷入两难的境地。"②此一思路，不惟为"五四"乡土叙事的核心语法，亦影响到新世纪以来的中国乡土叙事的基本模式。"启蒙"思想所开出的想象"乡土"的方法，无论以"厌乡"还是"怀乡"的方式出现，其背后均有启蒙伦理的内在支撑。从"五四"以至于新世纪，"乡土中国"的现代想象仍然难脱鲁迅"乡土思想"的规定性，这一现象本身即耐人寻味③。

极而言之，文学意义上的乡土世界，无论讴歌或批判，均不过是话语的制造物，带有无可置疑的"想象"性质，并非是"乡土"本身如其所是的描绘。"对于乡村，人们形成了这样的观念，认为那是一种自然的生活方式：宁静、纯洁、纯真的美德。对于城市，人们认为那是代表成就的中心：智力、交流、知识。强烈的负面联想也产生了：说起城市，则认为那是吵闹、俗气而又充满野心家的地方；说起乡村，

---

①　丁帆等：《中国乡土小说史》，北京大学出版社2007年，第29页。

②　丁帆等：《中国乡土小说史》，北京大学出版社2007年，第29页。

③　与此一思路形成对照的是沈从文的"乡土叙事"。但不无吊诡的是，沈从文乡土世界的"另类"特征仍然并非自明，而是研究者悉心"发现"的结果。张新颖多年来的沈从文研究表明：沈从文笔下的乡土世界，与鲁迅等人的"启蒙"立场判然有别。沈从文"如其所是"的乡土书写，"再现"了乡土世界的丰富和复杂性，他的文学世界要大于"人的世界"。也就是在这一意义上，张新颖将《秦腔》列为承续了沈从文遗风，或者说是体现为沈从文文学传统的当代回响的重要作品之一。见《中国当代文学中沈从文传统的回响——〈活着〉〈秦腔〉〈天香〉和这个传统的不同部分的对话》，《沈从文与二十世纪中国》，复旦大学出版社2014年。

就认为那是落后、愚昧且处处受到限制的地方。将乡村和城市作为两种基本的生活方式，并加以对立起来的观念，其源头可追溯至古典时期。"①此一观点亦可解释"五四"以降中国乡土叙事的基本思路。以"现代中国"与"乡土中国"对立式的思维模式观照"乡土经验"，从而发掘乡土中国的鄙陋之处，是启蒙意义上的乡土叙事的基本理路，其中内含着文化与社会的现代性想象。但孙郁从《古炉》中"古炉村"的人事纠葛中读解出鲁迅"未庄"的意味，从另一侧面说明乡村"启蒙"的"未完成"（失败？），那种"寇盗式的破坏"与"奴才式的破坏"如何交替出现并将"乡村"呈现为一种愚昧、落后、闭塞、荒诞、残忍的存在，半个世纪历史的风云变幻，并未从根本上变革乡村的政治及精神秩序。从"未庄"到"古炉村"再到"樱镇"，几乎隔绝于"宏大的历史"叙述的乡村世界隐匿着更为复杂的"精神传统"。对这一精神传统的无视和破坏，是乡土中国最为严重的精神浩劫②。

与《秦腔》及《古炉》中指认的日渐颓败的乡土世界精神面相不同，《白鹿原》中展现了乡土精神所依凭之传统的稳定性。这一传统连接着一个十分广阔的民间的精神世界。以儒家的基本价值伦理及与之相应的生活法则为核心，《白鹿原》的世界具备圆满自足的基本特点，若非二十世纪历史的风云变幻，依赖自身的价值逻辑自不难正常运行。《白鹿原》书写的正是如此的"白鹿原"在"历史"的规训与挤压下日渐颓败的过程。当然，与"白鹿原"的世界一同颓败的，还有那些为传统精神所化之文化人格。这一点与《古炉》的人性描绘异曲同工。生活在乡村的人们既隔绝于流传久远的民间文化精神传统，亦无法从根本上接纳"五四"以来新的文化因素。民间价值观念的式微，现代文化规训的无力，使得乡村世界危机四伏困难重重，任何风吹草动即

① ［英］雷蒙·威廉斯：《乡村与城市》，韩子满、刘戈、徐珊珊译，商务印书馆2013年，第1页。
② 参见孙郁：《从"未庄"到"古炉村"》，《读书》2011年第6期。

有可能轰然崩塌。几乎无远弗届的现代性的文化"祛魅"将一切出自古典传统的民间精神划归为"前现代"而予以"清理"，一切坚固的东西烟消云散，剩下的便是人性的自私、贪婪和残忍。《古炉》中与时代和历史相呼应的乡村暴力的巨大破坏力；《带灯》里一场乡村械斗几乎导致"樱镇世界"归于崩溃，无不说明现代中国乡土世界秩序的脆弱。既有的精神传统归于沉寂，新的价值观念却无法统摄乡土世界。《白鹿原》的作者对于以儒家思想为核心的民间精神逝去的叹惋，从根本上应和着中华文化归根复命的历史命题。要言之，无法彻底城市化（现代化）的乡土世界精神秩序的"重建"，回归"传统"或许是题中应有之义。就此而言，围绕《白鹿原》作者文化价值偏好的争论，内含着两种知识谱系与精神传统的冲突和张力①。对贾平凹作品的评价，亦时常陷入上述"解释的冲突"之中。无论《秦腔》还是《古炉》，贾平凹以迥异于同时代作家乡土叙事的方式，为乡土中国保存了一个"肉身"，一个纹理细密，几乎纤毫毕现的能见度极高的世界。这仍然是"商州"，但与贾平凹 1980 年代"改革文学"以及"寻根文学"指认下的"商州"稍作对比，便不难发现此一"商州世界"几乎褪尽了"五四"以降的乡土叙事的基本面向，而呈现出更为复杂多元也更为原生态的"生活"品质。借此，贾平凹"找到了一条反抗和突破乡土启蒙叙事传统的方式"，"一条让'自我成为自我，乡土成为乡土'的方式"。②也就是在这一意义上，贾平凹的乡土叙事在根本性的精神趋向上，创造性地承续着沈从文的文学传统。当然，也在更高的意义上，延续着中国文学的"抒情传统"，并代表着该传统最具活力和美学意义的当代形态。

　　对作为"一种文类，一种主体想象，一种文化形式，一种审美理

---

① 可参阅南帆《文化的尴尬——重读〈白鹿原〉》（《文艺理论研究》2005 年第 2 期）以及王春林针对南帆"文化的尴尬"之说所作的商榷文章《文化的自觉——重读陈忠实长篇小说〈白鹿原〉》（《新文学评论》2013 年第 1 期）。

② 吴义勤：《乡土经验与"中国之心"——〈秦腔〉论》，《当代作家评论》2006 年第 4 期。

想"和"一种价值和认识论体系"①的"抒情传统"在现代性语境下的独特价值，王德威以沈从文为例，有过如下说明：稍稍逸出陈世骧所说的以"兴"为基础的抒情传统的内在规定，"沈从文的比兴诗学有其忧患——也是'怨'的一种——的基调。"其看似优美的文字浸润着"一种与生俱来的'挫伤'感受。"是为"情感发炎的记录"②，或者如吉川幸次郎所言，其作品中抒写之"情"，实为"有感于'物'的'推移的悲哀'"③。进而言之，"《边城》写出田园诗式爱情故事里不请自来的误解和延宕，而《长河》则是面对沉沦中的湘西作出（预先）悼亡的告别。"④其中生活世界自然内含着一种悲哀，与世运推移中的"常"与"变"互为表里，共同表征着人之在世命运的根本处境与不能承受之重。《长河》同样以湘西为背景，但在特定历史时代的风暴中，平凡人物和普通人事的"常"⑤与"变"的交织，已不复《边城》中那般简单纯朴，其中"可以听到时代的锣鼓，鉴察人性的洞府，生存的喜悦，毁灭的哀愁，从而映现历史的命运"之特点蕴藉着极为复杂的生命实感经验⑥。作为一部"未竟之作"，《长河》中更为复杂的人生世相，以及在大时代的洪流中终将被挟裹而去的命运"大结局"尚未及展开。但在最后一章"社戏"开演之前，已经传来"时局有变的凶讯：'我们这地方又要遭殃，不久又要乱起来的，又有枪，又有人，又有后面撑腰，怎么不乱？'"彼时虽为地方性变乱，但随着战争的进一步继续，更大的变

① 王德威：《现代抒情传统四论》，台北：台湾大学出版社 2011 年，第 55 页。
② 王德威：《现代抒情传统四论》，台北：台湾大学出版社 2011 年，第 66 页。
③ 王德威：《现代抒情传统四论》，台北：台湾大学出版社 2011 年，第 67 页。
④ 王德威：《现代抒情传统四论》，台北：台湾大学出版社 2011 年，第 66 页。
⑤ 司马长风如是解释沈从文笔下的"常"："作者特别关心所说的'常'，那是指：'农村社会所葆有那点正直素朴的人情美'，'祖母或老姑母行勤俭治生、忠厚待人处，以及在素朴自然景物下，衬托简单信仰，蕴蓄了多少抒情诗气氛'。这些传统文化，在乡土上生长的优美部分，像那条辰河一样，是沈从文灵感涌流不尽的泉源。"（《中国新文学史》（下卷），香港：昭明出版社有限公司 1975 年，第 77 页。）
⑥ 司马长风：《中国新文学史（下卷）》，香港：昭明出版社有限公司 1980 年，第 79 页。

乱已不难预见，而值此国家民族贞元之会与绝续之交，"可爱的吕家坪的男女，仍在伏波宫前沉酣看戏，夭夭仍在作着怎样把橘树园，搬到鹦鹉洲的好梦。""这一大灾难衬景里的欢乐，成为《长河》全书的主轴。"① 这一个变动扭曲的"边城"，一个山雨欲来风满楼且行将"失落"的边城，注定难脱被宏大历史规训的命运。其中"常"与"变"的交替，历经近七十年的历史变幻，成为理解贾平凹《秦腔》中清风街（商州）人事的最为有力的参照。从"吕家坪"到"清风街"，就中人事纠葛及其与宏大历史的勾连，隐喻着时代与个人的"普遍"命运。因是之故，有论者将《秦腔》视为沈从文文学传统的承续之作，并从前者中读解出《长河》的"未尽之意"："《长河》是一首故乡的挽歌，沈从文不忍唱完；贾平凹比沈从文心硬，他走过沈从文走过的路，又继续往前走……"②

在以《秦腔》为碑，书写行将消逝的乡土世界时，贾平凹无疑还有着更大的雄心：为乡土世界保存一个穷形尽相的"肉身"。如同力图以《追忆似水年华》的写作追往忆旧并唤回已然逝去的幸福时光且永远留存，普鲁斯特"将各种形式交混在一起"，并重现了在他之前作家们所发明的所有技巧，"从而形成一个完整的、封闭的世界。"③《追忆似水年华》的"整个叙述富有诗意，因为具有节奏。传统的小说语言是渐进的，而不是重复的，而普鲁斯特的小说语言既是渐进的——由于它缓慢地揭示意义——在节奏上又是重复的。它否定了古典小说的语言，因为它在自己身上发展了诗语言中的两个对立方面，直线性和回复。"④也就是说，发明一种形式（语言和叙述）与发现一个独立的文学世界

---

① 司马长风：《中国新文学史（下卷）》，香港：昭明出版社有限公司 1980 年，第 80 页。
② 张新颖：《沈从文与二十世纪中国》，复旦大学出版社 2014 年，第 97 页。
③ ［法］让—伊夫·塔迪埃：《普鲁斯特和小说》，桂裕芳、王森译，上海译文出版社 1992 年，第 427 页。
④ ［法］让—伊夫·塔迪埃：《普鲁斯特和小说》，桂裕芳、王森译，上海译文出版社 1992 年，第 426 页。

几乎同义且互为表里。与普鲁斯特以融汇直线性和重复的方式指陈远逝的世界一般,《秦腔》的"作法"是"流水账式的,叙述是网状的,交错着、纠缠着推进,不是一目了然的线性的情节发展结构。"①日常生活的拉杂、绵密、非逻辑、非线性、头绪繁多、难于抽象和简化的特征几乎毫无保留地出现在《秦腔》的世界中。如贾平凹所言:"清风街的故事从来没有茄子一行豇豆一行,他老是黏糊到一起的。你收过核桃树上的核桃吗?用长竹竿打核桃,明明已经打干净了,可换个地方再看,树梢上怎么还有一颗?再去打了,再换个地方,又有一颗。核桃永远是打不净的。"②那些缓慢和重复的事物纷至沓来,日复一日年复一年,"小说中的时间,犹如前人所言,几乎像日光,简直让人感觉不到它移动,然而却是倏忽的。"③就这样,十年百年的个人史和国族史同样转瞬即逝。一粒沙中见大千世界,清风街的故事不过年余,却映现了乡土中国的现代境遇,其中人物或登场或退场,无不表征着"你方唱罢我登场"的《红楼梦》式的历史寓意。《秦腔》不仅是乡土世界的挽歌,亦是与这个世界互为表里的人物的挽歌,贾平凹以《秦腔》为碑,祭奠的,便是已随此世界一同逝去的亡灵。

与普鲁斯特《追忆似水年华》的叙述者和巴尔扎克《高老头》叙述者的精神分野一般。为了最大限度地敞开清风街的日常生活世界,贾平凹取消了自鲁迅以来乡土叙事中叙述者的"启蒙身份"。疯疯痴痴且以非理性的方式感知世界的叙述者引生的出现,彻底"颠覆了启蒙叙事传统中理性的正人君子式的叙事者形象。"相较于引生的真诚、善良和执着,作品中"知识人"的代表夏风则处处显露出其虚假和"失败"的一面。"引生实际上是一面'镜子',具有鲜明的'镜像功能',夏风

---

① 张新颖:《沈从文与二十世纪中国》,复旦大学出版社2014年,第99页。
② 贾平凹:《秦腔》,作家出版社2005年,第99页。
③ 刘志荣:《流水带来的,带走的……——〈秦腔〉闲话·此间因缘》,北京大学出版社2014年,第82页。

隐含作家在这面镜子面前都只能自惭形秽，根本无法行使'真理代言人'式的启蒙职责。"① 对"启蒙"意义上的知识分子叙述局限性的反思不独出现在贾平凹的写作中。几乎与《秦腔》同时，向以描述女性封闭且私密的个人空间见长的林白写下了一部"记录体长篇小说"。一反其之前作品的"不及物"，"《妇女闲聊录》是一个有生命的东西，像一株野生的植物，蓬勃、顽强，它自己拔节，按照自己的样子生长，谁都不能修剪它。"林白将文人的笔墨弃之不用，因为"从笔墨趣味到世界观，文人的笔记小说会不同程度地伤害到真的人生，伤害到丰满的感性。"② 在《妇女闲聊录》中，一个名叫木珍的底层妇女开口说话，她滔滔不绝地讲述着发生在王榨的男女故事。那里面存在着一个比知识人书写过的世界更为丰富复杂也生机勃勃的世界。它让多年来"把自己隔绝在世界之外"的林白忽然听见别人的声音，而"人世的一切会从这个声音中汹涌而来，带着世俗生活的全部声色与热闹"，把作者席卷而去，且带她到"一个辽阔光明的世界"，让她"重新感受到山河日月，千湖浩荡。"③ 这部带着生命的温度的作品迫使批评家思考其"作者"问题——它的"作者"究竟是作家林白，还是讲述者木珍？换言之，林白在这个作品的写作过程中究竟起到了什么样的作用？凡此种种，均涉及文学理论的核心问题。对这些问题的反思和回应，会进一步拓展理论思考的边界。"作家走进辽阔的生活世界，如果还一直带着文学的矜持和艺术的优越感，就不可能真正投身和融入其中。他没有对世界充分敞开，世界也不会向他充分敞开。"④ 就"乡土叙事"而言，限制世界与作家互相敞开的，除艺术观外，尚有以启蒙伦理为核心的叙事成

---

① 吴义勤：《乡土经验与"中国之心"——〈秦腔〉论》，《当代作家评论》2006 年第 4 期。
② 林白：《妇女闲聊录·后记二：向着江湖一跃》，新星出版社 2008 年，第 228 页。
③ 林白：《妇女闲聊录·后记二：向着江湖一跃》，新星出版社 2008 年，第 226 页。
④ 张新颖：《如果文学不是"上升"的艺术，而是"下降"的艺术——谈林白〈妇女闲聊录〉·当代批评的文学方式》，广东人民出版社 2014 年，第 118 页。

规的层层累积。而规避叙事成规内在限制的方式之一，便是对文学与世界关系的重新思考。"如果文学不是一门'上升'的艺术，而是一门'下降'的艺术"，"从个人的文学高度'下降'到辽阔的生活世界之中去。""这样的改变不仅对于林白本人是意义重大的，而且也深刻地触及当代创作的某些根本性的问题。"① 因是之故，《妇女闲聊录》显现出一种不同于当代作品的独特品质，它如此真切地贴近"当代中国的农村、农民，能够真切地感受到那些以各种各样方式活着的人的心。"② 略显偏僻的小小王榨同样映现着当代中国，大时代的步履以无从规避的强有力的姿态搅动着乡村的世道人心，左右着其间人物命运的起废沉浮。原本属于沉默的大多数的木珍开口说话，我们得以发现一个更为鲜活的生命世界。

但细读《妇女闲聊录》，在木珍滔滔不绝的讲述所敞开的世界中，乡村的人事纠葛居于舞台中央，并以压倒性优势遮蔽着乡村的另一种面相——由斗转星移、四季转换、春耕秋收所构成的乡村的"农事诗"和"风景画"——这些在王榨的世界几乎付诸阙如。"自然景物这方诗性栖居地在物化境遇中的沦陷"③，表征的仍然是"精神的困厄"。直言之，《妇女闲聊录》叙述的"前理解"，仍不脱知识人的现代性的乡土想象，其在叙述上的"革新"，并未向更为广阔的乡土经验世界敞开。这种"先验认知图式"的"偏狭"，内在地限制了王榨日常世界的展开。《秦腔》则不同，贾平凹建构起了"'百科全书'式日常乡土诗学"，他一反"启蒙"意义上的乡土叙事对乡土经验的"抽象"和"简化"，以现象学"悬置"的姿态规避知识人的乡土视域，尝试"从日常生活层面切入并原

① 张新颖：《如果文学不是"上升"的艺术，而是"下降"的艺术——谈林白〈妇女闲聊录〉·当代批评的文学方式》，广东人民出版社 2014 年，第 118 页。

② 张新颖：《如果文学不是"上升"的艺术，而是"下降"的艺术——谈林白〈妇女闲聊录〉·当代批评的文学方式》，广东人民出版社 2014 年，第 120 页。

③ 傅元峰：《景象的困厄》，人民文学出版社 2014 年，第 252 页。

生态地呈现乡土经验的可能性",从而建构起"一个'大而全'的原生态的乡土世界"①：

在这个世界里,不仅三教九流悉数登场,而且乡村日常生活的几乎所有方面,比如"生老病死,吃喝拉撒睡",婚丧嫁娶,风俗人情,乃至自然界的风雨雷电,等等,也都得到了尽态极妍、淋漓尽致的表现。②

借此,"'乡土'获得了全方位、多层次、立体性地展示自我的机会,'乡土'藏污纳垢的本性得以真正呈现。"经由这部作品的写作,"贾平凹从高度紧张的现代性焦虑和启蒙焦虑中解放出来。"③自1980年代始即困扰贾平凹的"改革"叙事与"寻根"叙事指认下的"商州"世界内在的"分裂"和"冲突"得以缓解。从更高的意义上,贾平凹承续并发展了沈从文以降的乡土叙事传统④,并以思维和叙事的

---

① 吴义勤：《乡土经验与"中国之心"——〈秦腔〉论》,《当代作家评论》2006年第4期。
② 吴义勤：《乡土经验与"中国之心"——〈秦腔〉论》,《当代作家评论》2006年第4期。
③ 吴义勤：《乡土经验与"中国之心"——〈秦腔〉论》,《当代作家评论》2006年第4期。
④ 贾平凹与沈从文文学传统的承续关系,已不是什么新问题。早在1980年代初,以商州系列散文为标志的贾平凹式的"寻根",就与嗣后名声大噪的韩少功、李杭育等人的"寻根文学"有着不同的影响源。后者经由拉美文学的引导而重新返归本土经验及文化意识的理路,与贾平凹藉沈从文文学的启发而发现自我的世界有着内在的、根本的区别。时隔三十年后,重新反思"寻根文学"的思想理路,不难发现此种来自外部的文学回应并不能触及中国文化根本——他们始终在文化的"外部",发掘、体认"文化之根"的运思方式是异于中国文化自身的思维方式的。"寻根文学"如今已被文学史"历史化",与当年风行的新历史主义、新写实等等一同耗尽了其理论能量,但贾平凹程序中国文化传统的思维及审美趣味的写作却在进一步深化。此一现象已充分说明当年胡河清所拜访的"贤者"对彼时"寻根文学"诸家评说的精准。但贾平凹与沈从文的关系,却不能僵化地理解为"师承"关系。贾氏《废都》之后的写作,已在沈从文文学传统的基础上走出了自己的道路。在《秦腔》学术研讨会上,陈思和亦敏锐地指出："我觉得贾平凹从某种意义上在文学史上是沈从文的重复和延续。沈从文笔下是写美好的湘西社会,一种人情美,道德美,但抗战时期后出现了残酷。他残酷的作品就没有写,贾平凹的成功是他把沈从文后面没走完的路走下去了。"(陈思和、丁帆,苏童等：《作家,是属于时代的——"贾平凹作品学术研讨会"发言摘要》,《当代作家评论》,2006年第5期。)这是对贾平凹与沈从文关系极有见地的阐释。但对这一问题做出更为细致精准的说明的,是张新颖的《中国当代文学中沈从文传统的回响——〈活着〉〈秦腔〉〈天香〉和这个传统的不同部分的对话》。(《沈从文与二十世纪中国》,复旦大学出版社2014年,第99页。)

"返魅"为基础①，重新回到了隐匿已久的中国文学的"天地境界"（在
"天""地""人"的意义上开启文学的文本世界）。

二、"中国之心"及其叙事话语

以黄永玉长篇小说《无愁河的浪荡汉子·朱雀城》为参照，更容
易明了《秦腔》所属之文学谱系及其美学特质。在该书代序《我的文
学生涯》中，黄永玉明确表示：自己"平日不欣赏发馊的'传统成语'
更讨厌邪恶的'现代成语'。"因为"它麻木观感，了无生趣。"此处所
谓"成语"，解作"文学成规"亦无不可。黄永玉看重之"生趣"，亦
是其反复从沈从文作品中体会到的特征。当他申明"文学上我依靠永
不枯竭的、古老的故乡思维"②时，已经从"文学思维"的角度，对其
作品叙事方式及其价值品性所属之文学谱系作出了自我说明。《无愁河
的浪荡汉子》第一部《朱雀城》仅写到十二岁，然已有三卷八十三万
字之多，后续性的文字仍在《收获》连载，却争议蜂起，堪称近年重
要之文学现象。誉者以为其深得沈从文文学妙处，且有庄子文学自由
之趣；非者则指斥其叙事拖沓几乎难以卒读。（此说与当年诸多论者对
《秦腔》的评价何其相似乃尔！）在关于沈从文的回忆文字中，黄永玉
表示，自己最喜欢的沈氏作品是《长河》，以为"要写历史，恐怕就是
这种'长河'式的历史"，因为，在沈从文的所有文章中"《长河》舒
展开了"：

　　我让《长河》深深地吸引住的是从文表叔文体中酝酿着的新的变

---

①　黄永玉在其长篇小说《无愁河的浪荡汉子》序言中表示："文学上我依靠永不枯竭的、古老
的故乡思维"。此"故乡思维"，与知识人的思维方式存在着极大的分野。不去梳理和净化笔下原
生态的芜杂世界，且以平视的状态切近之，或许是"故乡思维"最为重要的特征，亦是其作品能
如流水般"行于所当行，止于不可不止，文理自然，姿态横生"的要义所在。（《无愁河的浪荡汉
子·朱雀城》代序《我的文学生涯》，人民文学出版社 2013 年。）
②　黄永玉：《我的文学生涯·无愁河的浪荡汉子》，人民文学出版社 2013 年。

革。他排除精挑细选的人物和情节。他写小说不光是为了有教养的外省人和文字、文体行家，甚至他聪明的学生了。我发现这是他与故乡父老子弟秉烛夜谈的第一本知心的书。一个重要的开端①。

　　遗憾的是，由于极为复杂的社会及个人原因②，这一个"舒展开来"，且在文体上酝酿着新的变革的"重要的开端"，却并未顺利继续。《长河》的"未完成"某种意义上亦可视为是沈从文文学及其所代表之"文学思维"的"难乎为继"。时代的锣鼓逐渐逼近，"宏大主题"已悄然置换，活跃在文坛的，已是别一类人物和别样的"故事"。在时代宏大叙事的感召下，书写"精挑细选的人物和情节"再次成为文学叙事的"成规"。这种文学成规经由十七年文学以及"文革文学"的"强化"之后，即便历经新时期文学思维革新之后，仍然潜在地影响着论者的价值判断。他们对如《秦腔》这般尽态极妍地展示乡土世界的粗粝本质的作品"大加攻伐"③。这种"批评"体现的仍然是批评家知识谱系与意识形态的"偏狭"，与《无愁河的浪荡汉子》所面临的评价问题如出一辙。与诸多批评者难于卒读的阅读体验形成鲜明对照的是，有论者从该书中体味出弘一大师所言之"身在万物中"的独特境界。此一境界深度关联着中国古典思想及其所开出之人与世界的关系域。《无愁河的浪荡汉子》有着百科全书式的特征，作者努力书写民国初年湘西凤凰各个阶层各个行业各色人等的生活与生命状态，塑造了诸多呼之欲出的人物形象。但理解到这一点，还远未抵达黄永玉写作该书的真正用心处。"'无愁

---

①　黄永玉：《这些忧郁的碎屑·沈从文与我》，湖南美术出版社 2015 年，第 46—47 页。

②　对于沈从文改行从事"杂文物"研究的缘由，张新颖在《"联接历史沟通人我"而长久活在历史中——门外谈沈从文的杂文物研究》一文中，有不同于流俗的独到分析。其对于沈从文文学之特质及其在新的时代条件下的"不适应"的释读，内在地与沈从文个人心性及其可能的价值偏好和职业选择密切相关。（《中国现代文学研究丛刊》2012 年第 6 期）

③　这一类批评的代表文章，参见李建军：《是高峰，还是低谷——评长篇小说〈秦腔〉》，《文艺争鸣》2005 年第 4 期。

河'还有上出于此者。百科全书之类，是人从智识出发，去梳理自然和社会的成果；而'无愁河'，还写出广大于智识之外的存在，是'人身'与'万物'同在的一个世界。""其佳处直达'野马也，尘埃也，生物之以息相吹也'。合书内视，若见'天之苍苍，其正色邪'之景象"①。《无愁河的浪荡汉子》上出于百科全书式的乡土地方志及风俗画的，是其思维方式超越了逻各斯式的智性演绎，而内含着秘索斯式的灵性的精神境界。作品中呈现逸出于单纯智识世界的独特面向。其中自然山水仿佛有了生命一般，与人同在一个世界中。人们来来去去，莫不于山水中获致辨别世界的力量。作品中的感官有一条向内、向上的通道，通向心肺肝胆、丹田神髓，更为重要的是，还"通向智慧生成"②。当然，最终通向的，是文学世界中久已隐而不显的"中国之心"。

依李敬泽之见，在百年中国文学中中国之心是"高度被抑制的"，或者说"心"的意义上的文学是身处"成规"之外的，这无疑与中国文学的现代性转换密不可分。自晚清以至于五四，源于希伯来式的世界想象的"灵魂"意义上的写作渐成"主流"，而随着中国古典文学现代影响的渐次式微，"真正能够触摸到'中国之心'的小说属凤毛麟角"而如何切近中国之心，"理应成为现代小说的根本性取向。"③但实际的情况是，仅有贾平凹、王蒙等极少数作家意识到"中国之心"并努力打开这一沉默区域④。因是之故，"这些区域是我们的身心所在但话语不在，是沉默的"。⑤如李敬泽在论及《红楼梦》及《废都》时所指出的，"中国之心"一直都潜在地影响着中国人的审美偏好和价值判断，但自五四以来在西方叙事传统影响下成长起来的中国现代小说叙事话语的

---

① 芳菲：《身在万物中——黄永玉〈无愁河的浪荡汉子〉札记之三》，《上海文化》2013年第9期。
② 芳菲：《身在万物中——黄永玉〈无愁河的浪荡汉子〉札记之三》，《上海文化》2013年第9期。
③ 吴义勤：《乡土经验与"中国之心"——〈秦腔〉论》，《当代作家评论》2006年第4期。
④ 可参见李敬泽：《王蒙长篇小说〈尴尬风流〉：知中国人之"心"》，《文艺报》，2005年11月29日。
⑤ 李敬泽、杨辉：《答〈美文〉》，《美文》2014年第2期。

转换，已经难于彰显"中国之心"。也就是说，对中国之心的敞开的先决条件，是"重返"以古典思维为核心的叙事话语。惟其如此，一个迥异于现代性智识观念所指认的世界的"前现代"意义上的文学世界方始展开。

从 1980 年代末意识到"现实主义"的限制开始，叙事话语的变革便成为贾平凹写作的重中之重，无论是《废都》对"美文"的追求，还是《白夜·后记》中对小说作法的探讨和自我说明，无不表明贾平凹意识到唯有从叙事话语及其形式角度入手，才能敞开一个全新的"世界"。这其实从根本性上暗合了索绪尔对言语＼意义关系的深度探讨。稍晚于贾平凹，但亦充分意识到彼时的"现实主义"写作成规限制了作家的创造力的，还有阎连科。他以"索源体"的方式营构《日光流年》的独特世界，以对"文革话语"的戏仿而开启《坚硬如水》的爱欲的狂欢及其与时代主潮的"反讽"状态，以及以"神实主义"取代现实主义传统的种种努力，无不表明叙事话语的变革之于文学创新的重要价值。一如从具体的文本（《追忆似水年华》）出发，安德烈·莫洛亚经由写作技艺的形式分析，发现的是"普鲁斯特的哲学"（形而上学）：在普鲁斯特的观念里，"外部世界是存在的，但是不可知的；内部世界是可知的，但总是不能被我们理解，因为它在不断变化；只有艺术世界才是绝对的。"[①] 贾平凹未必同意普鲁斯特关于外部世界的看法，但有一点他们是殊途同归的：只有艺术是绝对的，它可以记录并永久持存一个已然（或行将）消逝的世界。

为了"追寻逝去的时光"，普鲁斯特以"时间倒错、反复、聚焦、赘叙等等的十分普遍的要素、公众使用和日常流通的修辞格和手段"，

---

① ［法］安德烈·莫洛亚：《追寻普鲁斯特》，徐和瑾译，上海译文出版社 2014 年，第 187 页。

建构起了《追忆似水年华》这一"无与伦比的存在物"①，在他之前，"一切小说如同音乐一样是时间的艺术。但是，奇怪的是，曾对时间进行最复杂处理的创作，却宣布时间在文学中的死亡。超时间性，作为形式和内容，毁灭小说；作为形式，是因为描写迷醉的片段在叙述中是孤立的，它们具有不同的结构和材料，并且得不到小说人物的任何援助；作为内容，是因为一切小说的目的是表现时间的流逝，表现人物在时间中的生命，而突然间时间却不再流逝。"②当贾平凹站在棣花街石碌子碾盘前感叹"难道棣花街上我的亲人、熟人就这么很快地要消失吗？""这条老街很快地要消失吗？"③之时，以文学的方式为行将消逝的棣花街立碑的愿望瞬间唤起了他对已然消逝的人事的记忆。这种记忆同时包含着乡土世界的"风景画"和"农事诗"，包含着同样"身在万物中"的人与世界的诗意的关系。"生命不能重新再过一遍，可是写作能够让生命重返起点，让生命从开始再走一遍。"④普鲁斯特的主题在贾平凹的笔下"重现出现"。但贾平凹无需如普鲁斯特那般"发明"一种形而上学，从而向新的写作领域深度掘进，他需要回归"中国之心"，"以明清小说的叙事风格替代现代知识分子话语系统"⑤，"贾平凹是把明清小说味道和知识分子叙事化这两点结合起来，造就了'贾平凹式'叙述方式，这种方式是一种自由的方式。"⑥明清世情小说中的烟火气和人生的况味内含着民间的生活情态，四季转换与命运的起伏互为表里，以更为广阔的自然作为人事兴废的宏大背景，《金瓶梅》与《红楼梦》

---

① ［法］热拉尔·热奈特：《叙事话语 新叙事话语》，王文融译，中国社会科学出版社1990年，第4页。

② ［法］让—伊夫·塔迪埃：《普鲁斯特和小说》，桂裕芳、王森译，上海译文出版社1992年，第418页。

③ 贾平凹：《秦腔·后记》，作家出版社2005年，第516页。

④ 张新颖：《与谁说这么多话——黄永玉〈无愁河的浪荡汉子〉》，《书城》2014年第2期。

⑤ 吴义勤：《乡土经验与"中国之心"——〈秦腔〉论》，《当代作家评论》2006年第4期。

⑥ 陈思和、丁帆、苏童等：《作家，是属于时代的——"贾平凹作品学术研讨会"发言摘要》，《当代作家评论》2006年第5期吴义勤发言。

均曾表现出"中国之心"的根本情状。而这种生命情状的敞开，内在地关联着一种话语方式：(《红楼梦》)"文心极曲，文义极明，细读之如释氏浮图，八面玲珑，层层透澈；如天女散花，缤纷乱坠，五彩迷离；贯读之，则又如一片光明锦，一座琉璃屏，玄之又玄，无上妙品，不可思议，通矣哉！"①以"八面玲珑，层层透澈"及"天女散花，缤纷乱坠"来形容《秦腔》的做法，似乎亦无不可。《秦腔》中密实流年式的写法，诸多细节纷至沓来令人目不暇接，就中日子如流水一般漫过，似乎感受不到变化，但四季转换，生老病死，就这样缓慢地发生着，发生着，一时代一代人就此为时间挟裹而去，且注定不会有"重现"的时刻。以《秦腔》为碑，就是以文学的方式抵抗时间的流逝，并从中挽留已逝的美好时光。普鲁斯特《追忆似水年华》的基本主题，在《秦腔》中获得了重现的机会。其写作技艺，一如詹姆斯·哈夫雷对伍尔夫《墙上的斑点》的如是总结："《墙上的斑点》是用联想主义传统进行的一次尝试。"它"明白无误地表现了无结论的艺术，把过程作为结果（或把结果作为僵持）的艺术，把游移不定作为自由的艺术。奔放的幻想与固定的现实相拮抗，限定直线时间的、'永恒的损毁和修复'的循环，抵制着历史和法则。'什么也没有证明，什么也不明白'。"②但一切均在其中。

在贾平凹获丝绸之路木垒菜籽沟乡村文学艺术奖的授奖词中，李敬泽认为，多少年以后"人们将会发现，这个作家所铭记的一切，比任何史书都更真切地见证着经历现代性蜕变的古老文明——一切都在哀婉、沉痛地消散，一切归于不可能的因为被铭记、被书写而获得隐微的可能性，一切一去不复返，一切或许重来。""所以，贾平凹是一个

---

① 涂卫群：《眼光的交织：在曹雪芹与马塞尔·普鲁斯特之间》，译林出版社2014年，第646页。
② ［美］詹姆斯·哈夫雷：《弗吉尼亚·伍尔夫作品中的叙述者和再现"生活本身"的艺术·伍尔夫研究》，瞿世镜编选，上海文艺出版社1988年，第235页。

被选定的乡土书写者，他的写作注定是最后的，又注定是最初的。是混沌初开，又是大地皆白。他之被选定，是为了记载乡土中默运不息的节气四季与终结乡土的线性时间的宏大博弈。""这个小说家，由此进入了中国文明中那孤独的徘徊于野者的行业，黍离麦秀、铜驼荆棘、悠悠苍天，此何人哉！在荒废中、寂静中谛听着中国之心的恒常跳动。他为剧变中的乡土留下了一份春秋心史。"写下这些句子时，李敬泽想到的必定是《秦腔》，或者还有《古炉》。

第三章　中国古典思想世界与文本境界的开显

第一节　天人之际:《老生》与中国古典思想世界

在《带灯》的结尾处，久已危机四伏的樱镇世界终于因一场矛盾的总爆发而几近崩溃，与这世界一同崩溃的，还有带灯——她的内心世界，她一直坚守的"原则"。但在这个绝望的时刻，却有一个"佛"的意象的出现:那些萤火虫纷纷飞落到带灯的头上、肩上、衣服上。竹子去看时，"带灯如佛一样，全身都放了晕光。"如果考虑到"萤"本为带灯的原名，这一个意象的出现便极有可能是一个绝妙的隐喻。它蕴含着一个纷繁芜杂、众生万象、百鬼狰狞、上帝无言的世界最后的"救赎"的可能，如果用张文江的说法来解释，这便是精神"上出"的迹象。知晓樱镇出现萤火虫阵以后，书记说话也有了底气:"甭熬煎，王后生上访有什么害怕的呢? 这不是突然有了萤火虫阵吗，樱镇可从来没听过有萤火虫阵的，这征兆好啊，预示着咱樱镇还吉祥么，不会因为一场灾难而绝望么!"无独有偶，阎连科在他出版于 2011 年的作品《四书》（台湾版）中，也有一个基督救赎的意象。对惯于书写礼坏乐崩、意义付诸阙如的世界的当代作家而言，"救赎"意象的出现绝非偶然。它是"中国作家普遍存在的创作困惑问题，当他们无法解释一个巨大的社会问题时，他们不是求助宗教的皈依，就是蹈入虚无主义的泥淖。"①从"儒"的崩溃（《废都》）到"道"的式微（《古炉》），再到"佛"（《带灯》）的再临②，贾平凹在中国传统文化所开出的应对现实问题的诸般可能中寻觅着思想的资源，试图解决我们身处其中的生活世界的基本问题。诚如汪政先生所言，贾平凹始终存在着与这个世界对话的"大问题"，他的所有作品，均可以看作为以"试错"（卡尔·波普语）的方法，在寻找着问题的答案。其新作《老生》，亦可作如是观。

一、历史叙事中的讽喻

《老生》里讲了四个故事，李得胜、匡三、老黑们的"革命"；马生、栓劳、白河们的"土改"；老皮、刘学仁、冯蟹们的"大跃进"和"人民公社化"运动；再就是老余、戏生的"发展"。四个故事对应着四个时代，二十世纪中国社会的基本问题，几乎全有了对照。类似这样的长时段的叙述，在当代文学中并不少见。陈忠实的《白鹿原》，余华的《兄弟》等等，就处理过大致相同的历史时段。较长的时间跨度，既可以容纳较多的历史事件，也容易有历史的沧桑感，所谓的"史诗"作品，"诗"与"史"的辩证，"时间"的参与是其中不可或缺的重要一环。而自《废都》之后，以书写"心灵的真实"取代传统现实主义的结构模式之后，这样的叙述，已经极少出现在贾平凹的笔下。《老生》如是选择，想必有他的原因："时代风云激荡，社会几经转型，战争，动乱，灾荒，革命，运动，改革，在为了活得温饱，活得安生，活出人样，我的爷爷做了什么，我的父亲做了什么，故乡人都做了什么，我和我的儿孙又做了什么，哪些是荣光体面，哪些是龌龊罪过？太多的

---

① 丁帆、杨辉：《文学史的视界——丁帆教授访谈》，《美文（上半月）》2014 年第 4 期。
② 陈晓明语，出自笔者整理的《贾平凹长篇小说〈带灯〉学术研讨会发言摘要》，未刊稿。

变数呵，沧海桑田，沉浮不定……"①需要注意的是，对于这样的叙述，贾平凹特意强调真诚的重要："能真正地面对真实，我们就会真诚，我们真诚了，我们就在真实之中。"②就此我们可以明白，贾平凹这一次是在"真诚"地讲四个"真实"的故事。对"诚"与"真"的关系，特里林有极为精到的说明。所谓的"诚"，指的是"公开表示的感情和实际的感情之间的一致性。"③而"真"，则"更关注外部世界和人在其中的位置。"④"他所针对的是外部世界（特别是社会生活）的文化、制度幻觉和道德欺骗，试图在自我与对外部世界的认识之间，建立动态的平衡。"⑤毋庸讳言，《老生》中的四个故事，均有着特里林意义上的"诚"与"真"的性质。

由李得胜领导的秦岭游击队革命活动的"兴起"与"衰落"，是第一个故事的核心内容。期间世相的变幻不定，人物命运的起废沉浮生死存亡命悬一线，无不令人为之叹惋。此一层次的叙述逻辑，似乎与历史的宏大叙事并无二致。但李得胜杀死无辜老人以及彰显革命的血腥与残酷的段落（雷布等人在李得胜、老黑、三海、四凤等人死后的一系列复仇行为即是一例）却暗含着解构的意味。这些不能统统简单地归之于人性之恶，其中可能还含有着更为重要的历史信息。且看游击队初创之时的一件小事：

---

①　贾平凹：《老生》，人民文学出版社 2014 年，第 291 页。

②　贾平凹：《老生》，人民文学出版社 2014 年，第 293 页。

③　莱昂内尔·特里林：《诚与真》，江苏教育出版社 2006 年，第 4 页。

④　特里林强调："比之于'真诚'，'真实'要求更繁重的道德经验，更苛刻的自我认识，对'忠实于它'是指什么有更严格的理解，它更关注外部世界和人在其中的位置，但却不会轻易地屈服于社会生活环境。按照真实的标准，过去被认为是文化组织肌理之构成的许多东西现在似乎就变得无足轻重了，它们只不过是幻想或仪式，或者干脆就是彻头彻尾的弄虚作假。相反，由于真实自身的要求，许多过去的文化所谴责并试图加以排斥的东西则被赋予了相当多的道德真实性，比如无序、暴力、非理性。"莱昂内尔·特里林：《诚与真》，江苏教育出版社 2006 年，第 12 页。

⑤　格非：《雪隐鹭鸶：〈金瓶梅〉的声色与虚无》，译林出版社 2014 年，第 139 页。

他们钻的第一个山是有着古堡的虎山。虎山在当月出了件灵异事，有人放牛，忽然雷电四起，云雾把山谷都罩了，就有龙从天上下来与牛交配。李得胜他们随后也到了虎山，李得胜得知灵异还特意去见了那牛，说是祥瑞，这牛要生麒麟呀。放牛人高兴，自告奋勇到山下村镇里散布消息：鲤鱼跳龙门那是秀才要中举的，龙从天而降与牛交配，这是英雄要行世呀，果然秦岭里有了游击队啦！第二年，游击队离开虎山去了熊耳山，受孕的牛生下一头猪，但又不像猪，嘴很长，耳朵太短。

这一段如果不是作者偶尔的"神来之笔"，便可以读作作者对于此一革命与历史上同样的"革命"的同构性的指认。而受孕的牛所生的"牛仔"，则活脱脱是一个怪胎！

游击队的队长当然是李得胜，老黑为副队长。一年半后发展到了十三人，三次袭击正阳镇公所，死了四人，残了九人，但夺得了两杆枪，再加上雷布的猎枪，一共是五杆枪。所到各地，遇到高门楼子就翻院墙，进去捆了财东，要钱要物，能交出钱和物的就饶命不杀，如果反抗便往死里打，还舍不得子弹，拿刀割头，开仓给村里穷人分粮。许多人就投奔游击队，最多时近二百，穿什么衣服的都有，却人人系着条红腰带，腰带上别着斧头或镰刀，呼啦啦能站满打麦场。

这一段叙述颇为冷峻，有着特里林从伊萨克·巴别尔的《红色骑兵军》中感受到的"关于最极端的暴力的作品"，[①] 作者的写作却带有"惊人的优雅和客观精确性。"[②] 但正是这样的写作"令人不安"。《红色

① ［美］莱昂内尔·特里林：《知性乃道德责任》，译林出版社2011年，第313页。
② ［美］莱昂内尔·特里林：《知性乃道德责任》，译林出版社2011年，第313页。

骑兵军》之于上世纪初的"俄国实验模式"，与《老生》的第一个故事之于"中国革命史"，有着一定的相似性。就在"人们可能依然相信人类命运的'试管'和'熔炉'能冒出成功的曙光。""依然用一种奇怪的心理期待着俄国革命可能产生的新文化"的同时，巴别尔的叙述让特里林感到"不安"，因为"它根本不是如我所希望的、俄国革命文化所能给我带来的作品。"① 很显然，巴别尔的叙述有着瓦解俄国革命史的宏大叙述的力量，这种力量是文学作品的"美学属性所体现的能量和自治性。"它的"强度、反讽和含混，这些因素就能对政权的无情态度构成明显的威胁。或者说，它们构成了一种秘密。"② 叙事虚构作品包含着对生活世界的整体性的想象，一种不同于政治解释的精神的自治或者说"诗性的正义"。但它究竟应该和宏大的历史叙述保持何样的距离。人们可以依靠叙事虚构作品而"生活在怀疑之中，而且可以通过质疑而生活"就一定是"正义"的吗？这几乎是"诗"与"哲学"之争这一古老问题的现代重现："诗并不能简单地被看成是音部、韵律和措辞之类的东西。像苏格拉底自己强调的那样，关键问题是模仿的政治效力"③，"城邦在大地上无法找到。苏格拉底说，'或许天上建有它的一个原型，让凡是希望看到它的人能看到自己在那里定居下来。"④ 既然城邦并非是一种发现，而是一种创造，是哲人借用语言所构筑的形象，无论这形象源于何处，它的被叙述的本质决定了它不过是一个话语的制造物。"正如可以推断的那样，言说的城邦是天界原型的翻版。像苏格拉底那样，哲人以话语建立了城邦，致力于对哲学'意见'的诗化模仿。"⑤ 如果城邦也不过是一种诗化的模仿，那么，哲人对城邦的构建和

---

① ［美］莱昂内尔·特里林：《知性乃道德责任》，译林出版社 2011 年，第 313 页。
② ［美］莱昂内尔·特里林：《知性乃道德责任》，译林出版社 2011 年，第 316 页。
③ ［美］斯坦利·罗森：《诗与哲学之争》，华夏出版社 2004 年，第 15 页。
④ ［美］斯坦利·罗森：《诗与哲学之争》，华夏出版社 2004 年，第 15 页。
⑤ ［美］斯坦利·罗森：《诗与哲学之争》，华夏出版社 2004 年，第 15 页。

诗人对于想象世界的构筑之间存在多大的区别呢？诗（文学）的叙述与政治的叙述之间的张力和不平衡，是否是文学借以确定自身价值的基础？罗森的老师施特劳斯的告诫值得深思：即便是在自由民主的时代，哲人也不应当肆无忌惮地冒犯大众赖以生存的意义秩序。进而言之，某些真理并不需要人尽皆知，哲人将自己发现的真理（这一真理总是与意识形态的，大众的习见经验相左）隐藏于字里行间，仅仅让一部分细心的读者发现并领悟，而粗心的大众，从中读到的是与自己的习见经验并不相悖的观念。贾平凹精心讲述的第一个故事，自然不会是提供不同于宏大叙述的经验性信息这么简单。

作为第二个故事核心的马生、栓劳们的"土改"，就有些阿Q革命的味道，一个流氓无产者的"革命"行为，其作用必然有限。孙郁读《古炉》时，从中体味出鲁迅先生所说的"寇盗式的破坏"和"奴才式的破坏"，以及夜霸槽与阿Q的延续性，是极有深意的说法。[1] 马生与夜霸槽，都可能是阿Q的后裔。在他们身上，蕴藏着巨大的破坏性的能量。但这能量也容易成为历史革新的动力。如不善加利用，则顺民瞬间里可以成为暴民。《带灯》的"高潮"部分，械斗双方恶从中来，使强用恨，"人人都若有一种不可理解的力量在支配"[2]，弄得矛盾激化，几乎无法收场即是一例。

倒是白土、玉镯的故事，耐人寻味，其中可能暗含着作者的些许理想，他们居住在"首阳山"（会让人想起伯夷、叔齐的故事），远离

---

[1] 参见孙郁：《从"未庄"到"古炉村"》，《读书》2011年第6期。

[2] 一九五二年一月四号，沈从文参加内江县的"土改"，他向两个儿子如是描述一个五千人大会的情形："来开会的群众同时都还押了大群地主（约四百），用粗细绳子捆绑，有的只缚颈子牵着走，有的全绑。押地主的武装农民，男女具备，多带刀矛，露刃。有的从廿里外村子押地主来的。地主多已穿得十分破烂，看不出特别处。一般比农民穿得脏破，闻有些衣服是换来的。群众大多是着蓝布衣衫，白包头，从各个山路上走来的，拉成一道极长的线，用大红旗引路，从油菜田蚕豆麦田间通过，实在是历史奇观。人人都若有一种不可理解的力量在支配，进行着时代所排定的程序。"这是沈从文的"实写"，可以和《老生》的第二个故事参照阅读。转引自张新颖：《沈从文的后半生：1948—1988》，广西师范大学出版社2014年，第75页。

"尘嚣"，"这期间，老城村经历了互助组，又经历了把各家各户的土地收起来搞初级农业合作社，白土和玉镯都不知道。"就有点"不知有汉，无论魏晋"的味道，他们再也没有经历过任何运动，全身而退并终老于斯。这一小段故事无疑属于旁枝斜出的"闲笔"，却极有可能暗含着作者的真正态度。刘震云也曾处理过同样的历史时段，在那部名为《故乡天下黄花》的作品中，魑魅魍魉，悉数登场，于谐谑反讽的叙事中，乡村政治的真相因远离历史的宏大叙述而显得扑朔迷离。历史的舞台善恶难分人鬼杂处，端的是你方唱罢我登场，皇帝轮流做明年到我家，无秩序的历史并不能否定"历史的秩序"，这是历史叙事的紧要处。施特劳斯的告诫依然有用：不必冒犯大众赖以生存的价值秩序。

之后便是老皮、刘学仁、冯蟹们的"世事"，刘学仁在棋盘村统一发型、统一服装、统一劳动、统一唱歌的种种做法，很容易让人联想到海勒的《第二十二条军规》，即便不与具体的历史氛围相联系，也有着无边的恐怖的意味。而老余和戏生的故事，是典型的"活鬼闹世事"，从种植有毒蔬菜到炮制假老虎事件，再到种药材，终于闹到天怒人怨，一场瘟疫使得当归村死亡过半，人们被迫迁居，戏生因之殒命，昔日红红火火的当归村几成一片废墟。

对于《老生》所涉的这一个世纪，历史的宏大叙事并不存在模糊暧昧之处。若以历史的宏大叙事为背景，《老生》提供的，只能是历史的"边角废料"，或者不过是历史长河的小小支流，整体性的历史叙述，是难以见到他们的踪影，而那些为之奉献个人生命的人物，也不大有可能参与到"革命史的巨大洪流之中"。他们不可能创造"历史"，反而是"历史""发现"和"创造"了他们，"历史"有能力让他们青史留名成为英雄受人爱戴，也有能力赋予他们另外一种"历史形象"。陈思和先生说该作品是贾平凹的"民间写史"，大约是从这一意义上而言的。民间写史，当然有它的参照系，有它区别于正统史书的独立价值。若非如是，这样的写作，似乎也不大有必要。历来存在于正统史书之外的，均为"野史"，"野史"虽"不足为凭"，但亦可以构成正史的参照，言说正史所不及言说或不愿言说的内容。"一种异质文化除非凭借它对另一种文化的观察，便不能揭示其实质和奥秘，""一种意义由于它与另一异质意义相逢相触而显示其深刻含义。这是因为，单一的意义和单一的文化有着内在的封闭性和片面性，二者之间会形成某种类似对话的过程，""两种文化相遇的对话并不导致二者相融或者相混。他们保持着自己的统一并维持一种开放的总体性；然而它们得以相互充实。"①这里的"异质文化""异质意义"，亦是"野史"之于"正史"的价值。

这四个故事，无论是游击队的缘起与新世界的创生，还是土改或世事变革的人为因素，都不能指向一种"有意义"的结果。诸般事项不过是人们"制造的声音"，以示自己活过。"活着不折腾，死后没名声"这句陕西乡间的俗语足以道尽这些人事的根本意涵。莎士比亚借麦克白之口说过"人生不过是行走的影子，一个在舞台上指手画脚拙劣的伶人，登场片刻便在无声无息中悄然退场。人生犹如痴人说梦，充满了喧哗与骚动，却没有任何意义。""没有意义"，是他们"闹世事"的根本，而他们所依托的宏大历史，也因个人行为的无意义而变得可疑。李得胜残忍杀害无辜百姓，马生出于个人利益而随意改动地主成分的划分、老余的假老虎以及毒蔬菜事件……凡此种种，均内含着反讽的意味，凝聚着不信任的力量，贾平凹在不动声色的叙述中，逐渐让如铜墙铁壁一般的历史的宏大叙事裂隙重重以至于摇摇欲坠。以个人经验来瓦解历史的宏大叙事的权威和其解释历史的正当性，是南帆的《历史盲肠》《关于我父母的一切》以及韩少功的《日夜书》的基本理路。但贾平凹写这些内容，目的或许并不在于说出为宏大的历史叙述所淹

---

① 古列维奇：《历史和历史人类学》，《第欧根尼》1992 年第 2 期。

没的历史真相。他让叙述直逼"真相"的目的，是为敞开历史的本来面目。让我们看到在重重历史叙述的涂抹与粉饰之下，百年间"历史"并未"进步"，也并未走向"理性"，一切"已有的事后必再有，已行的事后必再行，日光之下并无新事。"从民国到新世纪，一个世纪的叙述与其中人事的变换，恰可以说明历史并不总是前进的。

二、民族本真形象的价值参照

　　写《老生》之前，贾平凹就喜欢读《山海经》，并自谓颇多心得。在部分古人的眼光里，《山海经》"闳诞迂夸，多奇怪俶傥之言"①，且"莫不疑焉。"对这样一部书，贾平凹如此看重，阅读经年，这一次干脆在新作中多方征引，教其与自家文章互相参照，必定有他的独特用心在。"近些年，不知是不是年龄或心态的原因，我越来越喜欢'老'东西。欣赏的东西，从秦汉上寻到先秦，再上寻到上古、高古，就感觉那个时期，好像天地之间，气象苍茫，一派高古浑厚之气，有着这个民族雄奇强健的气息。去年春天，我有缘得到了几颗'刚卯'，感觉高古气息扑面而来，尽管它们看上去甚至丑陋、粗略，完全就是一截子、一截子的串串，但它们那种大朴不雕、那种沉雄，让我痴迷不已。近年还喜欢一个词——'海风山骨'，而读《山海经》，也完全是这种感觉，它写作者所经历所见闻的山和水，是一座山一道水地写过去，那里面，有中国人的思维方式和心灵密码。我在小说里，用的就是它的这种思维方式，写的是我所见所闻所经历的一件件事、一个个人。全书写了四个故事，有的人物是始终贯穿着，有的就只出现在某一个故事里，各人有各人的命运。写完这本书后，有一天我还在想，这次只是试着注解了几篇，将来有时间，我要把全本《山海经》都给注解了。"②于斯

---

① 郭璞：《注〈山海经〉叙·山海经》，周明初点校，浙江古籍出版社2010年，第193页。
② 贾平凹：《如果说我有使命，那就是不停地写作》，《华商报》2014年9月12日。

可见，贾平凹在《老生》中"引用"《山海经》，是希望让此书中横亘的高古之气贯穿于自己作品之间，通过放宽历史的视界，获致一种更为宽广的视域。单就这一点而言，就大不同于就二十世纪论二十世纪的惯常理路。但这样大幅度征引经典文句，虽有自家注解，但所征引的文字，未必能够完全融入到自己作品之中，倒因此可能和自己作品构成一种互文关系。而深入考察《山海经》中段落在《老生》中的意义，便成为理解后者的核心要素。

晋人郭璞不大赞同世人对于《山海经》的通俗解法，认为"夫以宇宙之廖廓，群生之纷纭，阴阳之煦蒸，万殊之区分，精气混淆，自相溃薄，游魂灵怪，触相而构，流形于山川，丽状于木石者，恶可胜言乎？"[1]贾平凹从中读到真正的中国智慧与中国思维，天地苍茫、混沌未分，世界的本来面目，便是如《山海经》所述一般，一山一水从容道来，不做评判，也无高下贵贱之分，较少论者的个人痕迹。但山水草木虫鱼，各安其位，各尽其分，是一个圆融平和的世界。"然则总其所以乖，鼓之于一响；成其所以变，混之于一象。世之所谓异，未知其所以异；世之所谓不异，未知其所以不异。何者？物不自异，待我而后异，异果在我，非物异也。"[2]意识到世界混沌未分，使之分者，乃人心观察所致。这便是冯友兰先生所说的个人的"觉解"，有觉解，才有对世界的独特领悟。所谓我，乃是依托宇宙大全。宇宙大全自有其规律，人若能自同于大全，即入至高境界。《带灯》的后记里，贾平凹反思了自己自《废都》以来承继明清世情小说传统所流露出的油的滑的玩的迹象，立意效法两汉史家笔法。这一次仅仅间隔一年之后，贾平凹却回到了《山海经》，并以后者的世界想象，来作为《老生》世界的映衬，个中的原因，耐人细细寻味。在《老生·后记》中，贾平凹

---

① 郭璞：《注〈山海经〉叙·山海经》，周明初点校，浙江古籍出版社2010年，第193页。
② 郭璞：《注〈山海经〉叙·山海经》，周明初点校，浙江古籍出版社2010年，第193页。

强调《山海经》是作者记载其经见的山水，而《老生》是写作者经见的人事，似乎把作者置于一种零度抒情，对所写之事不做评判的位置。维特根斯坦说，"最终极的哲学行动是描述而不是解释，尤其是描述我们的基本经验，也就是我称之为'无限切近'与'几乎当下'。"但这描述中，自然还包含着作者的内心的倾向。

　　因"所载饲神之物多用糈米（精米），与巫术合"①，《山海经》亦被视为"古之巫书"，既为"巫书"，自然可以以之反观人世，此为巫书之最大效用。贾平凹征引其中字句，教其与自家故事相参照。文本便为双重文本，意义自然需要参照阅读：一层为巫书；一层为人事。巫书与人事之关系，或许是读解该作的不二法门。鲁迅说："昔者初民，见天地万物，变异不常，其诸现象，又出于人力所能以上，则自造众说以解释之：凡所解释，今谓之神话。"②"神话不特为宗教之萌芽，美术之所由起，且实为文章之渊源。"③"我们可以把小说看成从神话的宗教结构派生出的文学结构。"这个结构自然可以用来反观神话世界的形成，当然，最为重要的，是人之世界的意义结构的创生。贾平凹精心设计的对照结构，让《山海经》之《南山经》《西山经》《北山经》与《老生》中四个故事对应。大凡有互文意思的文本，如荷马史诗《奥德赛》之于乔伊斯《尤利西斯》，均有解构或反讽原文本的独特意味。《山海经》却在这里支持着贾平凹对于人世和世界的洞见。

　　如何以实写虚，于细致绵密的文本肌理中升腾出别样境界，如大观园之于荣宁二府，太虚幻境之于大观园及其以外的世界。贾平凹也希望在自己的作品中有现实之外的别样韵致。那韵致或境界的存在，有点石成金的审美效用，能瞬间让形而下的世界获致飞升的权力，就

---

① 鲁迅：《中国小说史略·鲁迅全集（第九卷）》，人民文学出版社 2005 年，第 20 页。
② 鲁迅：《中国小说史略·鲁迅全集（第九卷）》，人民文学出版社 2005 年，第 19 页。
③ 鲁迅：《中国小说史略·鲁迅全集（第九卷）》，人民文学出版社 2005 年，第 19 页。

像困扰浮士德的那个难题：在我的心中，有两种力量互相撕扯，一种使我紧贴住地面，另一种则引诱我升腾而入仙人的灵境。在中国古典文学的审美意趣里，实境总要有虚境做映衬，否则便算不得"自成高格"，自有境界。贾平凹的这般努力，就内在心性而言，与西方十九世纪以来的小说写作传统相隔，而与中国古典文学文化的精魂与性灵密切相关。《废都》中那个哲学牛，如反刍般反思着人间世，其中虽无多少惊世骇俗的奇见，但将这一形象与庄之蝶们置身其中的西京城相参照，不难明白贾平凹的内在用心。《土门》中的云林爷，有贯通天地鬼神的能力，大约对世事变迁人间冷暖，也有非同一般的见识。其他如引生、善人、蚕婆，多少即有同样的叙事功能和审美效用。《带灯》中那些信件，以及结尾处带灯努力维护的世界秩序因一场群体械斗而全面崩溃，也不能就此结尾，还得让数万只萤火虫集结而成萤火虫阵，把那带灯装扮得如佛一样。这便是"贞下起元"，不把颓败和沉沦做到极处，是贾平凹对于中国古典智慧的深层了悟，也是窥透人间万物生死寂灭、命运转换的至高"觉解"的自然结果。世间的事，不会一败涂地到极处，月满则亏，生生之谓易，天地有大德曰生，这个"生"，是生生不息，是返转回复。而在贾平凹的笔下，是哲学牛、云林爷、善人、蚕婆、带灯，他们出自中国思想的伟大传统，以其确定无疑的巨大存在，守护着这世界的最高意义。

让《山海经》及其所代表之"九州未分"之前的中国人的"大一统"的思维来与一个世纪的叙述的历史风云变幻作参照，贾平凹或许是要营构如"太虚幻境"之于大观园的意义，让《老生》从政治的、国民的、历史的境界升腾至哲学的、宇宙的、文学的境界。也唯有在宇宙的、天地的精神视域中，二十世纪中国历史的问题及其解释才不出中国二十四史的基本解释框架，也取消了其政治上的解释的优先地位和豁免权。二十世纪中国历史是千年中国历史的自然延续，当然可以在这个解释框架中得到阐释。《老生》的意义，因此不在唱师所讲的四个故事之中，亦不在《山海经》的数个段落中。这两者的复杂纠葛与精神的对照，是理解和解释《老生》的核心。如同并不在场的奥德修斯（拉丁文名为尤利西斯）及其英雄经历之于乔伊斯的《尤利西斯》中的布鲁姆诸人的个人经验。如果单纯从唱师所讲的故事入手指出该作的意义在于从个人经验（非政治的，隐秘的）出发，完成对历史的宏大叙事的"祛魅"，是无法洞悉这部作品的内在意涵的。如果说贾平凹通过《老生》的写作"从人类精神原料里创造出前所未有的某种东西"（福克纳语）的话，那便是对"解衣磅礴"的世事的"燕处超然。""不以物喜，不以己悲"方能超越形而下的牵绊，而获致精神的内在的自由。这当然有老庄的意味，但也不乏"禅"的意境，而他最为看重的，恐怕还是"儒"的安宁。据说陆九渊年轻时曾"雅好老庄"，成年后却"归本孔孟"，便是对人世理解的微妙精深之后的更有意义的选择。"禅"并不教人厌世，"道"也并非让人"无所作为"，"远离颠倒梦想"与"不妄为，不强为"意思大略相通。菩提涅槃本一性，尧舜孔佛是一人。有生有死，方生方死，方死方生，是老庄的调子，隐着古人的智慧，也自然包含着对新时期社会病象的意指与反讽。说《老生》抵达的是天地境界，便是就此而言的。

三、天人之际

贾平凹写过一篇名为《天气》的短文，不大为人注意。说的是某一日闲谈中说到天气，突然就醒悟了"天气就是天意"，"我们常常说天地，天是什么呀，天不就是天气吗？地是什么呀，地不就是土壤吗？想想，人类的产生，种族的形成，以及文化、政治、经济、军事的区别，没有不是天气和土壤决定了的。又想想，天不再成就明朝，就大旱三年，遍地赤土，民不聊生，李自成就造反了。天还要成就孔明，东风刮来，草船借箭，火烧连环，曹军就灰飞烟灭了。"①这里的"天气"，换作"天道""天命""气运"也无不可。孔明在五丈原的那个秋风萧瑟，冷寂凄清的夜晚，发出了他对郁积于心的历史之谜的感慨："吾本欲竭忠尽力，恢复中原，重兴汉室，奈天意如此，吾旦夕将亡矣！"②俄狄浦斯无论如何努力，最终还得回到神的控制之中而发出"宙斯啊，你究竟要拿我怎样呢？"的感慨。"天气可以预报了，但也只能是预报，不能掌控。掌控这个世界的永远是天气，天气就是上帝，是神，我们在天气下或生或死，或富或贵，或幸福或灾难，过程着我们的命运。"③《老生》便是写芸芸众生在天气之下的命运，写他们的生死祸福，写他们的努力、创造、不甘然而终究还得为命运主宰的命运。

就其根本而言，"文学作品，基本上是一种寻求生命的深化与自由表现之心灵的反映。当这种追求达致某种阶段的圆融自足，呈现为具某种程度的生命之深化与自由表现的心灵状态，'境界'于是发生。"④《老生》也写人世纠葛，写人间冷暖，写事态变化，其背后都有大时代的社会背景做底色，人生的兴衰际遇，个人的悲欢离合均在这大背景下先后展演，因之有了贯通天地的大悲悯大寂寞大欢喜。也因这大悲悯大寂寞大欢喜，人生的诸般际遇有了解脱处。贾平凹通过方生方死方死方生，你方唱罢我登场的人世悲欢的演绎，有了《金瓶梅》的一生喟叹和《红楼梦》"白茫茫大地一片真干净"的尘世寂寥。作家也写情，写万物变化，四季转换，却如钱穆先生看重《中庸》"君子尊德性而道问学，致广大而尽精微，极高明而道中庸。"写自然境界、功利境界、道德境界，那高明，却在"天地境界"。《山海经》的世界想象，在《老生》中演化为个人生命的平和转换的精神背景。百年中国历史的风

---

① 贾平凹：《天气》，作家出版社 2012 年，第 19 页。
② 罗贯中：《三国演义：毛评本》，上海古籍出版社 1989 年，第 1357 页。
③ 贾平凹：《天气》，作家出版社 2012 年，第 19 页。
④ 柯庆明：《境界的再生》，台北：台北幼狮文化事业公司 1977 年，第 2 页。

云变幻不过是人物施展抱负的小小舞台，那背后是广阔天地宇宙万物。有人在天地之间的大悲哀大寂寞大欢喜。这是真正的中国智慧中国思维，一半写人和，一半写天道，二者的合一，便是《老生》隐秘意义的所在了。

　　昆德拉把神性价值衰微、个人被迫走向意义模棱两可的世界作为现代小说的开端，其实应和着由神性价值持存并光大的精神世界的分崩离析的现代境遇。卢卡奇认定现代小说是"无神世界的史诗"，人物必须面对"心灵的诗歌和现实的非诗"之间的矛盾冲突。矛盾的不可弥合，也是现代小说的基本模式。人与人在现代世界相互交战，而抬头仰望原本神圣的居所已无物存在，现代小说之所以走向彻底的颓败、绝望甚或虚无，便是灵境的消失所致。"中国古人说过：'道心惟微，人心惟危'。这种深刻的分裂状态似乎也存在在贾平凹身上。半个贾平凹漂浮在肉的幻想之中，具有非常强烈的感性化特征。另外半个贾平凹却竭力要挣脱生命本真的炽火图景，进入高华深邃的东方灵境。这就是我即将在后半部分的文章中所要描绘的另一种生命景观了。如果把前半个贾平凹称为现象界的，那么他的另一半就可以说是本体论的，属于神秘主义的范畴。"[①]歌德让浮士德在肉体的世界挣扎，精神却向往先人的灵境，或者说是康德所说的人的自然欲求和社会道德律令之间的冲突分裂状态。贾平凹在《老生》里并置的《山海经》的世界和《老生》中人世的世界的双向映照，是他真正的写作用心。"极高明而道中庸"，就充分体现在这样的世界分裂之中。"贾平凹早期的小说，主要描述关陕地区的地域文化和人文文化。按照中国传统文化的精义，构成民族总体文化必须有天、地、人三层次，其中'天'是最高级的本体论层次，体现了东方宇宙本体文化模式的终极关怀。早期贾平凹恰恰停留

---

　　① 胡河清：《胡河清文集（上卷）》，王晓明、王海渭、张寅彭编，安徽教育出版社2014年，第42页。

在地利、人和的层次上，为感性化的现象界所迷惑，还没有达到言'天'的境界。"① 二十余年间，贾平凹多次言及"天""天气"，还领悟到"天气就是天意"的意思。从"天"的层次理解人世的变换，已经越过了"五四"以来的文学的现代性传统，不在经济—政治的层次演绎人间的悲欢，是《老生》最为重要的特点，大约也是贾平凹着力营构的境界。

问：怎么只写到地，而几乎从未写到天？

答：前边不是写到天帝吗？天帝就是天上之神，有天在上了，地在下才有了草木和禽兽么，这如说母亲和孩子，那肯定就有父亲。上古人对天的认识是天无私，比如日月星辰，不管你是人是兽，是穷是富，是美是丑，它都关照，比如风雨雷电，不管你高山深谷还是江河平原，它都亲顾。它的无私像人的呼吸一样，重要到使你感觉不来它的重要，而你就常常觉得它的不存在。仰观天以取象，提升人的精神和灵魂，俯察地以得式，制定生存的道德法则。此书是写地理的，当然尽写到山川河流的物事。

"大凡伟大作家的生命历程，都是一个自我克服与自我消失的过程。当他们的'我执'彻底消解之时，民族文化的精蕴便会神灵附体。他们也就'采补'到了最深厚的文化传统的底气。所以真正的作家越老灵气越足。在自我消解的过程中，他们的'天目'洞开了。看见的就不再是一些少年时代的梦中幻影，而是超越现象界的民族文化的'龙虎真景'。"② 胡河清没有机会读到贾平凹《废都》之后的作品，而从《古堡》《腊月·正月》中读到的儒释道思想形象在文学世界里的此消彼长，

---

① 胡河清：《胡河清文集（上卷）》，王晓明、王海渭、张寅彭编，安徽教育出版社2014年，第42页。

② 胡河清：《胡河清文集（上卷）》，王晓明、王海渭、张寅彭编，安徽教育出版社2014年，第233—234页。

应和着贾平凹对世界理解的变化。其实早在那个时候，贾平凹对于传统文化的精魂已有感知，《秦腔》的悲凉之音与《古炉》的悲悯情怀在《老生》这里开始生长为重构世界的努力。在这世界里，生活着自然万物，而在他们的头顶，是诸神充满的灵性世界。

刘再复与刘剑梅在探讨《红楼梦》作为"第三类宗教"和曹雪芹作为具有创教意义的哲士时，意识到从冯友兰四种境界说出发解读《红楼梦》的必要性。王国维认为"吾国之文学中，其具厌世解脱之精神者，仅有《桃花扇》与《红楼梦》耳。"《桃花扇》为政治的、国民的、历史的；《红楼梦》为哲学的、宇宙的、文学的。这一类境界，是与以"感时忧国"传统为核心的"五四"新文学精神存着距离，却与中国传统文化及其开出的"抒情传统"及其审美境界足相交通。不拿经济、政治、国族来做是非善恶的区分标尺，分明还有些禅家"去分别"的精神意味，一旦去了分别，也就无所谓善，无所谓恶，无所谓进步与落后，敌与我。"世界就是阴阳共生魔道一起，""摩擦冲突对抗，生生死死，沉沉浮浮，这就产生了张力，万事万物就靠这种张力发展的。"[1]当那场瘟疫席卷当归村时，唱师"唱了《开五方》《安五方》《奉承歌》《悔恨歌》"，最后还唱了《摆摆参加游击队》《唱支山歌给党听》《东方红》《我们走进新时代》，这样的混杂，暗含着古今阴阳的混同，也是关于时代的"你方唱罢我登场"的绝妙隐喻。

而以"人生在世有什么好"作结，分明也有《好了歌》的意味：

人生在世有什么好，墙头一棵草，寒冬腊月霜杀了。
人生在世有什么好，河里鸳鸯鸟，鹰把一只抓走了。
人生在世有什么好，说一声死了就死了，亲戚朋友不知道，亲戚

---

① 贾平凹：《老生》，人民文学出版社2014年，第181页。

朋友知道了，死人已过奈何桥。

> 人生在世没讲究呀，好比树木到深秋，风吹叶落光秃秃。
> 人生在世没讲究呀，好比河里水行舟，顺风船儿顺水流。
> 人生在世没讲究呀，好比猴子爬杆头，爬上爬下让人逗。
> 人生在世没讲究呀，好比公鸡爱争斗，啄得头破血长流。
> 人生在世没讲究呀，庄稼有种就有收，收多收少在气候。
> 人生在世没讲究呀，好比春蚕上了蛆，自织蚕茧把己囚。
> 人生一世没讲究呀，说是要走就得走，不分百姓和王侯，妻儿高
> 朋也难留，没人给你讲理由，舍得舍不得都得丢，去得去不得都上路。

"帝力"超过"人力"，人努力挣脱了神性的世界，也把自己抛入天地之外。而依赖自身的理性的能力来填补"神"缺席之后的精神空缺，打开了潘多拉的匣子，人却没有能力限制恶和欲望的毁灭性力量。陀思妥耶夫斯基说"上帝死亡之后，人类就可以为所欲为"。索福克勒斯在《俄狄浦斯王》和《安提戈涅》中关于"人""神"关系的隐喻恰可作参照。马克斯·韦伯把世界的"祛魅"作为现代性的开端，却不料人类最终还得"返魅"。从文艺复兴以来的神性式微，到二十世纪的精神裂变，理性的崩溃和人类自身确立的秩序的相继破产，使得我们必须反思回到现代性以前的人类的精神空间。《老生》便是贾平凹的"创世纪"，由旧秩序的灭亡到新秩序的确立，一个轮回暗含着"天下合久必分，分久必合"的历史规律。

"乾坤一戏场"，"一部廿四史衍成古今传奇、英雄事业、儿女情怀，都付于红牙檀板。"①真如方东美先生所言"大千世界之形色景象，

---

① 俞曲园苏州留园乐楼题楹，转引自方东美：《生命情调与美感·抒情之现代性："抒情传统"论述与中国文学研究》，陈国球、王德威编，生活·读书·新知三联书店 2014 年，第 262 页。

全体人类之欢欣苦楚，均于此中舒展显现，幻作一场淋漓痛快之戏情。人类幂面登场，固毋庸欷歔伤感，只稍稍启发一点慧心，自能于鼓舞轩轾雅颂豪歌中宣泄无穷意趣也。当场人或参观客一旦寄迹歌舞台前，便应安排身心，静观世相之定理，参悟人生之妙智。"①没有人不会死去，没有时代不会死去，一切口号、追求、爱恨，借尸还魂，活鬼闹世事，总不过是"乱哄哄你方唱罢我登场，反认他乡是故乡"，"到头来不过是为他人作嫁衣裳。"

第二节　"桃源"原型与道家美学

一、《老生》的闲笔

陀思妥耶夫斯基《卡拉马佐夫兄弟》中，有一个似乎是旁枝斜出的故事——"关于宗教大法官的传说"。"这个传说只是他最后一部作品《卡拉马佐夫兄弟》的一个片段，但它与这部长篇小说的故事情节的联系是如此之弱，以至于可以把它看作是一部独立的作品。尽管没有外部联系，但是在长篇小说和《传说》之间有内在联系：只有《传说》仿佛才是整个作品的核心，作品只是围绕着这个核心，如同在自己主题周围的变化一样；作家隐藏在心中的思想留在了这个《传说》里，没有这个思想不但这部长篇小说不能被写出来，而且他的许多其他作品都不能被写出来：至少在这些作品里所有最出色的和最高尚的段落都不会出现。"②从旁枝斜出的故事中洞见作者写作的真正用意，这样的思路，是可以用来读贾平凹的作品的。往往在那些似乎可有可无的"闲

---

①　方东美：《生命情调与美感·抒情之现代性："抒情传统"论述与中国文学研究》，陈国球、王德威编，生活·读书·新知三联书店 2014 年，第 262 页。

②　［俄］罗赞诺夫：《陀思妥耶夫斯基的"大法官"》，张百春译，华夏出版社 2002 年，第 4 页。

笔"中，寄托着贾平凹对笔下世界的真正感受。而顺着这些闲笔开辟的道路，我们也可以步入小说的世界，并发现那里别有洞天。

《老生》第二个故事中，便有这样的"闲笔"，而且是一个完整的故事。故事的主角，是已经被"边缘化"的两个人物：地主王家芳的长工白土，一个深受主家恩惠，不愿在土改中落井下石，被认为是"脑子不清白"而不能分享胜利果实的人；另一个是王家芳的老婆玉镯。玉镯当年嫁给王家芳，因为山遥路远，且那村子的山路犹如扔出的绳索，八抬大轿上不去，是由白土背回来的。玉镯善待白土，王家芳死后。"大家就议论，啥人配啥人，白土和玉镯两个脑子都不清白，撮合他们成个家吧。"成家前，王家芳还在时，农会主任马生就糟蹋过玉镯。玉镯受惊后头脑不大正常。成家后，白土一时转换不过角色。马生晚上便潜入屋内，还糟蹋玉镯。为了躲开马生，白土和玉镯离开了老城村。某一日玉镯走失，两年后再回来，头脑又十分清白。白土在老城村没了地，索性和玉镯搬到首阳山：

此后，白土和玉镯的日子又囫囵了，他们没有再回老城村，老城村的人也没有去首阳山看望过他们。

他们在山上种了棉花，想着棉花收了要做厚厚的两条被子。又种了一畦芝麻，天天去看芝麻拔节长高了没有。还要栽桃树，玉镯说不要栽桃树，桃毛痒人哩，要栽樱桃树，白土就栽了樱桃树，他说：满树给咱接连把儿樱桃！这期间，老城村经历了互助组，又经历了把各家各户的土地收起来搞初级农业合作社，白土和玉镯都不知道。

他们慢慢老了，老着老着就死去了，亲戚朋友都不知道。还"是黑狗从首阳山跑回了老城村，追着马生不停地咬"。已经背驼的马生"蓦然认出了这是白土和玉镯的狗"，怀疑有了什么事情，便带了人去首阳山，"惊奇着首阳山的石崖腰上斜着有了一百五十个石台阶"，感慨道："哈他们过神仙日子么！"

埋葬过白土玉镯，老城村要公社化了，于是把首阳山上荒了一料的地收归公有，种上豆子，也不必派人去居住，春种秋收就是了。白土玉镯的"神仙日子"，也就没有了再现的可能。

二、"桃源"的原始典型

白土玉镯在首阳山的日子，有些"不知有汉，无论魏晋"的意思。在老城村从土改到公社化的过程中，于纷繁复杂的世事中开辟出这样一个"桃源"般的所在，并因之避免了世事的纷扰，且终得自全。虽为闲笔，却极有意味。

"如果我们说马远作画全景不多，画湖不满幅，画山或树皆不及顶，山水一角有反应南宋偏安之残山剩水。"[1] 王润华写道："则《边城》是象征现代文明所尚未侵袭，人性败坏之风尚未吹遍的世外桃源之一角，事实上，沈从文也有把背景布置成类似中国文学中如陶潜《桃花源记》所描写的世外桃源。"[2] 陶渊明《桃花源记》中桃源中人与武陵人及其居身的广大生活世界之间的背离状态，是"桃源"的原始典型的真正意味。这一意味，表现在《边城》中，不独是作品的开场类似武陵人"闯入"桃花源的视野展开，而是《边城》中的普通人事和其间的那样一种素朴的情感，与彼时沈从文所置身的生活世界间的"分裂"和"不合"。由《边城》的人事作广大世界的映照，差不多类似余英时先生所说的《红楼梦》中两个世界间的互涉关系。"太虚幻境"之于人世生活；"大观园"与大观园之外的世界，都能表现出作者的寄托，原不在某一独立世界。《边城》也并不一味把"桃源"的意义发挥到极处，大佬的

---

① 王润华：《从司空图到沈从文》，学林出版社 1989 年，第 170 页。
② 王润华：《从司空图到沈从文》，学林出版社 1989 年，第 170 页。

去世，二佬的离开，翠翠虽有爱却终不能明言，"那个人或许永远不回来，或许明天回来"，这世界虽至为纯净，却"自有它的悲哀"。

同为"桃源"的原始典型，白土玉镯的故事，并不是《老生》第二个故事的"核心"，在整部《老生》的四个故事中，也未见得占有多大分量。但由他们的故事，却可以延伸出理解《老生》的别一种可能。沈从文《边城》的"桃源"原型，来自陶渊明的《桃花源记》，而《桃花源记》的思路，却明显有道家美学的精神因子。且看《道德经》第八十章：

> 小国寡民。使有什佰之器而不用，使民重死而不远徙。虽有舟舆，无所乘之；虽有甲兵，无所陈之。使民复结绳而用之。甘其食，美其服，安其居，乐其俗。邻国相望，鸡犬之声相闻，民至老死，不相往来。

吕祖秘注中，视此章为"教人知方所，知运动旋转，毋得空无，方为不死之玄机"[1]。从修行处切入，与学者注大为不同。将这一章视为老子甚或道家的"理想国"，是研究者的基本理解之一。有兵戈而不用，弃舟舆而不乘，无"文明""历史"的牵绊，绝圣弃智、绝仁弃义，"内足，则外无所慕，故以其所有为美，以其所处为乐，而不复求也。"[2]纷争、利欲均不复存在，也就没有了"清的，浊的，祥瑞的，恶煞的""一茬一茬的活人闹出"的"那么多声响和色彩的世事。"[3]而"不尚贤"，"不贵难得之货"，"不见可欲"，"虚其心，实其腹，弱其志，强其骨，常使民无知无欲，使夫智者不敢为也。为无为，则无不治。"[4]此一段并

---

① 老子著、吕岩释义：《吕祖秘注道德经心传》，韩起编校，广西师范大学出版社 2014 年，第 160 页。
② 余培林注译：《新译老子读本》，台北：台湾三民书局 2014 年，第 7 页。
③ 贾平凹：《老生》，人民文学出版社 2014 年，第 291 页。
④ 余培林注译：《新译老子读本》，台北：台湾三民书局 2014 年，第 7 页。

不是教人"愚民"，而是与《论语》中"民可使由之，不可使知之"基本思想相通。河上公注曰："不争功名，返自然也。"①释憨山曰："所以好名好利者，因见名利之可欲也。……若在上者苟不见名利有可欲，则民各安其志，而心不乱矣。"②

　　老城村要成立农会了，推选代表，村里人却召集不起来。那些适合做农会代表的村民，都要忙着犁地，不肯去。机会就落到了马生身上。马生在老城村口碑不好，白河觉得他不适合做农会领导。但乡长却不这么想，他对白河说："你说马生是混混，搞土改还得有些混气的人。"③于是马生就做了农会副主任，开始在老城村搞土改。马生有魄力，丈量土地，划分阶级成分，收拾花和尚等等，搞得风生水起。"当人主宰了这个世界，大多数的兽在灭绝和正在灭绝，有的则转化成了人"④，那马生就是兽转化的，是猛兽，是狼，他心狠、手辣，还有些谋略，地主们的命运遭际、起废沉浮，就在他的股掌之间了。但马生也不是没有缺点，他偷窥邢轳辘的媳妇，借机霸占王财东的老婆玉镯，最后还娶了栓劳的媳妇，活得旺也活得出彩。

三、无言而永在的"沉静"

　　几乎就在陕西南部老城村的孤儿马生因缘际会做了农会的副主任，风风火火地翻开自己人生的全新一页的同时，距离他八百余公里的四川内江，作家沈从文正在参加一次五千人大会：

　　今天四号，我们到一个山上糖房去，开一个五千人大会，就在那个大恶霸家糖房坪子里，把他解决了。那个糖房就依然还在用简单离

①　余培林注译：《新译老子读本》，台北：台湾三民书局2014年，第7页。
②　余培林注译：《新译老子读本》，台北：台湾三民书局2014年，第7页。
③　贾平凹：《老生》，人民文学出版社2014年，第82页。
④　贾平凹：《老生》，人民文学出版社2014年，第108页。

心器生产白糖，不过已归老百姓掌管。来开会的群众同时都还押了大群地主（约四百），用粗细绳子捆绑，有的只缚颈子牵着走，有的全绑。押地主的武装农民，男女具备，多带刀矛，露刃。有从廿里外村子押地主来的。地主多已穿得十分破烂，看不出特别处。一般比农民穿得脏破，闻有些衣服是换来的。群众大多是着蓝布衣衫，白包头，从各个山路上走来时，拉成一道极长的线，用大红旗引路，从油菜田蚕豆麦田间通过，实在是历史奇观。人人都若有一种不可理解的力量在支配，进行时代所排定的程序。[①]

但在时代的喧嚣中，沈从文却发现了别一种"风景"：

工作完毕，各自散去时，也大都沉默无声，依然在山道上成一道长长的行列，逐渐消失到丘陵竹树间。情形离奇得很，也庄严得很。任何书中都不曾这么描写过。正因为自然背景太安静，每每听得锣鼓声，大都被土地的平静所吸收，特别是在山道上敲锣打鼓，奇怪得很，总不会如城市中热闹，反而给人以一种异常的沉静感。[②]

在时代的喧嚣中体会到"自然"无言而永在的"沉静"，多少有些"天地不仁，以万物为刍狗"的意思。王弼将此一句解作："天地任自然，无为无造，万物自相治理，故不仁也。仁者必造立施化，有恩有为。造立施化，则物失其真；有恩有为，则物不具存。物不具存，则不足以备载矣。"[③]但"有为"易而"无为"难，如何一任自然，即便在沈从文这里，也是极难的选择。距上一封信仅二十天后，沈从文在给张兆

---

① 沈从文：《沈从文全集第 19 卷》，北岳文艺出版社 2009 年，第 267 页。
② 沈从文：《沈从文全集第 19 卷》，北岳文艺出版社 2009 年，第 267 页。
③ 余培林注译：《新译老子读本》，台北：台湾三民书局 2014 年，第 11 页。

和、沈龙珠、沈虎雏的信中，谈到了他读《史记》列传选本的感受："中国历史一部分，属于情绪一部分的发展，史，如从历史人物作较深入分析，我们会明白，它的成长大多就是和寂寞分不开的。东方思想的唯心倾向和有情也分割不开！这种'有情'和'事功'有时合而为一，居多却相对存在，形成一种矛盾的对峙。对人生'有情'，就常和在社会社会中'事功'相背斥，易顾此失彼。管晏为事功，屈贾则为有情。因之有情也常是'无能'。"①"无能"当然是相较于"事功"而言，大抵类似《庄子》中的"散木"，因为"不材"，"无所用"，"故能若是之寿"②。白土"痴""傻"，肯出苦力，忠于善待他的王财东夫妇，自然也学不会落井下石，翻了脸恶待王家芳，便不能算作积极。和玉镯成婚以后，为了俩人的安生，只能离开老城村到别处谋生。也因此躲开了老城村的是是非非。做不了时代的弄潮者，能自全其身并寿终正寝，也是好的。

"事功为可学，有情则难知！"③沈从文从《史记》列传中体会到"作者生命中一些特别的东西"，一些"必由痛苦方能成熟积聚的情"，那是"深入的体会，深至的爱"，以及"透过事功以上的理解与认识。"④五年后的一九五七年五月二日，沈从文在给张兆和的信中，描述了深夜一点，江面上的声音、地上的车声以及嘈杂的市声相继隐去，周围逐渐安静下来时，自己却听到艑艑船摇橹荡桨的咿呀声。刚刚反思过当年的创作与如今从事的文物工作之不同的沈从文却想到："一切都睡了，这位老兄却在活动。很有意思。可不知摇船的和过渡的心中正想些什么事情。是不是也和我那么尽作种种空想？它们的存在和大船的

---

① 沈从文：《沈从文全集第 19 卷》，北岳文艺出版社 2009 年，第 317—318 页。
② 王邦雄：《庄子内七篇·外秋水杂天下的现代解读》，台北：远流出版社业股份有限公司 2013 年，第 222 页。
③ 沈从文：《沈从文全集第 19 卷》，北岳文艺出版社 2009 年，第 318 页。
④ 沈从文：《沈从文全集第 19 卷》，北岳文艺出版社 2009 年，第 319 页。

彼此相需的关系，代他想来也有意思。"① 这一封信的后半部分，是沈从文于五一当日五点半外白渡桥所见而作的三幅速写。第一幅左侧为外白渡桥，"桥上走着红旗队伍"，那些庆祝节日的欢声笑语和熙熙攘攘的人流的欢乐与右下侧沉睡的艒艒船，以及摇篮中沉睡的小婴孩形成鲜明对照。蝉噪林愈静，鸟鸣山更幽。"艒艒船还在作梦，在大海中飘动。原来是红旗的海，歌声的海，锣鼓的海。"艒艒船上人"总而言之不醒"。稍后，船上人拿个网兜捞鱼虾，"除了虾子谁也不会入网。奇怪的是他依旧捞着。"②

在"《老生》中，人和社会的关系，人和物的关系，人和人的关系，是那样的紧张而错综复杂，它是有着清白和温暖，有着混乱和凄苦，更有着残酷，血腥，丑恶，荒唐。"③ 四个故事彼此基本独立，除了那个唱师外，贯穿始终的人物，便是匡三了。匡三从沿街乞讨的流浪者，到参与李得胜、老黑们的革命，再到第四个故事中已经被"神化"的形象。他"是高寿的，他的晚年荣华富贵"，但"比匡三司令活得更长更久的是那个唱师。"④ 围绕匡三的革命"事迹"所建构的历史叙事在作品中若隐若现，构成了四个故事叙述逻辑的"潜叙述"。但比匡三活得更长久的唱师的叙述却呈现出别样的形态，在这一层的叙述里，匡三被还原为一个多少有些无赖、胆小，甚至还有些滑头的形象。匡三晚年的荣华很大程度上得益于李得胜、老黑、雷布那些真正为革命流血牺牲的革命者的相继故去。因为早逝，他们逐渐淡出人们的视野，甚至还有被后人出于各种目的"改写"的危险。凡此种种，均不过是深谙"历史"的"叙述"本质的海登·怀特历史叙述学的注解而已。基于此，唱师对四个时代的叙述便有着别样的意味，他从全然"民间"

---

① 沈从文：《沈从文全集第19卷》，北岳文艺出版社2009年，第176—177页。
② 沈从文：《沈从文全集第19卷》，北岳文艺出版社2009年，第177—178页。
③ 贾平凹：《老生》，人民文学出版社2014年，第294页。
④ 贾平凹：《老生》，人民文学出版社2014年，第294页。

的视角，讲述着这百多十年的世事兴亡变化。他看得出李得胜、老黑们的革命行为的"越界"之处；马生、栓劳们的"土改"丛生的弊端；老皮、刘学仁制造的乡村恐怖；戏生、老余"发展"的盲目和"疯狂"。一代代人在欲望的驱使下使强用恨暴虐成性，乱纷纷你方唱罢我登场，演绎着残酷、血腥、丑恶、荒唐，无论"欲望"假何名目以行，它也是构成世事激荡的核心元素。在百多十年谋求"事功"的历史中，白土、玉镯的"首阳山"无疑是《老生》中少有的"亮色"，虽然简单，但却映衬着解衣磅礴的世事中燕处超然的可能。精神分析学家卡伦·霍尔奈将文化的集体无意识所凝聚的文化人格及其衍生出的"应世之道"（防御策略）大致划分为攻击性、顺从型和超脱型，这三者也大致可以和以儒、道、释三家思想为核心的中国文化的构成形态相参看。儒家的"经世致用"大致相类于攻击或进取型的文化策略，而道家的"无为而治"（并不消极）则是超脱型的准确对应。此一思路并不独用于文化的精神品性的总体性解释，亦可用来观照"人心"之变、世事的转换。

　　如果稍作引申，不难察觉老子第八十章对"小国寡民"的社会理想的阐述极有可能是理解整部《道德经》的核心，如同《礼记·礼运》大同篇是理解儒家思想的基础。若要"使有什佰之器而不用，使民重死而不远徙。虽有舟舆，无所乘之；虽有甲兵，无所陈之。使民复结绳而用之。甘其食，美其服，安其居，乐其俗。邻国相望，鸡犬之声相闻，民至老死，不相往来。"就不能使民"好名"，以起"争之端也"；不能重视财物，以断其"妄想思虑之心"，要让人民安饱而不生巧伪；人民复归于混沌的境地，巧智之人亦不敢妄为，"为无为，则无不治"①。而"大道废，有仁义；智慧出，有大伪；六亲不和有孝慈，国家昏乱有忠臣。"②使民心"复归于朴"，方为至上之道。

①　余培林注译：《新译老子读本》，台北：台湾三民书局2014年，第7页。
②　余培林注译：《新译老子读本》，台北：台湾三民书局2014年，第40页。

　　老城村的土改结束后，栓劳和马生还没缓过劲来，邢轱辘和许顺就打起了架，为的是两家地头核桃树的归属问题。事情闹到马生处，马生提了斧子，将那核桃树砍倒。邢轱辘和许顺均没了意见，事情就这样平息了。为了分得更多土地，马生使计改变划分地主的标准，原本定为富农的李长夏就成了地主，大家再分他的地。刘学仁在棋盘村推行统一发型、统一劳动；为了抓割资本主义尾巴的典型，拿马立春开刀；设立检举箱鼓励群众告密。老余和戏生炮制假老虎事件，种植毒蔬菜等等。均如唱师所言，是活鬼闹世事。是机巧，是作伪。故而老子有如下告诫："古之善为道者，非以明民，将以愚之。民之难治，以其智多。故以智治国，国之贼；不以智治国，国之福。"①"明民"者，"谓使民明智技巧"，与"愚"字相反。"无知守真，顺自然"，是为"愚"。《老生》中的多个故事和人物，能当得起"无知守真"的，也只能是白土、玉镯迁居首阳山的一节。这一节如果不是神来之笔，便可能潜藏着贾平凹的真正用心。匡三的功成名就，是整个故事的隐线。而比他更为长久的，是在"解衣磅礴"的世事中独能燕处超然的唱师。但唱师最后也是死了。"没有人不死去的，没有时代不死去的，'眼看着起高楼，眼看着楼坍了'"②。贾平凹援引《红楼梦》中句子，将作品的思路引向更为宽广的文化与历史空间。这便是作为中华文化的始源性文献《山海经》在《老生》中的价值所在。中华民族文化的集体无意识，民族的本真形象，便存在于这部作品中。"若说一个人的生命修炼在于如何回到婴儿姿态，那么一个民族在文化上精神上的进化，则在于如何回到神话里所描述的本真形象。文明总是以直线上升的方式发展的，文化的生长却是以回归的方式展开的。一个民族是否能够保持健康，在于

---

　　① 　余培林注译：《新译老子读本》，台北：台湾三民书局 2014 年，第 134 页。
　　② 　贾平凹：《老生》，人民文学出版社 2014 年，第 295 页。

能否经常回到原初的神话形象里。"①我们当然不可能简单地如陶渊明般归园田居，但却可以从"桃源"原型中得窥中华文化精神的别样风景，并从中体悟到时代与历史巨变中的另一种可能。这种可能并非与解衣磅礴的世事全然不相融合，它可以成为文化自我调适的一种方式。一种如霍尔奈所说的三种核心防御策略的自然转换。《边城》和它所置身的大时代的关系，也是白土、玉镯和《老生》中四个故事的关系，当然，也可以看作"桃源"原型之于中国历史与文化的独特价值。

潜心研读陶渊明的日本学者一海知义发现：《桃花源记》"是一个极具现实性的乌托邦故事。"②"现实的乌托邦"这一说法虽自相矛盾，但"桃源乡"与现实生活的无限切近，其中十分浓厚的日常生活气息，无不表明其存在的真实性。有始有终的武陵人的桃源之行发生在实实在在的历史中，并不虚幻的地理空间似乎触手可及。这种明确可辨的现实性与白土、玉镯的故事如出一辙。不独是对老子"小国寡民"之说的发展，还暗示了它们的主旨在于"对现实社会尖锐的批判和讽刺。"③

---

①　李劼：《中国文化冷风景》，台北：允晨文化实业股份有限公司 2013 年，第 159 页。
②　[日]一海知义：《陶渊明·陆放翁·河上肇》，中华书局 2008 年，第 14 页。
③　[日]一海知义：《陶渊明·陆放翁·河上肇》，中华书局 2008 年，第 6 页。

第四章　小说诗学的古典特征

第一节　本土经验、现代意识与中国气派

贾平凹是与中国新时期文学共同成长起来的重要作家，在新时期文学的重要思潮和流派中，几乎都留下了他的身影。他的《商州初录》被视作文化寻根派的重要收获；首部长篇《商州》带有浓重的结构现实主义的探索印记，有意无意地与先锋文学遥相呼应；《浮躁》则因对八十年代转型期的社会问题及个人的精神处境的独特把握，被认作是现实主义的翘楚之作而荣获美国美孚飞马文学奖。进入九十年代以后，正当人们对他的前途和未来充满期待之时，《废都》的出现却始料未及地引发了一场旷日持久的争论，此次争论是当代文学后三十年中为数不多的纯文学事件，然细加考究，也不难察觉隐于其后的极为复杂的政治—文化背景，成为考量当代文学及其精神的症候与限度的典型事件。它的文学史意义以及对于贾平凹个人生活和写作的深度影响，有待于在更为宽泛的文学与思想史视域中做出恰如其分的解释。

以《废都》为分水岭，贾平凹四十岁以后的写作步伐更为稳健，在表征当代社会和思想问题及形式探索上，均取得了不俗的成绩。虽说由于《废都》所形成的阴影的笼罩，此后出现的《白夜》《土门》《高老庄》等作品未能受到应有的重视，但贾平凹作为当代文学重镇的地位

却愈发稳固。谈论当代文学问题,贾平凹已然是无法绕开的重要话题。《秦腔》问世之后,几乎得到了评论界的一致赞誉,也为他赢得了茅盾文学奖,成为贾平凹写作生涯中的又一个标志性事件。此事件一扫《废都》的阴霾,让贾平凹的世界"天空晴朗"。而他也在不久之后当选为陕西省作协主席,来自评论界和官方的认可或许足以让贾平凹感到"如莲的喜悦",毕竟,有如此成就的作家,在当代文坛上,数量应该不会太多。但贾平凹总还不时流露出与当年沈从文一般的"文学理想的寂寞",他不止一次地表示过对自己的文学理想、文学努力不被理解的困惑和忧伤。作为当代文坛备受读者和批评界关注,也是为数不多的被认作是"被研究的最为充分"的作家,贾平凹究竟有着何样一种未被充分理解的文学观念?这种观念如何在百年中国文学史中得到较为妥帖的价值定位,是本文的核心论题。对这一问题的价值梳理,不惟有助于我们进一步理解贾平凹的文学成就,亦有助于拓宽当代文学的阐释视域。

一、融合本土经验与现代意识的文学自觉

二○○二年一月十三日,贾平凹接受了来自南方的胡天夫的采访,话题围绕新作《病相报告》展开。采访结束后,贾平凹明确表示自己"从来没有和一个生人说过这么多的话"。"我要谢谢你,你提的问题使我有兴趣将我长期以来想说而未有机会说的话说了出来!"①仔细翻检这篇名为《关于对贾平凹的阅读》的访谈录,不难发现贾平凹所谓的"长期以来想说而未有机会说的话"的所指究竟为何。在这篇访谈的中间部分,胡天夫问道:"在好多人的印象中你似乎更传统,我读到一些写你的文章,说你是最后一个传统文人,但我更认为,如果真正认真地

---

① 胡天夫:《关于对贾平凹的阅读·贾平凹文集(第17卷)》,陕西人民出版社2004年,第256页。

全面地读过了你的作品，你的骨子里是极其现代。……最近读到一篇文章，好像是著名文学评论家谢有顺先生写的，他说：最令我惊讶的是，贾平凹居然试图在自己的写作中将一些别人很难统一的悖论统一起来：他是被人公认的当代最具有传统文人意识的作家之一，可他的作品内部的精神指向却不但不传统，而且还深具现代意识，他的作品都有很写实的面貌，都有很丰富的事实、经验和细节，但同时，他又没有停留在事实和经验的层面上，而是由此构筑起了一个广阔的意蕴空间，来伸张自己的写作理想。"① 对这一说法，贾平凹有着十分激烈的反应："我感觉一下子被点中穴了，动弹不得了。"他说："多少年里，我一直在苦苦追求，就是在进行这样的努力，你们能说破，我感到欣慰。"他进一步对评论界认为他是"最后一个传统文人"的原因做了如下说明："别人之所以印象我是传统文人，可能是觉得我长得很土，衣着和举止也土，而且行文中古语多，作品的形式是民族化的，又喜欢书法、绘画和收藏呀。"但他同时强调："其时不知我内心是很现代的。我谈不上传统文化的底子有多浓厚，我只是多浏览了一下这方面的一些东西。而且越是有些了解，你才知道传统文化中的弊病在哪里，你才急于想吸收西方的东西。"② 而对西方的东西的吸收，早在八十年代初便有自觉意识："我在八十年代初，吸收西方的东西主要来自美术理论。"他还认为："现代意识影响中国，往往先从美术界引起革命，然后才传到了文学界。"最为重要的是："这么多年，西方现代派的东西给我影响很大。"与新时期以来文学中几乎亦步亦趋地模仿现代派的写作潮流不同的是："我主张在作品的境界、内涵上一定要借鉴西方现代意识，而形式上又坚持民族的。"③ 而这种主张，早在四十岁那年写就的《四十岁说》

---

① 胡天夫：《关于对贾平凹的阅读·贾平凹文集（第17卷）》，陕西人民出版社2004年，第262—263页。

② 胡天夫：《关于对贾平凹的阅读·贾平凹文集（第17卷）》，陕西人民出版社2004年，第263页。

③ 胡天夫：《关于对贾平凹的阅读·贾平凹文集（第17卷）》，陕西人民出版社2004年，第263页。

中已经专门论及，以后的几个长篇的后记中也在进一步申论，"遗憾的是没有多少人去理会，让我很丧气。"①在贾平凹看来，他的这种既不能被归入"传统派"，亦不能被认作为"先锋派"的文学努力所造成的归类的困难，再加上作品多，细加评论太过耗费时间与精力的"阐释"的难度，是他的文学努力一直未被准确理解的症结所在。以此为背景，我们接下来对贾平凹的文学观的形成与演变过程及其所依凭的思想资源的价值梳理，便不会冒无的放矢的风险。

在贾平凹为数众多的文论作品中，作于1982年的《"卧虎"说——文外谈文之二》一文无疑有着十分重要的意义。它所体现出的纲领性和总括性，非得等到《废都》《秦腔》《古炉》以及《带灯》这样的作品依次出现并构成一个或隐或现的线索，相互指涉并互相完成，共同建构起在当代文学中卓然独立的文学世界之后方才凸显。这或许真应了博尔赫斯那句话，前辈作家可以影响后辈作家，而后辈作家同样可以改变其先驱的文学意义。从《废都》到《带灯》的一系列作品，的确让《"卧虎"说》一文大放异彩，成为解读贾平凹的文学观念及其文学努力的方向的最佳也是最为准确的开始。而贾平凹持续多年的文学努力的文学史价值与意义，也只能在这一层次上，才能得到恰如其分的理解。

在《"卧虎"说》中，贾平凹强调："以中国传统美的表现方法，真实地表达现代中国人的生活和情绪，这是我创作追求的东西。"②如若将贾平凹的全部作品视为一个整体，不难理解这一说法作为他的文学观的纲领性和总括性的独特意义，他此后对文学观念的进一步阐述，均未能突破这一说法所划定的范围。而我们要理解贾平凹在《废都》中

---

① 胡天夫：《关于对贾平凹的阅读·贾平凹文集（第17卷）》，陕西人民出版社2004年，第263页。
② 贾平凹：《"卧虎"说——文外谈文之二·贾平凹文集（第12卷）》，胡天夫：《关于对贾平凹的阅读·贾平凹文集（第17卷）》，陕西人民出版社2004年，第21页。

有意识地对明清小说笔法的接续的内在原因，也可以从该文的如下说法中得到启发："一个人的文风和性格统一了，才能写得得心应手；一个地方的文风和风尚统一了，才能写得入情入味……'卧虎'重精神，重情感，重整体，重气韵，具体而单一，抽象而丰富，正是我求之而苦不能的啊！"①就个人心性而言，在属秦头楚尾的陕西南部的商洛山地中长养起来的贾平凹，"品种里有柔的成分，有秀的因素"，②自然极易对"明清以至三十年代的文学语言"的"清新，灵动，疏淡，幽默，有韵致"③颇感兴味，并能模仿借鉴得像模像样，这样的写作笔法的选择，有着地域文化的浓重底色，也是与作者个人的内在心性的审美偏爱融合无间。这样写来，自然可以得心应手，也不难写得入情入味。以《商州初录》为代表的系列作品以其朴拙灵秀，在文坛上独树一帜并广受好评，对此一写作方式的进一步发挥，便是《鸡窝洼的人家》《天狗》《美穴地》《五魁》这样的作品的创制，从中不难体味到贾平凹营构作为独特的文学地理意义上的"商州"世界的内在用心，也不难把捉到为贾平凹十分看重的作家沈从文、川端康成，或许还得加上拉美作家的文学努力的重要影响和启示作用，贾平凹的摆脱文学上的"流寇"状态，由此开始。

　　衡量一位作家是否成熟的重要标志之一，是他是否通过自己的写作形成了异于他人的独特风格，当然，这其中还应该包含作家对仅属于自己的写作题材的内在发现。多年前，曾有一位年轻作家表达了他对余华的《在细雨中呼喊》及《活着》这样的作品的艳羡之情，他所看重的，便是余华经由这些作品对自己的文学世界的发现和个人化叙写。这种发现和叙写，无疑带有穿越彼时的文学经验和审美品格的独

---

① 贾平凹：《"卧虎"说——文外谈文之二·贾平凹文集（第 12 卷）》，胡天夫：《关于对贾平凹的阅读·贾平凹文集（第 17 卷）》，陕西人民出版社 2004 年，第 21 页。

② 贾平凹：《带灯》，人民文学出版社 2012 年，第 361 页。

③ 贾平凹：《带灯》，人民文学出版社 2012 年，第 361 页。

特作用。作为文学地理意义上的"商州"世界的形成及其诗性营构，对贾平凹的写作而言意义非凡。但贾平凹对"商州"世界的精神营构则有着不同于当代文坛上其他作家的文学世界的个在意义。其与莫言的"高密东北乡"，苏童的"枫杨树故乡"的价值分野在于："商州"不但与广阔的民间世界紧密相连，它还与中国传统精神传统文化足相交通，而一旦将其置于中国的社会文化的大背景之下做通盘考虑，其作为文化与社会精神范本的意义自会瞬间凸显。秦汉盛唐文化所蕴含的万千气象及内在风骨，楚文化的瑰丽想象和清秀隽永的氤氲之气，均足以成为贾平凹接续明清小说传统和三十年代以来的文学风格以及两汉史家笔法的基本资源。

　　贾平凹这种融合本土经验与现代意识的文学自觉观念的形成，与他对日本作家川端康成作品的阅读体悟密切相关。"川端走的是把西方现代派文学同日本古典传统结合起来的创作之路。"以这一认识为基础，贾平凹意识到："没有民族特色的文学是站不起的文学，"同样，"没有相通于世界的思想意识的文学同样是站不起的文学。"① 因此，"用民族传统的美表现现代人的意识、心境、认识世界的见解，所以，川端成功了。"② 而在三年后的一封致批评家蔡翔的信中，贾平凹对这一观点做了进一步地说明："川端正是深入地研究和掌握了日本民族的东西，又着眼考察和体验了当时日本的社会变革，因而他的作品初看是日本性的，细品却是极现代的，不管他借用了任何西方的创作手法，那手法无不重新渗透着日本民族的精神，到头来，川端仍是东方的，日本的，而因此才赢得了世界的声誉。"③ 这封信的写作时间是一九八五年，其时，正值以马原为代表的"先锋小说"或者说是"新潮"小说崭露头角，

---

① 贾平凹:《读书杂记摘抄·贾平凹文集（第12卷）》，陕西人民出版社2004年，第183页。
② 贾平凹:《读书杂记摘抄·贾平凹文集（第12卷）》，陕西人民出版社2004年，第183—184页。
③ 贾平凹:《四月十七日寄蔡翔书·贾平凹文集（第12卷）》，陕西人民出版社2004年，第77页。

而文化"寻根派"大有斩获的时期。身处传统与现代之间，为西方现代派文学的"影响的焦虑"所困的贾平凹，经由对川端康成的阅读完成了对"先锋"写作和"寻根"思潮的双重超越。

二、超越"古今中西之争"的文化认同

文学的本土经验包含着双重意指：一方面，它被用来指称在写作中对带有民族性和地域文化特色的生活的关注和书写，对作家所置身其中的生活世界的基本问题及其文化与精神传统的承继与文学表达，侧重写作的题材及内容的民族化选择；另一方面，它还意味着独特的民族化形式的承续。对此，贾平凹有着十分难得的自觉的思考，而他的思考，起始于对"中国特色"的内在意蕴积极把捉："邓小平同志不是提出'中国特色'四个字吗？问题正说明了这个民族是有其强大的文化积淀所形成的民族性的特点的，它不仅仅是长期以来那种研究问题总是单单从政治上、经济上作考察的方法。"[1]而突破这种思维的局限的方式，便是对"文化中国"的意义的思考："中国文化到底是什么？又是如何形成的呢？"[2]贾平凹继续追问道："什么是民族的传统，民族文化浸润、培养的民族精神内容是什么，靠什么构成？"[3]贾平凹首先从哲学的角度，对此一问题作出了解答："我觉得，首先要从哲学的角度来抓。中国的古典哲学，有三种：儒、佛、道。而儒又是一直被封建王朝尊为政权的灵魂支柱，佛、道两家则为在野哲学。"[4]儒家思想自西汉董仲舒"罢黜百家，独尊儒术"以来两千余年间，的确是政治观念及文教制度的基本思想来源，而佛道二教则在儒家思想所不及处，发挥着其异于儒家的思想价值功能。对此三者作整体考察，方能准确把握

---

① 贾平凹：《四月十七日寄蔡翔书·贾平凹文集（第12卷）》，陕西人民出版社2004年，第76页。
② 贾平凹：《四月十七日寄蔡翔书·贾平凹文集（第12卷）》，陕西人民出版社2004年，第76页。
③ 贾平凹：《四月十七日寄蔡翔书·贾平凹文集（第12卷）》，陕西人民出版社2004年，第76页。
④ 贾平凹：《四月十七日寄蔡翔书·贾平凹文集（第12卷）》，陕西人民出版社2004年，第76页。

传统文化及其所持存之精神世界的基本价值面相。由此三种思想资源所形成之民族文化心理和民族性格，是贾平凹进一步关注的主要内容："在这三种主要哲学体系的制约和影响下，中国古典文学便出现了各自的流派和风格，产生了独特的中国诗的形式、书画的形式、戏曲的形式。"①而这种有着"中国特色"的艺术形式的价值和意义，须得在与"他者"文化及文学形式的比照之下方能凸显："如果能深入地、详细地把中国的五言、七言诗同外国的诗作一比较，把中国的画同外国的画作一比较，把中国的戏曲同外国的话剧作一比较，足可以看出中国民族的心理结构、风俗习尚、对于整个世界的把握方法和角度，了解到这个民族不同于别的民族之处。"②就可以深入领会"这种文化培养了民族的性格，民族的性格又反过来制约和扩张了这种文化。"③理解了这一点，也就理解了贾平凹认信中国传统价值观念并在多年间执着书写传统文化的现代价值及其现代命运的用心所在。而他的写作持续多年的被误读、误解甚或批判的内在根由，无疑与不同的立场的内在价值冲突密切相关。

贾平凹并非是一个文化的民族主义者，他在文化"寻根"时期所作的系列文章也不可以被简单地划归为重返传统的文化民粹主义阵营。以《商州初录》为代表的系列作品的确有着十分重要的意义，它们不但意味着贾平凹在他的写作中对沈从文及三十年代作家写作倾向及其精神困境的个人回应，还有着矫正后"文革"时期文化问题的价值努力。这一努力，无疑与文化寻根派的价值主张有着暗合之处。"文革"十年中对文化与文学的意识形态规训的重要文化后果有二：民间世界的消隐以及知识分子写作的衰微。而新时期文学由伤痕至于反思和寻

---

① 贾平凹：《四月十七日寄蔡翔书·贾平凹文集（第12卷）》，陕西人民出版社2004年，第76页。
② 贾平凹：《四月十七日寄蔡翔书·贾平凹文集（第12卷）》，陕西人民出版社2004年，第76页。
③ 贾平凹：《四月十七日寄蔡翔书·贾平凹文集（第12卷）》，陕西人民出版社2004年，第76页。

根，表征的其实是"文革"所造成的民族与个人的精神创痛的情绪化宣泄的激情退却之后的积极的反思。以韩少功、李杭育等人为代表的"寻根"派的努力，便是在后文革时期的文化的荒漠中重新接续已然断裂的文化传统，他们无一例外地把眼光投向尚且留存着文化因子的偏远地域。而贾平凹此时对文学地理意义上的商州世界的营构，以及对乡土中国的诗意的想象，表明了他的文化努力的自觉意识。近年来，已有不少理论家将寻根文学视为"未完成"，因为"寻根"派的作品就整体而言，并未在文化现代化的巨大浪潮的冲击之下，完成传统文化与现时代生活的对接，未能恢复传统文化对现时代人们的精神问题发言的能力。也就是说，他们终究未能穿越文化的"古今中西之争"的基本格局。而贾平凹及其写作的意义，就在于他有意识地置身于这一格局之中并做着突破的精神努力。

在一篇作于二〇〇九年的名为《我们的文学需要有中国文化的立场》的文章中，贾平凹旗帜鲜明地表示："不站在中国文化立场上的倾诉，毕竟完成不了我们独立的体系的叙述，最后将丧失我们。现在，当我们要面对全人类，我们要有我们建立在中国文化立场上的独特的制造，这个制造不再只符合中国的需要。而要符合全人类的需要。"[①] 不可否认，在全球化的巨大浪潮的冲击之下，全球经济的一体化或许已是难以逆转的事实。而文化的全球化的进程在强化了民族文化与文化的"他者"的文化的冲突的同时，也不断激发着民族文化身份的认同危机。这一认同危机，始自晚清，历经百年仍无法得到妥善解决。究其原因，是与晚清以来中国知识话语的基本结构未能脱离"古今中西之争"的文化后果及其所确立的知识范式密切相关。

自晚清开显中国社会与文化的现代性问题以来，中国文化的现代

[①]　贾平凹：《我们的文学需要有中国文化的立场·天气》，作家出版社2012年，第234—235页。

性进程因与社会问题关联甚深而呈现出极为复杂的面貌。西方发达国家的坚船利炮在战场上的胜利使得"落后"与"先进","传统"与"现代"的冲突成为人们必须面对的重要问题,"师夷长技以制夷"的应对策略以及"中学为体,西学为用"的折中之法的失败,进一步强化了"古今中西之争",而在"古今之争"中现代文化的胜出和"中西之争"中西方文化的胜出,使得"五四"新文化运动以来日益强化"全盘的反传统"的文化策略,依林毓生先生的说法,"全盘的反传统"目的在于促使中国文化的结构性变革,此一变革实为"三千年未有之大变局"。社会达尔文主义的高歌猛进已然使得中国新文化的话语逻辑发生了迥异于传统的结构性变革。其流风所及,古—今、中—西二元对立的基本格局终成百年中国思想与文化的核心问题论域。期间虽有"甲寅"派固守传统以矫正新文化运动"全盘性反传统"的文化主张,亦有"学衡"派诸公"无偏无党,不激不随"的中正会通的文化态度的良性反拨,仍然无法改变激进现代性所铸就的文化格局的基本面向。此后,"文学革命"向"革命文学"的转变,毛泽东一九四二年《在延安文艺座谈会上的讲话》的发表,"救亡"最终压倒"启蒙"。再加上十七年文学时期历次文学运动的促进以及文革时期的极端强化。文化的现代性话语的霸权地位几乎难以动摇。"五四"时期的三种文化倾向的论争在八十年代文化热的知识谱系与意识形态中再度显露,充分说明了对文化的现代性话语作结构性调整的必要性和迫切性。以此为基础,我们更容易看清贾平凹超越"古今中西之争"的文化认同的价值,也能进一步明了批评界针对贾平凹作品所展开的多次论争的问题的核心所在。对这一问题,贾平凹并非没有清醒的认识,他曾经对文坛上的批评家作出了如下的区分:"一部分是文学界的领导,党和政府的文艺政策由他们组织实施。""他们决定着文学的评奖,是主流文学的培育者和拥护者"。这一类批评家,在新中国成立之后的很长一段时间,的确起着对文学价值的"立法者"的作用，他们居高临下地对文学作品的价值作出评判，而这种评判由于和政治的紧密联系极易影响到作家个人命运的起废沉浮。进入新时期以后，这一类批评家的影响开始逐渐减弱，另一类批评家则成为文坛的主导力量。他们"是激进的评论家，原本应寄希望于他们，十分遗憾的是他们所持的评论标尺却完全是西方性，他们少于从根本上研究中西文学的异同，更热衷于追逐时髦，贩卖名词和概念。"① 这类批评家见识的"偏狭"自然难于避免。

八十年代文学批评之所以能够有力地对文学发言，一个重要的原因在于，其时的文学批评是和写作处于同步状态，当文学几乎亦步亦趋地仿制西方现代主义后现代主义作品之时，批评界借用西方文学理论话语对之展开的论说自然能够切中肯綮，甚至还可以激发作家的写作灵感，引导作家的创作走向。九十年代面对西方文学理论"影响的焦虑"，文论界曾针对中国理论家的"失语"开展过中国古代文论的现代转换的工作，惜乎其时文论的话语逻辑无法突破现代性话语的"语言的牢笼"，最终也无果而终。批评家在解释写作技法以及思想内涵均走西方文学一路的作家作品之时，不但不会感到力不从心，反而还有理论过剩的问题。但当面对贾平凹这样的已然突破了"古今中西之争"的基本格局的作家之时，批评家或许暗地里会感到批评的乏力和理论操作的困难，此时的批评难免如盲人摸象，不过各取一端，难于对贾平凹的作品的价值做通盘考虑，即便偶有评论家注意到贾平凹作品中着意使用的古典技巧，却未必有能力对之作理论说明。有评论家指出，传统的现实主义文论已无法对贾平凹的作品作出合理的解释，倒是极有见识的看法。

---

① 贾平凹：《中国当代文学缺乏什么》，《小说评论》2000年第2期。

三、中国经验与国家形象

虽说传统现实主义文论已无法对贾平凹的作品作出合理的解释和准确的价值定位，并不意味着贾平凹的写作完全逸出了现实主义的创作路径。他的作品均有着极为丰富复杂的写实面貌（吴义勤先生将《古炉》视为一部推进了"新写实"写作路向的作品，想必出于同样的考虑），但却努力在写实经验的基础之上建立一个形而上的意象世界，以伸张自己的写作理想，这和他将文学视为"是在一个时代一个社会的大背景之下虚构起来的独立的世界"①紧密相连。王安忆对文学作为"心灵世界"的意义的感性发挥，曹文轩对文学作为"第二世界"的价值的理论说明，与贾平凹的这一理解并无本质差别。但贾平凹在写作《怀念狼》之时因受到画家贾科梅蒂的启发意识到"以实写虚，体无证有"在建构独立的意象世界时的重要价值。认为"必须具备扎实的写实功力，然后进行现代主义的叙写，才可能写得到位。实与虚的关系，是表面上越写得实而整体上越能表现出虚来。"虚实相应，互为参照，作品才能有大境界。"这里又存在一个问题，即，没有想法的写实，那是笨，作品难以升腾，而要含量大，要写出精神层面的东西。"②也就是说，作家的思想要有穿越现实世界的实感经验，进入到"精神层面"，方能使作品升腾起来。贾平凹借以说明以上理解的作品是《红楼梦》，他从《红楼梦》中读解出"大格局大情怀"，也将"大观园"的创制视为是曹雪芹的"虚构"，有了虚构的大观园的世界的比照，《红楼梦》的"大格局大情怀"便自然显现。这和余英时先生对《红楼梦》的两个世界的分析如出一辙。问题是：若无对时代及其精神困境的深刻把握，对作为国人应对现实危机的基本思想资源的儒、道、释三家思想的深入体证，曹雪芹何以完成对大观园的世界的虚构，大观园的世界又如何

---

① 贾平凹：《当下社会的文学立场》，《散文选刊》2009年第9期。
② 贾平凹：《当下社会的文学立场》，《散文选刊》2009年第9期。

可以成为其之外的世界的根本参照，又如何于参照之中彰显《红楼梦》作为"为国人开启天堂之门"（刘再复语）的内在价值？

　　自《秦腔》以后，贾平凹便明确意识到把握生活的基本思想资源的匮乏的困境，这种困境具有一定的时代性，是身处目下环境的作家均面临的写作难题。他对乡土中国的现代性进程的经验书写已无法延续八十年代以来的诗性建构和启蒙召唤。乡土世界自下而上的民间精神的表述以及自上而下的启蒙姿态均体现出对现实言说时的贫乏和无力，以此为背景，中国社会的现代化进程在给人们带来福祉的同时，也使自五四以来以废名、沈从文为代表的乡土世界的诗性营构写作倾向难以为继。贾平凹站在故乡棣花街巷的石碌子碾盘前想"难道棣花街上我的亲人、熟人就这么很快地要消失吗？这条老街很快就要消失吗？土地也从此要消失吗？真的是在城市化，而农村能真正地消失吗？如果消失不了，那又该怎么办呢？"①以《秦腔》的写作为故乡树碑立传，并表达自己在"歌颂"和"诅咒"的价值选择的两难之后，贾平凹顺理成章地进入了《高兴》的写作，这部写了故乡的农民离开土地之后的城市生活的作品仍然延续着他对现实境况及个体的生存困境的思考："为什么中国会出现打工这么一个阶层呢？这是国家在改革过程中的无奈之举、权宜之计还是长远的战略政策，这个阶层谁来组织谁来管理，他们能为城市接纳融合吗，进城打工真的就能使农民富裕吗，没有了劳动力的农村又如何建设呢，城市与乡村是逐渐一体化呢还是更拉大了人群的贫富差距？我不是政府决策人，不懂得治国之道，也不是经济学家有指导社会之术，但作为一个作家，虽然也明白写作不能滞于就事论事，可我无法摆脱一种生来俱有的忧患，使作品写的苦涩。"②既然不能全然摆脱对现实问题总体把握和价值评判的困难，这个"普遍

---

① 贾平凹：《秦腔》，作家出版社 2005 年，第 516 页。
② 贾平凹：《天气》，作家出版社 2012 年，第 201—202 页。

缺乏大精神和大技巧"的年代的"文学作品不可能经典","那么，就不妨把自己的作品写成一份份社会记录而留给历史。"① 基于此，有论者援引巴尔扎克"做十九世纪法国社会的书记官"的说法为贾平凹这一时期的写作作价值定位。但任何作家的文学价值都不能在历史档案材料的意义上作出准确说明，贾平凹也不例外。

贾平凹是明确意识到作家的写作与现实习见经验存在裂隙和对抗的作家，这种对抗虽未必需要在政治的意义上加以说明，但或超前或滞后，作家总要表现出不同于现实大众的实感经验的个人把握和个人理解，或隐或显，作家总还有自己的基本的价值立场，即便这种立场只呈现为一种困惑和忧虑。《带灯》一书的写作，有力地说明了这一问题。作为一部"以真准震撼，以尖锐敲击"的直面现实的力作，《带灯》中的两种文本两个世界表征着个人及其生活世界的内在困境和危机四伏。以现代意识或者说是人类意识作为参照，《带灯》中所能表现出的社会困境也有着人类困境的意味。作家的目光虽然努力"朝着人类最先进的方向注目"，但是所能做的只是"清醒，正视和解决哪些问题是我们通往人类最先进的方向的障碍。"② 这种障碍可能包括"性情上，文化上，体制上，政治生态和自然环境上"③，惟其如此，作家的写作才能为人类和世界文学提供一份"中国经验"。贾平凹或许希望借此说明他对中国社会现实问题理解的紧要处和局限处，若无更为有力的思想支撑，《带灯》之后的写作走向将一片茫然。

这或许就是贾平凹提出"我们的文学到了要求展示我们国家形象的时候"④的真实用意，"我们的文学应该面对着全部人类而不仅仅只是中国，在面对全部人类的时候，我们要有中国文化的立场，去提供我

① 贾平凹：《天气》，作家出版社 2012 年，第 195 页。
② 贾平凹：《带灯》，人民文学出版社 2012 年，第 360 页。
③ 贾平凹：《带灯》，人民文学出版社 2012 年，第 360 页。
④ 贾平凹：《天气》，作家出版社 2012 年，第 233 页。

们生存状况下的生存经验和精神理想，以此在世界文学的舞台上展示我们的国家形象。"[1] 王一燕曾借用赫密·芭跋的"国族叙述"说解读过贾平凹作品作为"国族寓言"的重要意义。[2] 刘洪涛多年前也曾探讨过沈从文的《边城》作为中国形象的文化隐喻意义[3]。关于"文化中国"的历史与现实叙事也是近年来思想界关注的重要论题，葛兆光强调"一个身在'中国'的学人，应当如何既恪守中国立场，又超越中国局限，在世界或亚洲的背景中重建有关'中国'的历史论述。"[4] 意识到中国作为现代民族国家的主体精神形象的建构的必要性和紧迫性，已是学界的共识。这也从另一侧面印证了自晚清中国社会与文化遭遇现代性问题以来，中国作为现代民族国家的主体形象的建构的未完成性，如何在容纳"本土"或者中国经验（包括中国文化传统的延续性，摒弃传统—现代对立的现代性话语逻辑的内在局限）的基础上整合西方经验或者说人类经验，建构起"中国形象"的基本文化立场，可能是目下最为重要的理论与现实问题。这一问题如果不能得到妥善解决，当代文学的困境恐怕还得长期存在。贾平凹以作家的敏锐的直觉，与葛兆光等思想家在同一层面上思考着中国经验和中国问题，并在不同的领域里，做着突围的精神努力。

第二节　"水"与贾平凹的小说诗学

如本文前几章所述，关于木心作品的整体评价问题以及黄永玉长河小说《无愁河的浪荡汉子》的"意义"问题的争议，内在地关联着

---

① 贾平凹:《天气》，作家出版社 2012 年，第 235 页。

② 参见王一燕:《说家园乡情，谈国族身份：试论贾平凹乡土小说》，《当代作家评论》2003 年第 2 期。

③ 参见刘洪涛:《〈边城〉：牧歌与中国形象》，广西教育出版社 2003 年。

④ 葛兆光:《宅兹中国：重建有关"中国"的历史论述》，中华书局 2011 年。

中国当代文学的评价标准以及文学史视域的限度。如以当下盛行之文学史观念作为"入史"标准和文学作品意义评判的核心依据，则如木心、黄永玉，甚至包括新近获得茅盾文学奖的金宇澄，均难于得到恰切的评价。[①] 仅以文章"作法"论，黄永玉、金宇澄，甚至包括沈从文、废名，属同一美学谱系，与之相关之文章学依据，却较少论者述及，除现代性评价视域的根本限度外，以普鲁斯特、乔伊斯为代表之国外意识流小说家之文章流脉的"遮蔽"，亦属原因之一。以黄永玉《无愁河的浪荡汉子》为例，该书之"作法"及"篇幅"极易让人联想到马塞尔·普鲁斯特的长卷作品《追忆似水年华》。因长期患病无法拥有正常生活的普鲁斯特在狭小的生活空间中极大地突破自我的想象所能抵达的限度，是故，其作品成为"追寻逝去的时间"和转瞬即逝的"幸福"并将之固定化的必要方式。此一思路，颇近于年届九十，始重新提笔完成多年前未竟之作，并通过这一部书的写作，从已逝的时光中抓住一些碎片，以此"让生命从起点开始再走一遍"[②] 的黄永玉的写作用心。但亦有论者敏锐地发现，黄永玉此书的写作，在多重意义上，都更为接近福楼拜的《情感教育》，而非乍一看很容易联想到的普鲁斯特的《追忆似水年华》。福楼拜在给密友高莱的信中对《情感教育》的如下自述，是论者持此观点的重要依据："我愿意写的，是一本不针对什么的书，不受外在牵连，全仗文笔内在的力量，就像地球全无支撑，却在空中运行……形式技巧越圆熟，同时也在消弭自己。形式离弃了一切仪规、定则、分寸，不取史诗而取小说，不取韵文而取散文，不承认

---

① 肯定《繁花》意义的论者，多以为其深得上海方言之妙，是继《海上花列传》之后，以方言入小说之成功典范。亦有论者述及其"章法"，以为作者有如《红楼梦》般书写众多人物及大场面的过人才华。但较少论者注意《繁花》的"作法"，颇近于《无愁河的浪荡汉子》，亦与《秦腔》《古炉》有异曲同工之妙。视其为"如其所是"地"展示"的写法，当不为过。此意亦相通于黄永玉从沈从文《长河》中读解出的"排斥精挑细选的人物"的写作用心。

② 张新颖：《与谁说这么多话——黄永玉〈无愁河的浪荡汉子〉》，《书城》2014 年第 2 期。

正统，像自由意志那样自在写作"①。由是观之，"在《无愁河的浪荡汉子》中，作者首先是处于一种福楼拜式的尽力'消弭自己'的非个性化状态，从而让万物先尽可能地自由呈现，而不是如普鲁斯特般，以充满强烈个性的对于隐约不明意念的执拗捕捉来探究人的内在真实。"②如不对普鲁斯特的"哲学"细加考辨，可知以上说法深度触及黄永玉与普鲁斯特的根本性区别。若将此说稍加推进，不难察觉，二者之根本分野，乃在于中西两种全然不同之理解世界的方法。以笛卡尔"我思"的传统开出之处理人与世界关系的思维模式，与以老子思想为核心之"身在万物中"的人世关系全然不同。以此为出发点，不仅可以深度理解围绕木心、黄永玉、金宇澄的评价的分野之内在思想根由，亦可以依凭中国古典思想及诗学传统，突破西方小说诗学之限度，有效完成对以上作家作品价值的阐释。当然，梳理此一思路之要义，在于完成对贾平凹小说诗学的初步探讨。因为此类问题，同样存在于向来被认为是"被研究的最为充分"的作家贾平凹的研究中。

一、"水之性"与"文之道"

作为拥有较强的自我阐释能力，且乐意在作品前言或后记中与读者分享自己对于小说艺术的体悟的作家，贾平凹的诗学观念及其美学谱系与价值所托，似乎"不证自明"。论者如有兴味，依次研读其作品前言或后记即可。但问题似乎并不如此简单。早在1980年代初，贾平凹即在文论《"卧虎"说》中明确申论其写作追求，在于以中国传统美的表现方法，真实地表现现代人的生活和情绪。彼时其作品之影响源，既有川端康成融汇西方现代主义技巧与日本传统文学品性的方法

---

① 张定浩：《爱和怜悯的小说学——以黄永玉〈无愁河的浪荡汉子·朱雀城〉为例》，《南方文坛》2014年第5期。

② 张定浩：《爱和怜悯的小说学——以黄永玉〈无愁河的浪荡汉子·朱雀城〉为例》，《南方文坛》2014年第5期。

论启示，亦有沈从文湘西小说发掘本民族传统技法与精魂的思路之影响。而福克纳、马尔克斯（亦包括沈从文、鲁迅等）等人对自身写作根据地的"构造"与"发现"，对他潜心营构"商州世界"亦启发颇多。从《商州初录》至《浮躁》，可以对应"中国"的文学地理意义上的"商州世界"渐次成熟。尚还留存着未被历次运动"规训"的地域文化连接着更为深广的精神传统，古老的商州世界作为"乡土中国"正在经历着转向"现代中国"的阵痛和裂变的过程，而活跃在商州世界的人物，也在一定程度上对应着其时"改革文学"如乔厂长般的人物形象。而当转身回望乡土世界的文化遗存，贾平凹笔下便多了古文化的性情与韵致，相通于中国笔记小说的内在心性使得他作品的背景世界内含着凄哀的底色。不独是受沈从文文学的影响，贾平凹个人心性及审美偏好，亦是其作品容易相通于"载道""言志"之外的"抒情传统"（性灵及其他）的原因所在。

自《废都》以降，因不满于传统现实主义的限制，贾平凹大踏步地"后退"（前进？），以重返古典传统的姿态，主动承续以《金瓶梅》《红楼梦》为代表的明清世情小说传统，以表达其对于逼近世纪末的中国人的情绪的把握。1990年代围绕《废都》所形成之"《废都》现象"，充分说明贾平凹对彼时知识人的颓废心理之把捉的精准。但一时的话语喧嚣几乎遮蔽了对于该作的"文学"意义的探讨，那些□□□□□□及其所持存之精神的冒犯性耗费了知识人太多的精力。这一部作品中不分章节，漫笔写去如流水之逝的"作法"，已经内含着贾平凹小说诗学的"转型"。此一方式的自然延伸，便是《秦腔》《古炉》"法自然"的密实流年式的叙写。其间亦有《白夜》后记中对小说的"说话"特征的探讨；《高老庄》《怀念狼》后记中对"以实写虚，体无证有"的意义反思，无不说明贾平凹的小说诗学，在逐渐进入中国古典诗学的核心区域。他以充分的现代意识，"复活"着一个"衰微"已久的古典诗学传统[①]。其小说笔法及美学谱系与价值所托，不同于"五四"以来的现代性传统，若不以此为逻辑起点，则任何探讨均无从深入，且难免隔靴搔痒、"指鹿为马"之弊。惜乎此一理路，较少论者注意。这也客观上限制了对贾平凹及其作品意义的深入研究。进而言之，即便意识到贾平凹作品前言与后记的文献价值，但限于论者知识谱系的内在局限，亦无从更为深入地理解并阐释其意义。

因是之故，发表于 2014 年的《穿过云朵直至阳光处——在第三次汉学家文学翻译国际研讨会上的发言》一文，可视为除前言后记之外，关于贾平凹小说诗学的重要文献。该文以中国古典思维为基础，如是申明其文学及文学史观："从中国文学的历史上看，历来有两种流派，或者说有两种作家和作品，我不愿意把它们分为什么主义，我作个比喻，把它们分为阳与阴，也就是火与水。火是奔放的，热烈的，它燃烧起来，火焰炙发，色彩夺目。而水是内敛的，柔软的，它流动起来，细波密纹，从容不迫，越流得深沉越显得平静。火给我们激情，水给我们幽思。火容易引人走近，为之兴奋，但一旦亲近水了，水更有诱惑，魅力久远。"[②]进而言之，"火与水的两种形态的文学，构成了整个中国文学史，它们分别都产生过伟大作品。从研究和阅读的角度看，当社会处于革命期，火一类的作品易于接受和欢迎，而社会革命期后，水一类的作品却得以长远流传。中华民族是阴柔的民族，它的文化使中国人思维形象化，讲究虚白空间化，使中国人的性格趋于含蓄、内敛、忍耐，所以说，

---

① 在《我们应如何运用古代文论的遗产》一文中，以唐弢等人为核心，详细申论中国古代文论（文体及笔法）之于当代写作的意义。在简要梳理自《新青年》以来的文论谱系之后，孙郁明确指出，中国古代文论并未式微，它多年来始终以隐在的方式，影响着作家的创作。其之所以隐而不显，非关作家之写作问题，而是与论者的知识谱系的内在欠缺密切相关。是故，如何突破目下之文论视域，亦是孙郁探讨的问题所在。（参见孙郁：《我们如何运用古代文论的遗产》，《文艺争鸣》2015 年第 8 期。）

② 贾平凹：《穿过云朵直至阳光处——在第三次汉学家文学翻译国际研讨会上的发言》，《美文（上半月）》2014 年第 10 期。

水一类的作品更适宜体现中国特色,仅从水一类文学作家总是文体家这一点就可以证明,而历来也公认这一类作品的文学性要高一些。"① 对于贾平凹诗学观念的如上自陈之意义,南帆敏锐地指出,由此一思路所开出之文学史谱系重整的可能,可以为贾平凹"个人文学史找到称心如意的美学归宿"②。但限于篇幅,南帆并未对"水"与"火"之于中国文学史的价值作进一步的探讨,但无疑已然触及贾平凹小说诗学之价值核心所在。若放宽阐释视域,从中国思想创生之基本思维方式中探寻贾平凹以"水之性"喻"文之道"的要义,庶几可以得入堂奥。

在反思中国哲学的"方法论"时,以希腊思想为参照系,陈少明发现,中国虽无古希腊意义上之自然哲学传统(如前苏格拉底学派的思想旨趣及其所建构之人与生活世界之关系模式),但并不意味着中国缺乏"物的观念"。仅以《周易》论,"古者包牺氏之王天下也,仰则观象于天,俯则观法于地,观鸟兽之文,与地之宜。近取诸身,远取诸物。于是始作八卦,以通神明之德,以类万物之情。"(《周易·系辞下》)即已包含着"观物取象"的运思方式。阿城在《洛书河图:文明的造型探源》中亦反复申论,"洛书""河图"之创制,与古人"观物取象"之思维密不可分③,并进一步认为,中国文明造型之源在天象。也就是说,作为华夏文明核心的造型(太极图、河图、洛书等),与古人"格物致知"的方法关联甚深。面对生活世界之诸般物象,由对物象之性的深入观察而比照至人自身及社会之运行规则,是古人确立"应世"之道并进一步形成"思想"的基本方式。

以"水"为例说明此一运思方式,《荀子·宥坐》篇的如下说法最具代表性:

---

① 贾平凹:《穿过云朵直至阳光处——在第三次汉学家文学翻译国际研讨会上的发言》,《美文(上半月)》2014年第10期。
② 南帆:《"水"与〈老生〉的叙事学》,《当代作家评论》2015年第1期。
③ 参见阿城:《洛书河图:文明的造型探源》,中华书局2014年。

孔子观于东流之水，子贡问于孔子曰："君子之所以见大水必观焉者，是何？"孔子曰："夫水，大遍于诸生而无为也，似德。其流也埤下，裾拘必循其理，似义。其洸洸乎不淈尽，似道。若有决行之，其应佚若声响，其赴百仞之谷不惧，似勇。主量必平，似法。盈不求概，似正。淖约微达，似察。以出以入，似就鲜絜，似善化。其万折也必东，似志。是故君子见大水必观焉。"①

《孟子·离娄下》亦载：

徐子曰："仲尼亟称于水，曰：'水哉，水哉！'何取于水也？"孟子曰："源泉混混，不舍昼夜。盈科而后进，放乎四海，有本者如是，是之取尔。苟为无本，七八月之间雨集，沟浍皆盈；其涸也，可立而待也。故声闻过情，君子耻之。"

因"水之性"可以上升为对于人类行为准则的价值说明，故孔子见大水必观之。《论语》中以"水之性"喻"人之道"及社会运行规则处颇多。孟子因是称孔子为"观水有术"。而最得"水之性"之妙处的，当属老子。《老子》一书中，提及"水"之处颇多，且明确以"水之性"喻人与世界之道。如"上善若水，水善利万物而不争"（第八章），"天下莫柔弱于水，而攻坚强者莫之能胜"（第七十八章）。可以说，老子对于"柔弱""处下""不争""知雄守雌"的思考，与"水"有莫大

---

① 依陈少明的说法，《大戴礼记·劝学》《说苑·杂言》中亦有相类之故事。参见陈少明：《做中国哲学：一些方法论的思考》，生活·读书·新知三联书店2015年，第132页。对古人观物取象之思维方式的深度探讨，亦可参见陈少明：《经典世界中的人、事、物——对中国哲学书写方式的一种思考》，《中国社会科学》2005年第5期。

关系①。基于此，艾兰将"水"作为中国古典思想的"基本隐喻"之一，以为对水之特性的深度观察，极大地影响了中国人对于世界及自我的认识："在先秦思想家那里，他们往往是从水中体察到某种思想观念，水成了他们获取智慧灵感的一个源泉，而不是相反，把已经形成了的思想观念赋予水，只是把水作为表述其哲学概念的象征符号。"②此一思想传统之自然延伸，便是以"水之性"喻"文之道"，"水"亦因是成为中国古典诗学之重要"本喻"。

不独中国古典思想有此特征，在考察远古时代哲学家构造世界的方式时，纳尔逊·古德曼亦注意到："这些哲学家们，像我们中的绝大多数人一样，是从一个由宗教、迷信、怀疑、希望以及痛苦和美好的经验编造而成的世界开始的。泰勒斯谋求在杂多中寻求统一，他注意到，太阳吸引着水并逐渐加热它而成为火，云逐渐浓缩、下降、干燥成为土，以及传说中的水则是位于某口井的井底的。这样，答案就出来了——当然，这个答案就是溶解：世界是水。"③"但是，阿那克西曼德却争论说：'既然土、气、火和水都可以相互转化而成为另一个，那么，为什么选择水呢？是什么使得它区别于其它三个呢？我们不得不找到某种中立性的东西，而所有土、气、水、火均源出于它。'"④如果我们承认恩培多克勒所宣称的"宇宙的真正秘密正是混杂"，任何对世界的可能性的删繁就简就不能令人满意。即便如此，"一个存在于泰勒斯和他的后继者们之间的问题在整个哲学史中回荡着。泰勒斯把四种要素都还原成了水；而阿那克西曼德和恩培多克勒则反对说，这四种

① 刘笑敢对此一问题有极为深入之分析。参见刘笑敢：《老子古今：五种对勘与析评引论（附〈老子〉五种原文对照逐字通检）》，中国社会科学出版社 2006 年。
② ［美］艾兰：《早期中国历史、思想与文化（增订版）》，杨民等译，商务印书馆 2011 年，第263 页。艾兰对"水之道"与中国古典思想之关系的进一步探讨，亦可参见艾兰：《水之道与德之端——中国早期思想的本喻（增订版）》，张海晏译，商务印书馆 2010 年。
③ ［美］古德曼：《构造世界的多种方式》，姬志闯译，上海译文出版社 2008 年，第 101 页。
④ ［美］古德曼：《构造世界的多种方式》，姬志闯译，上海译文出版社 2008 年，第 101 页。

要素同样也能被还原为其他三种要素中的任何一种要素。到目前为止，两方都是同样正确的。"①这也是巴什拉从土、气、水、火四种要素出发，分别研究其在人类精神领域的影响的原因。

由"水"与"火"之"性"及其与人类集体无意识内容之关系入手，巴什拉建构起了"水"与"火"的诗学。巴什拉的诗学思想，曾启发台湾学者陈政彦展开对诗人洛夫、唐捐等人的诗学观念的探讨，此一探讨不乏启发性②。但陈政彦并未注意到，以"水之性"喻"文之道"，在中国亦有源远流长之传统。此属中国古典"观物取象""格物致知"思想在诗学观念及其形成过程中的体现，不惟影响到中国诗学的价值品性，亦影响到诗文之运思方式及"作法"。

二、"水"的诗学：苏东坡、沈从文和贾平凹

如孔子般"观水有术"，且能以"水之性"悟"文之道"，在中国古典文学中不乏其人，就中尤以苏东坡最为突出。苏东坡"性喜临水"，与孔子"见大水必观"颇相类似。"水"之意象，在其作品中出现颇多。如以现象学及巴什拉"水"之诗学理论解读之，大有文章可做。与先哲观"水之性"而体悟人及世界之道一般，苏东坡亦从"水"中领悟到文章作法。在《自评文》中，苏东坡自谓："吾文如万斛泉源，不择地皆可出，在平地滔滔汩汩，虽一日千里无难。及其与山石曲折，随物赋形，而不可知也。所可知者，常行于所当行，常止于不可不止，如是而已矣。"此一思路，曾影响到台湾诗人洛夫的文学观念。在《闲话散文》中，洛夫写道："散文如水，盛在方盒中就是方的，盛在碗中就

---

① ［美］古德曼：《构造世界的多种方式》，姬志闯译，上海译文出版社 2008 年，第 102 页。
② 陈政彦：《台湾现代诗的现象学批评：理论与实践》，台北：万卷楼图书股份有限公司 2012 年。以现象学以及从现象学思想发展出一种诗学观念的"日内瓦学派"的诗学理论入手，陈政彦详细分析了洛夫作品中的"火"，唐捐作品中的"水"的诗学意义。但如从中国古典诗学理论出发，参照巴什拉、布莱等人的诗学观念，对于"水"与"火"的诗学价值的探讨，会形成完全不同的诗学谱系，对完成比较诗学意义上的中国诗学的"重建"，无疑会有更加深远的意义。

是圆的，装在试管中则是长的，倒在碟子里又成了扁的。苏东坡所谓的'随物赋形'，就是讲散文的性质。"①苏东坡以"水"喻文，谈文章作法，强调"随物赋形"，当然是由"水之性"而悟得之"道"，其中亦内含着破除文章"成规"的用意。洛夫从苏东坡"随物赋形"之说中体悟散文的"自由"性质，亦含有文体突破的意义。当然，更能说明洛夫深得"水"之性而理解诗法与文法的，是这样的表述："经过多年的追索，我的抉择近乎《金刚经》所谓'应无所住，而生其心'。我们的'心'本来就是一个活泼而无所不在的生命，自不能锁于一根柱子的任何一端。一个人如何找到'真我'？如何求得全然无碍的自由？又如何在还原为灰尘之前幡然醒悟？对于一个诗人而言，他最好的答案是化为一只鸟，一片云，随风翱翔。"②洛夫此一领悟，已近于前文所述黄永玉《无愁河的浪荡汉子》"消弭自我"之写作的特征。"诗人首先必须把自身割成碎片，而后揉入一切事物之中，使个人的生命与天地的生命融为一体。"③此亦是论者从黄永玉作品中体会出"身在万物中"，不拿人之观念强行规训自然山水的写作精神的体现。依洛夫之见，"当我想写一首'河'的诗，首先在意念上必须使我自己变成一条河，我的整个心身都要随它而滔滔，而汹涌，而静静流走；扔一颗石子在河心，我的躯体也就随着一圈圈的波浪而向外逐渐扩散，荡漾。这种'与物同一'的观念，在我近几年的作品中愈来愈为明显。"④依赖"永不枯竭的故乡思维"写作的黄永玉似乎并未面对这样的困惑，其一反当下写作的"成规"的文章"作法"，看似无意，实则内含着如汪曾祺般"苦心经营的随便"。他对于沈从文《长河》"消除精挑细选的人物"的写作方式的独特说明，已有破除写作"成规"的用心。洛夫对"与物同一"

---

① 洛夫：《诗而有序：我的诗观与诗法》，海天出版社 2014 年，第 57 页。
② 洛夫：《诗而有序：我的诗观与诗法》，海天出版社 2014 年，第 3 页。
③ 洛夫：《诗而有序：我的诗观与诗法》，海天出版社 2014 年，第 4 页。
④ 洛夫：《诗而有序：我的诗观与诗法》，海天出版社 2014 年，第 5 页。

的诗性追求，想必亦有此意。从洛夫如上自述中不难看出，其诗学观念，受益于苏东坡之处颇多，与黄永玉亦属同一文章流脉。

　　但苏东坡对"水之性"及其可能推演出之思想之道的探讨并不仅止于文章作法，亦有类同于老子由物之性所开出之"应世之道"："阴阳一交而生物，其始为水。水者，有无之际也。始离于无而入于有矣。老子识之，故其言曰'上善若水'，又曰'水几于道'。圣人之德，虽可以名言，而不囿于一物，若水之无常形。此善之上者，几于道矣，而非道也。若夫水之未生，阴阳之未交，廓然无一物，而不可谓之无有，此真道之似也。阴阳交而生物，道与物接而生善，物生而阴阳隐，善立而道不见矣。"（《东坡易传》卷七）苏东坡之所以能自由出入于儒、道、释三家思想，且能在身处逆境之时"安常处顺""萧然自远"，不以物喜，不以己悲，与其对"水"与"道"内涵之意义的深度体悟不无关系。"万物皆有常形，唯水不然，因物以为形而已。世以有常形者为信，而以无常形者为不信。然而，方者可以斫以为圆，曲者可以矫以为直，常形之不可恃以为信也如此。今夫水虽无常形，而因物以为形者，可以前定也。是故工取平焉，君子取法焉。唯无常形，是以遇物而无伤。唯莫之伤，故行险而不失其信。由此观之，天下之信，未有若水者也。"（《东坡易传》卷三）此说颇近于佛家所言之"迷人依于方故迷，若离于方，则无有迷也"，亦与"应无所住，而生其心"意思相通。究其根本而言，所谓的文章作法（诗学观念），不过是作家内在精神（价值追求、美学趣味）的外化，诗内的功夫，奠基于诗外。若无由"水之性"体悟出世间万物的运行规则，并内化为自我与生活世界相交通之基本方式，所谓的"随物赋形"之"文法"，未必能入于化境。后世受苏东坡诗学观念影响之文章家不在少数，但未有成就如东坡者，原因即在于此。

　　因时代及文体的局限，苏东坡未有长篇作品，其"常行于所当行，止于不可不止，文理自然，姿态横生"之文章作法，亦不曾深度展开。

苏东坡之后，明确言及"水之性"之于自身创作意义的，是沈从文。在《从文自传》中，沈从文反思"水"与自己的人生及写作的关系："我幼小时较美丽的生活，大部分都与水不能分离。我的学校可以说是在水边的。我认识美，学会思索，水对我有极大的关系。"①而多年以后，沈从文再度提及"水"作为自身生命实感经验之"本喻"的重要意义："在我一个自传里，我曾提到过水给我的种种印象。檐溜，小小的河流，汪洋万顷的大海，莫不对于我有过极大的帮助，我学会用小小脑子去思索一切，全亏得是水，我对于宇宙认识得深一点，也亏得是水。"②"到十五岁以后，我的生活同一条辰河无从离开，我在那条河流边住下的日子约五年。这一大堆日子中我差不多无日不与河水发生关系。走长路皆得住宿到桥边与渡头，值得回忆的哀乐人事常是湿的。至少我还有十分之一的时间，是在那条河水正流与支流各样船只上消磨的。从汤汤流水上，我明白了多少人事，学会了多少知识，见过了多少世界！我的想象是在这条河水上扩大的。我把过去生活加以温习，或对未来生活有何安排时，必依赖这一条河水。这条河水多少次差一点儿把我攫去，又幸亏他的流动，帮助我作着那种横海扬帆的远梦，方使我能够依然好好的在人世中过着日子！"③（这篇文章前原有这样一句：我这个工作的基础，并不建筑在"一本合用的书"或"一堆合用的书"上，因为它实在却只是建筑在"水"上。④）司马长风从《边城》的结尾读出"随时听死神召唤的水手生涯的悲剧性"，以及"人生不可知的命运"。这些人生的体验，焉知不是沈从文从"水无常形"中体悟到的人

---

① 沈从文：《沈从文全集第13卷》，北岳文艺出版社2009年，第252页。
② 沈从文：《沈从文全集第17卷》，北岳文艺出版社2009年，第206页。
③ 沈从文：《沈从文全集第17卷》，北岳文艺出版社2009年，第209页。
④ 我虽离开了那条河流，我所写的故事，却多数是水边的故事。故事中我所最满意的文章，常用船上水上作为背影，我故事中人物的性格，全为我在水边船上所见到的人物性格。我文字中一点忧郁气氛，便因为被过去十五年前南方的阴雨天气影响而来，我文字的风格，假如还有些值得注意处，那只是因为我记得水上人的言语太多了。

生况味。

贾平凹认为，以作品秉有"水"之诗学特征而独异于鲁迅的（鲁迅强烈的批判精神，无疑属于"火"之性），首推沈从文。沈氏作品浓郁的中国气派和味道，因根植于中国文化阴柔一路而体现出的独特的精神品质，成就着他作为文体家的意义。此一说法无疑是对中国文化精神品性的精准把握。如阿城所论："为什么《老子》一直翻来覆去地讲，阴，柔，弱，虚，雌，下，水，若水，因为阴或坤才是决定性的。"[①]明乎此，才能理解贾平凹将"水"与"火"对举，并强调前者之于中国文化及诗学的意义的根本用心。

贾平凹作于 1980 年代的《山石、明月和美中的我》约略有应和沈从文《我的写作与水的关系》的意味。虽着力强调山、石、明月，但内在的心象，却无不与"水"相关。沈从文从一条辰河中体会到的人生，贾平凹同样在山石明月中体会得到。坦言之，1980 年代贾平凹的写作，受惠于沈从文之处颇多。此后多年，贾平凹在作品后记中反复申论之小说作法，并集大成于《秦腔》《古炉》的密实流年式的叙写，可认作是《废都》突破传统现实主义写作成规的自然延伸。自表象观之，很容易发现其与普鲁斯特《追忆似水年华》"意识流"式写法颇为相似。但细察之后，不难发觉其根本之运思，在中国古典思想及其所开出之诗学品性之中。

就贾平凹作品而言，由"水之性"悟得的"文之道"的根本特征有二：其一，突破根基于西方近代理性主义的传统现实主义的思维局限（自《废都》始，《浮躁》序言二有明确说明）。此种突破，在当代文学中并非个案。阎连科以现实主义的"叛徒"的姿态建构"神实主义"的根本目的，即在解放"被压抑的想象"。《坚硬如水》对文革话

---

① 阿城：《洛书河图：文明的造型探源》，中华书局 2014 年，第 154 页。

语的反讽式模仿;《四书》对圣经语体的拟写以及《炸裂志》的"非理性"的铺陈,均有此意。不同于阎连科的是,贾平凹将目光投向更为深远的中国文化传统,并在其中寻求思想及美学援助,经由明清世情小说及两汉史家笔法,找到了既合于自身的内在心性,亦能与中国传统文化之重要一脉性灵相通的写作路径。其对传统现实主义的突破意义,与本论文前数章反复论及之文化的"归根复命"的运思方式如出一辙。其二,在文章作法上,以颇近于"意识流"①的"密实流年式"的"仿日子结构"的叙写,极大地敞开了"天""地""人"意义上的生活世界。其所敞开的文本世界拥有巨大的信息量和极高的分辨率。作品纹理细密,生命力饱满,在纷繁复杂的实在世界之上,是一个巨大的意象世界,"以实写虚,体无证有"的美学追求,在此一类作品中得到完美呈现。贾平凹也因是成为当代文学中接续中国古典文脉的重要作家。其在小说诗学上的重要贡献,有待在更为宽泛的文学史及理论语境下,做更为准确的说明。

第三节 "全息"与现实主义的可能

二十余年前,颇有些仙风道骨的胡河清讲述过自己的一次神秘的"雪夜访贤"。所谓的贤者,是"深藏若虚的无名寒士"。彼时胡河清与堪称"高人"的"贤者""吞吐古今,胸中经纶,若浩浩烟波之无垠"②。以时间推断,其时中国先锋文学风头尚健,"寻根文学"佳作不断。轻言中国当代文学已与世界文学接轨,且已步入超越现代文学的境地的

---

① 值得一提的是,就西方文学史而言,兴起于十九世纪末二十世纪初的"现代主义"就是在革"现实主义"的命的基础上发展起来的。二者内在的冲突和张力,在西方文学史已成定论,但在中国文学中,此种论述却面临种种困难。

② 胡河清:《胡河清文存》,王晓明、王海渭、张寅彭编,生活·读书·新知上海三联书店1996年,第93页。

论断不绝于耳。然"高人"却"忧虑满怀"：

　　有些年轻作家对中国传统文化太缺少研究了。或者临时凑合些阴阳八卦类的神道故事唬弄一下读者，但"根"却远远通不到传统文化的深山大泽中去。现在他们从娘胎里带出来的先天之气还没有用尽，所以还能凭着少年人心中常有的一些幻象写一阵。但这些幻觉很是脆弱，不久就会烟消云散。如果他们再不及时采补后天之气，即与中国文化传统产生一种深层的认同，很快就会发生创作生命全面萎缩的现象①。

一、古典文脉接续的难度

　　对因无力与中国传统文化的精魂有深层次的认同，且可能面临"创作生命全面萎缩"的年轻作家的明确所指，"高人"并未言明，胡河清也未作详解。但时隔二十余年后，如能放宽文学史的视界，以古今中西文化会通的姿态，反观 1980 年代中国先锋文学，不难察觉以上说法，已经无可避免地成为了事实。胡河清当年援引王国维"主观之诗人"的说法，认定单纯依凭少年人青春时期生命潜能的涌动的写作，也"未始没有永恒的审美意义"②。但为陈思和"发现"的二十世纪上半叶中国文学基于"少年情怀"的青春写作的文学史评价的"成规"，已在中国当代文学的第二个三十年中面临挑战③。即以苏童为例，先锋文学时期的青春书写为他赢得了巨大的声名，其作品中"稚气未脱的'幻景'"

---

　　① 胡河清：《胡河清文存》，王晓明、王海渭、张寅彭编，生活·读书·新知上海三联书店1996年，第93页。
　　② 胡河清：《胡河清文存》，王晓明、王海渭、张寅彭编，生活·读书·新知上海三联书店1996年，第94页。
　　③ 参见陈思和：《从"少年情怀"到"中年危机"——20世纪中国文学研究的一个视角》，《探索与争鸣》2009年第5期。

以及"美少年水灵灵的'胎气'"①在1980年代的文学地图中独树一帜。但时隔多年之后，已年过五旬的苏童仍然以少年人的眼光，不乏灵动的"青春"笔法书写当下时代的现实境况，已多少有些"隔"，不似当年那般"自然"。而以"形而上"的精神关切开"先锋"写作潮流的马原在宣布"小说已死"，且沉寂多年之后，以《牛鬼蛇神》《纠缠》《荒唐》重返文坛，"形而上"的思考几乎全然淡去，切近当下生活经验层次的写作顽固纠缠于"形而下"的生活世界。其早期作品中的东方遁世主义精神，出自佛教思想的独特寓意，与《周易》命相学说关联甚深的哲学观念，凡此种种与中国传统文化精神足相交通的元素，已无踪迹可寻。为"形而下"的生活世界的诸般物事牵绊的马原的精神，已没有了对具有超越意义的先人的灵境的渴望。还有胡河清十分看重的杨绛，她在百岁高龄写下了《洗澡》的续书《洗澡之后》，姚宓、许彦成、杜丽琳这些当年为情所困，却常常引而不发，深得中国古典精神含蓄之美的性情人物，有了可教读者称心如意的大团圆结局。"人物依旧，事情却完全不同"②。如是安排，想必有大意存焉。但细读之下，却不免想到王国维之欣赏《红楼梦》，因其并未"团圆"，便有了无限唏嘘，诸多感慨，人生的未了之局，生出无限意味。虽无详细铺陈，但《洗澡》中姚宓"内在世界的深"和大巧若拙，那种"吸尽中国书香文化几千年的仙气"所致的灵韵，在续书中已难于体会。匆忙奔向结局的姚宓、许彦成，平添了许多俗世男女的烟火气，也因此未脱古典小说的惯常笔法。"因缘流转，如恒河沙数；惟两心相契而臻完美之境，则能于一瞬中参透往昔无量劫。这种超越个体生命大限的心里感觉，表明精神恋爱已达到了极致的境界"③。如今精神恋爱者有幸成了夫妻，去过饮食

---

① 胡河清：《胡河清文存》，王晓明、王海湄、张寅彭编，生活·读书·新知上海三联书店1996年，第93页。

② 杨绛：《洗澡之后》，人民文学出版社2014年，第2页。

③ 胡河清：《杨绛论·灵地的缅想》，学林出版社1994年，第74页。

男女的日常生活，作者并不运笔写去，情景却不难意会。对世界上一切物事不仅能"眼藏"，还能"心解"的杨绛先生，或许是要以自己的消解痛苦之道，来化解读者的人生之痛，落入天下有情人终成眷属的叙述窠臼，也就在情理之中①。

虽不能说杨绛、马原的写作"转变"，正应和了那位"高人"所说的"创作生命的全面萎缩"，但在深受西方现代主义、后现代主义文学影响的 1980 年代，以"反传统"的激进姿态，作写作形式的深度探索的先锋作家，作品中尚还有中国古典传统的流风余韵。那些得自中国文化精神的独特意象，成就了他们作品的审美和思想境界。为胡河清发现并申论的阿城、马原、张炜与道家文化智慧的沿革，格非、苏童、余华作品中的术数文化因素，贾平凹作品与《周易》精神的复杂关联，无不表明中国传统文化的巨大影响力，即便在先锋精神成为时代主潮和话语逻辑的核心语汇的时期，仍然发挥着积极的创造性的作用。而真正能够体现中国传统文化的"深山大泽"的，在李劼看来，是河图洛书和《山海经》神话："华夏文化的两大源头是河图洛书、《山海经》神话。先人智慧有限，相当八卦地从河图洛书里归结出易经八卦。高维的宇宙方程变成低维的天地模式。及至《姬昌演易》，将那个高维方

---

① 胡河清当年盛赞《洗澡》曰："《洗澡》中姚宓、许彦成的精神恋爱，是一种人心在高级层次上的相互感应。写得最精彩的地方，大概要数结尾处姚、许的分别。近乎完美的爱缘，不会持续太久。这也许表明了上苍对于通灵的恋情的珍惜，不让它过于盈满而始吉终乱。龚自珍诗曰：'心头葬小影'，已经涵括了《洗澡》的后事。姚、许此后也许只能在深心默默地忆念对方的倩影了。"迫于外在情势而感情不得成就，"对彼此心灵如此默契的姚、许来说，感情上一时确是很难接受的。但他们都能节制内心复杂的感情，不改人应有的庄敬自重，这并不容易做到。"二人能如是平静面对爱而不能的结局，全因其东方文化的修为，有内守的功夫。"倘若杨绛没有佛道的精深功底，大抵是写不到这种火候的。"（胡河清：《灵地的缅想》自序）此番《洗澡之后》为姚、许精心安排的"大团圆"结局，境界当在爱而不能之上。"雅好老庄，归本孔孟"，要在生活世界开掘生命的乐趣和意义。这与胡河清自身的精神努力并不矛盾。摩罗注意到："（胡河清）如此一往情深地从当代文学中寻找感性生命和人性尊严的蛛丝马迹，通过反复的描述来凸现它的意义和力度，这正表现了他在文化建构上的补天之愿。""他企图构建一片乐土来栽培生命的乐趣和意义。他倾向于这片乐土不在天国而在地上，所以他把文化现代化和人性解放的基点放在他的俗世关怀上。"（摩罗：《略谈〈灵地的缅想〉》，《文艺理论研究》，1995 年第 3 期）

程关进一个封闭结构。八八六十四卦的卦辞爻辞所言并非天机,而是姬昌的心理独白。周公建制、孔丘说礼、韩非权谋,皆源自姬昌。"[①] 被视为写出深得道家思想妙处的《棋王》的作者阿城,近年在其谈论洛书河图与华夏文明造型的起源的问题时,设专章论天极与先秦哲学。其考察儒、道、法、墨诸家思想的理路,与李劼不乏暗合之处[②]。出自河图洛书的《周易》蕴含着华夏民族生生不息的无限量智慧。其所开出的演绎宇宙的精神理路,在李劼的研究中,是《红楼梦》所提供的"历史文化全息图像"。

从汉语语言的声音、字形到意义,从《诗经》的"关关""呦呦"、庄周梦蝶的梦境到《天问》的灵魂追问和《山海经》的原始神话,《红楼梦》汲取了天地人文之间的灵气,以全新的审美形式在从语言到文化的话语体系中完成了一场空前的革命。叙事形式的意向性填补了汉语语言在深度空间上的残缺,语言形式在声音上的纯粹性又导致了道德观念的解体,语言造型的梦幻诗意和语意指向的灵魂意象更是将语言的形式意味直接诉诸了历史文化的空间形式[③]。

二、《红楼梦》中的 "历史文化全息图像"

《红楼梦》话语体系的多维结构在深层意义上,与其置身的中国古典文化的精神气脉贯通。不在人间 / 天国,此在与宗教的超越之境的二元模式中思考宇宙人生问题,是中国叙事文学的典型特征。"中国文学自有一种解决二元问题的观念,简言之即:宇宙无始无终,无所谓末

---

① 李劼:《中国文化冷风景》,台北:允晨文化实业股份有限公司 2013 年,第 7 页。
② 阿城:《洛书河图:文明的造型探源》,中华书局 2014 年。
③ 李劼:《红楼十五章》,新星出版社 2010 年,第 398 页。

日审判，也无所谓目的的终极，一切感觉与理智经验的对立物，无不蕴含其间，又两两互补共济、相依共存。尤为重要的是，尘世与超越、完美与不完美之间的辩证差别，也因此变得无意义，或者不过是互为补充的统一体。"① 语言形式和叙事上的"革命"，就在突破种种意识形态的"话语残留"，以全新的语汇和语法，演绎历史文化的运行模式。人世间的日常生活与精神的"超越"之境两相对照，且后者并不指向西方宗教式的信仰维度，而是在全面融汇日常现实与"终极"的世界图景中，开出审美的"救赎"之道。即便意识到人世的局限和无从根本避免的残缺与不完美，也不以否弃人世的姿态，一味将精神推向极处。反映在具有历史文化全息意义的作品中，即为以独特的文化和形象符号，系统性地演绎人间宇宙的运行。在天、地、人三维的空间中，文本向民族文化的精神空间和历史空间双向延展，经天纬地、融古通今，其意义莫可穷尽。

　　《红楼梦》不是人类历史文化的纯粹构建，而是以对过去历史的结构为前提的预言和启示。这部小说将故事叙述到哪里，也就将历史解构到哪里。所谓由色而空正对应着这种无有还无。然而也正是在这样解构性的还无过程中，一种历史的审美指向偕同语言的深度空间一起被鲜明地确立起来，如同一片由黑暗所放出的光芒，在地平线上重新划出了天空和大地。所谓补天，正是这种天、地、人三维空间的确立。又正是这样的确立，使《红楼梦》成了人类历史文化的全息图像。这部小说如同《周易》一样，是不可穷尽的②。

---

① ［美］浦安迪：《〈西游记〉与〈红楼梦〉中的寓意·浦安迪自选集》，刘倩等译，生活·读书·新知三联书店 2011 年，第 189 页。
② 李劼：《红楼十五章》，新星出版社 2010 年，第 399 页。

《易经》中依赖阴阳和合交汇的宇宙演绎，以生成世界的模式，与毕达哥拉斯学派的"万物皆数"的演绎世界的方式较为相似。薛定谔发现，毕达哥拉斯学派关于数是万物的基础的想法，"来自关于震动弦的声学发现"，"这些发现通常关乎对物体的某种实际应用或想象中的应用"。"而数学思想的本质就是从物体中抽象出数（长度、角度和其他量），讨论它们以及它们之间的关系。事实证明，基于这样一种程序，以这种方式得到的种种关系、模型、公式、几何图形，往往会出乎意料地适用于与原初物体大不相同的物体结构。当数学模型被导出时，数学模型或公式突然间就给那个它从未打算介入和想到的领域带来了秩序。"[1] 从物体中抽象出"数"，并建立关于它们之间的关系模式，从而推演未知的领域的运思方式。与《周易》"观物取象"的思想并无不同。《周易·系辞下》曰："古者包羲氏之王天下也，仰则观象于天，俯则观法于地，观鸟兽之文，与地之宜；于是近取诸身，远取诸物，于是始作八卦，以通神明之德，以类万物之情。"[2] 对此一说法，王弼有注曰："圣人之作易，无大不极，无微不究。大则取象天地，细则观鸟兽之文，与地之宜也。"[3] 而"易简而天下之理得矣，天下之理得，而成位乎其中矣。"[4] 王弼注曰："天下之理，莫不由于易简，而各得顺其分位也。"[5]"易极简，则能通天下之理；通天下之理，故能成象并乎天地。"[6]（《周易·系辞上》）爱奥尼亚学派以元素（水、火、气）来理解世界，亦是此理。

《红楼梦》以"小说中有限范围内事物的本性"[7]，完成与"无限的

① 薛定谔：《自然与希腊人》，商务印书馆 2015 年，第 30 页。
② ［魏］王弼撰：《周易注：附周易略例》，中华书局 2011 年，第 362—363 页。
③ ［魏］王弼撰：《周易注：附周易略例》，中华书局 2011 年，第 363 页。
④ ［魏］王弼撰：《周易注：附周易略例》，中华书局 2011 年，第 340—341 页。
⑤ ［魏］王弼撰：《周易注：附周易略例》，中华书局 2011 年，第 340 页。
⑥ ［魏］王弼撰：《周易注：附周易略例》，中华书局 2011 年，第 341 页。
⑦ ［美］浦安迪：《〈西游记〉与〈红楼梦〉中的寓意·浦安迪自选集》，刘倩等译，生活·读书·新知三联书店 2011 年，第 217 页。

天地之道"的沟通，是《周易》精神流贯于小说文本的基本模式。护花主人点评《红楼梦》时，对此即有说明："余曰，客亦知夫天与海乎。以管窥天，管内之天，即管外之天也。以蠡测海，蠡中之海，即蠡外之海也。谓之无所可见乎。渭所见之非天海可乎。并不得谓管蠡内之天海，别一小天海。而管蠡外之天海，又一大天海也。道一而已。语小莫破，即语大莫载，语有大小，非道有大小也。"① 此说思维，就其根本而言，颇近于庄子小大之辩。以有限人事演绎天地之大道，原本即为庄子寓言的独特命意，表现在小说文本中，便是以人事与自然的纠葛，传达出宇宙运行基本法则。从沈从文《边城》中读解出《道德经》"天地不仁，以万物为刍狗"的思想意味，进而理解简单人事、寻常纠葛，无机心的人间，亦难有所谓的人生的"圆满"的"这世界自有它的悲哀"，亦是此理。

三、《周易》精神与小说世界的生成

不独《红楼梦》与《周易》的世界思维关联甚深，《西游记》中亦有对易卦术语的利用。这种利用在深层次上，决定着该作的回环往复的叙述结构模式的形成，亦是其主题意蕴显现的基本方式。吴承恩"多次提及'既济'与'未济'两卦。此两卦由'坎'与'离'（'水'与'火'）组成，这使得寓言家有可能将之与叙事过程中的'水'与'火'形成呼应。"进而言之，既济（已渡），未济"未渡"②，"与大乘佛教度脱观念对得道过程的特殊隐喻——渡、登彼岸等等——惊人一致。"更为重要的是，"这两卦也被用来暗示《易经》的一个完整周期范式，而不是任何一种从不完满到完满变化的线性过程，尤其是经文中的卦名

---

① ［美］浦安迪:《〈西游记〉与〈红楼梦〉中的寓意·浦安迪自选集》，刘倩等译，生活·读书·新知三联书店 2011 年，第 217 页。

② ［美］浦安迪:《〈西游记〉与〈红楼梦〉中的寓意·浦安迪自选集》，刘倩等译，生活·读书·新知三联书店 2011 年，第 200 页。

顺序谨慎地将'未济'置于'既济'之后。"①"既济"与"未济"之关系，既在表层意义上，与《西游记》每一个叙述单元（一个完整的阶段性故事）从矛盾的开场，到障碍的克服的结构模式相对应，也在总体意义上，表征着该作与《周易》精神对宇宙的"返转回复"的基本特点的指认的深度关联。由"既济"而至于"未济"，如胡河清所言，正是《周易》精神对世界的无限的自演化的可能的确证。歌德《浮士德》对人生价值的追索及其无法抵达终极的精神困境，作为"善"的代表的浮士德与作为"恶"的象征的靡菲斯特之间相互"成就"的复杂纠葛，靡菲斯特"我就是那善的一部分，总想作恶却总是为善"的感慨，无不说明歌德对于"肯定"与"否定"双向关系的深刻体悟。卡尔维诺《一个分成两半的子爵》对于"善"与"恶"的深度反思；卡夫卡《城堡》只可远观却无法"抵达"的"人之境况"；《老人与海》中桑提亚哥"获而一无所获"的基本处境，无不暗合于月满则亏、回环往复的思维模式。也是天道运行的基本状态，"天包揽了正在进行中的所有的过程，天'尽出其用以行四时、生百物'，构成了自然的无尽的资源，""天之所以有'德'，就是因为'天无自体'（所以才能够'无体不用，无用非其体'）。正因为如此，天才保证了事物的不断发展，让一切事物共同生存。"②尤为重要的是，"以朔旦、冬至为首者，人所据以起算也"，或者"以春为首者，就草木之始见端而言也"，以上均为事物演变的个别现象，并不足以成为宇宙运行的绝对法则。而人法天法地，所见不过一端，据此推演出所谓万物运行的规则，便容易一叶障目。而"'天'作为万物的资源，'生杀互用而无端'，所以，'人不可据一端以为之

---

① ［美］浦安迪：《〈西游记〉与〈红楼梦〉中的寓意·浦安迪自选集》，刘倩等译，生活·读书·新知三联书店 2011 年，第 200 页。

② ［法］弗朗索瓦·于连：《圣人无意：或哲学的他者》，闫素伟译，商务印书馆 2004 年，第 11 页。

首'"①，是为天地运行的要义所在，也是于连经由希腊哲学传统发现的中国智慧"圣人无意"的精神核心。《周易》系统以"未济"压阵，便是此一精神的重要表现。

如果说《资治通鉴》以扬雄《太玄易》为基本哲学依据演绎历史变化；《西游记》以《周易》精神结构文本的世界图景；《红楼梦》表征中国文化传统的全息主义体系，不过说明了中国传统文化精神的影响所及，已不仅限于思想文本。而历经晚清至"五四""全盘性反传统"所致的文化"断裂"之后，从思维模式上接通中国文脉，且能在文学文本中自如运用，在1980年代的文学作品中，首推张炜的《古船》。张炜"根据一系列精心编制的文化密码建构的全息主义中国历史文化文本"，其中暗含着"关于中国历史未来走势的文化学密码"，以"古船""洼狸镇""地底的芦青河"以及隋、赵、李家族等等"既具有独立隐喻意义又相互关联构成玄秘话语系统的文化符号"，来演绎中国历史变化的轨迹的努力，体现着《红楼梦》式的中国文学全息主义传统的再临。而构成其哲学基础的，仍然是"贮存着中华民族历史、社会、生命状态的深奥信息"的《周易》。"《周易》象数的推衍，实际上就是中国历史绝对精神的独特演绎方式。"其中的政治哲学体系，"在根本上制定了中国社会生存竞争的游戏规则"。如《三国演义》"天下合久必分，分久必合"的朝代循环理论，由刘备"光复汉室"的初衷到蜀国的建立，历史完成了"新""旧"交替的大循环。而"一旦小说的视野从全天下缩小到三个独立的'王国'时，我们就能分别在每一王国中追寻到一种微循环，各自经历二至三代王朝的常规历程。"②魏蜀吴各自的"微循环"，并不脱"大循环"的基本规律。贾平凹《老生》以

---

① ［法］弗朗索瓦·于连：《圣人无意：或哲学的他者》，闫素伟译，商务印书馆2004年，第12页。

② ［美］浦安迪：《明代小说四大奇书》，沈亨寿译，生活·读书·新知三联书店2006年，第450页。

四个故事对应二十世纪中国四个阶段的重大历史史实，并从四个故事的循环往复中见出天地运行的大规律。每个小故事中的"老"与"生"，便是"结局"与"开端"的循环的明喻。沧海桑田、周而复始、治乱相替，隐喻着历史变化的大规则，这一规律与《山海经》所表征的中国人的思维相参照，构成了《老生》书写"人和"与"天道"的意义的双重性，无疑也内在地应和着《红楼梦》全息现实主义的基本精神①。陈思和将贾平凹自《秦腔》以来的写作方式命名为"法自然"的现实主义，并进一步发现"法自然"的写作，不同于"五四"以降的现实主义传统，"春夏秋冬自行运转，人不能左右，而且自然变化非常微小，不是通过一个事件、运动、标志产生，而是自然而然发生的。这样的自然的生态会形成一个转移的社会，如果尊重这样的社会规律去发展，其实就是一个自然。"②这与注重典型环境中的典型人物的塑造，以重要事件推动故事的运行的传统现实主义技巧有颇多隔膜，却与《红楼梦》的写作传统一脉相承。"《红楼梦》跟'法自然'的现实主义有非常大的关系，自然界是周而复始的。这样的过程跟西方小说不一样，西方小说是直线的，写一个大家庭衰败，一定是一代比一代差。我们学会了西方的理论套《红楼梦》，所以否定《红楼梦》后四十章以大团圆结尾。最后'大地白茫茫'我觉得非常好。"③西方传统现实主义的哲学根基，在近代理性主义思想，与启蒙运动以来的精神传统关联甚深，其现代性直线矢量进步时间观与单向度的社会进步观念与中国传统文化的循环历史观颇多抵牾。后者恰为《红楼梦》以降，具有全息现实主义特征的作品的基本特点。虽说尼采欲以"'（相同者的）永恒回归'逆转渊源于犹太—基督教救赎史的现代性直线矢量进步时间观而颠覆

① 参见杨辉：《〈老生〉的境界》，《中国艺术报》，2015年4月10日。
② 陈思和：《法自然：中国当代文学新审美》，未刊稿。
③ 陈思和：《法自然：中国当代文学新审美》，未刊稿。

现代性价值"①，这种努力并未能改变文学文本的时间图景。而《红楼梦》中人物命运的回环往复（贾兰、贾贵的重新中举），其实是一个大循环中的小循环。这也是贾平凹《老生》中的意味，冷暖交替，福祸相依的自然循环在极深的程度上，顺应着四季转换的自然规则。《古炉》以"冬"部始，而以"春"部作结，四季循环与人事变化相对应，内在地应和着《周易》的生命法则。"《周易》八卦六十四爻变化所揭示的生命法则，""是中华民族独特的存在哲学。"而"以全息主义形态构成这些信息综合体的就是所谓'道'。'道'作为必然、作为永恒引导着中国文化星座的运行轨道。"② 老子《道德经》以"道可道，非常道"开篇，总指"道"为宇宙之本源，创生天地万物的总原理或原动力。《韩非子·解老》曰：道者万物之所然也。又曰：道者万物之所成也③。《庄子·渔父》曰："道者，万物之所由也，庶物失之者死，得之者生，为事逆之则败，顺之则成。故道之所在，圣人尊之。"以"返转回复"为其根本特点的天地之"道"，反映在文学文本中，即为人事变换的循环往复。如《周易》"复"卦《象》曰："'反复其道，七日来复'，天行也。""复，其见天地之心乎？"④ 有规律的返转回复，是大自然的运行法则。而"回复的道理，大概体现着'天地'生育万物的用心。"⑤ 以有限人事的基本符码编织组合而演绎天地运行的法则，是全息现实主义的要义所在。亚里士多德为相对于"历史"之真的"诗"之真的正名之说，"诗人的职责不是描述已经发生的事情，而是描述可能发生的事情。即按照可然率和必然率可能发生的事情。"其中暗含着他对"诗"人可以因通晓"可然率"和"必然率"而能描述"未来"（未知）的能力的

① 参见尤西林：《心体与时间——二十世纪中国美学与现代性》，人民出版社2009年。第一章，现代性与时间。
② 胡河清：《中国全息现实主义的诞生·灵地的缅想》，学林出版社1994年，第202页。
③ 余培林注译：《新译老子读本》，台北：台湾三民书局2014年，第1页。
④ 黄寿祺、张善文：《周易译注》，上海古籍出版社2004年，第190页。
⑤ 黄寿祺、张善文：《周易译注》，上海古籍出版社2004年，第191页。

确认，的确触及到古希腊以降的"诗"与"哲学"之争的核心问题①。而"诗"的虚构与城邦的政治建制之间在运思方式上的"同一性"，或许是柏拉图将诗人驱逐出城邦的最为根本的原因。诗人依赖作品的创制而发现城邦政治的建构法则的行为，亦是《道德经》"鱼不可脱于渊，国之利器不可以示人"的告诫产生的原因。也就是因着这个原因，李敬泽并不赞同单纯从历史角度读解《老生》。从《庄子》《山海经》《红楼梦》到《老生》，都体现出古人对待"历史记忆的一种根本的精髓的态度"，"在我们古人那里，从《庄子》到《山海经》到《红楼梦》，有那么一个东西，你叫它大荒也好，荒唐也好，它是相对于我们这个沉重、喧闹的人世的，一个既是时间又是空间的，那么一个巨大的无限性的一个维度。"②进而言之，"中国小说的精髓，或者是古典小说的精髓，我们的'鲜花着锦，烈火烹油'，我们人世所有这些乱七八糟事，既是如此热烈、如此投入地去写着，去过着，同时我们又时时意识到这一切都是大荒之地，都是荒唐的，都是荒唐之地，荒唐之事。"③对大荒、荒唐的体会，是中国古典思想的精微知几之处，不以西方思想意义上的"真理"为目的，中国哲人"思"的目标，"不是让人知道，而是让人'悟'；不是要寻求和证明，而是阐明一致性（中国的'理'）。"④对西方思想有过反思的尼采曾经问过："我们为什么要'真'，而不要'非真'（或者'无定'，或者'无知'）呢？""这个问题本身即具有根本性，甚至是最根本的问题"⑤，其根本性即在于，追求"真理"的西方

---

① 参见罗森：《诗与哲学之争》，华夏出版社。
② 李敬泽：《〈老生〉传达的绝不仅仅是记忆和历史，在"中国历史的文化记忆——贾平凹长篇新作〈老生〉读者见面会暨名家论坛"上的讲话》，未刊稿。
③ 李敬泽：《〈老生〉传达的绝不仅仅是记忆和历史，在"中国历史的文化记忆——贾平凹长篇新作〈老生〉读者见面会暨名家论坛"上的讲话》，未刊稿。
④ ［法］弗朗索瓦·于连：《圣人无意：或哲学的他者》，闫素伟译，商务印书馆2004年，第87页。
⑤ ［法］弗朗索瓦·于连：《圣人无意：或哲学的他者》，闫素伟译，商务印书馆2004年，第87页。

思想，先验地拒斥了"思"的另一种可能。一种从根本意义上直观体悟人与世界的终极关系的可能，不从人自身"发明"的概念和范畴出发，仅仅依靠自我对于生活世界的体悟而生发出世界观念，避免哲学视域的偏狭，内心向无限的可能性敞开。子曰："天何言哉？四时行焉，百物生焉，天何言哉？""在面对作为客体的世界时，'话语'（在说到世界，并把世界作为客体的同时）与世界保持着超验性的关系，'无言'则能让人们看到内在性，能让内在性流露：圣人在不言的同时，让'显'而易见的事物自己倾注而出。"①"自然者默成之"，后世禅家"不立文字，教外别传"的宗旨，便是对"智识"障碍的克服。《红楼梦》无稽崖青埂峰的"大荒"寓意；《老生》中四个时代四个故事与《山海经》的世界的文本互涉，在深层次里，体现了中国古典思想融汇神秘主义与理性主义的独特品质。"'蓍之德圆而神，卦之德方以智'。'圆神'是神秘主义，'方智'是理性主义。"②虽以易卦推演世界，却并不据此认为世界可被完全掌握。易一名而含三义，曰简易，变易，不易。此三说"包涵着极其丰富的辩证法思想。'变易'者，大致等于西方的解构主义；'不易'则近乎结构主义。现代西方哲学中结构主义和解构主义攻来攻去，不亦乐乎。咱们的文化老祖《周易》却早已在'允执厥中'了。此抑亦西方流行思潮只能时髦于一时，而古老的《周易》却能长葆于天地间之故也欤？"③北魏佛道混同期在儒家之外，尚有佛道二教调适儒家思想所不及之处人的精神的平衡；有唐一代认宗老子，除提高李氏地位外，亦有以"道"补"儒"的政治用心。这在一定程度上克服了西方思想逻各斯（Logos）与秘索斯（Mythos），雅典与耶路撒冷，启示

---

① ［法］弗朗索瓦·于连：《圣人无意：或哲学的他者》，闫素伟译，商务印书馆2004年，第93页。
② 胡河清：《中国全息现实主义的诞生·灵地的缅想》，学林出版社1994年，第202页。
③ 胡河清：《中国全息现实主义的诞生·灵地的缅想》，学林出版社1994年，第202页。

与理性的内在分裂状态。此亦为"允执厥中""执两用中"的要义①。

四、克服"古今中西之争"的局限

由晚清开启，至"五四"强化的文化的"古今中西之争"，以西方文化和现代文化的胜出为基本格局，深度影响到二十世纪中国文学的文化选择。1980年代"文化热"又进一步强化了西学作为一代学人知识谱系与意识形态的核心地位，如不从"知识谱系"与"意识形态"层面深度清理"五四"全盘反传统主义以及"文化热"的话语残留，则难于从根本意义上赓续中国古典文脉，所谓的"返本开新"，亦不过空谈而已。也就是在这一意义上，张寅彭意识到，胡河清所强调的中国文学的全息现实主义，"应该就是一种融通古、今、中、外文化，同时又通于人的生命精神乃至天外星系神秘系统的'全通'的化境。"②所谓的"全通"的化境，即并不在任何单一思想单一文化的立场上思考世界。经由古希腊以降的西方思想的迂回，于连发现，中国古典思想的根本特点，即"圣人无意"，"所谓'无意'，是指圣人不会从很多观念中单独提取一个：圣人的头脑中不会先有一个观念（'意'），然后由此而演绎，或至少展开他的思想。"③要言之，"圣人不持有任何观念，不为任何观念所局囿。"从更加严谨也更为严格的字面意义上说，"圣人不提出任何观念。"④其精神向丰富而复杂的生活世界敞开，在"天""地""人"的多重意义上观照"人在宇宙中的位置"，尊重世界的复杂性和理解世界的思想的多元却不泥于一隅。是为《周易》全息主义精神的精华所在，也是我们在新的中西文化语境下走出"古今中

---

① 可参考吴宓《文学与人生》对中西文化境界的区分。
② 张寅彭：《二十年后纪念胡河清的意义·胡河清文集》，安徽教育出版社2014年，第2页。
③ ［法］弗朗索瓦·于连：《圣人无意：或哲学的他者》，闫素伟译，商务印书馆2004年，第7页。
④ ［法］弗朗索瓦·于连：《圣人无意：或哲学的他者》，闫素伟译，商务印书馆2004年，第7—8页。

西之争"的话语的牢笼的前决条件。

　　同样是二十余年前，与胡河清同在华东师大任教的批评家李劼在其论《红楼梦》的著作中，表达了他对"审美向度的严重阙如和人文灵魂的空前缺席"的文化状况的忧虑。他并未援引海德格尔黑暗时代的精神隐喻，但将1990年代视为"历史的败落到了无以复加的地步"[1]，已不难见出其与海氏文化忧思的暗合之处。海德格尔返归古希腊思想以缓解其时代的精神危机的思想理路，在李劼这里则是对《周易》与《红楼梦》的精神召唤。他们几乎在同一理路上昭示着文化精神"返本开新"的必要性。虽说置身于中国文化精神"败落"的1990年代，李劼对文化的复兴的可能却并不悲观。"文化气脉的这种走向，从另一个角度说来，似乎又是一种复兴的迹象。因为不管如何衰败，整个文化依然气息尚存。"[2]中华文化有着极为顽强的生命力和自我调适的潜能，游牧民族两次入主中原，但终为中原文化所化，佛教自东汉传入，而以中国"禅宗"的形式开出新的文化命脉。"近百年来西方文化的挑战，是否也为汉语文化提供了一个历史契机呢？"而以中华文化核心精神为基础的"《红楼梦》所提供的历史文化全息图像去观照西方文化，则可以对西方文化从希腊时代到20世纪的演变历程有一个极具参照意味的观察。"[3]经由"中国"反观"希腊"思想的于连以现象学"悬置"的思想方式进入中国思想，"他没有试图把中国思想家的文章归在西方哲学/汉学的某种传统范畴之中。"[4]他尽力避免以西方"理性"的观念规训中国的思想。因此他能够发现不同于欧洲的"中国的态度"，这种态度并不以"从希腊哲学和圣经革命的碰撞中所产生的思想"即"对'存在'

---

[1]　李劼：《自序·红楼十五章》，新星出版社2010年。
[2]　李劼：《自序·红楼十五章》，新星出版社2010年。
[3]　李劼：《自序·红楼十五章》，新星出版社2010年。
[4]　阿兰·里约：《弗朗索瓦·于连的对比分析法·中欧思想的碰撞》，夏蒂埃、马尔歇兹主编，闫素伟等译，中国人民大学出版社2011年，第30页。

的思考、对典型的'是'的思考为焦点"。它追随世界生生不息的运动过程，"运动永不停息，永远不会停留在某个固定状态上，中国的思想也就绝不是使事物'僵化'。"① 通过避免与世界发生直接冲突，中国思想家"知道自己是这个世界的一部分，并试图找到他们在事物发展进程中的位置。"为此，"他们采用的是内在性的方法，优先看重的是事物发生发展的方式。"② 从对天地万物的静观中获致理解并把握世界的基本方式，以"致虚极，守静笃"的态度观物取象，中国思想走上了不同于西方思想的另一"智慧"。这种智慧的全息性隐含着缓解当下文化困境的精神潜能。当年与胡河清"雪夜对谈"的贤者正是察觉到这一点，才有了如下的告诫："大凡伟大作家的生命历程，都是一个自我克服与自我消失的过程。当他们的'我执'彻底消解之时，民族文化的精蕴便会神灵附体。他们也就'采补'到了最深厚的文化传统的底气。"因是之故，"真正的作家越老灵气越足。在自我消解的过程中，他们的'天目'洞开了。看见的就不再是一些少年时代的梦中幻影，而是超越现象界的民族文化的'龙虎真景'"③。他们的"破我执"的过程，便是重新思考文化的"古今中西之争"的过程，是走出西方话语的牢笼从而"如其所是"地理解中国文学与文化传统的过程。当然，最为重要的还是，如何以返本开新的姿态，赓续中国古典文脉。陈平原努力在谈论"传统"与"现代"之时，既注意到中国现代文学与中国古典文学之间的表层的断裂，也关注其中深层的承继关系，便是要努力辨析"千年文脉的接续与转化"④。在述及汪曾祺的精神境遇时，孙郁亦感慨中国横

---

① 阿兰·里约：《弗朗索瓦·于连的对比分析法·中欧思想的碰撞》，夏蒂埃、马尔歇兹主编，闫素伟等译，中国人民大学出版社 2011 年，第 31 页。
② 阿兰·里约：《弗朗索瓦·于连的对比分析法·中欧思想的碰撞》，夏蒂埃、马尔歇兹主编，闫素伟等译，中国人民大学出版社 2011 年，第 31 页。
③ 胡河清：《中国当代文学与文化传统·胡河清文存》，王晓明、王海渭、张寅彭编，生活·读书·新知上海三联书店 1996 年，第 93—94 页。
④ 参见陈平原：《千年文脉的接续与转化》，复旦大学出版社 2010 年，第 2—3 页。

亘千年的士大夫的传统的断裂，历史虚无主义的偏执所致的"读不懂古人"，遑论与古人精神交通的文化的"困境"①。这些困境的根本解决，在现象学的运思方法之外，恐怕还要学习些施特劳斯解经的方式，以古人的方式理解古人，否则的话，所谓的"文化救亡"和"回归古典"，可能仍然十分可疑，甚至最终无功而返。

---

① 参见孙郁:《革命时代的士大夫：汪曾祺闲录》，生活·读书·新知三联书店 2014 年，第 307—308 页。

结语　贾平凹研究：向新的可能性敞开

一、研究方法的进一步说明

思想史家弗朗索瓦·于连以"迂回与进入"的方法，尝试经由中国"从外部反思欧洲"，希望由此敞开自古希腊以降西方思想的"未思"的领域。"因为间接的迂回会导致我们去探查整个理论背景，去研究意义的谋略问题，就是精神用以依靠那应该重新全面审视的现实的方法。"① 以从根本意义上突破"制约我们固有的解释模式的理论成见"②。此一思路的形成，与于连充分意识到"中国思想"与"希腊思想"的"异质性"密不可分——"因为它（中国思想）与我们的哲学如此不同，我们与希腊思想暗含着的关联有可能阻碍我们去感知它的生命力"以及"估量它的价值"③。此一认识，已远高于以中西思想互相比附的运思方式。在有效规避希腊思想作为"先验认知图式"或"前理解"的局限性的基础上，于连发现中国思想一个重要特征：圣人无意。"'无意'的意思就是说，圣人不持有任何观念，不为任何观念所局囿"，从更加严谨的意义以及更为严格的字面意义上说，"圣人不提出任何观念。"④ 然而，就希腊以降的哲学史而言，"哲学的历史就是从提出一个观念开

---

① ［法］弗朗索瓦·于连：《迂回与进入》，杜小真译，生活·读书·新知三联书店2003年，第2页。
② ［法］弗朗索瓦·于连：《迂回与进入》，杜小真译，生活·读书·新知三联书店2003年，第3页。
③ ［法］弗朗索瓦·于连：《迂回与进入》，杜小真译，生活·读书·新知三联书店2003年，第4页。
④ ［法］弗朗索瓦·于连：《圣人无意：或哲学的他者》，闫素伟译，商务印书馆2004年，第7—8页。

始的，就是在不断提出观念。哲学把一开始提出的观念当成原则，其他的观念都是由此产生的，思想由此而组织成了体系。"①我们不应遗忘，"述而不作"（就其狭义而言）的思想方式几乎同时发生在希腊（苏格拉底）、印度（释迦牟尼）和中国（孔子），如果这其中暗含着后来为禅家反复申明的对语言的局限性的"警惕"，以及对"思想体系"作为思想之前理解的限制的自我省察，那么，后世思想家各执一端互相攻伐就违背了圣人开启思想之路的原初用心。以《周易》"乾"卦"见群龙无首，吉"为基础，于连意识到"天之所以有'德'，就是因为'天无自体'（所以才能够'无体不用，无用非其体'）"，基于此，"'天'才保证了事物的不断发展，让一切事物共同生存。"直言之，"我们的一切开始都是专断或个别的"，"人不可据一端以为之首"②。是为领会"中国思想"之先决条件，若无对希腊思想视域的自我省察和有效规避，于连对中国思想的理解想必不出黑格尔划定的范围，遑论发现中国思想的意义，在于那些希腊"哲学所没有想到的东西"③。由于连所开启的思想方式无疑可作为思想界及理论界面对百年来始终悬而未决的文化的"古今中西之争"的重要参照④，如本书绪论所言，非此，则不能从

---

① ［法］弗朗索瓦·于连：《圣人无意：或哲学的他者》，闫素伟译，商务印书馆2004年，第9页。

② ［法］弗朗索瓦·于连：《圣人无意：或哲学的他者》，闫素伟译，商务印书馆2004年，第9—10页。

③ 于连的思想方式，充分展现在其《进入思想之门：思维的多元性》（卓立译，北京大学出版社2014年）一书中，有兴趣的读者可进一步参看。亦可参看弗朗索瓦·于连、狄艾里·马尔塞斯：《〈经由中国〉从外部反思欧洲——远西对话》，张放译，大象出版社2005年。

④ 在《抗争现代名教——以章太炎、鲁迅与胡风为研究中心》一文中，金理对现代以来唯"名"是举，立"名"为教的思维定势进行了批判性反思。以章太炎、鲁迅、胡风为中心，金理详细探讨了现代名教之形成及批判与反思的思想路径：其要义之一，如鲁迅所言，应该把西方对问题的思考放到他们总结自己历史经验的脉络中去理解，亦即"从根抵处学习"；此外，以"破名"的姿态，重新敞开为"名教"遮蔽的思想论域。前一思维，颇近于本论文反复议及的现象学"悬置"的方法；而后者则为本论文申论之先验批判的思想论域。金理虽并未明确言及晚清以来的"古今中西之争"，然其论文所涉，与此问题论域关联甚深。经现代名教批判之后的精神空间，庶几近于经由先验批判之后重新敞开的思想论域，二者之间颇多可以互相发明相互印证之处。详细论述，可参见金理：《抗争现代名教——以章太炎、鲁迅与胡风为研究中心》，复旦大学，2008届博士论文。

根本上克服现代性视域的内在局限，所谓的"返本开新"最终难免无功而返。

当然，当下中国的具体情况，较于连所面对的思想情境，要更为复杂。自晚清以降，中国古典思想被迫面临"古典学问"与"现代学问"的切分，"从而有了现代意义上的'古今之争'"，与此同时，文化问题因与民族存亡问题关联甚深而引入了"中西之争"。时隔一个多世纪之后，"西方的现代性学问已然成了我们自己的学问"，而"如何对待已然变成'古典'的传统文教经典，同样成了我们的问题。"①基于"我们的前辈已经自觉意识到的中国文明的现代危机，基于百年来我们自己的生活方式所面临的文明政治问题"，刘小枫建议设立中国的古典学，其覆盖面既"立足于先秦至清末的历代经籍"，还必须涵盖"从希腊古风时期至法国大革命前后的整个西方政制的历史变迁及其经籍。"②这与本书绪论部分审慎提出包括自先秦以至于晚清的中国文学"大传统"，"五四"以降的文学"小传统"，以及西方文学传统在内的"大文学史观"的命意颇相类似。在此一思路展开过程中，之所以首先强调并反复申论打通中国文学"大传统"与"小传统"的意义，既与当下理论界及文学界"古""今"分隔的现状密不可分，亦与在全球化的文化语境下，构建华夏民族文化身份的迫切性关联甚深。

在哲学家张志扬看来，若要完成历经现代劫难之后的华夏文化的"归根复命"，必须意识到 1840 年被西方坚船利炮击败的老旧中国 170余年来"尾随西方如在押，几乎造成文化根脉的中断，以致文化复兴成为百年未解的难题"③的基本境遇。然若以纠现代性之偏为口实，把"归根"变成"复古"，其思想理路，仍未脱二元对立思维的鄙陋，不

---

① 刘小枫：《比较古典学发凡》，复旦大学出版社 2015 年，第 1 页。
② 刘小枫：《比较古典学发凡》，复旦大学出版社 2015 年，第 1 页。
③ 张志扬：《归根复命——古典学的民族文化种姓》，《海南大学学报人文社会科学版》2013年第 1 期。

出现代性思想之运思范围。是故，"'归根'开出来的'复命'之'命'，实乃救治'现代性危机'即驾驭'物'的人义论之回归'极高明而道中庸'的'致人和'。"①张志扬之所以将"中国人问题"与"犹太人问题"对举，根本用意即在申明，若不能走出晚清以来"救亡—启蒙"问题所"划定"之思想界限，完成中华文化的归根复命，走回自己民族的文化之路，则华夏民族将失却民族文化种姓，而沦为"无根"的一族，精神消亡于西方现代性观念而不自知②。

对以"无言"为初始状态的中国文化而言，"无言是境界，也是特征。常识一说便俗，智慧无需炫耀。此乃'道可道，非常道'的涵义所在。老子打破沉默，混沌被迫开窍。实在是迫不得已。上古先哲，高度警惕语言的撒谎本性。"③此种境界，西方至二十世纪维特根斯坦以降，始有觉悟。中华文化之运思方式以及对智慧的追寻，既不同于希腊思想以来的西学传统，故而其间难于交通之处颇多。胡适以西学方式梳理禅宗史，为铃木大拙所"不齿"，原因亦在此处。要完成中国的文艺复兴，需要承续中国古典文脉。此一思路符合老子复返婴儿之说的真谛，亦合于其"反者道之动"的根本命意，但在复杂多元的当下思想语境中具体如何运思，却因各家未及明言而不甚了了。

不独文学和思想界，几乎无远弗届的现代性规训力量亦波及史学界。意图在"西方（主要是西欧）文化系统的对照下"，"去认识中国文化传统的特色"，是余英时早年即形成之史学构想。但此种研究必须充分意识到"中国与欧洲各自沿着自己的历史道路前进"，并形成各自

---

① 张志扬：《归根复命——古典学的民族文化种姓》，《海南大学学报人文社会科学版》2013年第1期。

② 对此一问题的详细论述，可参考张志扬：《中国人问题与犹太人问题（代前言）·"中国人问题"与"犹太人问题"》，萌萌学术工作室编，生活·读书·新知三联书店2011年。亦可进一步参见张志扬：《偶在论谱系：西方哲学的阴影之谷》，复旦大学出版社2010年。以及程志敏，张文涛主编：《从古典学开始》，华东师范大学出版社2015年。

③ 李劼：《中国文化冷风景》，台北允晨文化实业股份有限公司2013年，第11页。

之历史及文化特色。但"五四"之后，"理论上的'西方中心论'和实践中的'西方典型论'构成了中国史学研究中的主流意识。"中西历史之比较虽常常有很大启发性，但一味"牵强比附（'forced analogy'）[①]则只能在中国史研究上造成混乱与歪曲而已。"[②]而解决此一问题的方式，是以"文明的冲突论"取代单一的现代化理论视域，并深刻领会"中国文化是一个源远流长的独特传统"的根本意涵，且以之为史学研究之基本预设。

如本书绪论所述，以现象学"悬置"的方式，庶几可以避免现代性理论作为"前理解"之弊，且能敞开新的理论视域。仅此，虽能有效克服现代性观念之弊，却不能解决以何种阐释学经验及眼光进入古典文本的问题。一如绪论所引南帆的反诘，不可能存在一个理解的"乌托邦"状态，以何种眼光进入文本十分紧要。笔者虽赞同成中英"本体诠释学"的理论创见，但以为其方法论仍有拓展的余地[③]。因是之故，除现象学的运思方式外，本书尝试引入政治哲人利奥·施特劳斯的释经学方法，即以"古人的方式理解古人"。以"古人的方式理解古人"的前提，是克服现代视域，犹如文学批评的日内瓦学派意识批评的运

[①]　此论颇近于张江反思西方文论所用之"强制阐释"的说法："强制阐释是当代西方文论的基本特征和根本缺陷之一。各种生发于文学场外的理论或科学原理纷纷被调入文学阐释话语中，或以前置的立场裁定文本意义和价值，或以非逻辑论证和反序认识的方式强行阐释经典文本，或以词语贴附和硬性镶嵌的方式重构文本，它们从根本上抹杀了文学理论及批评的本体特征，导引文论偏离了文学。"（张江：《强制阐释论》，《文学评论》2014年第6期）将此说中之"场外理论"与"文论"换作"西学"与"中学"，大致相通于前文述及的"先验批判"的根本命题。张江清理"西方文论"以"场外征用"的方式"强制阐释"而形成之文论话语，其意亦略同于本书申论之思想理路。但笔者与张江的"分歧"，则在于笔者强调"悬置"现代性理论，而非张江申论之"清理"，运思虽约略相似，而旨趣却全然不同。对此问题详细申论，可参见张江：《当代西方文论若干问题辨识——兼及中国文论重建》，《中国社会科学》2014年第5期。

[②]　余英时：《余英时作品系列总序·现代危机与思想人物》，生活·读书·新知三联书店2005年，第6页。

[③]　参见成中英，杨庆中：《从中西会通到本体诠释——成中英教授访谈录》（中国人民大学出版社2013年）第三章"出入中西：本体诠释学的思想资源"第一部分"关于比较哲学"及第四章"融通古今：本体诠释学的理论建构"。

思方式：清理自我的前理解，并最大限度向作家的精神世界敞开①。施特劳斯的此一思路，既与其为克服政治哲学的现代性传统而绕开马基雅维利以降的政治哲学论说关联甚深，亦与其对"双重写作"（隐微写作／显白写作）的创造性"发现"密不可分。施特劳斯指明经典文本的"作者的意图比传统所理解的远为复杂"。"在当代解释学理论家把作者意图原则当作过分简单化的解释性指南予以消解之时，施特劳斯也许会说，他们之所以如此，仅仅是因为他们自己用过分简单化的观念来对待作者的意图。"②进而言之，并不存在一种适合所有文本的统一的解释学原则，伽达默尔所申论之哲学解释学同样难免对复杂文本的简单化处理的弊病。因为，"对施特劳斯而言，有不同类型的作者、不同类型的文本、不同类型的读者，绝无任何单一的方法能在同一基准上对付这一切。"③因是之故，注意思想文本之"文学"特征（作法），成为施特劳斯释经学的重要基础。通过对作者谋篇布局的通盘考虑，施特劳斯从文本中开出如其所是地进入文本的"隐微"的方法。这种有效克服陈陈相因的思维方式的先验局限，以虚己以待的运思理路重新敞开未思的领域的精神姿态，是施特劳斯潜心研读古代典籍且新见迭出的重点所在，亦是本书引入其研究方法的根本目的。

二、贾平凹研究：一个延展性的论题

1980 年代开启之"重写文学史"，有其特定的社会历史及文化精神背景④，后文革时期新启蒙思想的确立，为突破既定的思想范式及文学史叙述提供了可能，但受制于彼时的文学观念，《中国当代文学史教程》

① 可参见乔治·布莱：《批评意识》，郭宏安译，广西师范大学出版社 2002 年。

② 坎特：《施特劳斯与当代解释学·经典与解释的张力》，程志敏译，刘小枫、陈少明编，上海三联书店 2003 年，第 100 页。

③ 坎特：《施特劳斯与当代解释学·经典与解释的张力》，程志敏译，刘小枫、陈少明编，上海三联书店 2003 年，第 103 页。

④ 参见杨庆祥：《〈"重写"的限度："重写文学史"的想象和实践〉，北京大学出版社 2011 年。

未能从整体性上申论贾平凹及其作品的文学史价值。《中国当代文学史》对此虽稍有突破，但仍未有更为突出的拓展。《中国当代文学主潮》与《中国新文学史》较之前两者视野更为宽泛，但史家或显或隐的"现代性"理论视域内在地限制了其论述所能展开的程度。因是之故，本书尝试重启文化的"古今中西之争"的问题论域，以在更为宽泛的语境下对二十世纪中国文学中悬而未决的"评价"问题作进一步反思。超越"现代性视域"及融通"大传统"与"小传统"，建构一种大文学史观，是此问题题中应有之义。

经由对 1980 年代以来贾平凹研究史的梳理，胡河清、李敬泽、孙郁及吴义勤的研究可以归为一脉。从中国文学"大传统"所持存之文学史视域出发，他们分别意识到贾平凹作品与中国古典文脉的承续关系，以及如何在突破文学评价的现代性视域的基础上，对贾平凹作品之意义作深入说明。此一研究思路的意义，突出体现在贾平凹新作《老生》的阐释中。以《山海经》所代表的中华民族文化的集体无意识，民族的本真形象为参照系，贾平凹突破了从二十世纪理解二十世纪的历史视域的局限，将作品的思路引向更为宽广的文化与历史空间。《山海经》的世界想象，在《老生》中衍化为人之命运转换的精神背景。百年中国历史不过是人物施展抱负的舞台，其背后是广阔天地宇宙万物，有人在天地之间的大悲哀大寂寞大欢喜。这是真正的中国智慧中国思维，一半写人和，一半写天道，二者的合一，便是《老生》隐秘意义的所在。该作因此也成为贾平凹以中国古典文化精神空间为参照，表达我们时代的典型文本。《老生》所彰显的文化思想理路，既合于《周易》"复卦""返转回复"之意，亦相通于老子"复归婴儿"及"反者道之动"的基本精神。其精神理路，远出现代性视域之上，而与中国文学"大传统"相交通，是为接续中国文学千年文脉思路之一种。若无突破现代性视域的文学史视界，则《老生》亦难免文体驳杂、意义混乱之讥。

以"水""火"之性喻"文之道"，贾平凹申明其文学思维及诗学品质所属之文学及文化精神谱系。此一谱系根植于以《周易》智慧及老庄思想为核心的中国文化的柔性特质，隐含着全息现实主义的基本精神。此一思路及其文学史意义，有待论者在更为宽泛的理论语境下，做更为深入的说明。

通过将文化的"古今中西之争"重新"历史化""问题化"，以充分释放被压抑的中国文学"大传统"作为当代文学评价视域的解释学效力，并进一步对当前流行的《文学史》做知识谱系的考掘，以清理既定文学史评价视域的话语"残留"，从而敞开新的评价视域。但限于篇幅，本书仍然存在着两个有待申论的重要命题。此两者的存在，表明贾平凹研究，仍属一个具有延展性的话题。

三、两个有待展开的重要论题

由本书的研究方法及核心问题可以自然延伸出两个重要论题：其一为以现象学"悬置"的方法，暂时悬置文学评价的现代性视域之后，如何填充已然敞开的精神空间。易言之，即以何种评价视域进入具体的文本及现象分析。其二为对文学史的"故事类型"及"叙事语法"（知识谱系和评价标准）作先验批判之后，如何重新建构新的文学史观（前文述及的"大文学史观"虽有文学史视域拓展的意义，但失之于太过宽泛，无法具体完成文学史视域的重组），以在更为宽泛的文学史观念之中完成贾平凹的文学史"定位"。这两个问题，前文虽有论及，但因篇幅所限，均未及展开，现稍作延伸性讨论，以为正文之补充。

前一个问题，就其内在的谱系而言，密切关联着文学理论界自1990年代以来时有论及，却收效甚微的"中国（古代）文论的现代转换"或者说"中国文论的现代重建"问题。1990年代在初步展开的全球化的宏大语境下，基于对中国文论"失语"的焦虑，理论界首开"中国文论的现代转换"问题，但囿于论者反思此一问题的先验认知图式仍在西方文论话语所开启论域之中，故而中西文论的简单比附成为一时之盛，由此形成之话语的喧哗渐次平静之后，"现代转换"之根本困难仍然是一个"未思"的论题①。何况在部分论者的眼中，此一问题早已"历史化"，且耗尽了其理论能量。基于此，本书尝试将此问题重新"历史化""问题化"，以返归该问题产生的逻辑起点，并进一步将此一问题所涉之论域延伸至自晚清开启，至"五四"强化之文化的"古今中西之争"的问题视域。后者所开出之文化及文学症候，"中国文论的现代转换"当属其中②之一。如不从此一语境深度观照文学及文化的视域问题，则中国文论重建的努力，仍然难脱 1990 年代虽盛极一时，最终却无功而返的"中国文论的现代转换"的既定命运。

以留美学人陈世骧提出之中国文学"抒情传统论述"③为基础，王德威开出"现代抒情传统"说，并以之重构现代文学地图。此一思路，

---

①　对此一问题的不同反思，可参见张江《当代西方文论若干问题辨识——兼及中国文论重建》（《中国社会科学》，2014 年第 5 期），南帆《中国文学理论的重建：环境与资源》（《中国社会科学》，2015 年第 4 期），高建平、周宪、南帆、朱立元、姚文放、王宁《当代中国文论的反思与重建》（《中国社会科学》，2015 年第 4 期），朱立元《关于中国古代文论现代转换的再思考》（《中国社会科学》，2015 年第 4 期）。以上论文对此一问题的反思理路虽有不同，但均充分意识到在新的文学与文化语境下，重新思考中国文论的重建问题，已是文学理论界的重要命题之一。需要特别说明的是，目前国内理论界对此问题的反思，是与对西方文论的"批判"密切相关，自鸦片战争后，170 余年来，国内学界在中西文化核心精神之差异性的基础上深度反思古今中西问题，尚属首次。张江以"强制阐释"及"场外征用"来指陈西方文论之弊的说法，近期亦引发学界广泛关注。《文艺争鸣》杂志对此设有专题，以展开充分论述。此举无疑意义非常。

②　以此一思路延伸出新的研究范式的重要研究成果，集中于柯庆明、萧驰编：《中国现代抒情传统的再发现——一个现代学术思潮的论文选集》，台湾大学出版社 2009 年。以及陈国球、王德威编：《抒情之现代性："抒情传统论述"与中国文学研究》，生活·读书·新知三联书店 2014 年。亦可参见吕正惠、高友工、蔡英俊等人的相关论著。

③　需要特别说明的是，陈世骧之"抒情传统论述"，从其问题意识及理论基础开始，就内在地关联着中西文学与文化会通的根本问题。极而言之，"抒情传统论述"可以看做应对西方文学规训力量的方式之一种，其运思理路，不脱中西之争的基本范畴。对此问题的详细申论，可参见柯庆明为《中国现代抒情传统的再发现——一个现代学术思潮的论文选集》（台湾大学出版社中心 2009 年）所作序言。陈世骧亦明确指出："中国文学和西方文学传统（我以史诗和戏剧表示它）并列，中国的抒情传统马上显露出来。"可进一步阅读陈世骧：《中国文学的抒情传统：陈世骧古典文学论集》，张晖编，生活·读书·新知三联书店 2015 年。

可作为解决第二个问题的尝试性方法。在《现代抒情传统四论》一书中，以江文也、台静农及胡兰成为研究对象，王德威重建了"另类"的现代文学史谱系。此一谱系的自然延伸，可以容纳包括沈从文、贾平凹在内的诸多作家①。不仅如此，王德威还尝试对"现代抒情传统说"作进一步的理论说明和治史观念的建构②。如放宽论述视域，可知此一思路并不特出。陈世骧此说在港台学界泽被甚广，柯庆明、萧驰、蔡英俊、高友工、吕正惠等学者对此说均有不同程度之发挥。但有心以此说重构中国文学史谱系者，仅王德威一人而已。因是之故，以王德威相关论著所指陈之方法，作文学史观念的调适，申论中国文学"抒情传统"之于打通"大传统"与"小传统"的逻辑分野之后的"大文学史"的意义，并重建中国文学史叙述，不惟是拓展贾平凹研究的可能性路径，亦是有效推进二十世纪文学研究范式转变的重要方式。

---

① 2015年4月15日，王德威在陕西师范大学所作的演讲，以"抒情传统"说梳理中国文学。其论述所涉，以屈原始，以贾平凹终，就中包括沈从文等作家。此一思路，与目下文学史论述之由废名到沈从文，再到汪曾祺、贾平凹的谱系颇为相似，但因有理论的详尽反思，其立论更为合理，也更加深刻。

② 关于此一问题，可参见李杨：《"抒情"如何"现代"，"现代"怎样"中国"——"中国现代抒情现代性"命题谈片》，《天津社会科学》2013年第1期。李杨文章对王德威的思路虽有不同意见，但细加考辨，不难察觉从根本立论上，李杨并不否认"抒情传统"重构文学史秩序的功能。在本书第一部分关于陈思和、洪子诚的文学史视域的反思中，笔者亦述及李杨对以上两者的"批评"意见，可以参照阅读，其中脉络便不难辨明。

参考文献

一、专著类

（一）国外

［1］［英］爱·摩·福斯特：《小说面面观》，苏炳文译，花城出版社 1984 年。

［2］［美］W.C.布斯：《小说修辞学》，华明、胡苏晓、周宪译，北京大学出版社 1987 年。

［3］［法］罗贝尔·埃斯卡尔皮：《文学社会学》，于沛编译，浙江人民出版社 1987 年。

［4］［英］特里·伊格尔顿：《当代西方文艺理论》，王逢振译，中国社会科学出版社 1988 年。

［5］［苏］鲍·苏奇科夫：《现实主义的命运》，傅仲选等译，外国文学出版社 1988 年。

［6］［荷］佛克马、蚁布斯：《二十世纪文学理论》，林书武等译，生活·读书·新知三联书店 1988 年。

［7］［法］热拉尔·热奈特：《叙事话语·新叙事话语》，王文融译，中国社会科学出版社 1990 年。

［8］［法］福柯：《知识的考掘》，王德威译，麦田出版有限公司 1993 年。

［9］［捷］米兰·昆德拉：《被背叛的遗嘱》，余中先译，上海人民出版社 1995 年。

［10］［荷］佛克马、蚁布斯：《文学研究与文化参与》，俞国强译，北京大学出版社1996年。

［11］［美］蒲安迪：《中国叙事学》，张文定译，北京大学出版社1996年。

［12］［意］卡尔维诺：《未来千年文学备忘录》，杨德友译，辽宁教育出版社1997年。

［13］［英］戴维·洛奇：《小说的艺术》，王峻岩译，作家出版社1998年。

［14］［俄］巴赫金：《诗学与访谈》，白春仁、顾亚玲等译，河北教育出版社1998年。

［15］［俄］巴赫金：《拉伯雷研究》，李兆林、夏忠宪译，河北教育出版社1998年。

［16］［美］乔纳森·卡勒：《当代学术入门：文学理论》，李平译，辽宁教育出版社1998年。

［17］［法］福柯：《规训与惩罚》，刘北成、杨远婴译，生活·读书·新知三联书店1999年。

［18］［美］凯特·米利特：《性政治》，宋伟文译，江苏人民出版社2000年。

［19］［法］布迪厄：《艺术的法则：文学场的生成和结构》，刘晖译，中央编译出版社2001年。

［20］［美］安敏成：《现实主义的限制》，姜涛译，江苏人民出版社2001年。

［21］［美］李欧梵：《中国现代文学与现代性十讲》，复旦大学出版社2002年。

［22］［美］埃里希·奥尔巴赫：《模仿论》，吴麟绥等译，百花文艺出版社2002年。

［23］［荷］米克·巴尔：《叙述学》，谭君强译，中国社会科学出版社 2003 年。

［24］［美］王德威：《想象中国的方法：历史·小说·叙事》，生活·读书·新知三联书店 2003 年。

［25］［美］王德威：《现代中国小说十讲》，复旦大学出版社 2004 年。

［26］［美］韦勒克·沃伦：《文学理论》，刘象愚等译，江苏教育出版社 2005 年。

［27］［美］华莱士·马丁：《当代叙事学》，伍晓明译，北京大学出版社 2005 年。

［28］［美］詹姆斯·米勒：《福柯的生死爱欲》，高毅译，上海人民出版社 2005 年。

［29］［美］王德威：《当代小说二十家》，生活·读书·新知三联书店 2006 年。

［30］［加］诺斯罗普·弗莱：《批评的解剖》，陈慧等译，百花文艺出版社 2006 年。

［31］［美］哈罗德·布鲁姆：《影响的焦虑》，徐文博译，江苏教育出版社 2006 年。

［32］［美］唐小兵编：《再解读：大众文艺与意识形态（增订版）》，北京大学出版社 2007 年。

［33］［德］顾彬：《二十世纪中国文学史》，范劲等译，华东师范大学出版社 2008 年。

［34］［美］孟久丽（Julia K.Murray）：《道德镜鉴——中国叙述性图画与儒家意识形态》，何前译，生活·读书·新知三联书店 2015 年。

［35］［法］佛朗索瓦·于连、狄艾里·马尔塞斯：《（经由中国）从外部反思欧洲——远西对话》，张放译，大象出版社 2005 年。

［36］［美］柯文：《在传统与现代性之间——王韬与晚清革命》，雷颐译，江苏人民出版社 2006 年。

［37］［美］麦卡拉（McCullagh,C.B）：《历史的逻辑——把后现代主义引入视域》，北京师范大学出版社 2008 年。

［38］［德］西美尔：《历史哲学问题——认识论随笔》，上海译文出版社 2006 年。

［39］［美］浦安迪：《前现代中国的小说·浦安迪自选集》，刘倩等译，生活·读书·新知三联书店 2011 年。

［40］［荷］约斯·德·穆尔：《有限性的悲剧：狄尔泰的生命释义学》，吕和应译，上海三联书店 2013 年。

［41］［法］勒维纳斯：《上帝·死亡和时间》，余中先译，生活·读书·新知三联书店 1997 年。

［42］［美］艾恺：《世界范围内的反现代化思潮——论文化守成主义》，贵州人民出版社 1991 年。

［43］［美］宇文所安：《他山的石头记——宇文所安自选集》，江苏人民出版社 2006 年。

［44］［英］雷蒙·威廉斯：《乡村与城市》，韩子满、刘戈、徐珊珊译，商务印书馆 2013 年。

［45］［法］让—伊夫·塔迪埃：《普鲁斯特和小说》，桂裕芳、王森译，上海译文出版社 1992 年。

［46］［法］安德烈·莫洛亚：《追寻普鲁斯特》，徐和瑾译，上海译文出版社 2014 年。

［47］［法］热拉尔·热奈特：《叙事话语 新叙事话语》，王文融译，中国社会科学出版社 1990 年。

［48］［美］詹姆斯·哈夫雷：《弗吉尼亚·伍尔夫作品中的叙述者和再现"生活本身"的艺术·伍尔夫研究》，瞿世镜编选，上海文艺出

版社 1988 年。

［49］［美］斯坦利·罗森：《诗与哲学之争》，张辉译，华夏出版社 2004 年。

［50］［俄］罗赞诺夫：《陀思妥耶夫斯基的"大法官"》，张百春译，华夏出版社 2002 年。

［51］Lionel Trilling.*The liberal imagination*.New York: New York Review Books,2008.

［52］Steven B.Smith.*The Cambridge companion to Leo Strauss*.New York:Cambridge University Press,2009.

［53］Michael Polanyi.*Science,Faith,Society*.Chicago:University of Chicago Press,1964.

［54］Michael Polanyi.*Personal Knowledge*.Chicago:University of Chicago Press,1962.

［55］Leo Strauss. *What is Political Philosophy? And Other Studies*. Chicago: University of Chicago Press,1988.

（二）国内

［1］贾平凹：《山地笔记》，上海文艺出版社 1980 年。

［2］贾平凹：《小月前本》，花城出版社 1984 年。

［3］贾平凹：《废都》，北京出版社 1993 年。

［4］贾平凹：《贾平凹文集：第十四卷》，陕西人民出版社 1998 年。

［5］贾平凹：《贾平凹散文大系：第五卷》，漓江出版社 1999 年。

［6］贾平凹：《怀念狼》，作家出版社 2000 年。

［7］贾平凹：《病相报告》，上海文艺出版社 2002 年。

［8］贾平凹：《朋友》，重庆出版社 2005 年。

［9］贾平凹：《我是农民》，中国社会出版社 2006 年。

［10］贾平凹：《高兴》，作家出版社 2007 年。

［11］贾平凹：《五十大话》［M］，人民文学出版社 2008 年。

［12］贾平凹：《宝鸡洼的人家》，人民文学出版社 2008 年。

［13］贾平凹：《制造声音》，人民文学出版社 2008 年。

［14］贾平凹：《进山东》，人民文学出版社 2008 年。

［15］贾平凹：《商州》，人民文学出版社 2008 年。

［16］贾平凹：《浮躁》，人民文学出版社 2008 年。

［17］贾平凹：《白夜》，人民文学出版社 2008 年。

［18］贾平凹：《土门》，人民文学出版社 2008 年。

［19］贾平凹：《高老庄》，人民文学出版社 2008 年。

［20］贾平凹：《丑石》，人民文学出版社 2008 年。

［21］贾平凹：《五魁》，人民文学出版社 2008 年。

［22］贾平凹：《带灯》，人民文学出版社 2013 年。

［23］贾平凹：《老生》，人民文学出版社 2014 年。

［24］余培林注译：《新译老子读本》，台湾三民书局 2014 年。

［25］老子著、吕岩释义：《吕祖秘注道德经心传》，韩起编校，广西师范大学出版社 2014 年。

［26］曹雪芹、高鹗著，王希廉、姚燮、张新之评：《红楼梦：三家评本》，上海古籍出版社 1988 年。

［27］杭辛斋：《周易智慧》，安徽人民出版社 2012 年。

［28］郭璞：《注〈山海经〉叙·山海经》，周明初点校，浙江古籍出版社 2010 年。

［29］郭璞：《郭氏阴阳元经·阴阳五要奇书》，九州出版社 2013 年。

［30］吕思勉：《古史辨（第五册）》，上海古籍出版社 1982 年。

［31］黄霖：《金瓶梅研究资料汇编》，中华书局 1987 年。

［32］牟忠秀编：《获奖小说创作谈 1978—1980》，文化文艺出版

社 1982 年。

[33]李泽厚：《中国现代思想史论》，东方出版社 1987 年。

[34]费秉勋：《贾平凹论》，西北大学出版社 1990 年。

[35]李红真：《忧郁的灵魂》，时代文艺出版社 1992 年。

[36]王仲生：《贾平凹的小说与东方文化》，陕西人民出版社 1992 年。

[37]赵园：《地之子：乡村小说与农民文化》，十月文艺出版社 1997 年。

[38]多维主编：《〈废都〉滋味》，河南人民出版社 1993 年。

[39]刘斌、王玲主编：《失足的贾平凹》，华夏出版社 1994 年。

[40]孙见喜：《鬼才贾平凹》，北岳文艺出版社 1994 年。

[41]王晓明编：《人文精神寻思录》，文汇出版社 1996 年。

[42]许子东：《当代文学阅读笔记》，华东师范大学出版社 1997 年。

[43]赵毅衡：《苦恼的叙述者：中国小说的叙述形式与中国文化》，十月文艺出版社 1994 年。

[44]杨义：《中国的叙事学》，人民文学出版社 1997 年。

[45]赵毅衡：《当说者被说的时候：比较叙述学引论》，中国人民大学出版社 1998 年。

[46]陈思和主编：《中国当代文学史教程》，复旦大学出版社 1999 年。

[47]洪子诚：《中国当代文学史》，北京大学出版社 1999 年。

[48]戴锦华：《隐形书写：90 年代中国文化研究》，江苏人民出版社 1999 年。

[49]张英：《文学的力量：当代著名作家访谈录》，民族出版社 2001 年。

[50]黄子平：《"灰阑"中的叙述》，上海文艺出版社 2001 年。

［51］中丹：《叙述学与小说文体学研究》，北京大学出版社 2001 年。

［52］韩鲁华：《精神的映象：贾平凹文学创作论》，中国社会科学出版社 2003 年。

［53］贾平凹、谢有顺：《贾平凹谢有顺对话录》，苏州大学出版社 2003 年。

［54］杨联芬：《孙犁：革命文学中的多余人》，中国文联出版社 2004 年。

［55］李建军：《时代及其文学的敌人》，中国工人出版社 2004 年。

［56］孟繁华、程光炜：《中国当代文学发展史》，人民文学出版社 2004 年。

［57］丹萌：《贾平凹透视》，百花文艺出版社 2004 年。

［58］李星、孙见喜：《贾平凹评传》，郑州大学出版社 2005 年。

［59］程光炜：《文学想象与文学国家》，河南大学出版社 2005 年。

［60］董健、丁帆、王彬彬主编：《中国当代文学史新稿》，人民文学出版社 2005 年。

［61］郜元宝、张冉冉编：《贾平凹研究资料》，山东文艺出版社 2006 年。

［62］洪子诚：《文学与历史叙述》，河南大学出版社 2005 年。

［63］雷达主编、梁颖编选：《贾平凹研究资料》，山东文艺出版社 2006 年。

［64］陈子善、罗岗主编：《丽娃河畔论文学》，华东师范大学出版社 2006 年。

［65］许爱珠：性灵与启蒙：《贾平凹的平平凹凹》，团结出版社 2007 年。

［66］孙见喜：《贾平凹传》，上海人民出版社 2008 年。

［67］张新颖：《沈从文的后半生：1948—1988》，广西师范大学出

版社 2014 年。

［68］沈从文：《沈从文全集第 19 卷》，北岳文艺出版社 2009 年。

［69］司马长风：《中国新文学史（下卷）》，昭明出版社有限公司 1980 年。

［70］陈鼓应、白奚：《老子评传》，南京大学出版社 2001 年。

［71］冯友兰：《中国哲学史新编（修订本）》，人民出版社 1983 年。

［72］鲍鹏山：《鲍鹏山新读诸子百家》，复旦大学出版社 2009 年。

［73］郜元宝编：《贾平凹研究资料》，天津人民出版社 2005 年。

［74］叶嘉莹：《人间词话七讲》，北京大学出版社 2014 年。

［75］柯庆明：《境界的再生》，台北幼狮文化事业公司 1977 年。

［76］萧驰：《中国思想与抒情传统第二卷：佛法与诗境》，台北联经出版事业股份有限公司 2012 年。

［77］王邦雄：《庄子内七篇·外秋水杂天下的现代解读》，远流出版社书业股份有限公司 2013 年。

［78］张文江：《〈齐物论〉析义·〈庄子〉内七篇析义》，上海人民出版社 2012 年。

［79］余国藩：《〈红楼梦〉〈西游记〉与其他：余国藩论学文选》，李奭学编译，生活·读书·新知三联书店 2006 年。

［80］李泽厚：《中国古代思想史论》，生活·读书·新知三联书店 2008 年。

［81］叶嘉莹：《王国维及其文学批评》，北京大学出版社 2014 年。

［82］唐君毅：《人生之体验》，广西师范大学出版社 2005 年。

［83］李劼：《中国文化冷风景》，允晨文化实业股份有限公司 2013 年。

［84］周锦：《中国新文学史》，长歌出版社 1977 年。

［85］王风：《世运推移与文章兴替：中国近代文学论集》，北京大

学出版社 2015 年。

　　[86] 牟宗三:《心体与性体》,上海古籍出版社 1999 年。

　　[87] 丁帆等:《中国乡土小说史》,北京大学出版社 2007 年。

　　[88] 张新颖:《沈从文与二十世纪中国》,复旦大学出版社 2014 年。

　　[89] 刘志荣:《此间因缘》,北京大学出版社 2014 年。

　　[90] 张新颖:《当代批评的文学方式》,广东人民出版社 2014 年。

　　[91] 黄永玉:《沈从文与我》,湖南美术出版社 2015 年。

　　[92] 涂卫群:《眼光的交织:在曹雪芹与马塞尔·普鲁斯特之间》,译林出版社 2014 年。

　　[93] 格非:《雪隐鹭鸶:〈金瓶梅〉的声色与虚无》,译林出版社 2014 年。

　　[94] 陈国球、王德威编:《抒情之现代性:"抒情传统"论述与中国文学研究》,生活·读书·新知三联书店 2014 年。

　　[95] 王润华:《从司空图到沈从文》,学林出版社 1989 年。

　　[96] 尤西林:《心体与时间——二十世纪中国美学与现代性》,人民出版社 2009 年。

　　[97] 杜维明:《道学政——儒家公共知识分子的三个面向》,钱文忠译,生活·读书·新知三联书店 2013 年。

　　[98] 刘小枫:《拯救与逍遥》,华夏出版社 2012 年。

　　[99] 林毓生:《中国传统的创造性转化(增订版)》,生活·读书·新知三联书店 2011 年。

　　[100] 陈晓明:《中国当代文学主潮》,北京大学出版社 2013 年。

　　[101] 李劼:《红楼十五章》,新星出版社 2010 年。

　　[102] 黄平:《贾平凹小说论稿》,云南人民出版社 2013 年。

　　[103] 傅元峰:《景象的困厄》,人民文学出版社 2014 年。

二、论文类

［1］邹秋帆：《生活之路：读贾平凹的短篇小说》，《文艺报》1978年5月23日。

［2］贾平凹：《爱和情：〈满月儿〉创作之外》，《十月》1979年第3期。

［3］《文艺报》编辑部：《深入农村写变革中农民的面貌和心理：在西安召开的农村小说创作座谈会纪要》，《文艺报》1981年第12期。

［4］陈传才：《时代特点·崭新个性·理想化》，《作品与争鸣》1981年第7期。

［5］《延河》记者：《记"笔耕"组贾平凹近作讨论会》，《延河》1982年第4期。

［6］费秉勋：《贾平凹一九八一年小说创作一瞥》，《延河》1982年第4期。

［7］陈深：《把生活的井掘得更深：贾平凹小说创作直观论》，《延河》1982年第4期。

［8］唐先田：《充满浓郁诗意和改革精神的农村画卷："评贾平凹的三篇中篇小说》，《江淮论坛》1984年第5期。

［9］蒋荫安：《柳暗花明又一村：读贾平凹的三个中篇》，《文学评论》1984年第5期。

［10］曾镇南：《农村社会变革急潮中的心理微澜：评贾平凹的几部中篇近作》，《光明日报》1984年8月30日。

［11］李建民：《在时代的潮流中吸取诗情：读贾平凹的两篇近作》，《小说林》1984年第11期。

［12］许柏林：《当前我国农民的社会心理：评贾平凹〈鸡窝洼的人家〉》，《当代作家评论》1985年第1期。

［13］李炳银：《历史的弃客，文学的典型：论贾平凹笔下的韩玄

子形象》，《当代文艺探索》1985 年第 3 期。

［14］费秉勋：《贾平凹创作历程简论》，《当代文坛》1985 年第 4 期。

［15］刘建军：《贾平凹论》，《文学评论》1985 年第 3 期。

［16］费秉勋：《贾平凹三部中篇新作的现实主义精神》，《小说评论》1985 年第 2 期。

［17］夏刚：《折射的历史之光：〈腊月·正月〉纵横谈》，《当代作家评论》1985 年第 1 期。

［18］蔡翔：《行为冲突与观念的演变：读贾平凹的〈腊月·正月〉》，《读书》1985 年第 4 期。

［19］韩石山：《且画浓墨写春山：漫评贾平凹的中篇近作》，《文学评论》1985 年第 6 期。

［20］刘再复：《论文学的主体性》，《文学评论》1985 年第 6 期。

［21］李振声：《商州：贾平凹的小说世界》，《上海文学》1986 年第 4 期。

［22］李陀：《中国文学中的文化意识和审美意识：序贾平凹著〈商州三录〉》，《上海文学》1986 年第 1 期。

［23］费秉勋：《贾平凹商州小说结构章法》，《人民文学》1987 年第 4 期。

［24］何振邦：《新时期文学形式演变的趋势》，《天津文学》1987 年第 4 期。

［25］李星：《混沌世界中的信念和艺术秩序》，《小说评论》1987 年第 6 期。

［26］王愚、贾平凹：《长篇小说〈浮躁〉纵横谈》，《创作评谭》1988 年第 1 期。

［27］李星：《混沌世界中的信念和艺术秩序：〈浮躁〉论片》，《小

说评论》1987年第6期。

［28］《小说评论》记者：《时代心理的整体把握：贾平凹长篇小说〈浮躁〉讨论会纪要》，《小说评论》1987年第6期。

［29］贾平凹、金平：《由"浮躁"延伸的话题：与贾平凹病榻谈》，《当代文坛》1987年第2期。

［30］董子竹：《成功地解剖特定时代的民族心态：贾平凹〈浮躁〉得失谈》，《小说评论》1987年第6期。

［31］李其刚：《〈浮躁〉：时代情绪的一种概括》，《文学评论》1988年第2期。

［32］唐达成：《贺浮躁》，《瞭望》1988年第50期。

［33］王彬彬：《俯瞰和参与：〈古船〉和〈浮躁〉比较观》，《当代作家评论》1988年第1期。

［34］郑小利：《〈浮躁〉疵议》，《小说评论》1998年第1期。

［35］周政保：《〈浮躁〉：历史阵痛的悲哀》，《小说评论》1987年第4期。

［36］汪曾祺：《贾平凹其人》，《瞭望》1988年第50期。

［37］刘火：《金狗论》，《当代作家评论》1989年第4期。

［38］吴亮：《评论的缺席》，《文化艺术报》1989年第4期。

［39］易毅：《〈废都〉：皇帝的新衣》，《文艺争鸣》1993年第5期。

［40］孙祖娟：《山地悲剧与山地文化：〈商州〉悲剧意识谈》，《名作欣赏》1993年第6期。

［41］吴亮：《城镇、文人和旧小说：关于贾平凹的〈废都〉》，《文艺争鸣》1993年第6期。

［42］陈晓明：《废墟上的狂欢节：评〈废都〉及其他》，《天津社会科学》1994年第2期。

［43］王晓明、陈海金、罗岗、李念、毛尖、倪伟：《精神废墟的标记：

漫谈"〈废都〉现象"》,《作家》1994 年第 2 期。

　　［44］赵学勇:《"乡下人"的文化意识和审美追求:沈从文与贾平凹创作心理比较》,《小说评论》1994 年第 1 期。

　　［45］陈思和:《民间的浮沉:对抗战到文革文学史的一个尝试性解释》,《上海文学》1994 年第 4 期。

　　［46］蔡学俭:《出版改革的目的是什么?》,《出版科学》1994 年第 4 期。

　　［47］康庆强:《出版改革的发展趋势》,《中国出版》1994 年第 6 期。

　　［48］刘慧同:《贾平凹谈对传媒的感受》,《新闻传播》1995 年第 2 期。

　　［49］费秉勋:《追寻的悲哀:论〈白夜〉》,《小说评论》1996 年第 1 期。

　　［50］石杰:《烦恼即菩提:有意选择而无意解脱:论贾平凹长篇小说〈白夜〉》,《唐都学刊》1996 年第 1 期。

　　［51］旷新年:《从〈废都〉到〈白夜〉》,《小说评论》1996 年第 1 期。

　　［52］吴晓平:《〈白夜〉:再落一回窠臼》,《雨花》1996 年第 3 期。

　　［53］陈荣贵:《当今文学批判缺席原因初探》,《上饶师范学院报》1997 年第 2 期。

　　［54］孟繁华:《面对今日中国的关怀与忧患:评贾平凹的长篇小说〈土门〉》,《当代作家评论》1997 年第 1 期。

　　［55］仵埂、阎建斌、李建军、孙建喜、王永生:《〈土门〉与〈土门〉之外:关于贾平凹〈土门〉的对话》,《小说评论》1997 年第 3 期。

　　［56］刘广远:《〈土门〉的探寻情结》,《锦州师范学院学报(哲学社会科学版)》1997 年第 3 期。

［57］包晓光：《循环与错位》，《锦州师范学院学报（哲学社会科学报）》1997 年第 3 期。

［58］钟本康：《世纪之交：蜕变的痛苦挣扎：〈土门〉的隐喻意识》，《小说评论》1997 年第 6 期。

［59］陈思和：《也谈"批评的缺席"》，《南方文坛》1997 年第 6 期。

［60］贾平凹、穆涛：《写作是我的宿命：关于贾平凹长篇小说新著〈高老庄〉访谈》，《文学报》1998 年 8 月 6 日。

［61］陶东风：《"批判缺席"的真实含义》，《文学自由谈》1998 年第 1 期。

［62］陈绪石：《〈白夜〉，〈废都〉的延续与变异》，《九江师范高等专科学校学报》1998 年第 1 期。

［63］孙见喜：《文学批判的深层意味：〈高老庄〉编辑手记》，《小说评论》1998 年第 6 期。

［64］陈晓明：《从虚构到仿真：审美能动性的历史转换》，《当代作家评论》1998 年第 1 期。

［65］贾平凹、孙见喜：《闲谈〈高老庄〉》，《文学自由谈》1993 年第 5 期。

［66］吴炫、贾平凹：《个体的误区》，《作家》1998 年第 11 期。

［67］於曼：《无奈的精神还乡：读贾平凹的长篇小说〈高老庄〉》，《小说评论》1999 年第 1 期。

［68］叶立文：《开启文化寓言之门：评贾平凹新作〈高老庄〉》，《小说评论》1991 年第 1 期。

［69］李裴：《自述体民族志：从〈高老庄〉看中国小说新浪潮》，《民族艺术》1999 年第 3 期。

［70］谢有顺：《贾平凹的实与虚》，《当代作家评论》1999 年第 2 期。

［71］肖云儒:《贾平凹长篇系列中的〈高老庄〉》,《当代作家评论》1999 年第 2 期。

［72］沈琳:《试析加西亚·马尔克斯对贾平凹创作的影响》,《外国文学研究》1999 年第 3 期。

［73］杨胜刚:《对贾平凹九十年代四部长篇小说的整体阅读》,《小说评论》1999 年第 4 期。

［74］张志忠:《贾平凹创作中的几个矛盾》,《当代作家评论》1999 年第 5 期。

［75］石杰、王馥香:《在文化的批判与建构之间:论贾平凹长篇小说〈高老庄〉兼及〈土门〉》,《锦州师范学院学报》2000 年第 3 期。

［76］聂进、何永生:《窘境与再生:评〈高老庄〉》,《当代文坛》2000 年第 4 期。

［77］雷达:《长篇小说笔记之五:贾平凹,〈怀念狼〉》,《当代作家评论》2000 年第 4 期。

［78］孙德喜:《何以安妥的灵魂:〈废都〉和〈白夜〉的文化解读》,《唐都学刊》2000 年第 2 期。

［79］王轻鸿:《"石不能言最可人":〈高老庄〉神话原型分析》,《荆门职业技术学院学报》2000 年第 2 期。

［80］赖大仁:《文化转型中的精神突围:〈高老庄〉的文化意蕴》,《江西广播电视大学学报》2000 年第 4 期。

［81］周立民:《当代作家评论》,《印象点击栏目》2000 年第 4 期。

［82］廖曾湖:《贾平凹访谈录:关于〈怀念狼〉》,《当代作家评论》2000 年第 4 期。

［83］胡殷红、贾平凹:《一只孤独的狼》,《南方周末》2000 年 6 月 16 日。

［84］余虹:《解构批评与新历史主义:中国文学理论的后现代性》,

《海南师苑学院学报》2000 年第 4 期。

[85] 周国清：《精致化文本模式的建构：读〈怀念狼〉》，《常德师苑学院学报 (社会科学版)》2001 年第 5 期。

[86] 姜飞：《〈怀念狼〉简论》，《钦州师范高等专科学院学报》2001 年第 3 期。

[87] 王军、乔世华：《重寻文学的根：谈贾平凹长篇新作〈怀念狼〉》，《沈阳师苑学院学报 (社会科学版)》2001 年第 3 期。

[88] 董新祥：《论贾平凹对魔幻现实主义的接受》，《咸阳师范学院学报》2001 年第 3 期。

[89] 费秉勋、叶辉：《〈怀念狼〉怀念什么》，《小说评论》2001 年第 1 期。

[90] 韦器闳：《狼的传奇与生命的疑虑：略论贾平凹的长篇小说〈怀念狼〉》，《河池师范高等专科学校学报》2001 年第 3 期。

[91] 张志平：《一种生态伦理的诗意想象：贾平凹近作〈怀念狼〉解读》，《名作欣赏》2001 年第 6 期。

[92] 贾平凹、张英：《我除了写作，还能干些什么呢？》，《作家》2001 年第 7 期。

[93] 贾平凹、王尧：《在传统与现代之间的新汉语写作》，《当代作家评论》2002 年第 6 期。

[94] 李建军：《消极写作的典型文本：再评〈怀念狼〉兼论一种写作模式》，《南方文坛》2002 年第 4 期。

[95] 李遇春、贾平凹：《传统暗影中的现代灵魂：贾平凹访谈录》，《小说评论》2003 年第 4 期。

[96] 石杰：《贾平凹创作中的生态伦理思想》，《徐州师范大学学报 (哲学社会科学版)》2004 年第 4 期。

[97] 韩鲁华：《心物交融 象生于意；贾平凹文学意象生成论》，

《小说评论》2004 年第 2 期。

　　［98］汪政：《论贾平凹》，《钟山》2004 年第 4 期。

　　［99］刘宁：《论贾平凹地域小说中的文化底蕴》，《小说评论》2004 年第 5 期。

　　［100］李震：《论 20 世纪中国乡村小说的基本传统》，《陕西师范大学学报（哲学社会科学版）》2005 年第 3 期。

　　［101］李震：《〈摩罗诗力说〉与中国现代诗学》，《中国现代文学研究丛刊》2006 年第 4 期。

　　［102］李震：《论〈古炉〉的叙事艺术》，《小说评论》2011 年第 3 期。

　　［103］李震：《关于〈带灯〉及贾平凹小说的几个问题》，《小说评论》2013 年第 4 期。

　　［104］吴义勤：《"贴地"与"飞翔"——读贾平凹长篇新作〈带灯〉》，《当代作家评论》2013 年第 3 期。

　　［105］吴义勤：《乡土经验与"中国之心"——〈秦腔〉论》，《当代作家评》2006 年第 4 期。

　　［106］吴义勤：《〈古炉〉阅读札记》，《当代作家评论》2013 年第 2 期。

　　［107］吴义勤：《在怀疑与诘难中前行——20 世纪 90 年代中国文学批评的反思》，《山东文学》2006 年第 9 期。

　　［108］吴义勤：《新世纪中国当代文学研究的现状与问题》，《文艺研究》2008 年第 8 期。

　　［109］李继凯：《中国西部文学研究三十年》，《文学评论》2008 年第 4 期。

　　［110］李继凯：《方法、眼光及文学史建构》，《南京大学学报》（哲学·社会科学·人文科学版），2005 年第 6 期。

［111］孙郁：《贾平凹的道行》，《当代作家评论》2006 年第 3 期。

［112］孙郁：《〈带灯〉的闲笔》，《当代作家评论》2013 年第 3 期。

［113］孙郁：《汪曾祺和贾平凹》，《书城》2011 年第 3 期。

［114］孙郁：《关于乡土的那些文字》，《前线》2013 年第 1 期。

［115］张新颖：《一说再说〈无愁河的浪荡汉子〉》，《东吴学术》2014 年第 2 期。

［116］张新颖：《这些话里的意思——再谈黄永玉〈无愁河的浪荡汉子〉》，《长城》2014 年第 2 期。

［117］张新颖：《与谁说这么多话——黄永玉〈无愁河的浪荡汉子〉》，《书城》2014 年第 2 期。

［118］芳菲：《身在万物中——黄永玉〈无愁河的浪荡汉子〉札记之三》，《上海文化》2013 年第 5 期。

［119］张柠、孙郁：《关于“木心”兼及当代文学评价的通信》，《文艺争鸣》2015 年第 1 期。

［120］孙郁：《文体家的小说与小说家的文体》，《文艺争鸣》2012 年第 11 期。

［121］李敬泽：《庄之蝶论》，《当代作家评论》2009 年第 5 期。

［122］李敬泽：《文学在当下的艺术可能性——第三届中国青年作家批评家论坛纪要》，《南方文坛》2005 年第 1 期。

［123］李敬泽：《有三人行于西北》，《时代文学》1999 年第 2 期。

［124］胡河清：《贾平凹论》，《当代作家评论》1993 年第 6 期。

［125］胡河清：《中国全息现实主义的诞生》，《文艺理论研究》1993 年第 3 期。

［126］陈思和、丁帆、苏童等：《作家，是属于时代的——“贾平凹作品学术研讨会”发言摘要》，《当代作家评论》2006 年第 5 期。

［127］李敬泽、杨辉：《答〈美文〉》，《美文》2014 年第 2 期。

［128］李杨:《"抒情"如何"现代","现代"怎样"中国"——"中国抒情现代性"命题谈片》,《天津社会科学》2013 年第 1 期。

［129］张志扬:《归根复命——古典学的民族文化种性》,《海南大学学报》2013 年第 1 期。

［130］孙郁:《"激进"与"复古"》,《东吴学术》2010 年第 2 期。

［131］郑敏:《世纪末的回眸——汉语语言变革与中国新诗创作》,《文学评论》1993 年第 3 期。

［132］郑敏:《语言观念必须革新——重新认识汉语的审美与诗意价值》;《文学评论》1996 年第 4 期。

［133］杨庆祥:《活在历史之中——读孙郁〈革命时代的士大夫:汪曾祺闲录〉》,《文艺研究》2014 年第 8 期。

［134］雪涛:《论雅思贝尔斯"轴心时代"观念的中国思想来源》,《现代哲学》2008 年第 6 期。

［135］王蒙:《〈红楼梦评点〉序》,《红楼梦学刊》1995 年第 4 期。

［136］南帆:《"水"与〈老生〉的叙事学》,《当代作家评论》2015 年第 1 期。

［137］刘再复、刘剑梅:《"天地境界"与神意深渊——关于〈红楼梦〉第三类宗教的讨论》,《书屋》2008 年第 4 期。

［138］张文江:《论〈故事新编〉的象数文化结构及其在鲁迅创作中的意义》,《社会科学》1993 年第 10 期。

［139］程光炜:《发现历史的"故事类型"——读海登·怀特的〈后现代历史叙事学〉》,《解放军艺术学院学报》2013 年第 2 期。

后记

好些年前，我还做着作家梦，且没日没夜地写着小说时，就曾梦想着自己有朝一日能写下一部如莫里斯·布朗肖《文学空间》或让-皮埃尔·理查《文学与感觉》那样的书，再不济也应该是乔治·布莱的《批评意识》或马塞尔·雷蒙的《从波德莱尔到超现实主义》。于文献整理、资料爬梳和学理探讨外，为个人生命的实感经验留下一点点空间，是以上著述吸引我的最为重要的原因。或者换句话说，我心仪的批评，应该根植于个人的生命体验，个人对于这世界的省思。一如沈从文所说，生命的发展，"变化是常态，矛盾是常态，毁灭是常态"，"惟转化为文字，为形象，为音符，为节奏，可望将生命某一种形式，某一种状态，凝固下来，形成生命另外一种存在和延续，通过长长的时间，通过遥远的空间，让另外一时一地生存的人，彼此生命流注，无有阻隔。"是语看似简单，却内蕴着沈从文对生命的实在经验的痛切感受，背后有大情怀和大寄托。喜欢黄永玉《无愁河的浪荡汉子》的批评家周毅为其新著《沿着无愁河到凤凰》写下了这样的"题记"：世上本无"无愁河"，有了黄永玉，才有"无愁河"。那么，世上本有凤凰吗？我理解她的意思，沿着"无愁河"，可以走向"凤凰"，不是行政地理意义上的凤凰，而是文学意义上（沈从文的！）的凤凰。这个凤凰，并非自明，也并不会对任一个读者自然敞开。而借由《无愁河的浪荡汉子》的写作，黄永玉为我们指出了一条通往凤凰之路。这一部以"古老的故乡思维"写就的生命之书，在目下批评界及读者中的尴尬境遇，充分说明了我们和黄永玉的世界的隔膜之深。写完《革命时代的士大夫：汪曾祺闲录》之后，孙郁曾感慨：历史离我们并不远，而有许多存在要理解起来却很难了。我们已经失去了老北大的氛围，失去了西南联大的语境，失去了与古人对话的通道。汪曾祺和乃师沈从文，生前都有不被理解的寂寞。汪曾祺欣赏贾平凹并寄厚望于后者，黄永玉写作《无愁河的浪荡汉子》以延续沈从文《长河》所开启的写作传统，或许都有赓续文脉的意思。惜乎这一点用心，于今渐成空谷足音，已然应者寥寥。连如何走进无愁河，我们也已寻不着路径，遑论凤凰。寻不着精神的来路和去处，焉能不彷徨于无地？！

差不多有十年的时间，我沉迷于政治哲人利奥·施特劳斯及其著述所开启之精神空间中不能或已，亦从哲学史家皮埃尔·阿多所发掘之西方思想"精神修炼"的传统中体会到《论语》所言"为己之学"的精义所在（此一体会后来亦在弗朗索瓦·于连及杜维明之作品中得到进一步印证）。沿着施特劳斯指陈的路径，从海德格尔上溯至苏格拉底，且旁及施特劳斯及门弟子阿兰·布鲁姆和伯纳德特。如今想来，彼时的迷恋着实可爱，却也并非全无用处。若无对施特劳斯问学路径及其思想的反复涵咏，对其援引苏格拉底的政治哲学及阿尔法拉比的阐释以规避马基雅维利以降的现代性传统的思想理路及其价值的切己体察，我大约不会想到以现象学的方法"悬置"五四以来的文学的现代性传统，从而为"大文学史"的建构提供基本可能。就文化选择而言，我服膺"学衡派"的问学路径，即始终保持对全盘西化的警觉，却不简单地主张返归传统，而是去走文化会通的道路。将"学衡派"诸公称作文化保守主义者，我以为是对他们极大的误解，此一误解不能澄清，则文化选择难免陷入非此即彼式的两难境遇无法自拔。也是受施特劳斯释经学方法的启发，我尝试重读（也是细读）《道德经》《论语》等思想典籍，也在先秦史籍中做过功夫，希望从中发掘隐匿于"字里行间"的"微言大义"，是为施特劳斯经典释读法的要义所在，也是我很长一段时间的用心处。此番用心无意间为我思考贾平凹作品与中国古典思想及性灵的内在关系提供了可能。诸事因缘，当年漫无目的的阅读如今一一有了落脚处，且无意间成就了这一篇小文的诸多面向，内心稍感安慰，也就在情理之中了。

詹姆逊写过一部《语言的牢笼》，申论言语之于思想的限制抑或敞开作用。其立论之基础，不脱索绪尔语言学思想的基本范围，亦与福柯话语\权力说颇可交通。超越现代性视域，话语的革新当属题中应有之义。"新文学"以白话代文言之根本意义，亦可作如是解。因是之故，在文章作法上，以《周易》开显，至《红楼梦》蔚为大观之中国式思维方式推进论述，避免现代性以降的线性思维，追求细部"无限的实"以及整体上的浑然多义，或许是切近如贾平凹这般与古典文脉关联甚深的作家作品的必要方式。有论者认为，"用看'国画'的眼光打量贾平凹小说的笔法，效果更清晰一些。他擅用'破笔散锋'，大面积的团块渲染，看似塞满，其实有层次脉络的联系，且其中真气淋漓而温暖，又苍茫沉厚。渲染中有西方的色彩，但隐着的是中国的线条。他发展着传统的'大写意'，看似一片乱摊派，去工整，细节也是含糊不可名状的，整体上却清晰峻拔。"这话可以借来说明我个人写作"文法"的指向。窃以为，文章作法及风格，不妨多样，清通有清通的好处，如观山水，居高处，脉络布局一望便知，省却诸多追索思虑。然此或非重整体、重气韵、重妙悟的中国古典美学的核心意趣。贾平凹 1980 年代末以《浮躁》"终结"其融合"寻根"及"改革文学"的基本思维方式，转向明清世情小说的笔法与韵致，深层原因亦与此同。读胡河清《贾平凹论》，其文章笔法，不在彼时文学批评潮流之中，颇有些小说的意味。孙郁论贾平凹诸篇，直接收入散文集亦不觉突兀。他们可作为批评家中的文体家，其在文法革新上的良苦用心，并不难意会，却未必人人能知，人人能行。常听人盛赞李健吾、李长之的批评，以为文质兼美、气韵贯通，其文章境界教人神往，殊不知其"文法"（用思运笔）的根本，未必在"五四"以降的"小传统"之中。被称为文体家的鲁迅、沈从文、汪曾祺诸公之文章流脉，亦不限于"五四"一途。此种现象，深刻地关联着文化的古今中西之争的复杂面向，远非"转益多师"四字所能简单概括。何况"学术文体的千门万户，是基于不同的学术思考方式，而具体化为文本的各种样貌。格式的僵化，正意味着学术多样性的消失，和学者的身入彀中。先贤复生，亦将无处容身。"信哉斯言！

"文法"革新的基础，当然是语言。目下之学术语言，自有成规可循。就其优者而言，不难发觉翻译文体（西方现代主义后现代主义文论及哲学论著中译本）的深刻影响。此种学术语体，内在于现代性思想及其开出之思维方式，本身并无问题。但无疑会构成对有心接续中国古典文脉的作家作品意义的遮蔽，因此上，我尝试融文言白话于一炉，以努力释放被压抑的传统的表达方式。这当然不是原创，随手翻翻柯庆明、萧驰二位先生主编的《中国抒情传统的再发现——一个现代学术思潮的论文选集》，可知此种学术语言，在港台学者手中已然运用自如。再读读郁达夫先生为《中国新文学大系·散文二集》所作的导言，便知此亦为"新文学"传统之一种，可谓流脉甚远。

施特劳斯的著述方式，约略有些孔夫子"述而不作"（当然是另一种）的意思，努力以古人的方式理解古人，切近希腊思想的原初形态。对思想文本的文学特征极为注意，由其发展出的经典阐释学，大不同于伽达默尔的阐释方式。他注意文本的字里行间，以为在特定时代思想文本存在着双重性：即显白意义和隐微意义。后者只为细心的读者敞开。或许因着这个原因，施特劳斯在写作中将脚注用到了极处，并在其中隐藏着自己的真实观点。由于各种原因，本文亦无意识地效法了此种方式。读这一部小书，若不读脚注，则作者的想法，会损失大半。

再回到《沿着无愁河到凤凰》。周毅说黄永玉"笔触所及的人物、山川、事件都异常丰富"，且还"怀着稚子一般的爱慢慢写他们，写出他们的形、神、趣和魂。""因为这爱，'无愁河'中潜藏着一股成就人的力量"。满蕴着一种来自生命深处的充沛的元气。如斯坦纳所说："所有伟大的写作都源于'最后的欲望'，源于精神对抗死亡的刺眼光芒，源于利用创造力战胜时间的希冀。"我实在想不出比这更好的说法，来说明在"现实的变化与破碎处"，在一切坚固的东西都烟消云散的根本境遇中，人心的可能和好的文学及批评的真正力量所在。

感谢我的博士导师李震先生多年来对我的支持和帮助。我之所以能够结束学术上的"流寇"状态，顺利找到个人生命和学术的切合点，先生的启发无疑至关重要。从先生作品《〈摩罗诗力说〉与中国诗学的现代转型》以及《20世纪中国乡村小说的基本传统》中，我体会到追本溯源的研究思路的必要性。这本小书的诸多思考及运思方式，无疑从先生作品中获益良多。古代的文人，是讲究师承的，弟子从与乃师从游中，悟得道问学的路径，原属平常之事。这本小书虽非急就章，但不尽如人意之处颇多。这使我未敢轻言与导师的研究一脉相承，但基本上的思路，还是在同一方向上。感谢贾平凹先生在此书写作过程中给予我的帮助。本文征引的数篇未刊稿，即得自先生处。若非先生的信任，我也不会有机会为三联书店编选三卷本的《贾平凹文论集》并遍读先生的作品及大部分研究文章，这部小书的诸多观点亦难于产生。感谢我的博士后导师吴义勤先生。为准备先生的访谈，我阅读了先生的大部分著述（很多是重读），并从中获益良多。感谢穆涛先生。在《美文》一年多的批评专栏是我介入文学现场并探索与自己心性相通的批评文体的开始。感谢李敬泽先生、丁帆先生、南帆先生在访谈中对我关于中国文论现代转换问题以及贾平凹研究的一些观点的肯定。这使我有勇气写下这部小书的几个重要部分。感谢张新科院长、李继凯先生在人生的关键时刻对我的支持和帮助。

  这本小书是我的"批评的准备",或者说是"批评的起点"。经过多年的努力,我终于有了自己的"问题",并发现了进入问题的个人路径。对有心以学术为志业的人而言,人生之幸,莫过于此。

责任编辑:薛　晴

图书在版编目(CIP)数据

"大文学史"视域下的贾平凹研究/杨辉 著. —北京:人民出版社,2017.6
ISBN 978 - 7 - 01 - 017853 - 0

Ⅰ.①大…　Ⅱ.①杨…　Ⅲ.①贾平凹-文学研究　Ⅳ.①I206.7

中国版本图书馆 CIP 数据核字(2017)第 147075 号

"大文学史"视域下的贾平凹研究
DAWENXUESHI SHIYU XIA DE JIAPINGWA YANJIU

杨辉　著

人民出版社 出版发行
(100706　北京市东城区隆福寺街 99 号)

北京中科印刷有限公司印刷　新华书店经销

2017 年 6 月第 1 版　2017 年 6 月北京第 1 次印刷
开本:710 毫米×1000 毫米 1/16　印张:18
字数:220 千字

ISBN 978 - 7 - 01 - 017853 - 0　定价:58.00 元

邮购地址 100706　北京市东城区隆福寺街 99 号
人民东方图书销售中心　电话 (010)65250042　65289539